读客彩条外国文学文库

熊猫君激发个人成长

HERZOG

赫索格

SAUL
BELLOW

[美]索尔·贝娄 著　黄协安 译

江苏凤凰文艺出版社
JIANGSU PHOENIX LITERATURE AND
ART PUBLISHING

图书在版编目（CIP）数据

赫索格 / （美）索尔·贝娄 (Saul Bellow) 著；黄
协安译 . —— 南京：江苏凤凰文艺出版社，2023.10
书名原文：Herzog
ISBN 978-7-5594-7778-1

Ⅰ．①赫… Ⅱ．①索… ②黄… Ⅲ．①长篇小说 – 美
国 – 现代 Ⅳ．① I712.45

中国国家版本馆 CIP 数据核字 (2023) 第 127666 号

赫索格

［美］索尔·贝娄　著　　黄协安　译

责任编辑	丁小卉
特约编辑	李悄然　　金楚楚　　夏文彦　　李文结
封面设计	梁剑清
责任印制	刘　巍
出版发行	江苏凤凰文艺出版社
	南京市中央路 165 号，邮编：210009
网　　址	http://www.jswenyi.com
印　　刷	河北中科印刷科技发展有限公司
开　　本	880 毫米 ×1230 毫米 1/32
印　　张	13.75
字　　数	325 千字
版　　次	2023 年 10 月第 1 版
印　　次	2023 年 10 月第 1 次印刷
标准书号	ISBN 978-7-5594-7778-1
定　　价	89.90 元

江苏凤凰文艺版图书凡印刷、装订错误，可向出版社调换，联系电话：010-87681002。

目　录

001 ｜ 赫索格

422 ｜ 索尔·贝娄诺贝尔文学奖获奖演说

就算我真的疯了，那也没什么大不了的。摩西·赫索格心里想。

有人说他精神失常了，他也曾经怀疑自己是否还正常。如今，尽管他的举止仍然有些古怪，他却感到很踏实、很快乐，内心很通透，浑身充满了力量。他正忙着写信，近乎魔怔，好像是要写给天下的每一个人。他写了一封又一封，甚至被这些信给深深打动了，从六月底开始，不管去哪里，他总是带着一只手提箱，里面装满了信和信纸。他拎着这只手提箱从纽约来到玛莎葡萄园岛，然后马上又从玛莎葡萄园岛折返，两天之后，他又飞往芝加哥，紧接着从芝加哥来到马萨诸塞州西部的一个村庄。他"隐居"在乡下，不停地写信，坚持不懈，写给报纸，写给公众人物，写给亲戚朋友，最后也写给已经死掉的人，死人里面首先是始终默默无闻的自家先人，然后是曾经闻名遐迩的大人物。

那时，伯克夏尔一带正值盛夏。赫索格一个人住着一栋房子，房子很大，但很旧。他平时吃东西很挑剔，可如今他只能吃袋装面包、菜豆罐头、再加工奶酪。他时不时到荒芜了的花园里去采摘树莓，树莓的枝干上有很多刺，他得小心翼翼地拨开，说是小心翼翼，其实他心事重重，恍恍惚惚。说到睡觉，他睡在从前结婚时置办的新床上，这张床很久没人睡了，床垫上没有铺床单，有时候，他也睡在吊床上，都只盖一件大衣。院子里杂草长得很高，草丛里蚱蜢活蹦乱跳，也冒出来了不少枫树苗。半夜醒来睁开眼睛，他感觉星星似乎都近在眼前，就像一团团鬼火。一团团火，那是当然，星星本就是气体——矿物质、热量、原子，但是，对一个凌晨五点裹着大衣躺在吊床上的人来说，这些星星的意义远不止于此。

有时，他心血来潮就跑去厨房，想到什么都记下来。厨房是他的总部，砖墙上的白色泥灰正在剥落，赫索格有时会用袖子擦掉老鼠拉在桌子上的屎，他心里很平静，想着田鼠为什么会那么喜欢蜡和石蜡。石蜡密封的蜜饯罐头都被它们啃得面目全非，生日蜡烛也被它们吃得精光，只剩下烛芯。有一只老鼠咬开了一袋面包，一路啃进去，在里面留下一个老鼠形状的空洞！拿着老鼠啃剩下的面包，赫索格涂上果酱就吃了。他可以跟老鼠分享食物，没问题。

他的脑子里面始终有一块地方是对外面的世界开放的。早上，他会听到乌鸦在嘎嘎叫。乌鸦的叫声很刺耳，但他很喜欢。傍晚，他会听到画眉清脆悠扬的啼声。晚上会有一只仓鸮咕咕咕地叫。他准备给某人写信在打腹稿的时候，会越想越兴奋，就去花园里走走，他会看到玫瑰藤缠绕着排水管，有时也会看到桑葚，鸟儿正在桑树上大快朵颐。白天很热，傍晚天空红彤彤的，灰蒙蒙的。这一切他都看到了，但他觉得自己像半个瞎子。

他的朋友，从前的好友瓦伦丁，以及他的妻子，应该说是他的前妻玛德琳，散布谣言说他精神失常了。这是真的吗？

他绕着空荡荡的房子转了一圈，在一扇蒙着蜘蛛网的窗户上看见了自己的影子。他的表情非常平静、安详。一束光线落到他的脸上，从前额往下，顺着笔直的鼻子，直到饱满而沉默的嘴唇。

*　　*　　*

春末夏初，赫索格被迫做解释，做说明，摆事实，讲道理，赔不是。

那时，他正在纽约一所夜间大学的成人教育班上课。四月，他讲课的思路还非常清晰，到了五月底，他开始胡说八道了。他的学生再也听不到他阐述浪漫主义的源流，却会看到且听到许多奇怪的事情。渐渐地，课不成课，规矩都丢了。赫索格教授总是一副恍恍惚惚、若有所思的样子，想到什么说什么，他可能都没有意识到自己在说什么。快到学期末的时候，他在课堂上经常长时间发呆。有时候，他说着说着就停下来，含含糊糊地说一声"对不起"，就伸手到外套口袋里去找钢笔。然后，只听到讲台上的桌子吱呀作响，而他的手里握着一支钢笔，用力地在纸片上写着，全神贯注，黑眼圈很明显。他那张苍白的脸表明了一切。他在做推理，他要做争辩，他很痛苦；他感觉自己的状态很有趣，简直是个悖论，既很随便，也很偏执，虽然他没有作声，但他的眼睛和嘴型把一切暴露无遗，他的渴望，他的偏执，他的痛苦和愤怒，大家都看得一清二楚。大家等了三分钟，五分钟，教室里鸦雀无声。

起初，他只是随手写写，毫无章法可言。都是只言片语，甚至是没有意义的音节，就一些感叹词和他自己篡改的谚语和语录，还有一些自责的话，早已去世的妈妈常用意第绪语说，那都是"Trepverter"，即一些后悔莫及的废话。

例如，他就这样写：死……死……再生……再死……再生。

没有人，就没有死亡。

还有就是：你的灵魂会下跪吗？可能有点用吧。擦擦地板。

接下来就是：对于傻瓜，要用傻话来回答他，免得他自以为有智慧。

对于傻瓜，不要拿傻话回答他，免得你像他一样傻乎乎的。

二选一吧。

他还写道：我读过华尔特·温切尔的书，他说巴赫创作《安魂曲》的时候戴着黑手套。

赫索格自己可能都不知道他在胡写些什么。那些东西都是他在极度亢奋的状态下写的，他有时怀疑那可能是精神失常的征兆。但他并不感到害怕。他回到在第十七街租的小公寓，躺在沙发上，有时他会觉得自己就是人生坎坷的代名词，他似乎可以看到自己完整的一生，从出生到死亡的全过程。他在一张纸上写道：

有些事情，我自己也说不清楚。

纵观他这一辈子，他觉得一塌糊涂，真的是一塌糊涂。都是自找的，他算是完蛋了。但是，他本就差不多一无所有，所以没有什么可伤心的。在发霉发臭的沙发上，他在脑海里往前搜索了好几个世纪，十九世纪、十六世纪、十八世纪，终于在十八世纪找到一句他很喜欢的名言：

先生，悲伤是懒惰的一种表现。

他趴在沙发上，继续回顾着他的人生。他是个聪明人，还是一个白痴？此时此刻，此情此景，他不能自称聪明。也许，他曾经有过成为聪明人的潜质，但他选择了空想。结果，他被那些骗子掏空了。还有呢？他正在掉头发。他看过"托马斯头皮专家"的广告，他极度渴望相信广告的承诺，但又极度怀疑，这就是男人看到这种广告的正常反应吧！头皮专家！这么说……他曾经是个美男子。看他那张脸，就知道他受到过多么沉重的打击。他曾经主动找过打，他还激发了打人者的力量。于是，他开始思考自己的性格。他是什么性格的人呢？用时髦的话说，他很自恋，也是受虐狂，不能融入社会。他有抑郁症的临床表现，但不是最严重的那种，不是狂躁型的抑郁症。周围还有情况更糟糕的人。如果你相信人人都有病，现在每个人都相信别人有病，那么，他是不是病得特别严重？他是不是特别盲目，特别堕落？不是。他聪明吗？如果他是个好斗、偏执、渴望权力的人，那么，他的智力是够用的，还更有用武之地。他有嫉妒心，但并不特别好胜，不是真正的偏执狂。他的学识呢？现在，他不得不承认，他也不是什么正儿八经的教授。好吧，他很认真、很有冲劲，但他可能永远提不出成体系的理论。他的博士论文《十七、十八世纪英国和法国政治哲学中的自然状态》写得很好，算是开了个好头。他还写过几篇文章和一本题为《浪漫主义和基督教》的专著。但是，他野心勃勃的研究计划已经一个接一个地夭折了。凭借他早期的成果，他找工作和申请研究资助一直都很顺利。纳拉甘塞特公司这些年来一共付给了他一万五千美元，让他继续研究浪漫主义，研究结果就装在一只旧的手提箱里，藏在壁橱里面。他一共写了八百页，但逻辑混乱，始终不得要领。想起这件事情，他就觉得很难过。

地板上有几张纸，就在他的身旁，他会时不时地趴在地上写写画画。

这次他是这么写的：我的生命，不在于漫长的疾病，而在于漫长的康复。自由布尔乔亚的修正，进步是幻想，希望是毒药。

他想到了米特拉达悌这个国王对毒药研究颇深。他骗了刺客，让刺客误服了小剂量的毒药，结果人没被毒死，却烂醉如泥。

有句意大利谚语说：*万物皆有用。*

他接着又进行自我反省，他承认自己曾经是个糟糕的丈夫，对两任妻子都很不好。第一任妻子黛西受了苦。第二任妻子玛德琳想把他整垮。对于儿子和女儿，他是一个慈爱的爸爸，但具体表现很不称职。对于父母，他是个忘恩负义的孩子。对于国家，他是个无所作为的公民。对于哥哥和姐姐，他有深厚的感情，却很疏远，不大往来。他有朋友，却是一个利己主义者。他有机会去爱，但他很懒。他有机会熠熠生辉，但他选择了暗淡。他有力量，但很不主动。他有自己的灵魂，却始终不敢面对。

他对自己的铁石心肠感到满意，十分欣赏自己的严谨和客观。他躺在沙发上，双手举到身后，双腿张开，伸了一个懒腰。

不管怎么说，我们都还是很有魅力的。

爸爸是个可怜的人，但他魅力十足，可以让树上的鸟儿掉下来，可以让鳄鱼从泥潭里爬起来。玛德琳也很有魅力，人长得漂亮，头脑也很聪明。她的情人瓦伦丁·格斯巴赫也是一个有魅力的男人，尽管他的魅力是更粗暴、更野蛮的那种。他下巴肥硕，火红的铜色头发像着了火，从他头上喷出来（他不需要托马斯头皮专家）。他拖着一条木头假腿，但弯腰和伸直起身的动作很优雅，像贡多拉的船夫一样。赫索格自己也很有魅力。但是，他的性能力已经被玛德琳搞没了。要是没有能力吸引女人，他怎么可能恢复呢？在这方面，他感觉自己特别像一个正在慢慢康复的病人。

在性爱方面也要斗，真是无聊！

几年前，赫索格和玛德琳一起开始了新的生活。他把她从教堂里拉了出来，而他们认识的时候，她刚刚皈依天主教。他从有魅力的爸爸那里继承了两万美元遗产，为了讨好第二任妻子，他辞去了非常体面的大学教职，在马萨诸塞州的鲁德维尔买了一栋很大的老房子。在伯克夏尔，他的朋友主要是瓦伦丁·格斯巴赫夫妇，那里很安静，有利于他撰写第二本关于浪漫主义者的社会思想的书。

赫索格不是因为工作表现不好才辞去教职的。相反，当时他的声望很高。他的毕业论文很有影响力，被翻译成了法语和德语。他的早期著作刚出版时并没有引起太多的注意，但如今已经进入各种推荐读物清单，年轻一代的历史学家认为那本书是"有点意思的历史著作"，代表着一种新的历史研究范式，即从当代的视角审视过去。和黛西结婚以后，他一直过着挺平淡的生活，但作为助理教授，他备受尊敬，生活很稳定。他的第一部著作比较客观地阐述了基督教对浪漫主义的意义。第二部著作的语气更加尖锐，他显得更加自信，更加雄心勃勃。实际上，他的本性是很粗犷的。他意志坚定，很有辩论天赋，对历史哲学也有很深的见地。和玛德琳结婚后，他就从大学辞职，因为她认为他应该辞职，然后他们来到鲁德维尔隐居，在隐居期间，他展示了对研究危险及极端主义、异端、苦难的喜好和天赋，对"毁灭之城"更是情有独钟。他原计划是研究二十世纪的革命和大规模动乱的历史，就此撰写一部著作，他的观点可能与托克维尔一致，认定平等和民主将是普遍的追求，民主会持续进步。

但是，他意识到这本书写不下去了。他对原来的观点产生了严重的怀疑。他的研究计划像是踩了急刹车。都是黑格尔害的。十年前，他坚信他能理解黑格尔关于契约和公民精神的观点，但后来这个信念动摇了。他很苦恼，很焦躁，很愤怒。与此同时，他和妻子的行为都出现了异常。她对生活很失望。起初，她是不想让他一直待在大学里教书，那种生活太古板无聊了，但在乡下待了一年之后，她的想法又发生了变化。玛德琳觉得她那么年轻、那么聪明、那么有活力，也善于并乐于交际，不应该被埋没在伯克夏尔这个偏僻的地方。她决定回去完成研究生学业，她的专业是斯拉夫语。赫索格写信去芝加哥那边找工作。他不仅要为自己找工作，也要为瓦伦丁·格斯巴赫谋一个差事。瓦伦丁是一名电台播音员，在匹兹菲尔德当音乐节目主持人。玛德琳说："你不能让瓦伦丁和菲比留在这个穷乡僻壤。"之所以选择了芝加哥，是因为赫索格是在那里长大的，在那里有人脉。于是，他在市区学院找到了教职，格斯巴赫则进了市中心的一家调频电台当教育主管。然后，鲁德维尔的房子就关了起来，房子里的书、英国骨瓷和新家具等，都留给了蜘蛛、鼹鼠和田鼠。他在那房子上面花了两万美元，那都是爸爸的血汗钱！

于是，赫索格一家搬到了美国的中西部。但是，在芝加哥住了大约一年后，玛德琳说和他过不下去了，她想要离婚。事已至此，他又能怎么办呢？离婚是让人很痛苦的事情。他还爱着玛德琳，女儿还那么小，他也很放不下。但是，玛德琳不肯和他凑合，她的意愿也必须得到尊重。奴隶制早就废除了。

第二次离婚给赫索格造成了极其沉重的精神打击，让他不堪重负。他觉得自己要崩溃了，给赫索格夫妇都做过治疗的芝加哥精神病专家埃德维格医生说，离开芝加哥一段时间对他有好处。他取得了市区学院院长的谅解，院长说等到他状态好转，他还可以回去教书。于是，他向哥哥舒拉借了钱，前往欧洲休养。并不是每个面临精神失常的人都有机会去欧洲寻求解脱。大多数人都得继续工作，每天都要到单位上班，还得去挤地铁。或许，他们可以去喝酒，可以去看电影，但心里始终是苦的。赫索格应该心存感激。除非你彻底完蛋了，否则，生活中总有值得感激的事情。他确实有感恩之心。

在欧洲，他也不是完全无所事事。他以纳拉甘塞特公司的名义，先后在哥本哈根、华沙、克拉科夫、柏林、贝尔格莱德、伊斯坦布尔、耶路撒冷做了演讲，这也算是一趟文化之旅。但是，三月份回到芝加哥的时候，他的状态比去年十一月离开的时候更糟糕。他告诉市区学院的院长，他想要去纽约，纽约可能更加适合他。在芝加哥逗留期间，他没有和玛德琳见面。他的行为极其乖张，对她构成了威胁，于是她通过格斯巴赫警告过他，叫他不要返回位于哈珀大道的家，最好不要在家附近出现。警署存有他的照片，如果他在这个街区出没，警察发现了他，就会把他抓走。

赫索格想明白了，为了摆脱他，玛德琳可谓处心积虑，做好了万全的准备，相比之下，他自己就没有这个能力。在"送"他走之前六个星期，她就叫他在米德韦附近租了一处房子，每个月租金两百美元。他们搬进去以后，他搭了架子，清理了花园，修理了车库门，还装了风雪护窗。在她提出离婚的前一周，她把他的衣服都洗干净并熨烫好，可是，到了他离开家门的那天，她却把东西都扔进了一只纸箱里，然后把纸箱扔到地下室。她说衣橱里空间不够，得腾地方。还有一些事情可能很让人伤心，可能很滑稽，也可能很残忍，具体看人家怎么看。直到最后一天，赫索格和玛德琳相互的态度还是很诚恳的，他们提出了各自的意见，尊重对方的个性，就各种问题进行了坦诚的讨论和交流。例如，她把那个决定告诉他的时候，她表现得很得体，语气温和，有理有据。她说，她已经从各个角度都想过了，她必须接受失败。他们走不到一块儿了。她愿意承担一些责任。当然，赫索格对此并非毫无心理准备。但他真的曾经以为出现了转机。

那是一个秋日，阳光明媚，秋高气爽。他一直在后院安装风雪护窗。番茄刚刚遭遇第一场霜冻。杂草又密又软，天冷结霜之后，草上面像蒙了一层蜘蛛丝，看起来别有一番景致。露水很重，不容易晒干。番茄藤变黑了，许多红色的番茄果实都裂开了。

透过窗口，他看到玛德琳在楼上，她正在哄女儿琼睡午觉，他也听到了洗澡水哗啦啦的声音。她走到了厨房门口打电话。一阵风从湖面吹来，赫索格原本怀里抱着一块装了边框的玻璃，风把这块玻璃吹得不停晃动。他小心翼翼地把那块玻璃放下，让它稳稳地靠在门廊的墙边，然后脱下了帆布手套，但没有摘下贝雷帽，好像他预感到他马上就要走了。

玛德琳对她爸爸恨之入骨，她爸爸是一位著名的导演，有时被誉为美国的斯坦尼斯拉夫斯基。不过，她爸爸对她还是有着潜移默化的影响。她的表演天赋出众，更是为此时此刻的登场做好了精心的准备。她穿了黑色长袜、高跟鞋和一条来自中美洲的淡紫色印度织锦连衣裙。她戴上了蛋白石耳环，双手都戴着手镯，身上喷了香水，头发梳起来，额头很亮。她还涂了眼影，所以眼皮上闪烁着蓝色的光芒。她的眼睛是蓝色的，但眼白的色调会变，这让眼珠子的蓝色色调也会变。她的鼻子从眉心笔直、优雅地垂下来，她特别激动的时候，鼻子会轻微抽搐。在赫索格的眼里，鼻子抽搐不算毛病，反而是很可贵的。他对玛德琳的爱有一种臣服的味道。她非常霸道，但既然爱她，他只能逆来顺受。他们在凌乱的客厅里相遇，这是两个"自我"的碰撞。赫索格曾经趴在纽约家里的沙发上回忆起这个时刻：她得意扬扬、气势汹汹，上面已经说了，她已经做好了精心的准备，她想给他最后一击，抽掉他的最后一根稻草，相比之下，他则表现得很温顺，他的"自我"十分被动。不管他即将遭受什么痛苦，他都活该，他是个顽固不化的罪人，他的"罪行"很严重，他罪有应得。算了，就这么回事吧。

靠窗的玻璃架子上放着被当作摆设的小玻璃瓶，有威尼斯的，也有瑞典的。是原来就有的。阳光照在小玻璃瓶上，穿透了瓶身。赫索格看到了波浪，五颜六色的光线相互交织，折射到玛德琳背后的墙面上，形成一大块明亮的白光，像一团白色的火焰。她先说："我们过不到一起了。"

接着她开始发表演讲，滔滔不绝，一连讲了好几分钟。她的句子结构都很好。这个演讲是排练过的，而他似乎也做好了心理准备。

他们的婚姻长不了。玛德琳从来没有爱过他。她如实告诉了他。"不管怎么样我都得说，我从来没有爱过你。我也永远不会爱你。所以，再这样凑合下去没有意义。"

赫索格则说："我是爱你的，玛德琳。"

一步一步地，玛德琳充分展现了她的才华，她的气度，她的洞察力。她神采飞扬，她的眉毛和拜占庭式的鼻子向上抬，不停地抽动，她的脸越来越红，从胸部红到喉咙，然后整张脸都变得红彤彤的，蓝色的眼睛也被染红了。她正处于亢奋之中。赫索格发现，她对他构成了绝对的碾压，她的自尊心得到了极大的满足，浑身充满力量，这甚至提升了她的智力。他意识到，他正在见证她一生中最辉煌的时刻。

"这种感觉，你应该珍惜。"她说。"我相信这是真的。你确实是爱我的。但我想你也明白，承认这段婚姻失败，对我来说是多么大的耻辱啊。我可是毫无保留全身心投入的。我要崩溃了。"

崩溃？她可从来没有这样神采奕奕过。她的表情很夸张，像在演戏，但主要是她由内而外地激情四射。

赫索格身材结实，但脸色有点苍白，表明他内心很痛苦。他躺在沙发上，那是纽约的春季，白昼渐渐地长了，到了傍晚时分，外面还熙熙攘攘，空气中飘荡着河水的腥味，在落日之下，新泽西既显得龌龊杂乱，看起来又觉得很漂亮，很有戏剧感。赫索格待在他的

"笼子"里，他的身体仍然强壮，真是一种奇迹，他那么想生一场病都不能如愿。他想象着，如果他没有那么用心倾听着，而是朝玛德琳的脸上打一拳，结果会怎么样呢？如果他把她打倒，揪住她的头发拽着她，让她在房间里不停尖叫，她不停反抗，而他则不停地打她，直到她的屁股血肉模糊。要是这样就好了！他本该撕烂她的衣服，扯下她的项链，用拳头击打她的头。他叹了口气，"拒绝"了这种精神暴力。他害怕自己真的变得这么残忍。但是，如果他当时叫她搬出去呢？毕竟那是他的房子。既然她不能和他一起过，她自己为什么不走？怕人家说闲话？几句闲话不至于把人吓跑。赖着不走很痛苦，很别扭，但让人家说闲话终究是对社区有益的。只是赫索格从来没有想到过，在那个摆了许多色彩斑斓的小瓶子的客厅里，他应该坚持自己的立场。此时他仍然认为，也许他可以以静制动，靠人格魅力制胜，毕竟，他摩西·赫索格是一个好人，有恩于玛德琳。为了她，他尽力了，该做的他都做到了！

"你有和埃德维格医生商量过吗？"他问，"他是怎么说的？"

"他怎么说跟我有什么关系？他不能对我指手画脚吧。他只能给我做做参谋。我问过律师。"她说。

"哪个律师？"

"桑德尔·希梅尔斯坦。你的哥们儿。他说你可以先去他家里住一阵子，直到你找到新的落脚地。"

谈话到此结束，赫索格回到了潮湿的后院，在绿荫下接着摆弄风雪护窗，也重拾了他那些稀里糊涂的怪癖。他的思绪飘忽不定，总是先看到一些无关紧要的东西，绕了一圈之后才想从中寻找要点。他常常指望能够顿悟，顿悟很好玩。可是，他始终没有顿悟，而此时他怀里的玻璃在嘎嘎响，被霜冻红了的西红柿枝条都垂着，蔫不唧的，用布条绑在木桩上，但西红柿的香气还是很浓郁。他继续安装风雪护窗，因为他不能让自己觉得自己那么无能，像个残废。他害怕面对内心深处的那种感觉，他再也不能通过那些怪癖来寻求解脱。

他颓废地躺在沙发上，双手绵软无力地搭在头上，双腿叉开，那个样子比黑猩猩还难看，但他的眼睛里散发着非同寻常的光芒，超然地看着他在花园里弄出来的杰作。他仿佛通过望远镜，看着一个个微小而清晰的图像。

一个受苦受难的小丑。

* * *

因此，有两点是肯定的，他知道他胡乱写的那些东西和他写的那些信都是很荒唐的。那是一种不自觉的行为，是他的怪癖使然。

我的身体里面还有一个人。我就掌控在他的手里。一提起他，我就感到他在我的脑子里拳打脚踢，在发号施令。他总有一天会毁了我。

他接着写道：据报道，已经有好几个苏联宇航员失踪了，可能都化成灰烟消云散了，我们必须做这样的假设。有人说听到有个人在喊"SOS"紧急呼救。但苏联方面尚未证实。

亲爱的妈妈，我很久没有去墓地看你了，那是因为……

亲爱的旺达，亲爱的津卡，亲爱的利比，亲爱的拉蒙娜，亲爱的喜园，我非常非常需要帮助。我很害怕我会精神失常。埃德维格，事实上，我连发疯的资格也被剥夺了。我不知道我为什么要给你写信。总统先生，《国内税收条例》会把美国变成一个会计当道的国家。每个公民的生活都在演变成生意。在我看来，这是有史以来对人类生活最不堪的诠释之一。生活不是生意。

写给总统先生的这封信，我该怎么落款呢？摩西想。一个义愤填膺的公民？愤怒很折磨人，人不应随便发怒，最好是在面对重大冤情的时候才义愤填膺。

亲爱的黛西，他给第一任妻子的信是这样写的，我知道，今年双亲节轮到我去营地探望马可，但是，我担心我的出现会让他不安。我一直在给他写信，他的情况我都了解。可是，他把我和玛德琳的离婚全都归咎于我，他觉得我连他同父异母的妹妹也抛弃了。他还太年轻，不明白我两次离婚的区别。写到这里，赫索格有些彷徨，不知道是否应该和黛西把这件事说清楚，但他似乎可以看到这一幕：黛西读着这封他刚写了一半的信，她那张俊俏的脸上渐渐晴转多云，然后乌云密布，于是，他决定适可而止，这件事不说也罢。他接着往下写：我想，马可不见我为好。我生病了，一直在看医生。他觉得自己是在乞求同情，他对这种伎俩颇为不齿。每个人都有自己的个性。在个性面前，理智基本无可奈何。对于自己的个性，赫索格几乎是放任自流的，而此时，他显然对这突如其来的冲动无能为力。他取得进步（如果是真的）的消息，包括逐渐恢复健康和体力，逐渐养成积极的心态，心胸不断在开阔，应该会让她感到高兴。作为他的冲动的受害者，她肯定经常在报纸上寻找他的讣告。

赫索格体魄强健，虽然总是担心自己有病，但他的体力并没有多少损失。六月初，春回大地，但万物复苏让许多人不胜其烦，鲜艳的玫瑰花，即便是摆在商店橱窗里的玫瑰花，也让人们想到自己的衰老，想到不育和死亡，就在此时，赫索格去做了身体检查。给他做检查的医生是个年纪很大的难民，那个医生叫作埃梅里希。埃梅里希医生住在西区，面对着中央公园。看门的是一个老气横秋、闷闷不乐的人，头上戴着一顶半个世纪前巴尔干战争时代的军帽。他走进了大厅，天花板好像随时会塌下来。赫索格在检查室里脱下衣服，检查室的墙壁是暗绿色的，那种颜色让人不安，有点可怕，墙壁上鼓起来许多个包，纽约的旧建筑都有这个毛病。他个子不高，但体格健壮，肌肉发达，可能是因为他在农村干过重活。对于他发达的肌肉、宽厚有力的双手、光滑的皮肤，他感到很骄傲，但他也看透了，他这个美男子正在日渐衰老，这是他所害怕看到的。他自称傻老头，这个傻老头往小镜子里瞥了一眼，看到花白的头发，从前的悲欢苦乐都留下了痕迹。于是，透过百叶窗，他看着公园里那些嵌有云母的棕色石头，看着绿油油的草木。这样生机勃勃的景象很快就会看腻的，因为叶子渐渐长宽了，就会被纽约的烟灰所覆盖。不过，现在这个时候的景色特别美，所有的细节都很生动，嫩芽，小树枝，还有日渐厚实的叶子。美，不是人类的发明。有点佝偻但精力充沛的埃梅里希医生给他做了检查，拍了拍他的胸部和背部，用手电筒照了照他的眼睛，抽了他的血，摸了摸他的前列腺，然后给他做了心电图检查。

"嗯，你很健康，当然不能和二十一岁的小伙子比，但身体还是很棒的。"

听到这句话，赫索格非常满意，这是当然，但他还是有点失落。他一直希望被诊断得了大病，这样他可以到医院里去住一段时间，就不用自己照顾自己了。那时，他那两个可以说已经抛弃了他的哥哥就会聚集在他身边，他的姐姐海伦也可能会来照顾他。他的亲人会帮他缴纳医疗费，也会替他支付马可和琼的生活费。目前看来，这种指望已经成为泡影了。除了在波兰得过一次小感染，他的身体一直很好，即使是那次已经痊愈的感染，也是一般性的感染。那次感染可能跟他的精神状态有关，因为他心情郁闷、身体疲乏，但和旺达无关。有一天他非常难受，他以为那是淋病。他必须给旺达写信。他向前拉了拉衬衫的下摆，扣好袖子口，他要给旺达写信。他是这样写的：*亲爱的旺达，我要告诉你一个好消息。你听到会很开心的。*他又用法语给他的情人写信。除了用法语给情人写信，他还有什么动力在高中埋头苦读弗雷泽和斯奎尔，在大学里面研读卢梭和梅斯特的作品呢？他不仅取得了学术上的成就，在罗曼史方面也是成绩斐然。那么，他取得了什么成绩呢？首先是一种自豪感，其次才是肉体的满足感。

"你觉得你有什么问题？"埃梅里希医生问。这个头发花白的老人和赫索格一样，脸型狭长，显得很睿智。他抬起头，直直地盯着赫索格。赫索格相信他明白医生的意思。医生是想告诉他，在这间破旧的诊室里，他看过真正的病人，有病入膏肓的女人，也有奄奄一息的男人。赫索格想要他怎么样呢？"你好像很亢奋。"埃梅里希医生说。

"是的，没错。我很亢奋。"

"你要开点眠尔通吗？蛇根草呢？你失眠吗？"

"有点儿，但不是很严重，"赫索格说，"我脑子里很乱，总爱胡思乱想。"

"要不要我给你推荐一个精神病医生？"

"不用。精神病医生的话，我听够了。"

"那么，去度个假怎么样？带一位年轻的女士去乡下，去海边。你马萨诸塞州的房子还在吗？"

"想去的话就能住。"

"你那个朋友还住在那里吗？那个电台播音员。红头发的大个子。他叫什么名字来着？有一条假腿的那个。"

"瓦伦丁·格斯巴赫。不在，他搬到芝加哥去了，和我们……一起。"

"他是个很好玩的人。"

"没错。很好玩。"

"我听说你离婚了，忘了是谁告诉我的。真替你难过。"

追求幸福，就要为不好的结果做好心理准备。

埃梅里希医生戴上老花眼镜，在病历卡上写了几个字。"我猜想，孩子和玛德琳留在芝加哥，对吧？"埃梅里希医生说。

"是的。"赫索格希望埃梅里希医生能说说他对玛德琳的看法。她也找他看过病。但埃梅里希医生只字不提。他当然不会提，医生不能私下评论病人。不过，他看了摩西一眼，从他的眼神中，摩西可以揣摩出他的想法。

"她是一个歇斯底里的女人，非常霸道。"他对埃梅里希医生说。他发现这个老头的嘴唇在动，似乎想接话茬，但后来埃梅里希医生什么也没说。摩西有个怪癖，就是喜欢替别人补充对方没说完的话，此时，他记得自己有这个怪癖，就忍住了。

一颗奇怪的心。我自己也说不清所以然。

他终于想明白了，他这次来找埃梅里希医生，是要找个人倾诉他对玛德琳的不满，或者只是想跟一个认识她、对她的态度比较现实的人聊聊她的事情。

"你肯定还有别的女人。"埃梅里希医生说，"有吗？今天你会一个人吃晚饭吗？"

*　　*　　*

赫索格还有拉蒙娜。她是一个可爱的女人，但她也有问题，当然，问题肯定是有的。拉蒙娜是做生意的，她在列克星敦大道开了一家花店。她并不年轻，大概有三十几岁，她不愿告诉摩西她到底有几岁，但她非常有魅力，有点异国风情，而且受过良好的教育。接手家族生意的时候，她正在哥伦比亚大学读书，攻读艺术史硕士学位。她报名参加了赫索格教的夜校课程。原则上，他是反对老师跟学生发展男女关系的，即使是像拉蒙娜·东塞尔那样的学生。这种女学生都非常容易成为老师的情妇。

该野就野，该正经的时候，就要一本正经。

当然，正是他的一本正经吸引了拉蒙娜。他的思想让她兴奋。她很健谈。她也很会做饭，她会做浇上克里奥奶油酱的阿诺虾，吃阿诺虾的时候要喝飞仙干白葡萄酒。赫索格每个星期要和她一起吃几顿晚饭。他们走出无聊的教室，叫一辆出租车前往拉蒙娜在西区的大公寓，在出租车上，她说想让他摸一下她的心跳。他伸手抓住她的手腕，为她探脉搏，但她说："我们都不是小孩子了，教授。"然后，她把他的手放在别的地方。

刚开始没几天，拉蒙娜就说他们的关系不是一般的暧昧关系。她说，她知道摩西的状态不大稳定，但他身上有一些东西非常可爱，非常健康，可以说非常稳定，好像在经历了一系列恐怖的事情之后，他已经受过了洗礼，不会胡说八道，也许，问题就在于能否找到合适的女人。她对他的兴趣越来越强烈，到了难以自拔的地步，然后，他开始为她担心，又陷入了沉思。去看过埃梅里希医生之后过了几天，他对她说，医生建议他去休假。拉蒙娜说："你当然需要休假。去蒙托克怎么样？我在那里有别墅，我周末可以去看你。也许，七月份，我们俩可以一直住在那里。"

"我不知道你居然还有别墅。"赫索格说。

"几年前想过要卖掉。就我一个人的话，那栋别墅实在太大了。

我刚和哈罗德离婚，我也需要换个心情。"

她给他展示了那幢房子的彩色幻灯片。他说："非常漂亮。那些鲜花尤其漂亮。"但是，他感到心情沉重，他觉得很可怕。

"在那里度假肯定很开心。你应该去买几件色彩鲜艳一点的夏装。你为什么总穿着这么老气横秋的衣服？你的身材还很年轻。"

"我去年冬天在波兰和意大利，在那边掉了不少肉。"

"别胡说！你知道你有多帅。你自己也感到很自豪的，对吧？在阿根廷的话，他们会说你是个'马乔'，就是说你很有男子汉气概。你喜欢装得很温顺，其实你的内心有个魔鬼。为什么要打压那个魔鬼呢？为什么不跟它交朋友呢？把它放出来吧。"

他没有回答，而是在打着腹稿。他想说：心爱的拉蒙娜，贴心的拉蒙娜。我非常喜欢你，你是我真正的朋友。我们的关系还可以进一步发展。我是一个教授，平时总在给人家说教，为什么就受不了人家对我说教呢？我想我被你的智慧征服了。因为你有大智慧。也许是太大了。我不是喜欢拒绝改正。我有很多需要改正的地方。几乎所有地方都需要改正。当好运到来时，我能认出来……这是实话，绝无半点儿虚言。他真的很喜欢拉蒙娜。

她出生在布宜诺斯艾利斯。她的家庭背景很国际化，有西班牙、法国、俄罗斯、波兰乃至犹太人的血缘。她是在瑞士上的学，说话还有一点儿瑞士口音，很好听。她个子不高，但身材丰满，臀部浑圆，乳房坚挺（这些东西对赫索格都很重要，他也许觉得自己是个道德模范，但他还是很看重女人的乳房形状）。拉蒙娜对自己的下巴是否好看没有把握，但对她的喉咙很有信心，所以，她总是把头抬得很高。她走路很快，脚下充满活力，通常是脚后跟先着地，像在敲打地面，有卡斯蒂利亚人的风范。赫索格很喜欢听这种咔嗒咔嗒的声音。走进房间的时候，她的动作挑逗意味十足，扭动着腰肢，一只手摸着大腿，好像她的吊袜带里藏着一把刀。这好像就是马德里的时尚，而拉蒙娜很乐于做一个"袜带里藏刀"（una navaja en la liga）的西班牙婆娘，这句西班牙语是她教给他的。每当看到她穿着奢华的黑色内衣，他就不由得想起那把"刀"，她穿的内衣俗称"风流寡妇"，是松紧内衣，没有肩带，腰部收紧，下面垂着红流苏。她的大腿很短，但很壮实，也很白。被松紧内衣挤压到的地方，皮肤的颜色比较深。腿上晃着丝绸穗带和吊袜的带扣。她的眼睛是棕色的，显得敏感而精明，多情而有心计。她很清楚自己在干什么。温馨的气味，柔滑的手臂，漂亮的胸部，洁白的牙齿，微微弯曲的双腿，这些都很管用。摩西在受着苦，但这种受苦法很时尚。他的运气从未彻底抛弃过他。也许，连他自己都没有意识到他有多么幸运。拉蒙娜总想告诉他，他有多么幸运。"那个婊子其实帮了你一个忙，"她说，"你会因祸得福的。"

摩西啊！他写道：一边哭着一边获利，一边获利却一边哭。所谓的胜利难以置信。

祸福相依吧！

但是，就在沉默面对拉蒙娜的时候，他在心里"写"道：你给了我极大的安慰。我们面对的元素基本上是稳定的，是可控的，也是有点疯狂的。这是真的。虽然我外表看起来温顺、温和，但我身体里面藏着一个狂野的灵魂。你认定性快感是这个灵魂所想要的，既然我们给了它这种快感，那为什么一切还是不如意？

这时，他突然意识到，拉蒙娜把她自己变成了一个性爱专家，或者是女祭司。他最近打交道的，主要是一些邪恶的业余爱好者。没料到我居然碰上了一个行家里手。

但是，我稀里糊涂受苦受难，就是为了追求这个目标吗？我是否认为自己是索多玛和狄俄尼索斯的私生子俄耳甫斯？（拉蒙娜很喜欢俄耳甫斯这个名字。）布尔乔亚的酒神？

他又写道：这种文字游戏，算了吧！

"也许我会去买几件夏装。"他对拉蒙娜说。

我当然喜欢好看的衣服，他接着又写道：小时候，我经常拿黄油擦我的漆皮鞋子。有一次，我无意中听到妈妈用俄语说我是"美男子"。读书的时候，我就因为长着一张英俊的脸，所以在穿戴上花了不少时间，对裤子和衬衫都很讲究。可是到了后来，我成为一名学者，倒变得寒酸得很。去年冬天，我在伯灵顿拱廊商场买了一件花哨的马甲，还有一双瑞士靴子，跟格林尼治村的那帮嬉皮士穿得一样。我是有什么伤心事吗？是的，他接着写道，我还精心打扮了一番。但是，我的虚荣心不会再给我带来多少好处，说实话，即便是我这颗备受折磨的心灵，对我也没有多大的触动。我开始觉得这又是另一种浪费时间的方式。

经过深思熟虑，赫索格决定不接受拉蒙娜主动的投怀送抱。他估计，她有三十七八岁，在这个年纪，她肯定是想找个丈夫，这本身并不是什么邪念，甚至也不怎么好笑。看似最复杂的人，也有简单而普遍的人性。拉蒙娜那些风流的恶作剧并不是从书上学来的，而是通过历险学到的，她经历过困惑，有时可能会很沮丧，常常要挣脱野蛮人的怀抱。所以，她现在一定很渴望安定的生活。她希望找一个好男人，投入自己全部的感情，她想做赫索格的妻子，不想再跟人家随便上床。她经常一脸认真。她的眼神深深打动了他。

他的心思也没有闲着，他似乎看到了蒙托克的景象——白色的海滩，闪烁的灯光，拍岸的白浪，死掉的马蹄蟹，还有知更鸟和河豚。赫索格渴望穿着泳裤趴在沙滩上，让沙子温暖着他不舒服的肚子。但是，他怎么可能去呢？拉蒙娜的这么多好意，他要是都接受了，那是很危险的。他可能要牺牲掉自己的自由，这就是代价。当然，他现在不需要那种自由，他需要休养生息。不过，休息好了之后，他可能又想要自由了。他也不是很肯定。但那是有可能的。

休假之后，我就会有更多的力量，再回来过那种神经质的生活。

赫索格觉得，他现在的样子很难看，很憔悴，他的头发越来越稀。他觉得，他衰老得这么快，是对玛德琳和她的情人格斯巴赫以及所有敌人示弱。看着他喜欢沉思的样子，人们很难想象他有多少敌人和仇恨。

夜校的课即将结束，赫索格几经考虑，终于说服了自己，目前最明智的决定就是离开拉蒙娜。他决定去玛莎葡萄园岛，但他觉得一个人去那里也并非好事，于是，他给玛莎葡萄园岛的一位老朋友拍了一封电报，那个老朋友也是一个女人。他们俩曾经考虑过发展男女关系，但始终没有走出那一步，只是后来彼此都很挂念。他在电报里说明了他的情况，他的朋友利比·瓦内就立即打电话给他，她非常激动，真诚地邀请他去，只要他喜欢，在那里住多久都行。利比的全名是利比·瓦内-埃里克森-西斯勒，她刚刚结了第三次婚，现任丈夫是一个工业化学家，玛莎葡萄园岛的房子是现任丈夫的。

"在靠近海滩的地方帮我租一间房子吧。"赫索格对她说。

"你就住在我们家里吧。"

"不，不行。你毕竟新婚宴尔。"

"哎呀，摩西，你就别这么浪漫了。我和西斯勒在一起三年了。"

"不管怎么说，蜜月还是蜜月，对吧？"

"好了，别扯淡了。如果你不来我们家里住，我会伤心的。我们有六间卧室。你马上就来。我听说你最近很不顺。"

最后他还是答应了，这是必然的。可是，他又觉得这样很不好。他给她发电报，实际上就是在逼她邀请他去她家里住。大约十年前，他帮过利比一个大忙，但不应该叫她报答。他实在不该向她寻求帮助。干出这种事情，他会招人烦的，自己也会看不起自己。

　　他转念一想，去就去吧，但至少不能让情况变得更糟心。我不能向利比倾诉烦恼，更不能趴在她怀里哭一个星期。我要请她和她的新婚丈夫出去外面吃饭。做人要争气，要有骨气。这样的话，有什么可犹豫的呢？拉蒙娜说得没错。要去买几件色彩鲜艳的衣服。你可以再向哥哥舒拉借点钱，他喜欢你向他借钱，他知道你会还的。有借有还就行了。

＊　　＊　　＊

　　于是，他决定出去买些衣服。他仔细看了《纽约客》和《时尚先生》上的广告。现在，这些杂志上的照片，不仅有年轻的企业高管和运动员，也有满脸皱纹的老年人。他刮了胡子，比平时刮得更干净，也仔细梳了头发（服装店的更衣室里有三面镜子，非常明亮，到时在这些镜子里看到自己的样子，不知道他是否受得了？），然后搭公交去了上城区。他从五十七街出发，沿着麦迪逊大道，一直走到四十几街，然后回到第五大道的广场酒店。这时，阳光穿透了灰色的云层。橱窗闪闪发光，赫索格往里面看，既害羞又兴奋。对他来说，那些新的款式太过花哨，格纹大衣和康定斯基色彩搭配的短裤，中年人或大腹便便的老人穿起来会很滑稽。跟清教徒一样保守，总是好过露出皱巴巴的膝盖、静脉曲张的小腿、堆满赘肉的腹部，更不用说运动帽下那张憔悴的脸了。瓦伦丁·格斯巴赫倒是适合穿那些色彩斑斓的衣服，这是毫无疑问的，他正是穿着这种花哨的条纹衣服，才弥补了拖着一条假腿的缺陷，赢得玛德琳的芳心。瓦伦丁是个花花公子。他脸蛋胖乎乎的，双下巴，摩西认为他有点像希特勒的御用钢琴师恩斯特·汉夫施丹格尔。但是，格斯巴赫那双棕色的眼睛深邃、热情、充满活力，对一个红头发的男人来说，这双眼睛很不寻常。他的睫毛也很有活力，深黑色，很长，像个稚气未脱的孩子。他的头发非常浓密，跟熊的毛发一样。瓦伦丁对自己的长相非常自信。这是显而易见的。他认定自己是个非常英俊的男人。他认为女人，所有女人，都会为他疯狂。确实有很多人为他疯狂，难道不是吗？包括赫索格的第二任妻子。

"那个我也能穿？"赫索格反问第五大道上一家商店的售货员。不过，他还是买了一件深红色和白色相间的条纹外套。然后，他又回头对售货员说，在老家的时候，他们一家人都穿黑色的长袍。

那个售货员年轻的时候肯定长满了青春痘，所以皮肤很粗糙。他的脸红得像康乃馨一样，呼出来的气息可以闻到肉味，像狗呼出的气息。他对摩西有点粗鲁。问到腰围尺寸的时候，摩西回答说："三十四。"那个售货员脱口而出说："别吹牛了。"不过，摩西心胸比较开阔，不跟他计较。对于自己的风度，他感到很满意，但很不是滋味。

他眼睛看着地上，踩着灰色的地毯来到试衣间。进了试衣间，他脱去身上的衣服，好不容易穿上新裤子，然后给那个小伙子写了一张纸条。老兄。你每天都要和可怜的浑蛋打交道，难为你了。你要面对男性的自尊和厚颜无耻、自以为是的行为，而你必须装得那么客气，要讨人喜欢。如果你刚好是一个满腹牢骚的家伙，碰巧憋着一肚子火，那就太难了。纽约人都心直口快！祝福你，你的脾气实在不好。

但你身不由己，我们大家都一样。得懂点礼貌。有些事情我们大家可能都受不了。出于礼貌，我要告诉你，我的小腹有点痛。至于长袍，我发现钻石区的街上有很多留大胡子和穿长袍的。主啊！他最后写道：原谅我的所有罪过吧。不要带我去宾夕法尼亚车站。

他穿着意大利裤子，裤脚卷起来，上身是一件红白色的翻领夹克，避免自己的身体完全暴露在三面镜子里。他的身体似乎没有受到各种烦恼的影响，经受住了各种冲击。不过他那张脸非常憔悴，尤其是眼睛周围一圈，看到自己这副模样，他吓了一跳，脸色就更加苍白了。

销售员心事重重地站在衣架中间，周围很安静，但他没有听到赫索格的脚步声。他心情沉重。生意清淡。又一次小规模的经济衰退。今天只有摩西来消费。他正打算向有钱的哥哥借钱。舒拉不是小气的人。二哥威廉也不小气。不过，摩西发现向舒拉借钱比向威廉借更容易，舒拉也像是一个罪人，威廉则更加勤勉，兢兢业业。

"后背怎么样？合身吗？"赫索格转过身。

"像量身定做的。"售货员说。

他其实一点也不在乎。显而易见，他对我根本不感兴趣，赫索格意识到了。那我就不需要他帮忙了，让他见鬼去吧！我自己拿主意吧。这是我自己的事情。于是，他走到镜子前，只看上身的外套。很满意。

"包起来吧，"他说，"这条裤子也要，但今天就要。现在就要。"

"不行。裁缝很忙。"

"今天就要，不然就算了，"赫索格说，"我要出一趟远门。"

这两个人像在抬杠，互不相让。

"我看看能不能叫他们赶一下工。"售货员说完就走开了。赫索格解开了外套的镂花纽扣。他发现，他们用一个罗马皇帝的头像来装饰花花公子的外套。他对着镜子伸了伸舌头，然后从试衣间里走出来。他记得，玛德琳在商店里试穿衣服的时候是多么快乐啊，她盯着镜子，抚摩着衣服，不断变换着身姿，脸上容光焕发，有时也很严肃。一双蓝蓝的大眼睛，飘逸的刘海，轮廓分明的脸蛋，这些都让她对自己感到非常自豪。她对自己的满意是多方位的。他们有一次吵架的时候，她告诉摩西，她在浴室里对着镜子重新审视过自己的裸体。

"我还这么年轻，"她说，"青春靓丽。我为什么要守着你？那不是暴殄天物吗？"

天啊！但愿这种事不会发生！赫索格把纸和笔都丢在试衣间里了，此时他想写一张便条，就得临时另找。他拿了售货员的便笺簿，在背面草草写了几个字：婊子无情。

赫索格看着那一堆堆海滩用品。他心里暗自发笑。他就要去玛莎葡萄园岛了，他的心仿佛在向上飘浮，于是他买了一条泳裤。然后，有一款老式的草帽引起了他的注意，他决定买一顶。

他自问，他买了这些东西，是因为埃梅里希医生叫他去休假吗？还是他在为新的恶作剧做准备？在玛莎葡萄园岛，是否会有另一场爱恨纠缠？要和谁纠缠呢？他怎么知道要和谁纠缠？女人到处都有。

回到家里，他把刚才买的衣服都穿上，把帽子也戴上。游泳裤有点紧，但他对椭圆形的草帽很满意，帽子戴在头上，就像飘浮在头发上面，他两鬓还是很浓密的。戴着这顶帽子，他看起来就像爸爸的表弟埃利亚斯·赫索格。在二十世纪二十年代，埃利亚斯给通用磨坊公司做面粉推销员，负责印第安纳州的北部地区。埃利亚斯那张已经美国化了的脸蛋总是刮得干干净净，表情严肃，他喜欢吃煮得硬邦邦的鸡蛋，喜欢喝家酿的波兰皮瓦啤酒。他把鸡蛋往门廊的栏杆上利索地一敲，然后一丝不苟地剥开。他有五颜六色的袖箍，也有一顶像这样的平顶宽边草帽，他头上的发型和他爸爸桑德尔-亚历山大·赫索格拉比一样，他也留着漂亮的胡子，浓密的胡子盖住了他的下巴，甚至盖住了长礼服的天鹅绒衣领。赫索格的妈妈喜欢留着漂亮胡子的犹太人。在她的娘家，年长的人都留着浓密的胡子，这样显得虔诚。她希望摩西能成为一名拉比，而此时的他穿着泳裤、戴着草帽，和拉比风马牛不相及。他的脸上呈现一副悲伤的表情，又流露出傻傻的渴望，要是担任宗教职务，他的内心有可能会被净化，就不会出现这样的表情。他那张嘴巴不干不净，喷出来的不是欲望就是愤怒，笔直的鼻子有时阴森森的，一双眼睛也是漆黑的！还有他的身形！他的手上血管暴出，从手臂直通手背，像老树盘根，比犹太人的历史还要古老。平顶的草帽上有一条红白相间的带子，和外套很搭。他拿掉袖子里的纸条，穿上外套，条纹撑了起来。他光着腿，看起来就像一个印度教教徒。

他记得《圣经》里有这么一段话：你想野地里的百合花怎样长起来，它们也不劳苦，也不纺线，然而我告诉你们，就是所罗门极荣华的时候，他所穿戴的，还不如……

第一次知道有这段话的时候他才八岁，那时，他正在蒙特利尔皇家维多利亚医院住院，住在儿童病房里。一位基督教女信徒每周来一次，教他念《圣经》。他跟着念：你们要给人，就必有给你们的，并且用十足的升斗，连摇带按，上尖下流地倒在你们怀里。

医院的屋檐上挂着冰锥，形状像鱼的牙齿一样，冰锥的尾端挂着晶莹剔透的水滴，闪闪发光。那个非犹太教女士站在他的床边，穿着长裙和纽扣鞋。帽针从她的后脑勺凸出来，就像电车的辫子一样。她的衣服上散发着一股糨糊味。她接着教他念：让小孩子到我这里来。他觉得她是个好女人。然而，她一直很严肃，可以说是面无表情。

"小朋友，你们家住在哪里？"

"拿破仑街。"

那是犹太人聚居的地区。

"你爸爸是做什么的？"

我爸爸是个私酒贩子。他在圣查理斯区有一个蒸馏厂。有人一直盯着他。他没钱。

当然，这种事情摩西是绝对不会告诉她的。刚刚五岁，他就知道要保守秘密了。他妈妈叮嘱过他："你千万不能说出去。"

*　　*　　*

他想，这里面包含着一些智慧，就好像摇摇晃晃的时候，他反而可以找到平衡，或者承认自己有点疯狂，他才能恢复理智。他喜欢开自己的玩笑。例如现在，他把借钱买的夏装打了包，正准备逃离拉蒙娜。他知道跟她去蒙托克的结局会怎么样。她会像牵着一头被驯服的熊，带着他参加一个又一个鸡尾酒会。他眼前似乎出现了这样的场景：拉蒙娜嬉笑着，口若悬河；她穿着一件露肩的乡村衬衫，不得不承认，她的肩膀很有女人味，很好看。他似乎可以看到她黑色的鬈发、她的脸、她涂了口红的嘴唇，他也能闻到她身上的香水气味。一个男人闻到这种香水味，心跳就会加速。怦怦怦！这是一种性反射，与年龄大小无关，也与敏感、智慧、阅历、历史、科学、教养或真理无关。无论是病恹恹的人，还是身体健康体力充沛的人，闻到女人身上的香味，心跳都会加速。没错，拉蒙娜会带上穿着新裤子和条纹夹克的赫索格去参加酒会，叫他喝马提尼酒。可是，对赫索格来说，马提尼酒就是毒药，他也受不了那种闲聊客套。他会挺胸收腹，一直站着，腿脚酸疼也要忍着，他是一个被俘虏的教授，而她是一个成熟、成功、欢乐、性感的女人。哎呀！

他的行李收拾好了，他锁上窗户，拉下窗帘。他知道，等到他的单身假期结束，公寓里肯定会弥漫着呛人的霉味。他有过两段婚姻，两个孩子，可如今，他就要去享受为期一周无牵无挂的假期了。他的孩子们居然要在没有他陪伴的情况下成长，他不由得感到心疼，这与他的犹太家庭传统格格不入。但他又能怎样呢？去海边吧！去海边！去哪个海边？那里不是大海，是个海湾，东西两边各有一座灯塔，水面很平静。

他走出门口，伤感和孤独感油然而生。他深深吸了一口气。"看在上帝的分儿上，别哭出来，你这个白痴！生也罢，死也罢，都不要哭哭啼啼，否则就太煞风景了。"

他不明白这扇门为什么用得着警用锁。社会风气败坏，犯罪率在增长，但他没有什么值得偷的东西。只有一些脑子发热的小伙子才觉得他有钱。他们会先在里面藏着，然后伺机跳起来，打爆他的头。赫索格把锁的金属脚插进地板凹槽，然后转动钥匙。接着，他又检查了一下，看看有没有忘记戴上眼镜。没有，眼镜还放在胸前的口袋里。他带了笔、笔记本、支票簿、一块撕下来当手帕用的厨房纸巾，还拿了几片呋喃妥因装在塑料盒里。他在波兰被感染过，这些药片是那个时候买的。感染早就好了，但为了安全起见，他还会偶尔吃上一片。发现被感染的时候，他就住在克拉科夫的酒店里，当时的情况很吓人。他以为是淋病。他想：他终于得淋病了！浑蛋了这么多年，报应终于来了！他的心情十分沉重。

他去看了一个英国医生，那个医生说话非常刻薄。"你是怎么搞的？你结婚了吗？"

"还没有。"

"行啦，不是淋病。把裤子拉上去吧。你是不是想叫我给你打一针青霉素？美国人都这样。在我这里，你就别指望了。吃这个药片吧。记住，不要喝酒。以茶代酒。"

在两性方面，他们的规矩是很严格的。那个家伙一本正经，得理不饶人，是个傲慢的英国医生。那时，我非常脆弱，非常沉重，俨然觉得自己是个十恶不赦的人。

我应该相信，像旺达那样的女人是不会传染淋病给我的。在肉体方面，她是很真诚、很专一的，她对自己的身体很虔诚。她信奉文明人的宗教，信仰快乐，追求创造性、多形态的快感。她的皮肤细腻、白皙、光滑、有弹性。

亲爱的旺达，赫索格写道。他先是用英语写，但她不懂英语，于是他改用法语写。亲爱的公主，我时常想起……想起马沙尔科夫斯卡，想起那场浓雾。世界上每个三流、四流乃至十流的男人都懂得用法语跟女人说一些甜言蜜语，赫索格也是如此。虽然他不是特别会献殷勤的人。他的感情是真挚的。在他生病、烦恼的时候，她对他非常好，而且，这个波兰美女容光焕发、丰乳肥臀。她长着一头浓密的金红色头发，鼻子微微翘起，但线条非常精细，对于她这么丰满的人来说，她的鼻尖算是非常精致的。她的皮肤很白，那是很健康、很有活力的洁白。跟华沙的大多数女人一样，她穿着黑色的长袜和细长的意大利鞋，但她的皮袄很旧，掉了许多毛，都露出了底皮。

沉浸在悲伤之中，我知道自己在干什么吗？等电梯的时候，赫索格在另一页上写道。他然后又写：上天会眷顾他的信徒。我感觉我会遇到贵人的。我运气非常好。他在"运气"下画了好几条线。

赫索格见过她的丈夫齐格蒙特。齐格蒙特有心脏病，总是怒气冲冲的，好像人家都错了。赫索格觉得，旺达唯一的错是叫他和齐格蒙特见面。摩西还没有领会到她的深意。旺达的丈夫提出要跟她离婚，但她拒绝了。她对自己的婚姻状况非常满意。她说家家有本难念的经。婚姻就那么回事。

这里的一切都很糟糕。

在华沙十天，那日子过得真快！如果你把那些雾蒙蒙的冬天的昼夜也称作"日子"的话。太阳被关在一只冷冰冰的瓶子里。灵魂则被关在我的身体里面。一张巨大的毛毡门帘，将冷风挡在酒店大堂之外。木头桌子茶渍斑斑，还有点变形。

她的皮肤洁白，不管情绪怎么变化，都不会变色。她的眼珠子是淡绿色的，像是宝石镶嵌在她那张波兰人特有的脸上，很自然，天衣无缝。她胸部丰满、柔软，但脚下穿着时髦的锥形意大利皮鞋，显得头重脚轻。如果穿上平底鞋，再穿上黑色的长筒袜，则显得身材非常结实。他很想念她。要是他牵起她的手，她就会说："别碰，危险。"不过她是在开玩笑。（他很喜欢回忆这个片段。他真是一个好色之徒！也许是因为这段记忆很有趣吧。那么，为什么非要说那种难听的话呢？他就是这样的人。）

总之，他经常想起在波兰的那段时光，波兰四面八方都是冰冷的，单调的，灰扑扑的，石头上仍然散发着战争年代的杀气。他觉得他闻到了血腥味。他多次去参观已经沦为废墟的犹太人隔离区。旺达给他当向导。

他摇摇头。不然他能怎么办呢？他再次按下电梯的按钮，这一次他是用格莱斯顿旅行包的一个角戳的。他听到了电梯轿厢平稳运转的声音，明显上过了油，很有力，很光滑。

那是小毛病，已经治好了。他本不该跟旺达提起这件事，她被吓坏了，而且被伤透了心。他写道：没什么大不了的。他害她哭了起来。

电梯停了，他写下最后一句话：亲吻你的小手，朋友。

可爱、白皙、柔软的指关节，用法语该怎么说？

　　出租车穿过炎热的街道，街道的两边都是红砖和褐沙石混合砌筑的联排别墅，连绵不绝，赫索格握着皮带，睁大眼睛盯着纽约的街景。这一块块方形也很灵动，丝毫不让人觉得沉重，反而给了他一种永恒的运动感，他感到十分亲切。不知何故，他觉得已经融入这座城市，这里的房间、商店乃至地下室都感觉那么熟悉。与此同时，他感觉到多重刺激中隐藏着危险。但他不会有事的。他受过的刺激太多了。他必须让过度紧张的神经平缓下来，必须扑灭内心熊熊燃烧的那团黑暗之火。他向往大西洋，向往那里的沙滩、咸味、冷水疗法。他知道，在海里洗过澡后，他的脑子会更清楚。他妈妈相信洗澡有很多好处。但她去世得太早了。他还不能死。孩子们需要他。他必须活着，这是他应负的责任。他要保持头脑清楚，好好生活，照顾好孩子。所以他才要逃离这个城市，这里太热了，热得让人眼睛都疼。他要摆脱所有的负担和实际问题，他要摆脱拉蒙娜。有时候，他想像动物一样，找一个地方藏起来。尽管他不知道前方会碰到什么，他只知道那趟火车会穿过康涅狄格、罗得岛、马萨诸塞，一直开到伍兹霍尔，在火车上他只能歇着，在火车里面不能乱跑，但他的头脑是清楚的。去海滩对神经错乱的人有好处，只要问题不是那么严重。他这就要去了。漂亮的衣服塞在他脚下的旅行包里。那顶红白相间的草帽呢？戴在他的头上。

但是，在阳光的照射下，出租车的座位突然变得很热，他意识到他愤怒的灵魂又躁动起来了，他又要写信了。史密瑟斯，他写道，前几天吃午饭的时候——那种应酬式的午餐让我觉得很恐怖；我的屁股坐得发麻，肾上腺素上升，我可怜的心脏啊！我尽力表现得体，但因为厌倦，我的脸色变得苍白，我幻想着把肉汤浇在所有人的身上，我想尖叫一声或者干脆晕倒算了。他们说我们得给新课程拟一个主题，我说"婚姻"怎么样？我可能说成了"醋栗子"。史密瑟斯对他自己的命运非常满意。人一出生就要面对命运的安排。谁知道往后会怎么样呢？他成了如今的史密瑟斯，这个运气是非常不错的。他的样子很像托马斯·杜威。他门牙的缝隙和杜威一样，也留着整齐的胡子。史密瑟斯，对于这个新课程的主题，我认真考虑过，我感觉我的想法是很不错的。你们有组织的人一定要相信我这种人。来上夜校的人只是在表面上追求文化。他们最大的需求，他们的渴望，是判断力，要思路，要真相，哪怕一点点也行。如今的人们就是缺少实在的东西，他们自己都愁死了，真的。看看他们连最荒唐的胡说八道都乐于接受，你就知道了。听着，史密瑟斯，我的大胡子老兄！在我们这个富庶的国家里，我们承担着多么大的责任啊！你想想美国在世界上的地位和重要性。你再看看现在它是什么样子的。美国本可能培养出多好的人来。但看看我们，看看你，看看我。受得了的话，你看看报纸吧。

但是，出租车已经过了第三十街，路口有一家雪茄店，一年前，赫索格曾经走进这家店，为住在一个街区外的岳母坦妮买了一盒弗吉尼亚雪茄。他记得他先去电话亭给她打了电话，告诉她说他要去她家里。电话亭里很暗，墙上贴着花纹锡贴纸，但有些地方已经磨得发黑了。坦妮，等我从海边回来以后，我们也许可以谈一谈。你通过辛金律师传话给我，说你不明白我为什么不再来看你，你很难理解。我知道你的日子过得很不容易。毕竟你没有丈夫可以依靠。坦妮和庞里特已经离婚了。这位老导演住在第五十七街，他在那里开办了一所演员培训学校，坦妮在第三十一街有两个房间，里面就像一个摄影棚，贴满了海报，都是前夫的"成果展品"。每一张海报上都印着他的名字：

庞里特执导

尤金·奥尼尔和契诃夫剧作

虽然不再是夫妻，但他们仍然有联系。庞里特会开着雷鸟车接送坦妮。他们一起出席开幕式，一起去吃饭。她五十五岁，身材苗条，比庞里特高一些，但庞里特很健壮，很有派头，黝黑的脸上透着力量和智慧。他喜欢穿西班牙的传统服装，赫索格上次见到他的时候，他穿着白色的斗牛士休闲裤，脚下穿着帆布鞋。在他黝黑的头皮下，白眼珠子显得很突兀，眼睛炯炯有神。玛德琳遗传了他的眼睛。

失去了丈夫。失去了女儿。赫索格先写了这两句，然后又接着写道：坦妮，我去找过辛金，想和他谈一件事，他对我说："你岳母很伤心。"

辛金在办公室里，坐在一把非常气派的椅子上，背后的书架上摆着一排排大部头的法律书籍。虽说人来到世上的时候是一个人，离开这个世界时也是一个人，带不走任何东西，但是，像那样的椅子，如果买得起，倒是一个很大的慰藉。辛金与其说是坐在椅子上，不如说是躺在上面的。他虎背熊腰，相比之下，他大腿很细小，头发蓬松，挺吓人的，一双小手十指交叉放在小腹上，显得小心翼翼。他和赫索格说话的语气也总是客客气气的。他叫赫索格"教授"，但没有嘲讽他的意思。辛金是个精明的律师，家财万贯，但他很尊重赫索格。他身上有个缺点，就是对于像摩西这样脑子糊涂的知识分子，对于像他这样品格高尚但容易冲动的人，他会特别喜欢。简直无可救药！在他的眼里，摩西很有可能就是一个忧郁又有孩子气的人，在努力地维护着自己的尊严。他注意到了赫索格膝盖上的那本书，坐地铁或者公共汽车的时候，赫索格通常会带一本书在路上看。那是一本什么书？是齐美尔阐述宗教的吗？是德日进的？还是怀特海的？我已经很多年不能专心读书了。总之，有一个叫辛金的人，个子不高，但很结实，头发蓬松，几乎遮住了眼睛，那个人正看着他。他们说话的时候，他的声音很小，很温柔，几乎让人听不见，但是，他接秘书来电的时候，声音却会突然放大，这反差实在太大了。他不仅声音大，而且语气十分严厉："什么事？"

"丁斯塔格先生来电话了。"

"谁？那个笨蛋啊！我正在等他的宣誓书。告诉他，他再拿不出来，原告就赢了。他最好今天下午拿出来，这个笨蛋！"他的声音很洪亮。回过头来，他又很温柔地对摩西说："好啦！我受够了这种离婚官司。真受不了！这是什么世道，人心不古。十年前，我还以为我跟得上变化。我觉得我已经见了很多世面，变得现实了，甚至愤世嫉俗。但我错了。太过分了！那个蠢货，他简直娶了一个泼妇。一开始她说不想要孩子，后来她想要了，接着又不要，然后又想要。最后，她把避孕帽甩在他脸上。她去银行取走了三万美元。还说他想把她推倒，让车撞死。为了一枚戒指，一件皮衣，一只鸡，她都会和他妈妈吵架。天啊！然后，她丈夫发现了另一个男人写给她的信。"辛金用那双小手揉了揉他那很狡猾而又很有威严的脑袋。然后，他露出了整齐的小牙齿，他的牙齿看样子和铁一般坚硬，他好像是要笑了，但这只是下意识的动作而已，还没有到笑出来的那一步。他叹了口气，充满同情地说："你知道的，教授，你一直不理坦妮，她很伤心。"

"我也料得到。但我还没有心情去。"

"一个和蔼可亲的女人，却碰到了一家子浑蛋！我只是传话，帮她传话。"

"没错。"

"坦妮是一个好人……"

"我明白。她给我织过一条围巾。花了一年的时间。她寄给我，大约一个月前收到了。我应该对她表示一下感谢。"

"是的。为什么不去呢？她又不是敌人。"

辛金喜欢他，赫索格对此深信不疑。但是，作为一个现实主义者，像辛金这样的人肯定会有所算计，保持一定程度的恶意有益于他的身心健康。摩西·赫索格这个人有点傻，但自命清高，眼高手低，他的妻子很容易就被勾搭走了，挺好笑的，比刚才那个蠢货更好笑，刚才说到那个蠢货，辛金两只小手交叉在一起，轻轻喊了一声，假装很害怕。辛金很有同情心，同时也喜欢拿人家开玩笑，因此，摩西正好是他同情和开玩笑的绝佳对象。他是一名现实导师。社会上有很多这样的导师。碰到我，他们就都跑出来了。希梅尔斯坦也是，但他很冷酷。相比他的现实主义态度，他的冷酷让我更受不了。辛金当然知道玛德琳和瓦伦丁·格斯巴赫的私情，但不知道他的朋友庞里特和坦妮会怎么跟他说。

坦妮跟随丈夫过了三十五年漂泊不定的生活，就好像她是嫁给了一个杂货商，而不是一个戏剧天才。她一直是个和蔼可亲的大姐姐，长着一双大长腿，但她的腿已经变形了。她烫染过的头发变得僵硬，像羽毛一样竖着。她戴着蝴蝶形状的眼镜，身上的珠宝首饰都很"抽象"。

要是我真的去你家，你会怎么面对呢？赫索格自问道。我坐在你家的客厅里，客客气气的，与此同时，因为你女儿背着我干的那些事情，我心里憋着一肚子火。庞里特也背叛了你，而你原谅了他。她帮那个老头子填写报税单。帮他保管档案，帮他洗袜子。上次，我看见他的袜子挂在她浴室的暖气片上烘干。就这样子，她还不停地跟我说，她已经离婚了，非常开心，自由自在，无拘无束。我替你感到难过，坦妮。

但是，你的那个漂亮但专横的女儿和瓦伦丁一起来过你家，对不对？他们在你的床上做爱的时候，她叫你带着你的小孙女去动物园，对不对？我现在应该怎么办？去和你聊戏剧和餐馆吗？坦妮会告诉他第十大街有一家希腊餐馆。她已经跟他说过六次了。"一个朋友（当然是前夫庞里特）带我去马拉松餐馆吃过饭，很有特色。希腊人用葡萄叶把肉糜和米包在一起烧，用的香料也非常有意思。要是喜欢，大家都能跳独舞。希腊人很豪放。你应该去看看，那些胖子居然脱下鞋子，在众人面前跳舞。"坦妮说话的时候很可爱，像个少女，她好像很喜欢他。她的牙齿就像一个七岁的孩子刚长出的第二副牙齿，还有些尴尬。

嗯，没错，赫索格心里想。她的状况比我还糟糕。五十五岁，离了婚，还在炫耀她那两条大长腿，但没有意识到那两条腿太瘦了。她有糖尿病。到了更年期，还被女儿利用了。坦妮有一点邪恶、虚伪和狡诈，那可能是出于自卫。怎么能责怪她呢？当然，她送给我们一套手工制作的墨西哥银质刀具，或者说是借的吧，她有时候说是结婚礼物，有时候说是临时借给我们的，她会讨回去。所以，她让辛金传话，说她心情不好。她不想白白丢了那套银器。也不能说是自私或者不相信别人。她想和我继续做朋友，但她也想要那套银器。那是她的宝贝。那套银具，目前存在匹兹菲尔德的银行里。太重了，无法随身带到芝加哥。我肯定是会还给你的。日后总是会还的。对于金银等贵重物品，我并不迷恋。对我来说，钱不是媒介。我是金钱的媒介。钱往往从我身上流淌而过，各种花销名目繁多，税收、保险、抵押贷款、子女抚养费、租金、律师费用等。追求尊严的冲动都代价不菲。要是我和拉蒙娜结婚，也许会少一些事情。

出租车到了服装区走不动了，前面被卡车挡着。厂房里电机轰鸣，整条街都在颤抖。听起来好像是在撕布料，而不是在缝制衣服。整条街道都淹没在轰鸣声中。一个黑人推着一马车女式大衣穿过街道。他留着漂亮的小胡子，嘴上叼着镀金的玩具喇叭，一路走一路吹。听不到他在吹什么。

过了一会儿，车又动起来了，出租车挂一挡起步，然后抖了一下，挂进了二挡。"看在基督的分儿上，我们快点跑吧。"司机说。他们拐进公园大道，赫索格紧紧抓住了断裂的窗户把手。窗户打不开。不过，窗户一打开，灰尘就会冲进来。外面都在拆房子、建房子。大街上到处是混凝土搅拌车，散发着湿沙和灰色干水泥的混合气味。有些地方在冲压打桩，有些地方在搭铁架子，铁架子越搭越高，直插蔚蓝的天空。橙色的起重机横梁就像一根根稻草悬浮在空中。但是，在街上，燃烧廉价燃料的公共汽车喷着有毒废气，汽车一辆跟着一辆，拥挤不堪，与此同时，行人川流不息，大家都行色匆匆，无所顾忌。这里简直令人窒息，太可怕了！他必须去海边呼吸新鲜的空气。他本该提前订好机票。但是，去年冬天他坐飞机已经坐怕了，尤其是波兰航空公司的飞机，都是老古董飞机。他搭乘波兰航空公司的一架双引擎飞机，从华沙机场起飞，他坐在前排，双脚用力踩在面前的隔板上，抬手压住帽子。座位上没有安全带。机翼上有凹陷，整流罩烧焦了。后面的邮袋和板条箱都在滑动。飞机穿过翻滚的白云，飞越波兰的森林、田野、矿井、工厂、河流，下方白色和棕色纵横交错，像是一幅画得很整齐的地图。

总之，去度假应该首选坐火车，像他小时候在蒙特利尔一样。全家人带着一篮子梨（篮子是用轻脆的木条编的），乘电车去了大干线火车站，梨子已经熟透了，是约拿·赫索格在雷切尔街市场买的便宜货，上面有许多斑点，马上就要烂了，但非常香，随时可以扔给黄蜂吃。上了火车，赫索格的爸爸，也就是老赫索格坐在破旧的绿色座位上，拿一把俄罗斯珍珠柄刀削水果。他削皮、旋转、切块，动作很快，非常娴熟，那是欧洲人的手法。此时，火车头呜呜地叫起来，紧跟着嵌铁皮的木头车厢就开始动了。太阳和主梁将煤烟切割开，比例分明。工厂的围墙上长满了杂草，所有杂草都沾满灰尘。啤酒厂那边传来阵阵麦芽的香味。

火车穿越了圣劳伦斯河。摩西踩下踏板，透过厕所不堪入目的排粪孔，他看到下面的河水在翻着泡沫。然后，他走到窗前站着。到了拉钦急流，河水撞上了巨石，溅起晶莹的水花，但随即又形成漩涡，隆隆作响，漩涡眼上浮着泡沫。河对岸的地方叫作卡纳瓦加，那里住着印第安人，他们的窝棚下面用木桩撑着。再过去是一片田野，被夏天的太阳晒得冒白烟。窗户敞开着。火车轰隆隆的噪声碰到稻草堆再传了回来，像是一个大胡子在说话，声音被胡子挡掉了不少。发动机撒下煤渣和煤烟，落在火红的花朵和毛茸茸的杂草上。

　　但那是四十年前的事情了。如今火车跑得飞快，像一根分段式钢管，闪闪发光。没有了梨，威廉不在，舒拉不在，海伦不在，妈妈也不在。下了出租车，他想到妈妈曾经把手帕放到嘴边，用唾沫弄湿，把他的脸擦拭干净。他知道这件事不值得回忆，就戴着草帽走向中央车站。他已然是成熟的一代，在理想的情况下，生活就掌握在他的手中。但是，他始终没有忘记那个夏天的早晨，他们来到加拿大的一个火车站，车站是一间大平房，黑色的铁架，装饰着精致的铜件，车站里面空荡荡的，妈妈用唾沫沾湿了手帕，唾沫的气味他一直记着。所有的孩子都要擦脸，所有的妈妈都会在手帕上吐一口唾沫，温柔地擦拭孩子的脸颊。这种事情可能很重要，也可能无关紧要。重不重要、要不要紧都取决于宇宙。忽然想起这些往事，可能是一种病兆。他觉得，总是想到死亡是一种罪过。人总是踩着前人的尸骨前进的。

＊　　　＊　　　＊

　　中央车站人挤人，尽管赫索格尽了最大的努力，但他还是无法保持神志清楚。他感觉，在发动机的轰鸣声中，在鼎沸的人声中，在嘈杂的脚步声中，他什么也想不起来，画廊里的灯光就像黄色肉汤里的一滴滴油，纽约的地下有令人窒息的浓烈香味。他的衣领湿了，买票的时候，汗水从腋下流到肋部，然后，他拿起一份《泰晤士报》，本想去买一条吉百利的卡瑞麦罗巧克力，但他忍住了这个冲动，想到他刚刚花那么多钱买了新衣服，如果碳水化合物吃多了，新衣服就不合身了。放任自己长胖，变成一个胖墩，屁股浑圆，挺着一个大肚子，呼吸困难，对自己很不利。拉蒙娜也不会喜欢，拉蒙娜喜不喜欢很重要。他想过要和她结婚，这是个经过深思熟虑的想法，尽管他刚才买了车票，似乎就是想要离开她，逃之夭夭。但这也是为她好，毕竟他的脑子还很不清楚，他现在就觉得眼前都是虚幻，一片模糊，他的心里有一团火，他感到受伤，感到愤怒，想跟人家争吵。他浑身都在颤抖。他想给她店里打个电话，但他身上只有一个五分的硬币，没有一角的。如果一定要打电话，他就得去换开一张纸币，他不想买糖果或者口香糖。然后，他想到给她发电报，又觉得发电报会显得他太懦弱了。

中央车站的站台很闷热，他把手提箱放在脚下，打开了《泰晤士报》，报纸很厚重，但边上有破损。载着邮袋的电瓶车静静悄悄地从身边飞驰而过，他竭尽全力，集中注意力，紧紧盯着报纸。也不知道在说些什么，只看见一团密密麻麻黑乎乎的字：登月竞赛柏林赫鲁晓夫警告委员会银河系X射线富马。他看到二十步开外有一个戴着黑色草帽的女人，她的脸白白嫩嫩，表情很放荡，亮晶晶的帽子遮住了半张脸，但她的眼睛死死盯着他，虽然光线不大好，她的目光仍然很勾人，可能她自己也没有意识到。那双眼睛可能是蓝色的，也可能是绿色的，甚至是灰色的，他说不清楚。但那是一双婊子的眼睛，这是肯定的。她的眼神里流露出一种女性的傲慢，这种傲慢曾经让他觉得很性感，勾引了他。此时，他又面对着这种诱惑，一张圆脸，一双漂亮婊子勾人的眼睛，两条高傲的大腿。

他突然决定：必须给塞尔达姨妈写信。她们不能以为她们能逃脱惩罚，真把我当作傻瓜了，她们骗了我，不能就这样算了。他把厚厚的报纸折叠起来，匆匆走进火车。那个长着一双婊子眼睛的姑娘上了另一列火车，终于解脱了。他走进一节去纽黑文的车厢，不久，黄褐色的车门就关上了，车门的气动铰链很硬，关门的时候咝咝作响。里面很冷，有空调。他是第一个乘客，可以随便挑座位。

他找了一个私密性比较强的座位，把手提箱压在胸前，作为移动书桌，然后拿出活页笔记本飞快地写着：塞尔达，当然，你要忠于你的侄女。我是个外人。你和赫尔曼说我是你们家里的一员。到了我这个年纪，如果还那么容易被这种所谓的亲情蛊惑，那么，我就活该一无所有。赫尔曼的关怀让我受宠若惊，因为他以前与黑社会有来往。被你们当作"家人"，我感到无比自豪，无比幸福。这表明我作为一个可怜的文化战士，一个稀里糊涂的知识分子，生活并没有湮灭我的情感。要是我写成了那本关于浪漫主义的书，结果会怎么样呢？赫尔曼这个库克县民主党的政治家，他和财团、高利贷者、彩票大王、黑手党、街头混混都有来往，但他居然对我这么好，不装腔作势，还带我去看冰球比赛。不过，赫尔曼和财团完全沾不上边，他们之间的关系比赫索格和现实之间的关系更淡薄。赫尔曼和赫索格两人相处很融洽，都喜欢俄式蒸汽浴，喜欢喝茶，喜欢吃熏鱼和鲱鱼。而且，他们俩的家里都有一个不安分的女人。

只要我还是玛德琳的好丈夫，我就是一个讨人喜欢的人。可是，随着玛德琳想要甩掉我，突然间我就变成了一只疯狗。有人报了警，还有人说要把我送到精神病院里去。我知道，我的朋友桑德尔·希梅尔斯坦（也是玛德琳的律师）打电话给埃德维格医生，问我的病情够不够送去曼特诺或者埃尔金精神病院。关于我的精神状况，你相信了玛德琳的一面之词，和其他人一模一样。

但你知道她在打什么主意，你知道她为什么离开鲁德维尔去芝加哥，你知道我为什么要在那里给瓦伦丁·格斯巴赫找一份工作，你知道我给格斯巴赫家找了房子，还给以法莲·格斯巴赫找了一所私立学校。女人对一个戴绿帽子的丈夫的感情，肯定是非常深刻而且原始的，我知道你让赫尔曼带我去看冰球比赛，是想成全你的侄女。

赫索格并没有生赫尔曼的气，他觉得赫尔曼并没有参与阴谋诡计。那场比赛是黑鹰队对阵枫叶队。赫尔曼性情温和，为人正派，聪明，衣着整洁，穿着黑色的休闲鞋和不系皮带的休闲裤，他戴着高帽，像消防员的头盔一样，前面竖得很高，衬衫胸口上的口袋绣着一只滴水兽。在冰场上，球员像大黄蜂一样混成一团，个个身手敏捷，虽然冰球服很厚，黄色、黑色、红色的球员们都不停奔跑着，挥着杆，在冰上不停旋转着。冰场的上方烟雾缭绕，观众都在抽烟，那烟雾就像一团闪光粉炸了一样。在广播里，管理层恳求观众不要往冰场里扔硬币，冰刀碰到硬币要出问题的。赫索格的眼睛睁得圆圆的，在赫尔曼的身边，他想努力放松下来。他还赌赢了一次，于是带着赫尔曼去弗里茨爵士餐厅买奶酪蛋糕吃。芝加哥所有的大人物都在现场。赫尔曼心里一定有事。他在想什么呢？他是不是知道玛德琳和格斯巴赫在一起？火车里有空调，冷飕飕的，但赫索格感到他的脸上冒出了汗水。

去年三月，我从欧洲回到芝加哥，当时我的精神状况极差，想看看有没有办法恢复一点。我当时的状态实在是一塌糊涂。可能与不适应天气有些关系，毕竟季节在变化。在意大利，那时已经是春天。土耳其的棕榈树长势正好。在巴勒斯坦的加利利，红色的海葵已经从石头缝里长出来。而在芝加哥，三月份居然还有暴风雪。格斯巴赫来接我，他用同情的目光看着我，他仍然是我最要好的朋友。他上身穿着风衣，脚下穿着黑色的套鞋，围着一条鲜黄绿的围巾，怀里抱琼。他拥抱了我。琼亲了一下我的脸。我们一起去了候车室，我打开包裹，拿出我买的玩具和小孩裙子，我在佛罗伦萨给瓦伦丁买了一个钱包，在波兰给菲比·格斯巴赫买了一串琥珀珠。因为已经过了琼的入睡时间，而且雪越下越大，格斯巴赫送我去了一家汽车旅馆，叫作冲浪旅馆。他说他订不到温德米尔酒店的房间，要是温德米尔酒店还有房间的话，那里更近，步行十分钟就到了。到第二天早上，已经下了十几英寸[1]的雪。湖面上积了厚厚一层雪，积雪反光，天空阴沉沉的，下暴风雪的时候都是这幅景象。我打电话给了玛德琳，但她一听到是我就挂断了；我打给了格斯巴赫，但他不在办公室里；我打给了埃德维格医生，但他说第二天才有空。赫索格没有打给自己的家人，包括他的姐姐和继母。他直接去找塞尔达姨妈。

那天路上没有出租车，他只好坐公共汽车去。他换上细纹薄呢外套和薄底休闲鞋，换衣服的时候觉得冷极了。塞尔达姨妈一家住在一个新开发的郊区，非常远，在森林保护区的边上，公共汽车要路过帕洛斯公园。等他到那里的时候，大雪已经停了，但风还在刮，一块块雪从树枝上落下来。因为霜冻，商店的窗户都关着。在一家卖酒的店，不怎么喝酒的赫索格买了一瓶四十三度的古根海姆。天还早，他感觉很冷，快冻僵了。他先喝了一会儿威士忌才去塞尔达姨妈家里，所以他一开口说话就能闻到酒味。

"我去把咖啡热一下。你一定冻坏了。"她说。

郊区的厨房里塞满了各种搪瓷和铜质品，里面有一个白色的身影，像个女性浮雕，圆滚滚的。冰箱似乎也是个有感情的女人，炉子在锅下面烧着龙胆草似的火焰。塞尔达脸上化过妆，下身穿着金色的休闲裤，脚下踩着拖鞋，鞋跟是透明的塑料。他们坐了下来。透过桌子的玻璃桌面，赫索格可以看到她的双手夹在两个膝盖中间。他刚开口说话，她就低下头，眼睛看着地上。她皮肤白皙，但眼睑黑一些，

1　英美制长度单位，1英寸等于2.54厘米。——编者注（本文无特殊说明均为编者注）

色调更温暖，接近褐色，都用化妆笔画了蓝色的粗线。看她低着头，摩西起初认为是她认可了他或者同情他，但是，仔细观察她的鼻子，他意识到自己错得很离谱。她的表情流露着不信任。看她鼻子抽动的样子，他就意识到他说什么她都不会相信。他也意识到自己有些不节制，也许更糟糕，他可能又暂时性精神错乱了。他努力想控制住。他衣衫不整，红着眼睛，胡子拉碴，样子十分难看，很不雅观。他要跟塞尔达阐明他的个人看法。"我知道她在你面前说了我的坏话，毒害了你的心灵，塞尔达。"

"不，她还是很尊重你的。她不爱你了，仅此而已。女人的感情也会有变化。"

"爱？感情？玛德琳爱过我吗？你知道，那就是中产阶级的废话。"

"她深爱过你。我知道她曾经疯狂地爱过你，摩西。"

"不，没有！别想糊弄我。你知道这不是真的。她有病。她那时有病，我尽力照顾过她。"

"我承认，你确实照顾过她，"塞尔达说，"真的假不了。她是什么病呢？"

"哦！"赫索格厉声说，"这么说，你还是分得清真假话啊！"

在她的身上，他看到了玛德琳的影子。玛德琳一直强调她只说真话，也只听真话。她受不了谎言。一听到谎话，玛德琳就暴跳如雷。眼前的塞尔达也跟她一个样。塞尔达染过的头发干得像锯屑，眼睑上画着紫色的线条，把自己弄得就像一条毛毛虫。在火车上的时候，赫索格就在想，女人就是用这些东西来装饰肉体的。我们只能接受，要好好看、好好听，必须注意，必须吸入这些东西，逃避是逃避不掉的。塞尔达的脸上有不少皱纹，柔软而有力的鼻孔因多疑而张大。此时，她正密切关注着他的状态（此时的赫索格表情很严肃，他逢迎她的时候，这种表情是绝对看不到的），一边还跟他计较讲不讲真话的事情。

"我跟你讲的一直是真话，难道不是吗？"她说，"我可不只是一个普通的郊区家庭主妇。"

"是因为赫尔曼说他认识大流氓路易吉·波斯科拉？"

"不要假装听不懂我的意思……"

赫索格并不想惹她生气。突然，他明白了她为什么要说这样的话。玛德琳让塞尔达相信了，她自己也是与众不同的。每个和玛德琳亲近的人，每个卷入她的戏剧性生活的人，都会变得与众不同，好像个个都天赋异禀，才华横溢。这种事情在他的身上也发生过。可是，被玛德琳赶出来以后，他又失去了所有的光彩，成了一个旁观者。但是，他发现塞尔达姨妈的自我意识达到了一个新的境界。赫索格不禁羡慕她和玛德琳的亲密关系。

"是啊，我知道你和这边的家庭主妇不一样……"

你的厨房跟别人家不一样，你装的意大利灯，你的地毯，你的法国乡土家具，你的西屋电器，你的貂皮，你的乡村俱乐部，你的茶叶罐子，都跟别人家的不一样。

我相信你是真诚的。你不算虚伪。真正虚伪的人是很难找的。

"玛德琳和我更像是姐妹，一直都这样，"塞尔达说，"不管她干了什么，我都爱她。但我想要说，她很棒，是个很正经的人。"

"胡扯！"

"跟你一样正经。"

"正经到看丈夫不中意就甩掉，就像把蛋糕碟子或浴巾退还给菲尔德商场一样。"

“没那么方便。你也有你的缺点。我相信你不会否认这一点。”

“我怎么会否认呢？”

“脾气不好，又沉闷。整天都若有所思。”

“这倒是真的。”

“刻薄、自以为是。她说被你弄得筋疲力尽，所以她叫我帮她，向我请求支援。”

“你说得都对。我的缺点还有许多。我比较着急，性情暴躁，任性。你觉得还有别的吗？”

“你还在外面拈花惹草。”

“也许吧，但那是玛德琳把我扫地出门以后的事情。我要找回自尊。”

“不，你们还没有离婚，你就不安分了。”塞尔达说完就把嘴巴闭得紧紧的。

赫索格感到自己的脸红了起来。胸膛里面涌起一股热气，让他感到很恶心。他心里一难受，额头就立刻冒出汗来。

他结结巴巴地说：“她让我很难堪。在性生活方面。”

“嗯，年纪大了……不过，都已经过去了，”塞尔达说，“你最大的错误是一直待在乡下，为了完成你的那个项目，那个什么研究课题。你没有研究出什么名堂吧？”

“没有。”赫索格说。

“你在研究什么？”

赫索格努力想解释他在研究什么课题，他的研究项目是想要为现代生活提出一个新的视角：通过寻找新的普遍联系，重新认识生活的本质；推翻浪漫主义关于自我的独特性的最后一个认知错误；修正西方古老的浮士德思想；探索“虚无”的社会意义。还有许多。但他没有再往下说，因为她根本听不明白，而且再说下去她会不高兴，因为她自认为不是一个普通的家庭主妇。她说："听起来很厉害啊。当然，这个项目肯定是很重要。但这不是关键。你最傻的地方，你居然带着她这么一个年轻的女人隐居在伯克夏尔，那里简直是荒郊野外，连个说话的人也没有。"

"有瓦伦丁·格斯巴赫和菲比。"

"没错。那才糟糕。尤其是在冬天。你太傻了。她就像是个囚犯，被人家关在那里。从早到晚，不是洗衣服就是做饭，一定很无聊，还得哄孩子，否则你就大发雷霆。她是这么说的。琼一哭起来，你无法专注思考，就从房间里冲出来，大喊大叫。"

"是的，我很傻，我是一个傻瓜。这正是我研究的课题之一，人们是可以自由的，但自由是空洞的，没有任何实质内容。我原以为玛德琳和我志趣相投，我以为她是个勤奋好学的人。"

"她说你是一个独裁者，十足的暴君。你总是欺负她。"

我确实像是一个落魄的君主，他想，就像我爸爸一样，一个高贵的移民，一个无能的私酒贩子。在鲁德维尔的日子确实很糟糕，还很可怕，这我承认。可是后来，我们不是因为她想买房子就买了，想搬走就搬走了吗？为了离开伯克夏尔，我不是该做的安排都做了吗？特别是为了格斯巴赫一家。

"她还说什么？"赫索格说。

塞尔达看了他一会儿，似乎想看看他是否受得了。然后她说："她说你很自私。"

啊，我很自私？他明白了。就是说我早泄！他的脸色一下阴沉下来，好像刚刚经历了惊涛骇浪，他的心怦怦直跳。他说："那一段时间有点问题。但最近两年不会了。和别的女人在一起时，也几乎没有发生过这样的情况。"这样的解释真是丢人现眼。塞尔达不一定会相信他，这让他非常被动，非常无奈。他不能请她上楼去演示一下，也不能叫旺达或者津卡来做证。（在一动不动的火车上，他想到自己拼命想解释却解释不清楚的窘境，不由得就笑了起来。当时，他只是露出了一丝苦笑。）她们都是骗子，玛德琳、塞尔达等。有些女人不在乎她们对你的伤害有多深。在塞尔达的眼中，一个姑娘有权期望丈夫每天晚上都能满足她的性需求，还要保障她们在安全感、金钱、保险、皮草、珠宝、清洁女工、窗帘、连衣裙、帽子、夜总会、乡村俱乐部、汽车、剧院等方面的需求都得到满足！

"没有哪个男人能满足一个不想要他的女人。"赫索格说。

"哦，这是你自己的说法。"

摩西正准备说话，但他觉得自己想要说的话还是无用的辩解。于是，他闭上了嘴，他的脸色又变得很苍白。他非常痛苦。实在太痛苦了，所以他没有像过去那样宣称自己能够忍受痛苦。他静静地坐着，听到下面的烘干机在转动的声音。

"摩西，"塞尔达说，"有一件事我想和你说清楚。"

"什么事？"

"我们的关系。"他不再看着她画得像毛毛虫的眼皮，而是看着她明亮的棕色眼睛。她的鼻孔绷紧了一点。她的脸上写满了同情。"我们以后仍然是朋友。"她说。

"嗯……"摩西说，"我很喜欢赫尔曼，也很喜欢你。"

"我是你的朋友。我是个诚实的人。"

他在火车窗户上看到了自己的影子，当时说的话还在脑子里回荡，能听得很清楚。"我也觉得你挺诚实的。"

"你是相信我的，对吧？"

"我相信你，这是自然。"

"你应该相信我。我一直很关心你，也一直很关心琼。"

"谢谢！"

"话说回来，玛德琳是个好妈妈。你不用担心。她不是个随便的女人，她没有出去跟着男人到处跑。他们一直在给她打电话，追着她。嗯，她是个美女，而且是非常罕见的那种美女，因为她非常聪明。在海德公园那边，大家知道你们离婚以后，就有很多人给她打电话，你要是知道是谁，你会感到十分惊讶。"

"你是说我的那些好朋友，对吧？"

"如果她随便一点，她身边会围着一大堆男人。但是，你知道她是个很正经的人。而且，像你摩西·赫索格这样的人，也不是一无是处的。凭你的聪明和魅力，你不是能被轻易取代的。反正她一直都在家里。她在反思，反思她的人生。没有别人。你知道我说的是实话。"

当然，如果你觉得我是个危险人物，对你构成威胁，你撒谎就是应当的。我知道，我的样子很糟糕，我的脸浮肿，双眼通红，怪吓人的。然而，女人的背叛是一个深层次的问题。寻求刺激的出轨。性阴谋，阴谋诡计。通奸，就是联手背叛。我看着你欺负赫尔曼，逼他又给你买了一辆车，我知道你会搞事！你以为说不定我会把玛德琳和瓦伦丁都杀了。那么，发现奸情的时候，我为什么不去当铺买一把枪呢？还有更简单的办法，我爸爸有一把左轮手枪，就放在书桌的抽屉里面。枪还在那儿。但我不是暴徒，我没有这种倾向；相反，我看见暴徒就害怕。总之，塞尔达，我发现你非常开心，非常兴奋，心满意足。

突然，火车离开站台，进入隧道。在短暂的黑暗中，赫索格握住他的笔。两边的墙壁往后溜走。墙壁上有壁龛似的凹槽，里面亮着灯。没什么特别有趣的。然后火车爬上一条长长的斜坡，从隧道里冒出来，突然间，光线变得非常刺眼。火车来到了贫民窟上方的堤岸上，下面是公园大道。在东九十几街，有个消防栓在喷水，只穿着内裤的孩子们在蹦蹦跳跳，大呼小叫。接着是东哈莱姆，那里很沉闷，黑乎乎的，看样子很热，右手边是皇后区，但距离很远，那里是一大片砖房子，笼罩在灰尘之中。

赫索格写道：永远搞不明白女人想要什么。她们到底想要什么？她们想要吃绿色沙拉，要喝鲜红的人血。

到了长岛海峡，天空就蓝多了，空气也很干净。海峡的水面平坦、平静，水是蓝色的，颜色很柔和，草地上亮晶晶的，星星点点开满了野花，石头缝里长着许多桃金娘，野草莓正开着花。

我终于知道了玛德琳的全部真相，滑稽、下流、变态。值得思考的事情很多。他写到这里突然就收了笔。

*　　*　　*

同样突然地，赫索格回头就给芝加哥的一个老朋友、大学动物学教授卢卡斯·阿斯弗特写信。你是怎么搞的？我经常看到调侃"人兽情"的报道，但我从来没有想到过，这些报道居然和我的好朋友有关。在《邮报》上看到你的名字时，你能想象我有多么震惊吗？你是不是疯了？我知道你很喜欢那只猴子，得知它死了，我感到很遗憾。但你应该懂得不能采用嘴对嘴的人工呼吸给它急救。罗科得的是肺结核，嘴巴里面肯定有大量的细菌。阿斯弗特是个怪人，对动物情有独钟。赫索格怀疑他是把它们当成了人。猕猴罗科不是一只好玩的畜生，它固执而且暴躁，皮毛的颜色又不好看，像一个性情忧郁的犹太大爷。当然，要是它得了肺结核正在等死，也就不可能看起来很乐观了。阿斯弗特倒是个乐天派，他对有用的研究毫无兴趣，是学术界的怪胎，他没有博士学位，在大学里教比较解剖学。他穿着厚厚的绉底鞋，一件沾满污渍的罩衫，秃着头，老气横秋。可怜的卢卡斯！他的头发是突然间脱落的，如今只剩下前额的一绺，这就使得他英俊的眼睛和拱形的眉毛更加显眼，也让他的鼻孔显得更黑，鼻毛显得更多了。但愿他没有吸入罗科的杆菌。人们说有一种更致命的新菌株正在蔓延，结核病又卷土重来了。阿斯弗特今年四十五岁，单身。他爸爸在麦迪逊大街开了一间廉价旅馆。年轻的时候，摩西经常去那里，去他家做客。虽然已经过了十年到十五年，而且他和阿斯弗特的关系也不是很密切，但他们突然发现他们俩有许多共同之处。实际上，赫索格是通过阿斯弗特得知玛德琳在搞什么名堂以及格斯巴赫在他的家庭生活中扮演什么角色的。

"我真的不愿意告诉你，摩西，"阿斯弗特在办公室里跟他说，"但是，你碰到了浑蛋，被人家给坑了。"

这是三月暴风雪过后的第三天。你真想象不到，就在同一个星期，前两天还是寒冬。四方花园的平开窗是开着的。灰不溜丢的三角叶杨都活了过来，枝头吐出了红色的花絮。花絮到处飘荡，在昏暗的庭院里可以闻到清香。罗科病恹恹地坐在干草椅上，目光暗淡，皮毛就像炖过的洋葱，毫无光泽可言。

"我实在不希望看到你难过，"阿斯弗特说，"可是我还是得告诉你。我们这里有一个实验室助理给你的妻子做过保姆，她经常跟我说你妻子的事情。"

"什么事情？"

"她和瓦伦丁·格斯巴赫的事情。他一直在那里，在哈珀大道。"

"当然。我知道。他是唯一能帮得上忙的人。我信任他。他是我们非常要好的朋友。"

"是的，我知道……我知道，我知道。"阿斯弗特说。他苍白的圆脸长满了雀斑，他的眼睛又大又圆，又黑又亮。因为摩西，他的眼神有点迷离，充满了痛苦。"我当然知道，瓦伦丁是海德公园地区社交圈的重要成员。没有他，我们不知道该怎么过。他很热情，嗓门很大，会模仿苏格兰人和日本人，声音有点沙哑。他能把别人的声音都掩盖掉。非常活跃！是的，他很有活力！你带他来过这里，大家都觉得他是你特别要好的朋友。他自己也这么说。不过……"

"不过什么？"

阿斯弗特很紧张，一声不吭。过了一会儿，他问："你不知道吗？"他的脸色非常苍白。

"到底是怎么了？"

"我以为你肯定知道，因为你那么聪明，肯定会知道，至少有所怀疑。"

看来他即将面对一些可怕的事情。赫索格鼓足了勇气，准备好去面对。

"你是说玛德琳吧？我当然知道，日子长了，因为她还很年轻，她肯定……会的。"

"不，不，"阿斯弗特说，"不是日子长了。"他脱口而出："一直都是。"

"跟谁？"赫索格说。他所有的血液都往上涌，然后同样飞快地离开了大脑。"你是说格斯巴赫？"

"没错。"阿斯弗特无法控制他脸部的神经。因为疼痛，他的脸部肌肉倒变得柔软了。他的嘴唇上出现了一条条黑线，好像开裂了。

赫索格大喊："你怎么能说这种话？你不能这么说！"他盯着卢卡斯，怒气冲冲。他感到恶心，感到眼前一片模糊，好像就要晕过去。他的身体似乎在收缩，突然枯竭、塌陷、麻木。他几乎失去了知觉。

"打开衣领子，"阿斯弗特说，"我的天啊，你不会晕倒吧？"他按着赫索格的头往下压。"放到膝盖上。"他说。

"放开！"摩西说。但他的头上又热又湿。他坐在地上，蜷缩着身体，阿斯弗特紧急给他做按摩，想让他放松。

与此同时，那只棕色的大猴子双臂交叉抱在胸前，张着血红、干涩的眼睛，一直在旁边默默地看着，好像有个人和它同病相怜。死吧，赫索格想。死亡一点也不虚幻。那只畜生就要死了。

"你好些了吗？"阿斯弗特问。

"打开一扇窗户吧，透透气。养动物的地方都这么臭。"

"窗户开着呢。来，喝点水吧。"他递给摩西一只纸杯。"吃点药。先吃这个，再吃绿白色的。丙嗪。我没办法把棉花从瓶子里拿出来。我的手一直在抖。"

赫索格拒绝吃药。"卢卡斯……那都是真的吗？玛德琳和格斯巴赫的事情，是真的吗？"他接连追问。

阿斯弗特极度紧张，他脸色苍白，但心里有一团火，在长满雀斑的脸上，有一双黝黑的眼睛盯着赫索格。他说："天啊！你不会以为这些事情都是我编的吧？我可能说得不够委婉。我以为你肯定很清楚……但那绝对是真的，千真万确。"阿斯弗特穿着脏兮兮的实验服，对赫索格做了一个无奈的手势，大概的意思是说，我该跟你说的都已经说了。他呼吸有点困难。"你什么都不知道吗？"

"不知道。"

"你觉得我是在胡说吗？你还没听明白吗？"

赫索格趴在桌子上，十指交叉，紧紧握着双手。他盯着杨树枝头红色的花絮。不要爆发，不要死亡，他要活着，这是他唯一的希望。"谁告诉你的？"他说。

"杰拉尔丁。"

"谁？"

"杰拉尔丁·波特诺伊。我以为你认识她。给玛德琳做保姆的那个。她目前在解剖实验室里当助手。"

"什么实验室？"

"这里医学院的人体解剖学实验室，很近，拐个角就到了。我在跟她处朋友。你应该认识她，她上过你的课。你要和她聊聊吗？"

"不要。"赫索格很激动地说。

"好吧。她给你写过一封信。她把信交给了我，让我觉得合适就转交给你。"

"这种信，我现在不想看。"

"拿着吧，"阿斯弗特说，"你以后可能会想看。"

赫索格接过信，塞进口袋里。

火车以每小时七十英里的速度离开纽约州，他坐在豪华座位上，手里抱着"移动书桌"，心里在想：在阿斯弗特的办公室里，他为什么没有哭出来？他完全可能放声大哭，他在阿斯弗特面前并不拘束，他们是老朋友了，他们的生活经历非常相似，他们的出身、习惯、性情都很接近。但是，当阿斯弗特揭开盖子让丑事现形的时候，俯瞰着院子的办公室里面气氛非常不好，好像有一种气味，很有刺激性，也好像有一个离奇的人类现实摆在眼前。流泪不流泪无关紧要，反而是那件事情太离谱了，所有人都会觉得非常奇怪，从而产生好奇之心。格斯巴赫倒是经常哭，他的情感异常丰富，非常有感染力。他红褐色的眼睛里总是热泪盈盈。就在几天前，赫索格降落在芝加哥奥黑尔机场并拥抱小女儿的时候，格斯巴赫也在场，一个身材魁梧、五大三粗的男人，眼里居然饱含同情的泪水。摩西想，很明显，他是在为我哭泣，真他妈的不知道安了什么心。有时候，我讨厌自己有脸、鼻子、嘴唇，因为他都有。

对了，就在那时，罗科笼罩在死亡的阴影里面。

"真讨厌。"阿斯弗特说。他在抽烟，但一支烟刚抽了几口，他就给掐了。烟灰缸里装满了长长的烟头，他一天能抽掉两三包。"喝点饮料吧。我们一起吃晚饭吧。我要带杰拉尔丁去比奇科姆餐厅，在北边，不远。你可以亲自问问她。"

赫索格想到了阿斯弗特身上的一些怪现象。有可能是我影响了他，我的多愁善感传染给他了。他爱上了那只忧郁、毛茸茸的猴子罗科。否则，他这么激动，你该怎么解释？他一直把罗科抱在怀里，强迫它张开嘴，嘴对着嘴给它做人工呼吸。我怀疑他的情况可能很糟糕。他目前到底是什么状况必须弄明白，他太奇怪了。

你最好去做一个结核菌素检查。我没想到你……赫索格突然收笔。一名餐车服务员按响了铃铛，要吃午饭了，但赫索格没有时间吃饭。他正准备写另一封信。

贝什科夫斯基教授，感谢你在华沙热情款待我。鉴于我的健康状况，我们那次见面肯定让你很不满意。在他的公寓里，他想和我说说话，想尽一切办法引导我，但我一直拿着《人民论坛报》折纸帽和纸船。那位教授一定觉得莫名其妙。他是个高大强壮的男人，穿着沙质粗花呢的射击灯笼裤，上身是诺福克短外套。我深信他是个好人。他的蓝眼睛里透着善良。他的脸胖乎乎的，但很匀称，举止体贴，很有男子汉的气概。我不停地折着纸帽子，我一定是想到了孩子们。贝什科夫斯基太太弯着腰，问我要不要在茶里放点果酱，她很热情好客。家具都保养得光洁明亮，很有历史感，显然是属于中欧一个已经消失的时代，当然，当今这个时代也正在消失，而且可能比其他时代都消失得更快。希望你能原谅我。现在，我终于有机会拜读你对美国占领西德这段历史的研究成果。里面有许多事实让人很不舒服。但是，杜鲁门总统和麦克洛伊国务卿都没有征求过我的意见。我必须承认，我没有仔细研究过德国问题。在我看来，没有哪一个政府是坦诚的。还有东德的问题，你的专著里并没有提到这个问题。

在汉堡时，我随便逛，漫无目的，居然逛到了红灯区。有人说那里值得我去看看。有几个妓女上身穿着黑色的蕾丝内衣，脚下却穿着德国军靴，用马鞭有节奏地敲打窗玻璃，吸引了我的注意。她们的脸都红红的，一边喊叫，一边大笑。那是寒冷、无聊的一天。

先生，赫索格写道，对于包厘街的那些酒鬼，你一直非常有耐心，很包容他们。他们喝得醉醺醺，在你的教堂里面，他们不是昏睡过去，就是站在长凳上尿尿，有的还拿瓶子敲打墓碑。我的建议是，因为你可以从教堂门口看到华尔街，您可以编写一本小册子，说明在包厘街有这么一座教堂的特殊意义。贫民区和教堂本来风马牛不相及，但互补关系也很明显，正因如此，这座教堂的存在非常有必要。要宣传一下《圣经》里穷人拉撒路和财主迪弗斯的故事。正因为拉撒路，迪弗斯更感受到了奢侈生活给予他的乐趣。不，我不相信迪弗斯会过得很开心。如果他太放纵自己，贫民区就在等着他。如果美国的穷人是美丽的，是有道德的，那必将颠覆我们的价值观。因此，他们必然是丑陋的。所以，那些流浪汉是在为华尔街效劳，在替华尔街忏悔。但是，比斯利牧师的钱是从哪里搞来的呢？

对于这个问题，我们的思考太欠缺了。

他接着又开始写另一封信：马歇尔·菲尔德公司赊购部，我不再对玛德琳·赫索格的债务承担责任了。从三月十日起，我们就不再是夫妻了。所以，不要再给我寄账单了，最近一张把我吓坏了，居然有四百多美元。那是我们分居后的消费。当然，我本该早点给你们写信，写给所谓的"信贷神经中枢"——真的有这种地方吗？有的话，到哪里去找呢？——但是，我的精神状况临时出现了一点问题。

霍伊尔教授，我不太明白金相孔隙理论的原理。对于铁、镍等重金属是怎么到达地球中心的，我想我是明白的。但是，那些比较轻的金属呢？此外，关于更小行星的形成过程，包括我们这个悲惨的地球，你提到了将沉淀物质粘成块的黏性物质……

火车轰隆隆地向前跑。不一会儿，树林和牧场出现在了眼前，随即又往后退去，铁轨上锈迹斑斑，铁丝网歪着，往右边可以看见长岛海峡的蓝色水面，比以往更蓝。来来往往的汽车都很干净，光鲜亮丽，接着映入眼帘的却是堆积如山的报废车，接着是老旧的新英格兰工厂，厂房的窗户狭窄、简陋，还有村庄、修道院、在看起来像布料的水面上移动的拖船，再接着就到了松树林，松针落在赤褐色的土地上，那是孕育生命的土地。所以，赫索格承认他关于宇宙的想象是浅陋的，新星的爆发和世界的形成，无形磁场的存在，让物体得以留在各自的轨道上。天文学家让人们觉得好像气体是从烧瓶里摇晃出来的。几十亿年之后，隔着几光年，我们这种天真但远非无邪的生物，头上戴着一顶草帽，胸腔里的心脏一半纯真、一半邪恶，居然会对宇宙做着各种各样的想象。

巴韦博士，他又开始写信了，我在《观察家》杂志上看到你的文章，当时就想加入你倡导的献地运动。我一直非常希望过上一种有德、有用、积极的生活。但我始终不知道从何开始。一个人不能太空想主义，那只会让人们更难发现自己的责任到底在哪里。想要说服大地主出让一些土地给贫困的农民，然而……这些黑乎乎的人徒步穿越印度。赫索格仿佛看到了他们亮闪闪的眼睛，也看到他们内在的精神在发光。必须从大家肉眼都看得见的不公正事例开始，不能采用宏大的历史角度。最近，我看了《大地之歌》。我想你是知道这部电影的，故事就发生在印度农村。有两个画面让我触动极大，一个是有个干干瘪瘪的老太婆用手指勾玉米糊吃，后来她走进杂草，到里面去等死，另外一个就是一个小姑娘在雨中死去。当时，第五大道的剧院里差不多就赫索格一人，歇斯底里的哀乐响起来的时候，赫索格陪着那个小姑娘的妈妈一起哭泣。音乐家用一种当地的铜管乐器模仿哭泣的声音，让哀乐听起来更加悲伤。纽约也在下雨，和那个印度农村一样。他的心很痛。他也有一个女儿，而他妈妈也很可怜。他睡的床单是用面粉袋做的。最好用的是切雷索塔面粉公司的袋子。

他有个模糊的念头，想把他在鲁德维尔的房子捐给巴韦的运动。但是，巴韦博士会用那栋房子干什么呢？他会送印度人去伯克夏尔吗？这对那些人不大公平，毕竟房贷还没有还清。要把房子送人，就应该干干净净地送，让对方可以任意处置。为此，我必须另外设法找八千美元，国税局也不会给我免税额度的。捐给外国人，大概是不能抵税的。巴韦博士会帮上他的忙。买那栋房子是他犯过的最大错误之一。那是他在憧憬幸福生活的时候买的，房子很旧，买来的时候就像个废墟，但有着巨大的可塑性，周围有参天的古树，有个正儿八经的花园，他有空的时候可以慢慢修整。那栋房子已经很多年没人住了。猎鸭人会私自进去，据为己有；赫索格发布告示，说那是他的房子，那些人居然会嘲笑他。有人会晚上进来，把用过的卫生巾扔在他的书桌上，用一个盘子反过来盖着，而那里是他放着一捆捆研究浪漫主义的笔记的地方。那就是当地人的待客之道。火车穿过草地和阳光明媚的松树林时，他的脸上掠过一丝自嘲的表情。如果我接受了挑战呢？我可能就是希伯来人摩西，一个老犹太人来到鲁德维尔，留着白胡子，推着老古董的轮式割草机，在晾衣绳下面割草，吃土拨鼠。

他写信给住在贝尔谢巴的堂哥阿什：我以前跟你提起过，我们家有你爸爸的一张旧照片，他穿着沙皇时代的军装。我已经叫我姐姐海伦去找了。阿什参加过苏联红军，打仗负过伤。他现在是个电焊工，喜怒无常，嘴巴很厉害。他和摩西一起去过死海。那里的天气很闷热。他们一个在盐矿口坐下来乘凉。阿什问："你不是有我爸爸的照片吗？"

总统先生，我听了你最近的广播讲话，你的讲话热情洋溢，但我认为，在税收方面，没有什么证据表明你的乐观是有道理的。新法律有高度的歧视性，许多人认为，它只会加速自动化的进程，让失业问题恶化。因此，将有更多的青少年团伙在大城市的街道上为非作歹，这会进一步凸显警力不足的问题。此外还有人口过剩，种族问题……

海德格尔博士、教授，我想向你请教一个问题。你提到过"日常的堕落"，请问这是什么意思？人什么时候会堕落？面对堕落，我们采取了什么立场？

致美国公共卫生局埃米特·斯特劳沃斯先生，他写道，埃米特，我在电视上看到你出丑了。因为我们是大学本科的同学，对你的那套高论，我就直言不讳了。

赫索格把这几句话都画掉，转而写给《纽约时报》。围绕核辐射的问题，有一个政府的科学家埃米特·斯特劳沃斯博士提出了所谓的

"风险理论"，如今又增加了杀虫剂、地下水污染等问题。我密切关注着这些毒害，也密切关注科学家关于这些毒害的社会和伦理主张。例如斯特劳沃斯博士谈雷切尔·卡森，泰勒博士谈辐射对遗传的影响。最近，泰勒博士认为，紧身裤已经成为一种新时尚，但紧身裤会提高体温，对生殖腺的影响可能超过辐射。曾经备受尊敬的人往往是很危险的疯子。例如陆军元帅黑格勋爵。他把成千上万的人淹死在佛兰德斯。劳合·乔治首相只能支持他，因为黑格是一位非常重要、备受尊敬的领袖。对于这种人，我们只能眼睁睁地看着他们胡作非为，而一个吸食海洛因的人只会伤害自己的健康，却要被判刑二十年，这是多大的矛盾啊！他们会明白我说这些话的意思。

斯特劳沃斯博士说，关于核辐射，我们必须采用他的风险理论。自从广岛原子弹爆炸（杜鲁门说反对向广岛扔原子弹的人都是"滥好人""假慈悲"），生活在文明国家的人都要面临着某种风险，不是这种风险，就是那种风险。这就是斯特劳沃斯博士的理论。但是，他居然把人的生命和生意场的风险投资相提并论。多伟大的理论啊！最近有一项大范围的调查，调查结果表明，大企业是不会冒险的。我想提醒你注意托克维尔的一个预言。他认为，现代社会的民主会减少犯罪，但会造成私德败坏。也许他应该说是会减少个人犯罪，但会增加集团犯罪。许多团伙或者有组织的犯罪，正是为了降低风险。现在，我终于了解，地球人口超过二十亿，要管理好这个星球的事务，绝对不是什么小事情。这个数字本身就是一个奇迹，让一些务实的想法都变得不合时宜。很少有知识分子能够掌握人口变化背后的社会原理。

我们的文明是布尔乔亚的文明。是布尔乔亚，不是马克思所谓的资产阶级。都是软蛋！在现代艺术和宗教词汇中，布尔乔亚认为，这个世界之所以存在，就是要给我们提供一个庇护所，确保我们过上舒适、安逸的生活，让我们有所依靠。光以每秒二十五万英里的高速度传播，让我们得以看见东西，因此我们能够梳头，能够看报纸，能够了解到今天的火腿肉比昨天的更便宜。托克维尔认为，追求幸福的冲动，是民主社会最强烈的冲动之一。他低估了这个冲动的破坏力，但这不能怪他。这封信是写给《泰晤士报》的，他居然写这样的信，一定是疯了！世界上有几百万个伏尔泰式的人，他们的灵魂充斥着愤怒，他们都是一些愤世嫉俗的人，一直在寻找最尖锐、最恶毒的词语。你可以给他们寄一首诗啊，你这个笨蛋。他们那么有组织，而你为什么要那么随心所欲？你坐着他们的火车，对吧？随心所欲就建不成铁路。抓紧吧，写一首诗，把他们都气死。他们会在社论版上印一首小诗，作为补白。但是，他还是接着写信。尼采、怀特海、约翰·杜威等人都写过探讨风险的文章。杜威告诉我们，人类不信任自己的本性，都想在自身之外或者之上寻找寄托，例如宗教和哲学。他认为过去常常是错的。写到这里，摩西给自己刹了个车。他要直奔主题，拣要紧的说。但是，什么是要紧的呢？要紧的是有些人可以毁灭人类，他们都是愚蠢、自大、疯狂的人，必须恳求他们别干这样的蠢事。让生命的敌人滚蛋吧。现在，我们大家都审视一下自己的内心吧。如果内心不发生巨大的改变，我就不会认为自己拥有权威的地位。我爱人类吗？要是我能够把人类都扔进地狱，我会那么干吗？我们大家都穿上裹尸布，都去华盛顿和莫斯科吧。我们男女老少都躺下，一起大喊："让我们大家活下去吧。也许我们不配，但让我们大家活下去吧。"

在每个社会，总有一种人对其他人构成极大的危险。我说的不是那些暴徒。对于暴徒，我们有惩罚措施。我说的是领袖。追求并拥有权力的人才是最危险的。而有正义感的公民只会发牢骚。

编辑先生，我们注定是那些有力量摧毁我们的人的奴隶。我不是说斯特劳沃斯。我和他是大学同学。我们在雷诺兹俱乐部打过乒乓球。他那张脸胖乎乎的，还白花花的，真像屁股，脸上有几颗痣，拇指也胖乎乎的，会偷偷地增加球的旋转。在绿色的桌子上乒乒乓乓地打来打去。我不相信他的智商有那么高，也许有吧，但他学习数学和化学的劲头可真大，学习非常刻苦。与此同时，我却一直在虚度年华。就像琼最喜欢的那首儿歌里说的蚱蜢。

蚱蜢三只，蹦蹦跳跳，
嘿，哟，
腿一弹，脚一跷。
付房租，可没钱，
整天只会唱小曲，
唧唧唧，唧唧唧。

想到这里，摩西就笑了起来，他很高兴。一想到孩子，他的表情就显得特别温柔，脸上也随即出现了一些皱纹。孩子们懂得什么叫爱！马可正要进入和爸爸无话可说的阶段，而琼和从前的马可一模一样。她会站在爸爸的腿上给他梳头。他的大腿被她使劲踩着。他父爱迸发，如饥似渴地抱着她弱小的身体，她呼吸的气息吹在他的脸上，更激发了他内心最深处的情感。

他经常用婴儿车推她去中途公园，一路上要跟学生和同事打招呼，每次打招呼，他都要摸一下绿色天鹅绒帽子的边缘，帽子上像长了苔藓，比山坡绿地和中空草坪都更加碧绿。他觉得，在丝绒帽子的下面，小姑娘的那张脸长得和她爸爸几乎一模一样。他满脸微笑，用黑乎乎的眼睛看着她，一边哼着儿歌：

> 有个老太婆，
>
> 坐在篮子里，
>
> 飞到天空中，
>
> 和月亮一样高。

"我还要听。"琼说。

> 她要飞到哪里去，
>
> 没人能告诉你，
>
> 因为她的腋下，
>
> 夹着一把扫帚。

"我还要听，我还要听。"

从湖面上吹来的暖风推着摩西向西走，他路过灰色的哥特式建筑。妻子和她的情人在卧室里脱衣服的时候，他至少还有孩子在身边。面对他们的欲望和背叛，他会悄悄让开，让他们享受生活和激情。是的，他会不声不响地撤退。

* * *

板着面孔的售票员从赫索格的帽圈上拿走了票。售票员是一种古老的岗位，马上就要消失了。在车票上打孔的时候，他似乎想要说什么。也许是草帽让他想起了从前的事情。但是，赫索格忙着写信，这封信就快写完了。即使斯特劳沃斯是一个所谓的哲学之王，我们是否就应该给他权力，任由他去篡改生命的遗传基因，去污染空气和地球上的水？我知道，生气是一种不理智的行为。但是……

售票员把打过孔的硬纸板车票塞在印着座位号的金属片下面就走了，摩西继续在手提箱上写信。当然，他也可以去餐车，那里有桌子，但去那里的话，他必须买饮料，要陪人家闲扯。而且，他还有一封非常重要的信要写。那是写给芝加哥的精神病医生埃德维格的。

埃德维格，赫索格写道，原来你也是个骗子！多么可悲啊！但是，这样开头不好。于是他就重新写。埃德维格，我要告诉你一个消息。对啊，这样写好多了。埃德维格令人恼火的一点是，看他的言行举止，俨然他是知晓所有消息的人。这个表面斯文冷静的新教北欧盎格鲁·凯尔特人埃德维格，留着灰白的小胡子，一头鬈发，戴着一副圆眼镜，衣着干净整洁。实话实说，来找你的时候，我的状况确实非常不好。玛德琳说，如果我们要继续住在一起，我就必须接受精神治疗。你是否还记得，她说我的精神状况很危险。我可以自己挑选心理医生。很自然，我选了一个写过文章介绍巴特、蒂利希、布鲁纳的人。玛德琳虽说是个犹太人，但她当过一段时间的基督教徒，又改信了天主教，我希望你能帮助我理解她。然而，你却被她吸引了，自己去找了她。你就别否认了。特别是你从我嘴里了解到她很漂亮，很聪明，也有点神经过敏，而且信教。我走的每一步都是她和格斯巴赫谋划好的，我始终都在他们的掌控之中。他们说精神病医生可以帮助我缓解压力，也就是说我是一个病人，神经异常敏感，甚至可能已经没得救了。再说，治疗会让我忙得顾不上别的事情。每星期有四个下午，他们都让我乖乖躺在沙发上，而他们就安心上床做爱。我快崩溃了，我来找你的那天，天气潮湿，下着小雪，但公共汽车上又热又闷。当然，那场雪没有让我的心凉下来。街上落满了黄叶。一个老太太戴着翠绿的长毛绒帽，像头上套着褶皱柔和的袋子。但是，那一天也不是很糟糕。埃德维格医生说我没疯。只能算是反应性抑郁。

"但玛德琳说我疯了。她说我……"他很激动，浑身颤抖，痛苦扭曲了他的脸，他的喉咙肿胀，疼痛难忍。但是，他被埃德维格满脸胡须的微笑和微笑所表达的善意所鼓舞。然后，他设法让埃德维格多跟他说些话，但那天他只是告诉他，抑郁症患者往往会形成很强的依赖性，失去依靠的时候，或者觉得可能失去依靠的时候，就会变得歇斯底里。"当然。"他又说，"听你跟我说的这些情况，你也不是没问题的。她好像有满腔怒火。她是什么时候脱离教堂的？"

"我也说不准。我原以为她早就不去了。但是，今年的圣灰星期三，我发现她的额头上有烟灰。我说：'玛德琳，我以为你不再是天主教徒了。但是，你猜我在你眉间看到了什么？烟灰。'但她说：'我不知道你在说什么。'她硬说那是我的错觉，她想以此搪塞敷衍过去。但那不是错觉。那个灰点很明显。我发誓，那儿肯定有个点。但她似乎觉得，我是个犹太人，怎么会懂得这些东西呢？"

赫索格看得出来，埃德维格对玛德琳说的每一个字都非常在意。他点点头，抬起头，每听到一句话就会扬起一次下巴，摸摸整齐的胡子，眼镜的镜片闪闪发光，笑容可掬。"你觉得她是基督徒？"

"她说我是个法利赛人。她真的说过。"

"啊？"埃德维格很惊讶。

"啊什么？"摩西问，"你赞同她的看法？"

"怎么可能呢？我根本就不认识你们。不过，对于这个问题，你是怎么看的呢？"

"你认为二十世纪的基督徒有什么权利对犹太法利赛人评头论

足？从犹太人的角度来看，你知道，这个时候你们还这么干，很不合适，你们不够格。"

"但是，你认为你的妻子是站在基督教的角度吗？"

"我认为她的角度很奇怪，她一直待在家里，却想着超凡脱俗。"赫索格在椅子上坐得比刚才更笔直，说话的语气一本正经，煞有介事。"我不认同尼采的说法，他说耶稣让整个世界都生了病，大家都染上了奴隶道德这种病毒。但是，尼采本人的历史观也是基督教的观点，总是把当下视为危机时期，古典时期是伟大的，而现代社会是堕落、腐败、邪恶的，需要拯救。我觉得这就是基督徒的观点。玛德琳也是这种观点。没错。在一定的意义上，我们很多人都有这种观点，都认为我们是中毒的人，需要拯救和救赎。玛德琳想要一个救世主，但在她的眼里，我不是救世主。"

显然，摩西说出这些话，和埃德维格所料完全一致。他耸耸肩，微笑着，眼前的这一切都可以当作案例分析材料。他看样子是非常满意的。他皮肤白皙，举止温和，他的肩膀是方的，但不失温柔。他的眼镜是老式的，框架有点粉色，但色调很淡，几乎看不清是什么颜色，这让他显得有点沉闷、低调，但也显得他善于沉思，体现了医生的职业特征。

渐渐地，我弄不太清楚那是怎么回事，玛德琳成了我们谈话的主要对象，她不仅支配着我，也能左右我们的谈话。你已经进入她的掌握之中了。我注意到了，你是多么急切去见她啊。因为我的病情不同寻常，你说你必须去当面向她了解情况。不久，你就开始和她深入讨论宗教问题。最后，你也给她做心理治疗。你说你终于明白了她为什么让我着迷。我说："我告诉过你，她不同寻常。她是个非常聪明的娘子，让人觉得恐怖！"所以，你至少知道了，如果我被人家用石头砸死（他们都说会的），那绝对不是一个寻常女人干的。至于玛德琳，她让你上了当，所以她又刷新了骗人的纪录。她的城府更深了。因为她在攻读俄罗斯宗教历史的博士学位（这是我猜的），你本来是给她做心理治疗，一次二十五美元，一个疗程几个月，但后来肯定变成你给她上东正教的课。然后，她就出现了奇怪的症状。

首先，她指控摩西雇佣私家侦探跟踪她。她是用略带英国味的措辞提出这个指控的，他已经习惯了，这种措辞的出现，必然意味着麻烦即将到来。她说："我本来以为你很聪明。是不会勾结那种人的。那个人做侦探实在太差劲，人家一眼就看明白了。"

"勾结？"赫索格问，"我和谁勾结了？"

"那个让人讨厌的男人，那个穿着运动服、又臭又胖的男人。"玛德琳自信心非常强，向他展示了她可怕的一面。"你千万不要否认。真是卑鄙到了极点。"

看到她的脸色那么苍白，他告诫自己要小心，尤其是不能提及她用了英国式的措辞。"但是，玛德琳，这是个误会啊。"

"绝对不是什么误会。我做梦也没想到你会干出这种事情来。"

"我真的不知道你在说什么。"

她说话越来越大声，她的声音开始颤抖起来。她激动地说："你这个王八蛋！你别想蒙骗我。你会玩他妈的什么把戏，我都知道。"接着，她嘶吼说："别再玩了！我不会让一个侦探跟踪我！"她目不转睛地盯着他，她那双漂亮的眼睛变得血红。

"但是，玛德琳，我为什么要叫人跟踪你呢？我真的不明白。你有什么见不得人的事呢？"

"我下午去菲尔德购物中心，那个人一直跟着我。"她生气的时候，说话也会结巴。"我在女厕所里待了……半个小时，我出来的时候，他……还在外面等着我。然后，在隧道里……我去买花……也一样。"

"也许那个人是想跟你搭讪。和我一丁点儿关系也没有。"

"那就是个狗仔！"她紧握着拳头。她咬牙切齿，浑身在颤抖。"今天下午，我回到家的时候，他就坐在隔壁家的门廊里面，隔着纱窗盯着我。"

摩西脸色苍白。他说："你说他是谁，玛德琳。我马上去找他。你跟我说，那个人是谁？"

埃德维格说她这种情况可能属于妄想症。赫索格说："真的吗？"他想了一会儿，然后突然激动起来，睁大眼睛，冲着医生大喊："你真的认为这是一种幻觉吗？你是说她也有问题吗？她也疯了吗？"

埃德维格小心翼翼地说："像她这种情况，不一定表明人已经疯了。我说她那个情况属于妄想症，没有别的意思。"

"这么说，有病的是她，她比我病得更厉害，对吧？"

啊，可怜的姑娘！她是该好好治了。她真的有病。对于病人，摩西总是特别有同情心。他向埃德维格保证："如果她真像你说的那样，我就要先管好自己，然后尽量照顾好她。"

在这年头，好心不一定能办成好事，对人家好就会被怀疑是有病，是一种变态的行为，像虐恋。做事高尚一些，就要被怀疑是想骗人。对于所谓高尚的情操，我们只会用陈词滥调来赞扬，而内心深处却是极其抵触的。

反正，听到摩西保证要照顾玛德琳，埃德维格并没有表示赞许。

埃德维格说："我必须让她知道她有这个可能性。"

于是，玛德琳得到了专业人士的警告，说她要当心自己有妄想症，但她似乎不为所动。她说，对她来说，她不正常并不是什么新鲜事。总之，她非常平静。"这样就不会再无聊了。"她对赫索格说。

麻烦并没有就此结束。一两个星期以来，菲尔德购物中心的送货车几乎每天都会送珠宝、香烟盒、外套和连衣裙等服装、灯具、地毯等到家里来。玛德琳记不得她有买过这些东西。十天之内，她欠的账已达一千二百美元。这些都是高档品，非常漂亮，很招人喜欢。即使精神状态有问题，她还是很有档次追求的。把东西退回去之后，摩西对她非常温柔，非常关心她。埃德维格预测，她不会有真正的精神病，但她的问题会不断出现，一阵子一阵子的，一辈子都不可能根除。摩西觉得很难过，但是，也许他的叹息也表达了某种满足感。这是有可能的。

很快就不再有人来送货了。玛德琳回去读她的研究生课程。但是，有一天晚上，在杂乱的卧室里，他们都一丝不挂，赫索格掀开被子发现被窝里面有几本旧书（几卷大部头的俄罗斯百科全书），就说了几句尖酸刻薄的话，这让她受不了。于是，她开始冲着他尖叫，扑倒在床上，撕破了毯子和床单，把书摔在地板上，然后用指甲掐枕头，发出狂野的尖叫，也像是在哽咽。床垫上有一个塑料盖子，她抓着这个盖子，一边不停地尖叫着，咒骂他，但口齿不清，口吐白沫，样子看起来很吓人。

赫索格把被打翻的台灯捡起来。"玛德琳，你这个样子……是不是应该吃点药？"他很蠢，居然伸出一只手去抚摩她，但她立刻翻身起来，一巴掌打在他脸上，但她动作太笨拙，打不疼他。她举着两只拳头向他扑过去，不是反复地捶打，而是像在街头的泼妇一样乱挠一通。赫索格转过身去，任凭她在他的背上发泄。这是有必要的。毕竟她生病了。

我没有还手。我还想着让她回心转意。我可以告诉你，我的温顺正好激怒了她，她肯定觉得我是在和她玩宗教博弈，觉得我想在这个方面打败她。我知道你和她探讨过基督之爱，你发表过类似的高见，但只要我表现出了一丁点儿相同的迹象，她就会发疯。她觉得我是个骗子。在她的幻觉里面，我被分解成了各种原始的元素。所以我认为，如果我打了她，她的态度可能会不一样。妄想也许是野蛮人的正常心态。如果我的灵魂不合时宜，乱了方寸，经历了更高级的情感，我无论如何也不会得到赞许。你肯定不会赞许，我知道你对善意的态度。我读过你研究加尔文心理现实主义的文章。我希望你不介意，我觉得，所谓的心理现实主义，正好揭示了恶劣、卑怯、小气的人性。我知道，你信仰的是新教的弗洛伊德主义。

埃德维格很平静地坐着，脸上略带着一丝微笑，听着赫索格描绘卧室里的打斗情节。然后他问："你觉得为什么会这样呢？"

"可能是那些书引起的吧。我干扰了她的学习。我说屋子里脏，很臭，她就觉得我在批评她的思想，逼她回去做家务。这是不尊重她的人权……"

埃德维格的情感反应并不令人满意。每当赫索格需要情感共鸣，他就得去找瓦伦丁·格斯巴赫。所以，他就去找他了。但是，按下格斯巴赫家的门铃后，一般是菲比·格斯巴赫来开门的，他要面对菲比·格斯巴赫的冷漠（对此他无法理解）。她很憔悴，脸色苍白，表情僵硬，整个人紧绷绷的。当然，康涅狄格的地面在快速上升，然后收缩，然后急速沉降，大西洋的海水在闪闪发光。菲比当然知道她的丈夫和玛德琳有不正当关系。菲比的一生只有一个事业，只有一个目标，那就是留住丈夫，保护好孩子。听到门铃声响，她打开门，就看到了傻里傻气、愁眉苦脸的赫索格。他来找朋友了。

菲比身体不好，体力有限，没有精力嘲讽他。至于怜悯，她要怜悯他什么呢？不是通奸，这种事情太普遍了，他们俩都不会很当真的。反正，在她的眼里，谁拥有玛德琳的身体从来都不是什么大事。

她可能会同情赫索格太书呆子气，他把问题都看得那么重；或者，她只同情他的苦难。但是，她可能只在意自己的生活，不关心别人的事情。摩西知道，她责怪他加大了瓦伦丁的野心，让他变成了公众人物格斯巴赫，诗人格斯巴赫，电视知识分子格斯巴赫，此后格斯巴赫居然去美国犹太复国主义妇女组织哈达萨做演讲，讲马丁·布贝尔的哲学。赫索格把他带进了芝加哥的文化圈子。

"瓦伦丁在他的房间里面，"她说，"对不起，我得带孩子去教堂。"

格斯巴赫正在安装书架。他从容不迫地量着木头、墙壁，在墙上画着线。他用水平仪很熟练，仔细确认打孔装螺丝的地方。他的脸胖乎乎的，又红又黑，样子看起来很精明，胸膛宽阔，下身装着假肢，身体有点歪向一边。他听着赫索格诉说玛德琳怎么莫名其妙地攻击他，但他要集中精力挑选电钻的钻头。

"当时我们正准备睡觉。"

"嗯？"他努力保持耐心。

"我们俩都光着身子。"

"你到底想干什么？"格斯巴赫语气严厉地问。

"我？没有，没想干什么。她用俄语书垒了一堵墙，把自己包围起来。像基辅大公弗拉基米尔，像莫斯科主教吉洪。就在我的床上！他们曾经迫害我的祖先！她找遍了整个图书馆。她是从书架的最底层翻出来的，这些书五十年来都没有人碰过。床单上到处是黄色的纸屑。"

"你是不是又跟她唠叨了？"

"可能有吧，说了几句。蛋壳、碎骨头、空罐头都丢在桌子下面，这对琼影响很不好。"

"这就是你的错！她受不了不停地唠叨。如果你希望我帮你解决问题，我就必须告诉你。你和她都是我最要好的朋友，这是公开的秘密。所以，我必须提醒你，朋友，别再婆婆妈妈，别再胡闹了。你要正确对待自己的问题。"

"我知道，"赫索格说，"是她有问题，她正面临着一场漫长的危机。她有精神病。我知道，我有时说话不那么注意语气。我和埃德维格聊过她的问题。反正，星期天晚上……"

"不是因为你胡闹吗？"

"没有。我们前一天晚上做过爱了。"

格斯巴赫似乎非常生气。他盯着摩西，双眼通红。他说："我没有问你这个。我只问星期天晚上的事情。你要通点情理，该死的！再跟你说不通，我就不管你了。"

"我怎么就不通情理了？"摩西吓了一跳，他没料到自己说话会这么激动，格斯巴赫的目光会那么凶狠、那么咄咄逼人。

"你没有说实话。你一直在闪闪躲躲。"

在格斯巴赫血红的目光的逼视下，摩西仔细琢磨着这个指控。格斯巴赫长着一双先知的眼睛，一双犹太人的眼睛，是的，他就是一个以色列法官，一个国王。瓦伦丁·格斯巴赫是个神秘人物。"前一天晚上，我们做爱了。但是，一做完，她就打开灯，拿起一本脏兮兮的俄语书，放在胸前读起来。我刚离开她的身体，她就伸手去拿书。不是跟我亲吻。没有做爱后习惯性的相互抚摩。她反而是在抽鼻子。"

瓦伦丁淡淡一笑："也许你们应该分房睡。"

"我想我可以去孩子的房间里睡。可是，琼还很不消停。她夜里会穿着睡衣裤到处走。醒来的时候，我发现她就在我的床边。经常尿裤子。她也有心理压力。"

"别来这一套，饶了孩子吧。不要拿她说事。"

赫索格低下了头。他觉得泪水马上就要喷出来了。格斯巴赫叹了口气，沿着墙边慢慢来回走动，一会儿弯下腰，一会儿直起腰，像个船夫的摇橹一样。"上个星期我跟你解释过……"他说。

"你最好再跟我说一遍。我正好想听听。"赫索格说。

"好吧。你听我说。我们再深入探讨一次。"

悲伤毁了赫索格英俊的脸庞，悲伤是一种重伤。任何被他的自负伤害过的人，此时看到他备受蹂躏之后的样子，都可以出一口气。这种转变很滑稽可笑。格斯巴赫数落他的话，是那么生动、激烈、粗俗，也非常滑稽可笑，那是在模仿知识分子说话的腔调，知识分子通常追求更高层次的意义，更加深刻，他也煞有介事。摩西坐在窗户旁边，沐浴着阳光，仔细倾听着。挂在凹槽镀了金的杆子上的窗帘搭在桌子上，桌子上还放着木板和书。"有一点你可以相信，哥们儿，"瓦伦丁说，"这件事和我没有任何关系。我没有任何私心偏见。"瓦伦丁喜欢使用意第绪语，但经常用错。赫索格的意第绪语更上档次，更符合上流社会的标准。出于本能的优越感，他觉得瓦伦丁说的意第绪语有屠夫、卡车司机、平民的口音，但他放下了自尊，仔细听着。我的天啊！那个世界早就衰落了，那种古老的家族、阶级偏见真是荒谬。"都别再玩花样了，好吧？"格斯巴赫说，"就算你是一个浑蛋，就算你是个罪犯，那又怎样？都不能动摇我对你的情谊。这不是废话，你懂的！不管你对我怎么样，我都能忍。"

摩西感到十分惊讶。他问："我对你怎么了？"

"你就别再扯淡了。我也知道玛德琳是个婊子。别以为我没想过要揍菲比。那个醋罐子！但那就是女人的天性。"他把浓密的长头发甩到两边。他的头发黑中透着红。后面倒是剪得很短。"你已经照顾她一段时间了，好吧，我知道。但是，如果一个女人的爸爸很恶心，妈妈又爱唠叨，她的男人还能怎么样呢？不能指望有回报。"

"嗯，这是当然。但是，我这一年来花了大概两万美元。我的全部家当都投进去了。现在，我们在大湖公园有个落脚地，但住在那个破地方让人很难受，整个晚上都有城际列车经过。下水管道很臭。房子里塞满了垃圾，除了俄语书籍，就是孩子的脏衣服。活都是我在干，收拾可乐瓶、扫地、烧纸张、捡肉骨头等。"

"那个婊子是在考验你。你是个大教授，常常要去参加会议，和各种国际朋友往来。她希望你能认识到她的重要性。你是个君主。"

为了拯救他的灵魂，摩西不能放过这个发音错误。他平静地说："是君子。"

"哦，是吗？无所谓。也许，问题在于你的名声，更在于是你的自负。你应该男子汉一点。你有这个潜质。但是，你却干了那些自私的狗屁事情。很了不起啊，这么大的人物会为了爱放弃名声地位。悲壮吗？真他妈的太扯淡了！"跟瓦伦丁在一起，就跟陪在国王身边一样。这都在他的掌控之中。他的手里可能握着权杖。他就是一个国王，一个情感国王，内心深处就是他的王国。他主宰着所有的情感，仿佛拥有心灵的至上权力。利用这种权力，他可以为所欲为，对他而言，掌控情感是轻而易举的。他是个大人物，一言九鼎。（还是那句话，他说的话都是真理！）赫索格也渴望变得伟大，即使伟大是虚假的。（眼前的"伟大"不都是假的吗？）

他们出门去吹冷风，呼吸冬天新鲜的空气，让头脑清醒一下。格斯巴赫穿着那件让他气势磅礴的风衣，系着腰带，光着头，他呼出的一口气，一下子就变成了雾，那条不怕疼的假腿在雪地里踢来踢去。摩西拉了拉他那顶深绿色的天鹅绒帽子的帽檐。他的眼睛受不了雪地的反光。

听他说话的口气，瓦伦丁就像是一个经历过恐怖的挫折然后重新崛起的人，正所谓大难不死，必有后福。他的爸爸死于肝硬化。他也会罹患肝硬化，也会死于肝硬化。谈到死亡，他反而雄赳赳气昂昂，眼睛里闪烁着惊人的光芒，赫索格觉得，他的目光就像一碗心灵的肉汤，滚烫、冒着热气。

"丢掉这条腿的时候，我刚七岁，"格斯巴赫说，"当时在萨拉托加斯普林斯，我一直跟着卖气球的人跑，他一直在吹小气球。我从货场抄近路，想从车厢下面钻过去。幸运的是，轮子只轧断了我的一条腿，制动员及时发现了我。他用外套把我裹住，然后把我送到医院。我醒过来的时候，鼻子还在流血。病房里面没有别人。"摩西听着，白雪的反光对他的脸色并没有影响。

"我翻过身，想朝外面看，"格斯巴赫仿佛在讲述一个奇迹，"血滴到地板上，溅起来，我看见床下有一只小老鼠，它似乎被地上溅起来的血吓坏了，目瞪口呆。它不断后退，同时摇着尾巴，胡须也不停地上下动。病房里阳光灿烂……"（摩西想，太阳上有风暴，但晒到这里，阳光是那么温和。）"床底下是一个小世界。然后，我发现我的一条腿不见了。"

说到这里，瓦伦丁掉下了泪水，但他会否认那泪水是为他自己而流的。不可能，那是胡扯，他会说。他不会为自己流眼泪的。我的眼泪是为那个小孩流的。摩西也有自己的故事，他也已经讲了一百遍，所以，对于格斯巴赫的唠叨，他没什么好抱怨的。每个人都有自己的一组诗。但是，格斯巴赫总是好像在哭，这很奇怪，因为他卷曲的铜色长睫毛粘在了一起。他是个温柔的人，但样子看起来很粗鲁，他的脸型很宽，很有棱角，毛发浓密，下巴显得非常凶悍。摩西认识到，按他自己的规则，苦难越深重的人会越特别，他心甘情愿地承认格斯巴赫的苦难更深重，他被车轮轧过的痛，一定比摩西的任何经历都更刻骨铭心。经历过痛苦的格斯巴赫脸色跟白色的石头一样，让他红色的胡须显得很突兀。他的下唇几乎被上唇包住。他是伟大而悲壮的！非常悲壮！非常感人！

＊　　　＊　　　＊

赫索格写道：埃德维格医生，你已经重复说了很多遍，你认为玛德琳本性虔诚。她皈依天主教的时候，也就是在我们结婚之前，我不止一次和她一起去教堂。我清楚地记得……在纽约……

每次去教堂都是她强行叫他去的。一天早上，赫索格叫出租车把她送到教堂门口，她说他必须进去。他非进去不可。她说，如果他不尊重她的信仰，他们之间就不可能有任何关系。"但是，我对天主教一无所知。"摩西说。

她下了车，迅速上楼去，她料定他会跟着。他付了车费，追上了她。她用肩膀把弹簧门挤开。她把手放在胸前，画了个十字，动作很娴熟，好像一辈子都在做这个动作。她可能是从电影里面学到的。但是，她脸上露出那种恐怖的渴望和扭曲的困惑，那种迫切的表情——那是从哪里学来的？玛德琳穿着灰色的松鼠领套装，戴着一顶大帽子，穿着高跟鞋，急匆匆地往前走。他慢慢地跟在后面，摘下帽子的时候，要用一只手按着脖子，以防黑白相间的外套掉落。玛德琳似乎在往上提气，胸部和肩膀都往上拱，而且因为兴奋，她脸色通红。她的头发盘在帽子下面，但还是有几缕散落出来，形成侧边发辫。那座教堂是新的，很小，又冷又暗，橡木长凳涂着清漆，闪闪发光，祭坛旁边的火焰好像一动不动。玛德琳在过道里跪下。不过，那不仅仅是跪拜。她跪了下去，扑倒在地，几乎要趴在地板上。她双手张开，整个身体匍匐在地上，他看得懂这个动作。他坐在长凳上，用手蒙住脸的两边，像一匹马戴着眼罩。他来这里干什么？他是一个丈夫，是一个爸爸。他结婚了，他是犹太人。他为什么来天主教堂？

铃声响起来。神父快速念完了一段拉丁文，很敷衍，没有丝毫感情。大家跟着念，而玛德琳的声音最清晰，比其他人更响亮。念完后她画了个十字。她又在过道里跪拜。等他们回到街上，她恢复了正常的脸色。她笑着说："我们去找个好点的地方吃早饭吧。"

摩西告诉出租车司机去广场。

"但我没有化妆，去那里不合适啊！"她说。

"那么就去斯坦伯格乳品店吧。我也更喜欢那里。"

可是，他话还没说完，玛德琳就开始涂口红了，然后把衬衫拉拉松，摆正帽子。此时的她是多么可爱啊！她圆圆的脸上洋溢着快乐，红扑扑的，她一双蓝色的眼睛十分纯洁、水灵。她生气的时候可不是这个样子的，她一生气就冷若冰霜，看起来凶神恶煞。门卫从广场前的洛可可棚子里跑出来迎接。风很大。她飞快地跑进大堂，大堂金碧辉煌，有绿色的棕榈树，有粉红色的地毯，还有门童伺候着……

我不太明白你说的"虔诚"是什么意思。宗教信仰可能让一个女人不再爱她的情人或丈夫。但是，要是她恨他呢？要是她一直盼着他死呢？他们做爱的时候，她心里在想着什么？做爱的时候，要是他看到她蓝色的眼睛里闪烁着什么别的念头呢？她的眼神就像祈祷的少女。我不是个头脑简单的人，埃德维格医生。我常常希望我头脑简单一些。既然当不成哲学家，脑子太复杂没有什么好处。我不指望一个虔诚的女人会这么可爱，世界上没有圣洁又可爱的小猫。但是，我想知道你怎么就认定她是个虔诚的人。

我好像被卷入了一场宗教博弈。你、玛德琳和瓦伦丁·格斯巴赫都在和我谈宗教，所以，我也想试试。我想尝尝所谓的谦卑是什么感觉。仿佛白痴似的消极顺从、受虐狂似的匍匐在地上或者胆小怕事就是谦卑，是恭顺，而不是可怕的颓废。令人厌恶！啊，顺从而有耐心的赫索格！我安装了风雪护窗，就是在表达我的爱，我给孩子留下了充足的食物，付了房租、燃气费、电话费和保险费，然后才收拾我的手提箱。我刚刚走，你的圣女玛德琳就把我的照片寄给了警察。我胆敢再踏上门廊去看我的女儿，她就马上打电话叫警察来。她已经准备好了逮捕证。瓦伦丁·格斯巴赫把孩子带到我跟前，然后带回了家，他也给了我建议和安慰，就是用宗教信仰来劝我。他给我带来了好几本书（犹太学者马丁·布贝尔的书）。他命令我要好好研读。我马上就坐下来读了《我与你》《神与人》《预言与信仰》。然后，我们交流了读后感。

我相信你了解布贝尔的观点。把人（主体）变成物（客体）是不对的。通过精神的对话，"我"和"它"的关系变成了"我"和"你"的关系。上帝在人的灵魂世界里来来去去。人们在彼此的灵魂世界里来来去去。有时候，人们也会在彼此的床上来来去去。你和一个男人对话，你和他妻子发生不正当关系。你握着那个可怜的家伙的手。你看着他的眼睛。你安慰他。你一直想重新安排他的生活。你甚至为他未来几年的生活做好了打算。你夺走了他的女儿。不知道怎么回事，这一切都神秘地转变成为虔诚的宗教信仰。最后，你也比他更痛苦，因为你的罪过比他还大。所以，你摆脱不了他，他就这么来来去去。你告诉过我，我对格斯巴赫的敌意是无端的，你甚至暗示说，那是我的妄想症使然，是我神经过敏。你知道他是玛德琳的情人吗？她有跟你说实话吗？没有吧，否则你就不会这么说。她有充分的理由害怕被私家侦探跟踪。完全不是妄想症。你的病人玛德琳告诉过你她喜欢什么吧？你什么都不知道。你什么都不知道。她完全把你迷住了。你自己也爱上了她，不是吗？正中她的下怀。她想让你帮她甩掉我。无论如何，她都是要甩掉我的。刚好，你落到了她的手里，成了她的工具。而我是你的病人……

亲爱的史蒂文森州长。在疾驰的火车上，赫索格稳稳坐在座位上写道：我的朋友，我想和你说几句话。1952年，我支持过你。和许多人一样，我认为这个国家可能已经为伟大时代的到来做好了准备，它将在世界上扮演重要的角色，智慧的力量也终于在公共事务中表现出来，有点像爱默生在《美国学者》里的设想，知识分子将有用武之地。但是，人们的本能是拒绝意象和思想，也许是觉得陌生，所以不信任。人们更愿意相信有形的物品。所以，那些只空想而不实干的人，以及那些什么都不想的人，一切都将照旧不变。我想，你可能是在替这些人工作吧。我相信科利奥兰纳斯的教训是惨痛的，你必须上街去讨好选民，即使是在像新罕布什尔这么寒冷的地方。也许，在过去的十年里，你确实做了一些实际的贡献，体现了传统的人文精神，像个智者，为公共服务而牺牲了自己，为失去私人生活而伤感。呸！那个将军之所以获胜，是因为他表达了低档次的爱、廉价的爱。

　　那么，赫索格，你想要什么？天使从天而降？火车会碾死他的。

　　亲爱的拉蒙娜，你千万不要因为我逃走了，就认为我不喜欢你。我是喜欢你的。我经常觉得你就在我的身边。上周，在那次派对上，我看到你在另一边，你戴着插着鲜花的帽子，头发遮住了你容光焕发的脸颊，我终于体会到了爱你是什么滋味。

他在心里呼喊：嫁给我吧！做我的妻子！终结我的烦恼吧！他的鲁莽，他的软弱，以及这种情感的突然爆发，都让他震惊不已，这是典型的精神错乱。我们必须保持头脑清醒，要知道自己到底是谁。这是必须的。我们是谁呢？从拉蒙娜身边逃走的时候，他是依依不舍的，很想过去抱住她。他想那样会束缚住她，于是就把自己束缚起来，而这种看似聪明实则愚蠢的行为，造成的后果就是自己掉进坑里。所谓自我发展、自我实现、幸福感，这些都是精神病发作的由头。啊，可怜的家伙！赫索格也暂时加入了客观世界里看不起自己的行列。他也可以冲着赫索格笑，嘲笑他，鄙视他。但是，事实就是事实，改变不了。赫索格就是赫索格。该承担的他必须承担。没有人会替他承担。笑完之后，他必须看透迷雾，回归自我。但是，有一个胡思乱想的念头，是关于你的：第三任赫索格太太！这是婴儿固恋对你造成的伤害，童年的创伤，人不可能像蝉一样蜕皮，把空壳留在灌木丛中。还没有一个真正的个体存在过，既能够生存，也能够死亡。只有病态、悲惨、忧郁、可笑的傻瓜，才有时希望通过法令、通过强烈的渴望实现某种理想，但通常是采用恐吓的手段，让全人类都相信他们。

从许多方面来看，拉蒙娜确实是一个理想的妻子人选。她很善解人意，受过很好的教育。在纽约发展得很好，有钱。在身体方面，她是天生的尤物。胸那么大！肩膀丰满、可爱。小腹紧致。腿有点短，有点弯曲，但正因为如此，她才特别迷人。她真的很迷人。只是他跟另一个人的爱与恨还没有了结。赫索格手上还有事情没办完。

亲爱的津卡，上个星期我在梦里见过你。我们一起在卢布尔雅那散步，但我必须买机票去里雅斯特。非常遗憾，我必须离开。但是，对你来说，那样也许更好。梦里下着雪。不只是在梦里，现实世界里也下雪了。我到威尼斯的时候，还在下雪。今年，我走遍了半个世界，见到了那么多人，我觉得，除了死人，所有的人我都见到了。也许我要找的就是那些死人。尼赫鲁先生，我想，有一件非常重要的事情我必须告诉你。路德·金先生，亚拉巴马州的黑人让我钦佩不已。美国白人面临着去政治化的危险。希望黑人的这个行动能够唤醒大多数人。现代民主国家的政治问题，其实就是社会问题。如果解决社会问题都成为幻想，旧的政治秩序就该完蛋了。我希望能够公开表明赞赏你们这个团体的道德尊严。鲍威尔家族不行，他们和白人政客一样腐败。

威尔逊局长，在去年的禁毒会议上，我就坐在你的旁边，我叫赫索格。我是一个身材敦实的家伙，黑眼睛，脖子上有一个伤疤，头发斑白，穿着常春藤联盟学生的西装校服（我妻子亲手挑选的），剪裁不大合身，因为我已经发福了，穿着那种西装显得轻佻了。不知你是否允许我对你的警察队伍发表一些看法？社区秩序无法维持，不是某个人的错。但我很担心。我有一个女儿住在杰克逊公园的附近，你和我一样清楚，那个公园并未得到适当的监管。那里有许多流氓出没，值得你们去看看。

阿尔德曼先生，军方一定要把耐克导弹基地设在西点军校吗？我认为这完全是徒劳的，这种基地已经不管用了，还占地方。城里还有很多合适的地方。为什么不把这些垃圾搬到偏僻一点的地方？

快，赶快，抓紧！火车正在飞驰，此时已经过了纽黑文，正全力向罗得岛飞奔而去。赫索格不会再透过固定密封的有色玻璃窗户往外看了，他的心情十分迫切，他的心似乎早就飞出去了，穿越迷雾，做出了清晰的判断，做出了最终的解释，但废话他不会说。他欣喜若狂，如痴如醉。与此同时，他觉得他的判断暴露了他无限、无端的跋扈和任性，也暴露了他爱唠叨的本性。

摩西·赫索格，你从什么时候开始对外部世界、对社会问题这么感兴趣了？不久之前，你还那么与世无争。但是，突然间，浮士德精神降临到了你的身上，你开始对社会感到不满，要求全方位的改革。还会骂人。

先生们，贝尔格莱德的信息服务中心寄来了一个包裹，里面是冬季服装和其他装备。我不愿意带着秋衣秋裤去意大利，那里是流浪者的天堂，但后来我后悔了。我抵达威尼斯的时候，那里正在下雪。我不能拎着手提箱去坐汽艇。

尤德尔先生，最近，我在西北地区认识了一名石油工程师，他告诉我，我们国内的石油储备已经快用完了，未来计划用氢弹炸开极地的冰盖，开采下面的石油。真有这回事吗？

＊　　＊　　＊

夏皮罗！

赫索格有很多事情要跟夏皮罗解释，当然，夏皮罗也在等着他的解释。夏皮罗脾气不好，尽管他的表情总是比较温和。他的鼻子尖尖的，样子挺凶的，但嘴唇似乎挂着笑容，两边相互抵消。他的脸颊白皙丰满，头发稀疏，但向后梳得根根笔直，很有二十世纪二十年代鲁道夫·瓦伦蒂诺或里卡多·柯兹的风范。他身材矮胖，但着装时髦。

不过，这次夏皮罗发脾气也是对的。夏皮罗，我应该早一点写信告诉你……向你道歉……赔罪……但是，我有一个冠冕堂皇的借口，我出了点问题，我生病了，我精神错乱，很痛苦。你的书写得很好。我想书评里已经说得很清楚了。我的记忆曾经出现过空白，我把约阿希姆完全弄错了。你和约阿希姆都得原谅我。我当时的精神状态非常糟糕。在出现问题之前，赫索格就同意给夏皮罗的专著写书评，他不能甩手不干。于是，他只好把书稿放在手提箱里，拖着它走遍了欧洲。这让他吃了不少苦头，他担心自己会搬不动，硬搬会得疝气，这实际上还增加了不菲的行李超重费用。出于职业习惯，也因为负罪感越来越沉重，赫索格一直在读，一点一点地读下去。在贝尔格莱德，晚上躺在大都会酒店的床上，他一边读一边喝樱桃汁，一瓶瓶地喝着，而有轨电车在外面的冰天雪地中呼啸而过。最后，到了威尼斯，我有空坐下来就写书评。

对于为什么书评没有写好，我想这么来解释：

我想，因为夏皮罗住在威斯康星州的麦迪逊市，你应该听说过，去年十月，我在芝加哥出大问题了。不久前，我们离开了鲁德维尔的家。玛德琳要去攻读斯拉夫语学位。她大概要学十种语言吧，她对梵语也很感兴趣。也许你能猜到她的性格，她兴趣广泛，充满激情。你还记得吗？两年前你来乡下看我们的时候，我们聊过芝加哥的情况。在芝加哥，住在贫民窟里能安全吗？

夏皮罗坐在赫索格家的草坪上，穿着时髦的细条纹西装，脚下搭配尖头皮鞋，好像是在参加正式的晚宴。从侧面看，他很瘦。他的鼻子很尖，但下巴松弛，有点下垂，脸颊也稍微向两边下垂。夏皮罗举止儒雅。他对玛德琳印象十分深刻。他觉得她既漂亮，又聪明。她确实很漂亮，又很聪明。他们聊得很起劲。夏皮罗来找摩西，表面上是来向他"请教"的，也就是请他帮忙，但实际上是来找玛德琳的。有她在身边，他就感到很兴奋，他一边喝着奎宁水，一边笑个不停。

天很热，但他没有松开系得一本正经的领带。他的黑色尖头皮鞋闪闪发光，他的脚胖乎乎的，屁股圆滚滚的。赫索格穿着一条破旧的工装裤，坐在他自己刚割过的草地上。因为玛德琳在身边，夏皮罗特别激动，他笑起来就像是在尖叫，他的浪笑越来越频繁，动不动就笑，毫无来由。与此同时，他的言行举止都变得更加做作。他说出来的句子都很长，他可能觉得那是普鲁斯特的风格，但实际上更像日耳曼语，而且用词十分夸张。他说："通盘考虑，没有更成熟的思考，我不应该唐突去分析这种倾向的优点。"可怜的夏皮罗！他真是个畜生！他的浪笑十分狂野，怪吓人的，而他在骂人的时候，嘴唇上会冒出白色的泡沫。玛德琳也很激动，不过她的礼节还保持得不错。反正他们就是一丘之貉。

玛德琳端着托盘从屋里出来，托盘上放着瓶子和杯子，还有奶酪、肝酱、饼干、冰块、鲱鱼。她穿着蓝色的裤子，上身搭配黄色的中式衬衫，头上戴着我在第五大道给她买的苦力帽。她说不然她会中暑的。她加快脚步，从房子的阴影中走到闪闪发光的草地上，一只猫在她前面跳起来，害她打了个趔趄，瓶子和杯子叮当作响。她之所以走得这么匆忙，是因为我们的谈话，她一次都不想错过。她弯下腰，把东西放在草坪上的桌子上，夏皮罗的眼睛一直盯着她身上的衣服。

被迫隐居在"荒山野岭"的玛德琳对学术对话简直如饥似渴。夏皮罗对每一个领域的文献都了如指掌，如数家珍，他博览群书，和世界各地的图书经销商都有联系。当他发现玛德琳不仅是一个美女，而且还在准备考斯拉夫语的博士时，他激动地说："真开心！"他心里很清楚，听说一个住在芝加哥西区的俄罗斯犹太人要攻读博士，他恭维说那"真开心"并不合适，说这种话太假，太造作，有违知识分子的良心。1880年，有一个来自肯伍德的德国犹太人做纺织品生意，可能赚了很多钱，那才真开心。相比之下，夏皮罗的爸爸就是个破落户，他驾着马车在南水街贩卖烂苹果。在那些长了斑点、已经变坏的苹果上面，在散发着马和农产品的气味的老夏皮罗身上，你能发现更多生活的真相，比所有学术文献里的加起来还多。

玛德琳和那位尊贵的客人高谈阔论着俄罗斯的教堂、莫斯科主教吉洪、陀思妥耶夫斯基和赫尔岑。夏皮罗确实博览群书，碰到任何外来词都能念出来，而且念得都对，无论是法语、德语、塞尔维亚语、意大利语、匈牙利语、土耳其语，还是丹麦语，然后开怀大笑，像在咆哮，露出整排牙齿，头往后仰，几乎和肩膀齐平。哈哈哈哈！像荆棘在燃烧，噼啪作响。（《圣经》里说："愚昧人的笑声，好像锅底烧荆棘的爆裂声，都是虚空。"）与此同时有很多知了在歌唱。它们刚从地下钻出来。

因为高度兴奋，玛德琳的脸上发生了奇怪的变化。她的鼻尖不停抽动，不需要化妆的眉毛也竖了起来，她不停地眨眼，好像是眼睛里有异物，要通过眨眼睛弄掉。埃德维格医生说，这是妄想症的一种表现。在伯克夏尔山上的大树下，四周看不到另一所房子，绿草如茵，那是六月的草，很嫩、很密。红眼睛的知了色彩鲜艳，刚刚蜕皮，身体湿乎乎的，蹲着一动不动。但是，身体干了之后，它们就会爬、会跳、会飞，躲在高高的树上，不停地"歌唱"，但知了的歌声实在刺耳。

文化，也就是思想，已经取代了天主教会在玛德琳心中的位置。（她的"心"真是一个奇怪的器官！）赫索格坐在鲁德维尔家门口的草地上，心里想着自己的事情。他的工装裤破了，还光着脚，但从他的面部特征来看，他是一个受过良好教育的犹太绅士，嘴唇很精致，有一双黝黑的眼睛。他看着他的妻子，他非常宠爱妻子，但她向夏皮罗彻底敞开了心扉。他也有一颗心，一颗不安、愤怒的心，一颗很古怪的心。

夏皮罗说："我的俄语不好。"

"但你对我的研究领域知道得真多。"玛德琳说。她很开心。她的脸上放着红光，一双蓝眼睛温暖而又明亮。

他们开启了一个新的话题：1848年欧洲革命。夏皮罗穿着硬衣领的衬衫，衣领还算挺括，但里面已经滴滴答答，汗流成河了。只有做着美元梦的克罗地亚钢铁工人才会买这样的条纹衬衫。他对巴枯宁、克鲁泡特金有什么看法呢？他读过康福特的著作吗？他读过。他了解波焦利吗？了解。他觉得波焦利对一些重要人物的评价不大公平，比如罗赞诺夫。虽然罗赞诺夫对某些事情的观点确实有点问题，比如犹太洗浴仪式，但他仍然是一个伟大的思想家，他的爱欲神秘主义是个突破性的理论，非常有新意。俄国人真行啊！他们为西方文明做了那么多贡献，却一直受到西方的批判和嘲笑！此时，赫索格觉得，玛德琳已经兴奋到了近乎危险的程度。她的声音变得又尖又细，喉咙就像单簧管，这表明她的思维和感情都极度敏感。如果摩西再不加入他们的谈话，如果他还默默地在草坪上坐着，用她的话来说，就是那么沉闷、无聊，一副愤世嫉俗的样子，那么，他就是不尊重她的智慧。在这种时候，格斯巴赫会滔滔不绝。他是个非常强势的人，他的眼神让人难忘，目光中充满智慧，和他对视一眼，你就会忘记问他说的话是否有道理。

赫索格家的草坪地势很高，可以俯瞰四周的田野和树林。它像一滴硕大的绿色泪珠，角落里有一棵灰不溜丢的榆树，这棵榆树很大，但得了枯萎病，眼瞧着就要死了，所以树皮是紫灰色的，树上的叶子已经所剩无几。有一个灰色心形的黄鹂鸟窝挂在树枝上。上帝喜欢遮遮掩掩，让许多自然现象都成了谜。如果不是那么特别，细节那么丰富，我可能不会那么关注。可是，我有强迫症，对观察周围的事物有强烈的兴趣。自然界太丰富多彩了。与此同时，我却一直待在那边沉闷的房子里面。赫索格很替那棵榆树担心。一定要砍掉它吗？他实在不想把它砍掉。此时，知了都在不知疲倦地歌唱着，它们的共鸣腔体很特殊，肚子上有一个圈。那几十亿只红眼睛从树林里向外张望，盯着下面，在夏天的午后，它们刺耳的"歌声"淹没了一切。赫索格倒是不觉得这持续不断的知了叫声有多么刺耳，他反而觉得那是非常美妙的天籁。

夏皮罗提到了索洛维耶夫，小的那个，弗拉基米尔·索洛维耶夫。难道他有千里眼，在大英博物馆里面就能洞察外面的大千世界？碰巧，玛德琳也研究过这个索洛维耶夫，这是个绝佳的表现机会。至此，她对夏皮罗已经有了足够的信任，可以畅所欲言了，她会得到真心的赞许。对于这个死了很久的俄罗斯人，她做了一次简短的演讲，介绍了他的生涯和思想。她盯着摩西，好像很生气。她是在埋怨他不好好听她说话，他从来都是这副死样子。她觉得他是想打压她，只想着自己出风头，但事实并非如此。关于索洛维耶夫，他听她讲过很多次，每次都一直讲到深夜。他都不敢说他困了，想睡觉。总之，隐居在伯克夏尔这个偏僻的地方，关于卢梭和黑格尔的难题，他只能和她探讨，这算是一种等值交换吧。他非常重视她的反馈。索洛维耶夫之前的思想家，她只讲过约瑟夫·德·迈斯特。赫索格觉得还有一系列话题可讲，比如法国大革命、阿基坦的埃莉诺、谢里曼在特洛伊的发掘、超感知觉，然后是塔罗牌，再然后是基督教科学会，在此之前，米拉波也值得一讲。约瑟芬·铁伊的推理小说和艾萨克·阿西莫夫的科幻小说是不是也可以讲一讲？每个话题她都可以讲得滔滔不绝。

如果说她对哪种题材一直都有兴趣，那就是谋杀悬案。她一天可以读三四本。

青草下面的泥土很热，散发着湿气。赫索格的光脚明显感受到了湿气。

讲完索洛维耶夫之后，玛德琳自然而然地讲起别尔嘉耶夫，谈到《论人的奴役与自由》这本书，她一边介绍着"自由的统一体"这个概念，一边打开鲱鱼罐头。夏皮罗的嘴唇上冒着唾液。他飞快拿出折叠手帕，压到嘴角。赫索格记得他是个贪吃的人。他们在读中学的时候共用一个小隔间，他常常在小隔间里面偷吃粗面包夹洋葱的三明治。夏皮罗闻到醋和调味品的气味，就热泪盈眶，尽管他把手帕压在刮得干干净净的下巴上，肥胖的体态和尖尖的鼻子始终保持得很好，很有风度，但他的贪吃相还是显露无遗。他那双手很丰满，很干净，没有茸毛，但手指在颤抖。"不用，不用！"他说，"非常感谢你，赫索格太太。真开心！可惜我的肚子出了点状况。"什么状况？他有胃溃疡。因为虚荣心作怪，他不敢说实话，胃溃疡有些身心暗示，说出来不好听。那天下午晚些时候，他往卫生间的脸盆里呕吐。他一定是吃了鱿鱼，赫索格想，到头来还得他来清理。他为什么不往抽水马桶里吐，是不是太胖了，弯不下腰去？

不过，那是他走后的事情。摩西记得，在此之前，格斯巴赫一家人来过一次，瓦伦丁和菲比都来了。他们把汽车停在一棵梓树下，那棵树正开着花，尽管去年的豆荚还挂在树枝上。瓦伦丁摇摇晃晃地从车里走了出来，菲比一年到头都脸色苍白，她在他身后喊："瓦尔，瓦……尔。"她像是憋着一肚子火。她来归还一只炖锅，那是向玛德琳借的，那只铁锅是红色的，像煮熟的龙虾壳，德斯科牌，产地是比利时。有客人来时，赫索格常常提不起精神，他自己也不知道为什么。玛德琳叫他去拿折叠椅。也许是梓树花的气味让他难受，那种气味就像是坏了的蜂蜜。花朵掉在碎石上，花蕊是粉红色的，有厚厚的一层花粉。太美了！以法莲·格斯巴赫做了一堆铃铛。摩西很高兴地去搬椅子，他走进乱糟糟、散发着霉味的房子，再到地下室里去，地下室里静悄悄的，密不透风。他找到了椅子，然后不慌不忙地搬出来。

他回到大伙儿身边的时候，他们正说到了芝加哥。

格斯巴赫站着，双手插在裤子的后袋里，他刚刚刮过胡子，他铜红色的头发像鸟儿的羽毛一样，他说他建议他们离开这个穷乡僻壤。说实话，自从萨拉托加战役以来，这里就没有发生过什么值得人留恋的事情。菲比脸色苍白，看似很疲倦，她抽着烟，微微笑着，也许她希望大家都不要理她。跟这几个博学多才、滔滔不绝的人在一起，她似乎有点自惭形秽。事实上，她一点儿也不笨。她的眼睛很漂亮，胸部很丰满，还有一双美腿。要是她别把自己弄得像个护士长就好了。她经常把甜甜的酒窝拉长，变成干巴巴的褶子，像是随时要训人。

"芝加哥大学，当然好啊！"夏皮罗说，"那是高等学府，读研究生的好地方。这种古老的地方正需要像赫索格太太这样可爱的女人。"

用鲱鱼塞住你的大嘴吧，别胡说八道了，夏皮罗！赫索格转而又想，少管他妈的闲事。玛德琳眼角瞟了丈夫一眼。她受宠若惊，开心极了。她想要提醒他，别人对她的评价有多高啊！

总之，夏皮罗，我没有心情探讨约阿希姆和神神秘秘的人类命运。似乎没有什么特别神秘的，人的命运非常清晰，一览无余。听着，你很久以前就说过，当时作为一个年轻学生，你是非常自负的，你说总有一天我们会"发生争论"，所以说，即使在那个时候，我们之间就有很大的分歧。我想，一定是从那次讨论蒲鲁东的专题课开始的，后来，我们又围绕文明的宗教基础是否已经崩溃或者濒临崩溃，来来回回争论了很久。是不是所有的传统都走到尽头了，信仰是不是都瓦解了，大众有没有为下一波发展做好准备？这是一场全面的危机吗？道德情感在消亡，良知在崩塌，对自由、法律、公共道德的尊重，等等，都被怯懦、颓废、血腥所替代，那么，邪恶的时代到来了吗？蒲鲁东对黑暗和邪恶的预判是不容忽视的。但是，我们不能忘记，天才的预判很快就成为知识分子的罐头货。斯宾格勒的"普鲁士社会主义"、普遍的荒原文化观、所谓"异化"之类的廉价兴奋剂、小人物对虚假和孤独的咆哮等，都变得和泡菜罐头一样廉价。我不能接受这种空洞、无聊的争论。我们在空谈人类的命运。这个主题太宏大了，对一个胆小、软弱的人来说，这太深刻、太宏大了，夏皮罗！你竟然受到人家的误导，我简直要疯了。这是对现代历史的纯粹的美学批判！你要知道，人类经历了战争和大屠杀！你这么聪明，不应该啊。你的身上流淌着金钱的血液。毕竟你爸爸是卖苹果的。

不过，我不会谎称我的处境很舒适。在这个时代，我们都是幸存者，非常熟悉我们所付出的代价，所以，关于进步的理论不适合我们。如果意识到自己是个幸存者，你会感到很震惊。如果意识到自己刚刚经历过自然淘汰，你会马上泪流满面。死者离我们而去的时候，我们都想呼唤他们，但他们化成一股黑烟走了，那是他们的灵魂。它们从焚烧炉的烟囱里冒出来，把你留在光明处，品味着历史的成就，西方的技术成就。你了解到人类正在取得辉煌的成就，所以热血沸腾，即使你的血液爆炸了，人类还是在缔造荣耀。我们通过可怕的战争实现统一，我们被裹挟着参加革命，做出野蛮、愚蠢的行为，在"思想家"（黑格尔等人既理性又狡诈的门徒）的指导下策划饥荒，也许，我们这些现代人（可能算吧！）已经做到了几乎不可能做到的事情，也就是学到了一些东西。你知道，文明的衰亡不会遵循古老的模式。旧的帝国已经粉碎了，但是，这些曾经的强国比以往任何时候都更加富有。我并不是说德国的繁荣完全是好事。但事实就是事实，把希特勒这个虚无主义恶魔摧毁之后不到二十年，德国又恢复了繁荣。法国呢？英国呢？不，我们不能用古典世界的衰落作类比，那是不成立的。情况在变化，现在的情况更接近孔德的愿景，那是理性、有组织劳动的成果，而不是斯宾格勒的愿景。斯宾格勒的家乡，由旧布尔乔亚统治的欧洲，遭受着标准化的祸害，最糟糕的要数斯宾格勒这种人追求的标准化，这种学究作风诞生于体育馆，是粗俗野蛮的做法，也是老式官僚机构的作风。

我打算在浪漫主义史里多写一章，即现代欧洲平民的嫉妒和野心。诚然，新兴的平民阶级也会为食物、权力、性特权而斗争。但是，他们也为了继承旧政权的贵族尊严而战，在现时代，旧政权早已经沦落了。在文化领域，受过良好教育的新阶层崛起，造成了审美和道德判断的混乱。首先，他们对工业污染环境感到愤怒（罗斯金的作品《英国的"坦佩山谷"》），但他们却看不见罗斯金老式的道德追求。最终工业化以及平庸化大众的人性价值被否定了。荒蛮的野人很容易被极权主义同化。在这个方面，艺术家的责任还有待评估。例如，认为语言的退化等于人性的沦落，这种论断会直接导致文化法西斯主义。

我还想研究文明史上的模型和模仿问题。在对古代政权进行了长时间的研究之后，我准备冒一次险，提出一个理论来阐释宫廷传统、政治、路易十四对戏剧的热爱对整个法国乃至欧洲人格的影响。现代布尔乔亚的隐私观阻碍了个人对崇高感情的追求，由此产生了浪漫主义一个最吸引人但最不友好的特征。个人戏剧化的结果，尤其是对殖民地而言，是西方文明将自己装扮成了贵族。我正在写一个章节，你来的时候应该能够完成，这个章节的名称叫作"美国的绅士"，讲述美国人攀爬社会阶梯的简短历史。住在鲁德维尔的我，也就成了乡绅赫索格先生。伯克夏尔的格拉夫·波托茨基。这个转折很有意思，夏皮罗。当你和玛德琳摇头晃脑的时候，当你们亮出白花花的牙齿，相互调情、相互吹嘘的时候，当你们开着所谓有学问的玩笑的时候，我想重新评估一下我本人的地位。我明白玛德琳的野心，她是要取代我在学术界的地位。她想压过我。她即将实现伟大的愿望，成为学术界的女王，树立起一座才女的丰碑。你的朋友赫索格就躺在她锋利优雅的鞋跟下呻吟。

啊，夏皮罗，滑铁卢战役的胜利者为死去的人（都是他下令杀害的人）而流泪。我的前妻不会这样假慈悲。她心肠很硬，丝毫不会犹豫。她比威灵顿公爵更强悍。她追求让人疯狂的职业，正如瓦莱里所说的，对于从事这种职业的人，主要的工具是你对自己的看法，而原材料是你的声誉或者地位。

至于你的那本书，里面虚构的历史太多了。大多是乌托邦式的虚构。对此，我的立场永远不会改变。不过，我觉得你关于千禧年主义和妄想症的说法很好。顺便说一句，玛德琳把我从学术的世界里引诱出来，她自己闯进去，然后砰的一声把门关上，如今却在里面搬弄我的是非。

其实，夏皮罗的观点没什么独到之处，但他说得很清楚。在书评里面，我表示临床心理学家也可以写出很有趣的历史专著，可以取代专业人士。他们可以研究法老和恺撒的自大，中世纪人的抑郁症，十八世纪人的精神分裂症。还有那个保加利亚人巴诺维奇，他认为所有权力斗争都是妄想症的表现。他的观点很奇怪，令人毛骨悚然，他相信疯子总是统治着世界。独裁者一定要有乌合之众衬托，要有活着的，也要有死掉的。人类里面有许多食人者，他们像禽兽一样成群结队地奔跑，胡言乱语，一边哀叹自己被迫采取杀戮行为，一边把活人硬生生碾死，把整个世界碾成干巴巴的粪土。摩西·赫索格，别再用鹅妈妈童谣来欺骗自己了。有些人的心里荡漾着廉价而无力的所谓仁爱，但他们没有书写历史。夏皮罗张牙舞爪，欲望强烈，垂涎欲滴，而胃溃疡反而促使他产生真知灼见。新坟里喷出来的人类血液，简直像喷泉一样！无休止的屠杀！我始终无法理解！

最近，一个精神病医生向我介绍了妄想症的一些特征，我叫他帮我写下来，列一份清单。这也许能帮助我理解，我想。他没有推辞。我把那张纸塞进钱包里，然后仔细研究了这份清单，像研究埃及的瘟疫一样，也像考证《哈加达》里的希伯来语一样。他的清单上写着"骄傲、愤怒、过度理性、同性恋倾向、好胜、对情感不信任、无法承受批评、敌意投射、妄想"。这些都是妄想症的表现，全都写得清清楚楚！所有这些表现，玛德琳身上都有，但还不够完整。我知道我不能把那么小的一个孩子交给她。玛德琳不是黛西。黛西是个很死板、喜怒无常的女人，但很可靠。马可在她那里挺好的。

给夏皮罗的信不能再写了，这封信让他想起了太多痛苦的事情，这正是他必须回避的情况，没有了欢乐，度假就失去意义。于是，他转而写给哥哥亚历山大，也就是舒拉。亲爱的舒拉，他写道，我还欠你一千五百美元。干脆再借我五百美元，凑够两千美元的整数吧？我需要钱。我正在慢慢康复。哥哥舒拉为人慷慨。正所谓家家有本难念的经，赫索格家的人都有自己的问题，但他们绝不会吝啬。摩西知道有钱人舒拉收到信后会按下按钮，对秘书说："开一张支票寄给摩西·赫索格。"哥哥舒拉长相英俊，身板结实，一头白发，穿着价值连城的西装，外面披着羊驼毛大衣，头上戴着意大利帽子，胡子刮得干干净净，玫瑰色的指甲也修剪整齐，手指上戴着硕大的戒指，坐着豪华轿车，气派很大，简直跟王公贵族一样。舒拉认识许多人，他什么人都认识，什么人都收买，但他谁都看不起。对于摩西，因为亲情关系，他没有那么鄙视。舒拉才是托马斯·霍布斯的信徒。所谓普遍的情怀是妄想。没有什么比在利维坦的肚子里茁壮成长，为社区树立享乐主义的榜样更好的了。摩西竟然这么喜欢他，让舒拉觉得很好笑。摩西爱他的亲人，这是众所皆知的。他爱哥哥威廉，姐姐海伦，还有那些表兄弟姐妹。这种亲情很幼稚，他知道。他只能自己对着自己叹息，这是他的本性，也是他不成熟的表现。有时候他会琢磨：这种亲情算不算古板，是不是过时了？属于原始部落的吧？是不是和祖先崇拜、图腾崇拜有关？

还有一件事，我碰到了法律方面的问题，你能否帮我找一个律师。也许，舒拉会叫他手下的律师来帮忙，照说是不会收律师费的。

*　　*　　*

此时，他想起要给芝加哥律师桑德尔·希梅尔斯坦写一封信。去年秋天，他被玛德琳赶出家门之后，这位律师收留了他。桑德尔！我上次寄给你的信是在土耳其写的。我去过许许多多的地方，但到了土耳其，我就给你写信！这样说正好对桑德尔的胃口，土耳其有《天方夜谭》里描绘的乡村，桑德尔本人也可能刚从熙熙攘攘的东方集市里出来，尽管他的办公室在伯纳姆大厦的十四楼，和市政厅在同一条街上。赫索格在波斯特健身俱乐部的伦道夫和威尔斯桑拿室里和他见过面。他身材矮小，胸部切掉了一部分，所以有点变形。他总是说他在诺曼底怎么样怎么样。参军的时候，他身材不高，但还是很壮实的。虽然身材矮小，但在军法署获得一个职位还是有可能的。他因为哮喘从海军退伍，从未参加过战斗，这一点让赫索格感到不舒服。他在登陆的滩头被地雷炸伤致残，后来就变成了驼背。总之，那个人就是桑德尔，他英俊的脸上透着聪明和骄傲，嘴唇苍白，皮肤蜡黄，大鼻子，花白的头发稀稀疏疏。在土耳其的时候，我的状态很糟糕。天气有一定的影响。春天姗姗来迟，但终于就要到了，这时风向又变了。白色的清真寺上空乌云密布。下雪了。满脸皱纹、长得像男人的土耳其女人用面纱遮住了她们冷若冰霜的脸。她们走路大步流星，雄赳赳气昂昂，让我十分意外。煤炭被卸在街上，但没有工人来铲，没有煤炭，炉子就灭了。赫索格在咖啡馆里喝着李子白兰地，也喝茶，不停地搓着双手，脚指也在鞋里蹭着，以此保持血液流通。那时，他很担心浑身的血液都被冻住了。看到早开的花被雪覆盖，他更是感到忧伤。

通过这封迟来的信，我想谢谢你和碧翠斯收留了我。当时，我们刚刚认识，还不是老朋友。我这个房客肯定很不省心，给你们招惹了不少麻烦。我郁郁寡欢，经常发脾气，可能是长时间遭受打击，压抑太久了。我吃了安眠药，仍然无法入睡，夜里像个梦游的人，睡不着就喝威士忌，结果导致心动过速。按那种状况，我被关进精神病院也是活该。我真的非常感激你们。但感激又怎样？我是个弱者，一个受苦受难的人，我这种人很不受人待见。但桑德尔收留了我。他把我这个废人接到他家，他家在南边，从伊利诺伊大厦再往南十个街区。玛德琳要了那辆车，她说是琼需要，有了这辆车，她才能带她去动物园之类的地方。

桑德尔说："我想你不会介意睡在酒柜旁边吧？"因为酒柜旁边支着一张小床。那天，桑德尔的家里人很多，都是女儿卡梅尔·希梅尔斯坦的高中同学。"滚出去！"桑德尔冲着那帮青少年大喊，"你们怎么在家里抽烟？弄得满屋子都是烟雾！看看这些可乐瓶，都塞满了烟头。"他打开空调，摩西的脸冻得通红，眼睛下面有一圈是白的。他拎着手提箱，就是现在放在大腿上的那只手提箱。桑德尔把架子上的杯子都拿走。"把箱子打开吧，小伙子，"他说，"把东西放在这里。我们再过二十分钟就吃饭。都挺好吃的。有醋焖牛肉，碧翠斯的拿手菜。"

摩西很听话地打开手提箱，拿出了随身的行李，牙刷、剃刀、抗真菌粉、安眠药、袜子、夏皮罗的那本书，还有一本旧的袖珍版布莱克诗集。埃德维格医生罗列妄想症表现的那张纸条变成了他的书签。

吃过晚饭后，赫索格就在希梅尔斯坦家的客厅里睡觉，在那里过了一夜。赫索格认识到，他接受桑德尔的热情招待，显然也是一个错误。

"会过去的。没关系。你放心，"桑德尔说，"我相信你。你是个好孩子。"

碧翠斯头发乌黑，嘴唇粉红粉红的，不需要涂口红。她说："摩西，我们明白你的感受。"

"不用理会这种婊子，随她去，"桑德尔说，"我的工作，差不多都是在应付这种人。你应该了解她们这种人，你也应该了解芝加哥这个城市是怎么回事。"他摇晃着沉重的脑袋，嘴唇紧闭，一脸厌恶的表情。"她想滚，就让她滚！不留恋！你会好好的。所以说，你这个笨蛋！没什么大不了的！对于女人，萝卜青菜各有所爱。我自己就特别喜欢蓝眼睛的。但是，我最终爱她这双漂亮的棕色眼睛。她是不是很漂亮？"

"当然。"我不得不这样说，而且这实际上也没有那么难。摩西活到了四十多岁，居然还没有学会说客套话。在思想僵化的清教徒眼里，这就是撒谎，但对文明人而言，这叫作客气。

"不知道她喜欢我什么。好了，摩西，你得在我们家住一阵子。这种时候，你不能没有朋友。当然，我知道你在城里有不少亲戚。我在弗里茨爵士餐厅见过你的两个哥哥。前几天，我才和你的二哥聊过。"

"他叫威廉。"

"他是个好人，在犹太人社区里非常积极，"桑德尔说，"和亚历山大那个'大人物'不一样。亚历山大乱七八糟的事情很多。他一会儿和放高利贷的黑社会混在一起，一会儿和吉米·霍法称兄道弟，一会儿又和德克森形影不离。好吧，你的哥哥们都很了不起。可是，他们会把你烦死。我们不会问东问西。"

"和我们在一起，你可以尽管放心，想干什么就干什么。"碧翠斯说。

"其实，我也不明白是怎么回事，"摩西说，"从一开始，玛德琳和我就时好时坏。后来，我觉得情况渐渐在转好。去年春天，我们认真反思过我们的婚姻问题，我们在一起是否很融洽，是否能够继续下去。她提出了一个实际的问题，叫我租个房子。她说，等她写完论文，我们就再生一个孩子。"

"我觉得，"桑德尔说，"主要是你自己的问题。"

"我的问题？怎么说？"

"因为你是个知识分子，娶了一个有知识的女人做老婆。知识分子都是笨蛋。你们连自己的问题也解决不了。不过，我觉得你是有希望的，摩西。"

"什么希望？"

"你不像大学里的那些骗子。你这个人还不错。那种装腔作势的书呆子有什么用处？像我这样无知的浑蛋才会为自由而战。那些高高在上的耶鲁大学教授可能在办公室里挂着汉德法官的画像，号称要捍卫自由，但是，他们在特朗布尔公园碰到事情的时候，或者在迪尔菲尔德面对那些胆小鬼的时候，或者需要为像汤普金斯这样的人挺身而出的时候……"桑德尔为他在汤普金斯案中的表现感到骄傲，汤普金斯是一个黑人，在邮政部门工作，桑德尔帮他辩护过，并引以为荣。

"嗯，我觉得他们故意要整汤普金斯，因为他是个黑人，"赫索格说，"但可惜他自己是个酒鬼。是你告诉我的，他个人的能力也有问题。"

"你不要到处去说，"桑德尔说，"会被人家利用的。我把秘密告诉你，你会说出去吗？说句公道话，公务员队伍里的白人就没有酗酒的吗？肯定有，只是没那么多！"

"桑德尔，碧翠斯。我非常难过。我又离了一次婚，我在这个年纪，又被人家踢出来，我受不了。我觉得……生不如死。"

"你别胡说！"桑德尔说，"你是在担心女儿吧？你不用担心。没事的。"

赫索格写道：你当时说我不应该孤身一人，我也同意，但是，也许我一个人生活可能更好。

"听着，这件事情我来帮你处理。"桑德尔向他保证。"你不用操心这些烂事。交给我，好吗？你不信任我吗？你觉得我会对你不利吗？"

我也可以去找阿斯弗特，他的四方院子里有房间，可以让我住。

"不能没人管你，"桑德尔说，"你不是一般的人。你是个君子！你心里肯定很难过。你和我十岁的儿子谢尔顿一样，会想不开。你这个可怜的浑蛋。"

"我会想开的。我不会总是把自己当成可怜虫的。我讨厌那种可怜兮兮的人。"摩西说。

希梅尔斯坦坐在折叠椅上，双脚夹紧收在小腹下面。他的眼睛湿润，像刚切好的黄瓜，睫毛很细。他叼着一支雪茄。他丑陋的指甲涂过油。他通常在帕尔默大厦修指甲。"那个婊子心够硬的，"他说，"很有魅力。她一点都不犹豫，做了决定，就不会再变。她的意志力非常强大，与众不同。"

"不过，她一定爱过你，摩西。"碧翠斯说。她说话非常非常慢，这是她的习惯。她深棕色的眼睛被结实的眼眶骨包裹着。她粉红色的嘴唇表情很丰富。摩西不想和她对视，看着她的眼睛，看了那么久，也不会看到任何结果。他知道她同情他，但永远不会认可他。

"我不觉得她爱过我。"摩西说。

"我敢肯定，她是爱过你的。"

中产阶级女性很团结，她们会相互保护，不让所谓的好姑娘受人算计，要让她远离邪恶的指控。好姑娘会因为爱情而结婚。但是，如果她们不再爱原来的那个人了，她们就必须有自由去爱别人。任何一个有点风度的丈夫都不应该反对。这就是正统。不算太坏，是一种新的正统。不管怎样，摩西想，他没有资格和碧翠斯争吵。他寄人篱下，住在她的家里，受到她的照顾。

"你不了解玛德琳，"他说，"我刚认识她的时候，她需要各种帮助。只有丈夫才能给予她那种帮助……"

我知道，当人们感到委屈的时候，他们会想起很久以前的事情，他们要讲的故事会很长，无限长，别人没那么多耐心听。

"我觉得她是个好人，"碧翠斯说，"在我的第一印象里面，她这个人是挺高傲的，行为举止有点可疑，但是，我和她认识以后，我发现她是个很友好、很不错的人。我基本可以断定，她应该是个好人。"

"废话！大多数人都是好人。给他们表现的机会，本性才会露出来。"脸色蜡黄但相貌英俊的桑德尔说。

"都是玛德琳谋划好的，"赫索格说，"她为什么不在我租房子之前提出分手？"

"她必须保证孩子有地方住，"桑德尔说，"你想怎么样？"

"我想怎么样？"

赫索格站了起来，但说不出话来。他脸色苍白，眼睛睁得大大的，眼珠子一动不动。他盯着桑德尔看，桑德尔坐得像苏丹一样，一双小脚藏在圆滚滚的肚子下面。然后，他意识到外表美丽但没有光泽的碧翠斯在警告他不要激怒桑德尔。他一生气，血压就会飙升。

赫索格写道：对你的好意，我非常感激。不过，我当时的状况很不好。在那种情况下，通常会提出过分的要求。一个人被怒火烧昏了头脑，就会变得很霸道，不可理喻。我就像掉进了陷阱。睡在酒柜旁边。我完全能体会汤普金斯的心情，真可怜。难怪在桑德尔接手他的案子以后，他就开始酗酒。

"你不是要争孩子的监护权吧？"桑德尔问赫索格。

"如果我要争呢？"

"好吧，"桑德尔说，"作为律师，我可以预见你面对陪审团的情形。对于玛德琳，他们会觉得她年轻、漂亮，她那么可爱，而你呢？一个头发半白的糟老头子，然后，稀里糊涂的，你的监护权诉讼案就输了。这就是陪审团制度。那些浑蛋，比穴居的原始人更笨。我知道这种话是你很难听到的，但我必须说给你听。我们这个时代的人，必须面对现实。"

"现实！"赫索格说。他有气无力，但满腔怒火。

"我都清楚，"桑德尔说，"我比你大十岁。人过了四十岁都差不多。一星期能起来一次就应该很满足了。"

碧翠斯想阻止桑德尔，但他回头喊了一声："你闭嘴。"然后，他又转过来面对着摩西，头不停摇晃着，然后低下去，快垂到了他变形的胸部上，他的肩胛骨在后面顶起来，快要戳破他的白衬衫。"他怎么知道要面对什么现实？他希望每个人都爱他呢。不然他呼天抢地。好吧！诺曼底登陆之后，我血肉模糊地躺在英国人的狗屁医院里，变成了一个废人。为什么会这样？天啊！最终我得靠自己的力量走出阴影。他的那个朋友瓦伦丁·格斯巴赫呢？他就是一个男子汉！是你的楷模！那个红头发的瘸腿男人最了解生活的酸甜苦辣。但他干得很好，三个人六条腿也不如他的一条假腿。没事的，碧翠斯，摩西承受得了。否则，他也是一个混账教授。那种浑蛋我都懒得去操心呢。"

赫索格气得语无伦次："这是什么意思？我长白头发，就应该去死吗？那么，孩子怎么办呢？"

"好了，不要站着干搓手，像个该死的傻瓜。天啊，我就讨厌这种傻瓜。"桑德尔大喊。他绿色的眼睛睁得很大，但嘴唇紧闭，越来越紧。他一定是觉得他正在帮助赫索格卸下灵魂的沉重枷锁，而他长长的手指、大拇指和食指不停地扭动着，那是下意识的，表明他气愤极了。"什么去死？什么头发？你到底在胡说什么！我只说他们会把孩子判给一个年轻的妈妈。"

"玛德琳让你这么说的，对吧？这都是她谋划的。她要阻止我起诉。"

"她算什么东西？我是好心才这么跟你说这些的。这次肯定是她占上风。她肯定赢，你肯定输。她有可能是想跟别人过。"

"是吗？她有这样跟你说吗？"

"她什么也没跟我说。我是说有可能。你冷静一下吧。给他倒一杯酒，碧翠斯。倒他带来的那瓶吧。他不喜欢喝威士忌。"

碧翠斯去拿赫索格带来的那瓶四十三度的古根海姆酒。

"好了，"桑德尔说，"你就别再扯淡了。别像个小丑似的，伙计。"接着，他的表情一变，对赫索格很温柔地说："委屈你了，真的。你是一个正宗老派的犹太人，重感情。我会成全你的。我能理解你。我是在桑格门街长大的，记得吗？那时候，犹太人还是犹太人。你心里的苦，我感同身受。"

赫索格在车上写道：别说你了，我都无法理解我自己。我经常担心我会中风，会精神失常。你越安慰我，我就越接近鬼门关。我不明白的是，我那时在干什么呢？我为什么会在你的家里？

我伤心成那个样子，一定很好笑。我有时回头看看墙根那几棵光秃秃的草本植物，褐色的豚草轮廓精致，乳草的豆荚张开着；有时凝视着映在电视屏幕上的那张灰色的面孔。

第二天早上是星期天，桑德尔一早就从客厅里对着赫索格喊。"伙计，"他说，"我给你搞到了一份很合算的保险。"

摩西从酒柜旁边的床上翻身下来，匆匆忙忙把睡袍系起来。他稀里糊涂地问："你说什么？"

"这份保险非常合算，可以给孩子一个保障。"

"是什么保险？"

"我上星期告诉过你，但你一定是只惦记着别的事情，没听见。

如果你生病了，出了意外，弄瞎了一只眼睛，或者说你真的发精神病了，琼就是受益人。"

"但我买了旅行保险，我要去欧洲。"

"那是你死了才会理赔的。有了我这个保险，即使你精神失常了，被收进了医院，孩子每个月的生活费也有保障。"

"谁说我会精神失常？"

"你不会以为那是给我自己买的吧？这不关我的事，我是替你着想。"桑德尔说着，一只光脚在厚厚的地毯上重重地踩了一下。

那天，灰色的雾从湖面上升腾起来，运矿石的船只像水牛一样浮在水面，优哉游哉的。可以听得出来船舱里是空的。赫索格非常想去德卢斯当水手。

"对于我作为律师的意见，你爱听不听，随便吧，"桑德尔说，"我想为你们都找到最好的结果。你觉得不对？"

"对。我来到你家里，这就是证明。你们好心收留了我。"

"好吧，我们说点正事。玛德琳不会为难你的。她不需要你付抚养费。她很快就会再婚。上次，我带她去弗里茨爵士餐厅吃午饭，结果让我非常意外，那些很多年没理睬过我桑德尔的人都纷纷围了过来，包括我们那个犹太会堂的拉比。她很吃香。"

"你是个大傻瓜！我知道她是什么货色。"

"你什么意思？她比大多数女人都正经。这个世界上的所有人都是婊子，你别忘了。我非常清楚，我自己也是一个婊子。我知道你是一个很出色的笨蛋。至少那些书呆子是这么告诉我的。但我敢打赌，赌上一套西装，我赌你也是个婊子。"

"希梅尔斯坦，你知道什么叫'大众人'吗？"

桑德尔皱起了眉头，问："你说什么？"

"大众人。随波逐流的人。乌合之众。这种人失去了做人的价值。"

"什么乌合之众？别来这一套！我在跟你讲道理，摆事实，不是胡扯。"

"你所谓的事实才令人厌恶。"

"当然，事实总是令人厌恶的。"

"在你的眼里，让人恶心的才是事实。"

"那么你呢？你接受不了吧？谁跟你说你是个王子？你老妈自己洗衣服，你上寄宿学校，你老爸是贩卖私酒的。你们赫索格家的来龙去脉我都一清二楚。你别在我面前装腔作势了。我自己也是犹太人，我的文凭是在垃圾夜校里拿到的。行了吧？废话就别再说了，爱做梦的小朋友。"

赫索格没有回答，他无话可说。他是来这里干什么的？求助？泄愤？即便是来泄愤的，该发泄的人也是桑德尔，而不是他。这是一个凶狠的侏儒，牙齿凸出，脸上的线条都很深。他畸形的胸部从绿色睡衣里面顶起来。桑德尔生气的时候就是这个样子的，赫索格想。有时候他也会很有魅力，很爽快，很开朗，甚至很俏皮。他内心的岩浆在翻涌，可能把肋骨挤压得变形了，而他力量十足的舌头让牙齿凸了出来。好吧，摩西·赫索格，如果你一定要做可怜虫，恳求人家的帮助、救助，你就难免要把自己交给这种愤怒的灵魂，让他们用所谓的"事实"来轰炸你。受虐狂不就是这个意思吗？我的天啊！好人会在意别人的感受，不会只为自己着想。你必须有自知之明，有足够的经验，才能看透迷雾。除此之外，对手才是真正的朋友。他们是这么告诉我的。

"你是想自己照顾孩子，对吧？"桑德尔说。

"当然。但是，前几天你告诉过我，我最好忘了她，因为她长大以后就会不认我了。"

"没错。下次你见到她，她甚至有可能不认识你。"

桑德尔说的是他自己的孩子，那几只"仓鼠"，不是我女儿，我的女儿不至于那么坏。她不会忘记我的。"我不信。"赫索格说。

"作为律师，我对那个孩子负有社会责任。我必须让她有所保障。"

"你？我才是她爸爸。"

"你可能会精神失常，也有可能会死掉。"

"玛德琳也一样会死。为什么不给她买保险呢？"

"她不让。买保险不是女人的事情。那是男人的事情。"

"玛德琳比我更像男人。她费尽心机，把我赶出来，还想要孩子。她认为她自己既能当妈妈，又能当爸爸。给她买寿险，我来付保费。"

桑德尔突然大喊大叫。"我为什么要管她？我为什么要管你？我是为了那个孩子！"

"你凭什么认定我会先死？"

"你有爱过这个女人吧？"桑德尔问，这时他的嗓门比刚才小一些。显然，他还记得自己有高血压，生气有危险。于是，他控制住了情绪，他苍白的眼睛和嘴唇，以及凹陷下去的下巴都是证明。他语气平静地说："如果我能通过体检，我自己也会买那个保单。我宁愿买好保险就翘辫子，让我的碧翠斯成为一个有钱的寡妇。我乐意。"

"然后，她就可以去迈阿密风流快活了。"

"没错。我在棺材里发绿，像旧硬币一样越来越绿，她却到处风流快活。我不会怪她的。"

"好吧，桑德尔。"赫索格说。他想结束这次谈话。"我还不想安排自己的后事。"

"你的后事有什么好安排的？死就死了！"桑德尔大声说。他挺直身板。他离赫索格很近，赫索格被他吓了一跳，他睁大眼睛，低头盯着这家主人的这张脸。桑德尔的脸型棱角分明，其实挺帅的。他的小胡子竖了起来，眼睛放着光，像有乳白色毒液在涌上来，嘴角有点歪。"我不管这个案子了！"桑德尔尖叫起来。

"你怎么了？"赫索格问，"碧翠斯？碧翠斯！"

但是，希梅尔斯坦太太只是把卧室的门关紧。

"玛德琳会去找讼棍的！"

"看在上帝的分儿上，你别再嚷嚷了。"

"他们会搞死你的。"

"桑德尔，别再说了。"

"他们会像杀鸡一样，给你浇上一桶热油，然后扒掉你的皮。"

赫索格捂住耳朵："我受不了了。"

"他们会把你的肠子都掏出来。那些王八蛋！他们会在你的鼻孔装一个码表，你每一次呼吸都要交钱。你会被他们关起来，不可能脱身。你会求生不得求死不能。你会觉得棺材比跑车更好看。"

"但我没有对不起玛德琳啊。"

"我自己也这样对付过一些人。"

"我有伤害过她吗？"

"法院才不管呢。你在文件上签了字……那些文件你都看过了吗？"

"没有，我相信你。"

"法院的判决会对你很不利。她是妈妈，是女人。她有乳房。他

109

们会弄死你的。"

"我到底有什么罪过？"

"她恨你。"

桑德尔没有再大喊大叫。他的嗓门恢复到了正常的水平。"天啊！你什么也不懂，"他说，"你是个有高等学历的人吗？感谢上帝，我爸爸没钱送我去加州大学。我从小在杂货店里干活，后来去了法院。学历？简直是笑话！对外面的事情，你什么也不懂。"

摩西犹豫了。他开始反省。"好吧……"他说。

"什么好吧？"

"我愿意买保险。"

"你不是在照顾我的面子吧？"

"不是……"

"这是一大笔钱啊，要四百一十八美元。"

"我会找到钱的。"

桑德尔说："这就好，小伙子。你终于想通了。吃点早餐吧，我去煮粥。"

他穿着绿色的佩斯利睡袍，光着脚向厨房走去。赫索格跟着过去，在走廊上就听到桑德尔在厨房的水槽边大喊："真不像话！这些锅碗瓢盆，没有一样是干净的。臭死了。这里是污水池吗？"那个又胖又秃的老家伙吓坏了，不敢碰水槽里面的东西，光脚不停跺着地面。"挥金如土的臭婆娘！"他朝卧室里的女人大喊，"都是该死的寄生虫！只会逛服装店，衣服一套一套地换。回到家，只会大吃大喝，吃完就把还粘着巧克力的盘子扔在水槽里面。怪不得要长痘痘。"

"别激动，桑德尔。"

"我要求很高吗？我这个残废的老家伙还得跑到市政厅里去，一次又一次出席庭审，甚至要去加利福尼亚打第二十六修正案的官司。都是为了她们！为了争取到一点业务，我要去讨好各种浑蛋。她们在乎我的死活吗？"然后，桑德尔开始动手清理水槽里的垃圾。他把蛋壳和橘子皮扔向垃圾桶，但落到了垃圾桶的旁边，那里还有一堆咖啡渣。他越清理越暴躁，打碎了几个盘子和玻璃器皿。他弯着腰，像个驼背的人，用长长的手指抓起还粘着蛋糕糖衣的盘子。他把盘子摔到墙上，手势始终非常优雅，这太神奇了！他打翻了沥水架和肥皂粉，然后居然哭了，他显然憋着一肚子怒火。他在生自己的气，他怎么能这样情绪化呢？他张着嘴巴，露出牙齿，真丑陋！长发垂在他畸形的胸前。

"摩西，她们简直想要我的老命！要老头子的老命！"

他的女儿们躲在各自的房间里听着。儿子谢尔登在杰克逊公园参加童子军活动。碧翠斯也没有露面。

"我们不一定要喝粥。"赫索格说。

"不，不。我先洗一只锅出来。"他还流着泪。水龙头的水流很大，他修剪整齐的手指拿着钢丝球擦洗着铝锅。

稍微平复了心情后，他说："你可能不相信，摩西，我被这些扯淡的玩意儿折磨得够呛，甚至去看过精神病医生。一个小时花了二十美元。摩西，你说我该拿这些孩子怎么办？谢尔顿没问题。泰茜可能没有那么糟糕。可是卡梅尔！我不知道怎么对付她。恐怕她已经和那些男生搞上了。教授，你到我家来住，我不会向你提出任何要求（他是说食宿费用），但是，如果你能关注一下她的心智成长，我会不胜感激。她难得有机会认识一个知识分子，一个名人，一个权威人士。你愿意和她聊聊吗？"

"聊什么？"

"书，思想。带她出去散散步。和她聊一聊。求你了，摩西，我求你了！"

"好吧，当然，我会和她聊聊。"

"我还问过拉比，但是，这些改革派的拉比有什么用处呢？我知道我是一个粗俗的浑蛋，经常发脾气。我都是为了这些孩子……"

他经常压榨穷人。有些商人向南区妓女推销高档商品，分期付款，而他则从这些商人的手里收购借据。他叫我放弃我的女儿，却希望我去教育他称作仓鼠的女儿。

"如果卡梅尔年纪大几岁，我会叫你娶了她。"

摩西吓了一跳，脸色苍白。他说："她是一个非常迷人的姑娘。当然，她确实年纪太小了。"

桑德尔伸出长长的手臂搂住赫索格的腰，把赫索格拉过去紧贴着他。"别再四处漂泊了，教授！安顿下来过点正常人的生活吧。你都去过哪些地方？加拿大、芝加哥、巴黎、纽约、马萨诸塞。你的哥哥们在芝加哥都过得很好。当然，舒拉和威廉觉得好的，对你这样的大人物来说可能还不够。你摩西·赫索格在银行里没有存款，但在图书馆里能查到你的名字。"

"我本来也希望能和玛德琳一直过下去。"

"你想在那种偏僻的地方和一个年轻美女厮守一辈子？你想什么呢？你在开玩笑吧？回你的老家去吧。你是西区的犹太人。我在犹太人研究所见过你，你当时还是个孩子。别开玩笑，别折腾自己了。我喜欢你，你比我家里的这些人好多了。你从来没有拿哈佛大学那些假大空的东西来唬我。你很接地气，心地善良，心里有爱。天啊！你觉得呢？"他英俊、蜡黄的大脑袋往后仰了一点，看着赫索格，赫索格又感到心里暖洋洋的，他又被爱给笼罩了。桑德尔蜡黄的脸上长长的沟壑里都洋溢着喜悦。"你能卖掉伯克夏尔的那个破房子吗？"

"也许吧。"

"好吧，那就这么定了。亏就亏一点吧。海德公园已经被那些长头发的笨蛋给毁了，你不想再和他们住一块儿了吧？在我家附近租房住吧。"

赫索格已经非常累了，内心非常痛苦，但他就像孩子听大人讲故事一样，乖乖地听着。"找一个年龄更接近的管家婆。还能给你做个伴。这有什么不好？要不然我们就给你找一个棕色皮肤的美女管家吧。你不能再找日本妞了。"

"你是什么意思？"

"你知道我是什么意思。或许你要找一个从集中营里解救出来的姑娘，这种姑娘渴望有一个家，有一个美满的家，她就会心存感激。你和我都要过这样的生活。我们去北大街俄罗斯人的浴室洗个澡吧。虽然我就是在奥马哈海滩被他们炸残的，管他娘的，我还是要去。我们会好好的。我们去找一个正统的犹太会堂——受够了教堂里的那个垃圾。我们俩会找到一个好的领唱……"桑德尔抿了一下嘴唇，平常几乎看不见的稀疏胡子显现了出来。他嘴里开始念念有词：我们犯了罪，所以被逐出家园。"我们俩都是正宗的犹太人。"他看着摩西，他的眼睛是绿色的，和露水很接近。"你是我的孩子，天真善良的孩子。"

他吻了摩西一下。摩西觉得那是廉价的爱，难以名状，但说要就要，说给就给，婆婆妈妈。

"哎呀，你这个笨蛋！"摩西在火车上自言自语，"大笨蛋！"

我给你留了钱，以备不时之需。你却都拿给玛德琳买衣服了。你到底是她的律师，还是我的律师？

看他评论女性客户和谩骂男性的样子，我就差不多明白了。但是，我的天啊！我怎么会碰到这样的人？我为什么会和他扯上关系？这么荒谬的事情，都是我自找的。我愚蠢透顶，所以，他们，像桑德尔家里的那些人，都比我聪明得多，把我耍得像猴子。他们将生活的真相暴露在我眼前，让我认识到生活的真面目。

这是我为骄傲和愚蠢付出的沉重代价。

傍晚时分，天气凉爽了些。在伍兹霍尔的渡口等船的时候，他透过墨绿的水面，看到水底有明亮的光线。他喜欢思考太阳的力量，对温暖的阳光、神秘的海洋很感兴趣。空气的清新让他感动不已。水也非常干净，成群的鲦鱼在水里游来游去。赫索格叹了口气，自言自语道："赞美上帝！谢谢上帝恩赐！"他的呼吸更加舒畅了。看到那么开阔的视野、浓烈的色彩，他的内心被深深打动了，杂草和软体动物身上散发着大西洋的气息，有点刺鼻，有碘的气息，沙子又白又细，但最重要的是他可以看到有道道金光的被石头覆盖的海底，水清澈透明，这是最让他心动的。世界不会静止。如果他的灵魂能投射出如此灿烂、如此可爱的映像，那么，他可能要祈求上帝好好利用他的这个能力。但是，这个想法太简单了，太幼稚了。实际上，这个世界不会这么清澈，而是激荡着愤怒。人类正如火如荼地开展着一场大规模的行动。死亡在等候着他们。所以，如果你心里有快乐，就先藏好吧。激动的时候，最好也要闭上嘴。

＊　　＊　　＊

他也有头脑清楚的时候，但不能长时间保持平静。渡轮来了，他上了船，海风迎面而来，所以他把帽子往下拉，戴得更紧实一些。在他的心里，度假就应该是这样的，他非常向往，但又有点羞怯。赫索格从上层甲板往下看，那些汽车脏兮兮的，好像裹着一层泥巴。渡轮过海的时候，他把脚搁在手提箱上，晒着太阳，眼睛半睁半闭，看着两边来往的船只。

抵达玛莎葡萄园岛后，他在码头搭了一辆出租车。出租车在和港口平行的大街上右转，大街两边大树林立，右边可以看到海水和船帆，阳光穿过树叶投射到路面上。红色的店面上方悬挂着巨大的镀金字母，闪闪发光。购物中心和舞台一样亮堂。出租车开得很慢，好像是老迈的发动机有点心脏病。出租车路过公共图书馆，然后有一段路是高架路，接着有一段路两边长有巨大的榆树，形状像竖琴，再接着有一段两边的树是白树皮的梧桐。他注意到了梧桐树。在他的生命中，梧桐树占有重要的地位。暮色渐浓，绿色的草地影影绰绰，越来越苍白，眼睛从草地上挪开，就可以看到蓝色的水面。出租车再次右转，到了岸边，赫索格下车，付钱的时候司机给他指点路线，但他马上就忘了一半。"下台阶，然后再上台阶。我明白了。好的。"他看见利比穿着鲜艳的衣服在门廊上等着他，他向她挥挥手，她回给他一个飞吻。

他立刻意识到自己犯了一个错误。玛莎葡萄园岛并不适合他。这个地方很可爱，利比也很迷人，是世界上最迷人的女人之一，但我不该来，他想，我错了。他似乎是在斜坡上找木踏板，走路犹豫不决，他的身材看起来似乎很强壮，双手紧紧抓住手提箱，就像一个即将向前传球的球员。他的手板很宽，手筋凸出，不像是一个脑力劳动者的手，而是一个泥瓦匠或油漆工的手。微风先把他轻飘飘的衣服吹起来，然后吹回去紧紧地贴在他的身上。他表情非常复杂，有渴望，有悲伤，有幻想，有危险，有疯狂，甚至可以嗅到死亡的气息，他觉得自己极其"滑稽"。这足以让一个人向上帝祈祷，卸下所谓自我和自我发展的沉重枷锁，让自己作为一个失败者回归原始的物种寻求原始的治疗。但是，这正成为看待个体生命的最新观点，正演变成为一种新的传统。一个人张开双臂，加上身体的高度，可以看作十字架，被钉在十字架上，你就会了解意识和独立存在的痛苦。他一直在接受由玛德琳和桑德尔等人实施的原始治疗，因此，他最近的不幸遭遇可以视为一个集体项目，他自己也参与其中，目的是要摧毁他的虚荣心和他对个人生活不切实际的要求，让他在痛苦和仇恨中崩溃，而像许多其他人一样，他的下场并非钉在十字架上，而是陷入后文艺复兴、后人文主义、后笛卡尔时代主体消解的泥潭之中，这个泥潭和虚无就近在咫尺。所有人都在里面。"历史"是一趟便车，所有人都可以搭乘。希梅尔斯坦一家人连一本形而上学的书都没读过，可是他们居然在吹捧所谓的虚无，仿佛那是畅销的不动产。这个小魔鬼充满了现代思想，其中有一种思想尤其让他那颗羸弱的小心脏激动不已：人必须放弃总是觉得憋屈、爱发牢骚、小气的个性，从医学分析的角度来看，这种个性可能算不了什么，只是一种顽固、幼稚的自大，而从马克思主义的角度来看，这是一种恶心的布尔乔亚情怀，人要放弃这种个性，服从于历史的必然，也服从于真理。真理之所以"真"，是因为它给人类带来了耻辱和悲凉感，否则就是幻觉，而不是真理。当然，可以预见的是，他赫索格会与这种趋势背道而驰，始终一根筋、桀骜不驯，很冲动但又缺乏足够的勇气或智慧。他想成为一个了不起的赫索格，而对于了不起的品质，他的理解还很模糊。诚然，他走过头了，超出了自身的天赋和能力极限，但是，这是一个有强烈冲动乃至信仰但缺乏明确想法的人极其难得的野心。万一他的野心落空了呢？是不是表明他不具备忠诚、慷慨、神圣的品质？他就应该做一个无所作为、没有野心的赫索格？不！玛德琳绝对不会嫁给这样的人，她之所以看中赫索格，恰恰是因为他雄心勃勃。但是，她却绊倒他，凶残地踢着他，把他折磨得死去活来。哎呀，他糊涂了，那是多么浪费智慧和感情啊！他发现，从求爱到结婚，他一直觉得焦虑、无聊，而且，他投入了那么多金钱和精力——搭乘火车和飞机、住旅馆、逛百货商店等方面的开销并不少，牵涉到银行，甚至牵涉到了医院，到医院里看医生、买药品，他因此负债累累。至于他本人，晚上睡不着觉，下午百无聊赖，要经受性爱和自我狂热的考验，以至于他都不知道自己是生是死。他甚至开始问自己为什么想要活着。和他同一代的人都已经筋疲力尽，有的已经得了中风或者患癌症死掉，可以想象，他们都是自己找死的。可是他赫索格一定很狡猾，尽管他犯了很多错误，是个浑蛋，却很坚强，活了下来。

他是为了什么呢？他活着干吗？继续搞人际关系直到精力耗尽吗？只是为了在个人感情方面获得巨大成功吗？做一个多情的赫索格，积极寻找爱情，拥抱他的旺达、津卡和拉蒙娜，一个接着一个，对吗？但是，这是女人的追求。拥抱和心碎都是女人的专属行为。男人应该专注于亚里士多德意义上的责任、实用、礼貌、政治。既然如此，我为什么要来到这里？为什么来到玛莎葡萄园岛？我来度什么假？一个遭受重大感情挫折的人，打扮得漂漂亮亮的，穿着意大利休闲裤，带着一支自来水笔，带着一颗破碎的心，去打扰和纠缠可怜的利比，利用她的感情，让她付出不必要的代价，就因为她的上一任丈夫埃里克森发疯似的拿刀子捅她然后想开燃气自杀，而我对她很好、很有绅士风度？是的，当时我对她帮助很大。但是，如果她不是那么漂亮，那么性感，而且显然还喜欢着我，我会那样帮助她吗？如今，我带着我的烦恼来打扰她这个刚结婚几个月的新娘，这不是很有绅士风度的事情。我是来索取回报的吗？掉头回去吧，摩西，搭下一班渡轮回去。搭上火车，你就算大功告成了。

利比走下来迎接他，吻了他一下。她穿着一件橙色或者说是深红色的晚礼服。摩西闻到了一股香味，他说不清楚那是来自四周的牡丹花丛，还是来自她的脖子和肩膀。见到他，她非常高兴。不管方式是否正当，他已经成了她的好朋友。

"你好啊！"

"我一会儿就回去，"赫索格说，"我不能留下来。"

"你在胡说什么？你一路上花了好几个小时，好不容易才到这里。进去吧，阿诺德在里面。坐下来喝一杯。你这个人真滑稽！"

她冲着他笑，他只好跟她一起笑。西斯勒走出来，站在门廊上。他是一个五十多岁的男人，穿着邋遢，睡眼惺忪，但看样子很开心，穿着一条粉红色的宽松长裤，围着一条橡胶腰带。他用低沉的声音表示欢迎。

"他说他马上要回去，阿诺德。我跟你说过，他这个人很滑稽的。"

"你大老远跑到这里来，就为了跟我们说这句话吗？进来吧，进来吧。我正准备生火。再过一小时天就很冷了，大家都着急回家吃晚饭呢。喝一杯怎么样？苏格兰威士忌还是波旁威士忌？你是想先下水去游个泳吗？"西斯勒笑容可掬，笑起来脸上皱纹就很明显，但很亲切。他一双黑色的眼睛眯成一条缝，牙齿之间的缝隙很明显。他秃顶，但背后的头发浓密，向上凸起，像一朵长在树干青苔面的蘑菇。利比嫁给了一个聪明的老家伙，这种人有着丰富的人生体验，善解人意。在房子朝海边的一侧，光线很明亮，她气色非常好，非常开心，脸黝黑而光滑。她嘴上涂了深红色的口红，手上戴着金丝网首饰，脖子上戴着一条分量很重的金链子。她变老了一点点（按他的推测，她有三十八九岁），但是，她那双陷在眼窝里的黑色眼睛比他以前见过的更清澈，让她显得很灵动（她的鼻子很精致、很可爱）。在她这个年纪，遗传作用的后半段正要展开，祖先的瑕疵出现了，长出斑点、皱纹加深，一开始会让她更有女人的魅力，但死亡这位艺术家会慢慢补充细节。对西斯勒来说，所谓死亡可以完全不放在心上。他已经接受了现实，会继续用他的俄罗斯口音滔滔不绝，该做什么生意就做什么生意，直到咽气的那一天。那一刻到来的时候，因为脑袋后面凸起的头发，他可能不得不侧躺着死去。

思想让世界人口减少啊！

赫索格答应进去喝一杯，他听到自己清晰地说了声"谢谢"，看到自己坐在垫着印花棉布的椅子上，这时，他隐约感觉他所看到的可能不是临终的西斯勒，而是另一个也有妻子的人。也许那个死去的人正是他本人。他有一个妻子（哦，不对，他有过两个妻子），而且，在幻觉中，他自己身上正散发着这种死亡的气息。人稳定生存的第一个先决条件，就是那个人必须有生存的渴望。这是斯宾诺莎说的。这是"幸福"（繁衍不息）的必要条件。如果人自己不想活了，那么，他就不可能过上美好的生活。但是，如果像心理学说的那样，精神上的自杀行为也是自然的（每天一个杀人的念头，精神病医生远离我），那么，生存的欲望就不会很强大，不足以支撑美好的生活。我是想活着，还是想死？但是，他不可能在这个社交的时刻来回答这样的问题，相反，他用叮当作响的玻璃杯喝了冰镇的波旁威士忌。威士忌灌下肚去，在胸膛里愉快地燃烧着，仿佛冒起了一连串相互缠绕的火焰。他看到下面斑斑点点的海滩，火红的夕阳映在水面上，渡轮正在返航。太阳下山后，宽阔的船上电灯突然一下子都亮起来。在平静的天空中，一架直升机朝着肯尼迪夫妇居住过的海恩尼斯港飞去。那里曾经发生过重大事件。国家的力量。我们了解多少呢？想到已故的总统，摩西感觉心里一阵剧痛。（如果碰到总统，我不知道会跟他说些什么。）他想起妈妈向西坡拉姑妈吹嘘过他，所以微微一笑。她说："摩西口齿伶俐。将来可能和总统说得上话。"但是，那时的总统是哈丁。也有可能是柯立芝吧？与此同时，这里在说着话。西斯勒想要努力开导摩西，让他放松下来（我肯定有点惊魂未定的样子），而利比面有忧色。

"不用担心我，"摩西说，"我只是有点激动。"他说完笑了起来。利比和西斯勒相互看了一眼，随后他们俩倒是放松了一些。"你们家的房子真不错，是租的吗？"

"是我自己的。"西斯勒说。

"是吗？真漂亮。就夏天来住，对吗？稍微改装一下，也可以过冬的。"

"那得花费一万五千美元以上。"西斯勒说。

"这么多啊？可能岛上的劳动力和材料费用都比较高吧。"

"这些活我可以自己干，"西斯勒说，"但是，我们来这里是想要休假。我知道你也有房子。"

"在马萨诸塞州的鲁德维尔。"赫索格说。

"在什么地方？"

"伯克夏尔。靠近康涅狄格。"

"肯定是一个很美的地方。"

"嗯，确实很美。不过太偏僻了，到哪里都很远。"

"再来一杯吧？"

也许西斯勒是以为他喝了酒就能放松下来。

"摩西旅途劳顿，可能需要歇息了，"利比说，"我带他去他的房间。"

西斯勒把赫索格的手提箱搬上去。

"楼梯真不错，很有韵味，"摩西说，"如今即使花了成千上万美元，也造不出来这样的。在这栋避暑别墅上面，他们投入了很多心血。"

"六十年前还能找到工匠，"西斯勒说，"你看看那大门，是雀眼木的。你住这间。我想东西都备齐了，毛巾、肥皂都有。今天晚上有一些邻居要来。有一位单身女士，是个歌手，叫埃莉萨·图恩瓦尔德小姐。她离婚了。"

房间宽敞舒适，俯瞰着海湾。东西两座蓝色的灯塔点亮了。

"这个位置真好。"赫索格说。

"把行李拿出来吧。你要像在家里一样，随意一些。不要急着走。看到利比左右为难的时候，我就知道你们是好朋友。她跟我说，埃里克森想要加害她，而你挺身而出保护她。他甚至想刺死那个可怜的孩子。除了你，没有人会帮她。"

"实际上，埃里克森也是孤家寡人，没有人会帮他。"

"这有什么关系？"西斯勒反问。他那张粗犷的脸稍稍侧过去了一点，但这是为了他那双敏锐的小眼睛能从更好的角度看着赫索格，看得更透彻一些。"你还是挺身而出保护了她。对我来说，这就够了。不仅是因为我爱这个孩子，也是因为世界上有那么多卑鄙小人，但你却能挺身相助。你碰上麻烦了，我看得出来。自然流露出来的。你是个有灵魂的人，不是吗，摩西？"他摇了摇头。他抽着烟，两只熏黄的手指夹着香烟，捂在嘴上，所以他说话的声音很沉闷。"我们都躲不开浑蛋，对不对？灵魂，是个可怕的障碍。"

摩西低声回答说："我都不知道我还有没有那种东西。"

"我会说有。嗯……"他转动手腕，让落日的余晖照在他的金表上，"你好好休息吧。"

他说完就走了，摩西在床上躺了一会儿。床垫很不错，被子很干净。他躺了一刻钟，嘴唇张着，四肢伸开，呼吸平和，脑子空白，凝视着壁纸上的图案，直到这些图案被黑暗所遮蔽。他站了起来，但没有去梳洗，而是在枫木桌上写了一封告别信。抽屉里有纸和笔。

我必须回去。善意受之有愧。感觉……内心……一切都是那么别扭。还有许多尚未完成的事。祝福你们俩。我很开心。也许夏末秋初吧，如果你们愿意，我会再来打扰。感激不尽的摩西。

他悄悄出了门。西斯勒夫妇在厨房里。西斯勒哗啦哗啦地洗着制冰盒。摩西飞快地下了楼，更是以一种疯狂的速度走出纱门，与此同时脚步声非常轻。他穿过灌木丛，进入邻居家的空地。他沿着小路回到渡口，然后打车去了机场。在这个时间点，只剩下一班去波士顿的飞机。他搭了这班飞机，然后在波士顿机场搭了去纽约爱德怀德机场的航班。晚上十一点，他躺在自己家的床上，喝着热牛奶，吃着花生酱三明治。这次旅行来回花了他一大笔钱。

*　　　*　　　*

杰拉尔丁·波特诺伊的信一直放在床头柜上，他拿起这封信，睡前再读一遍。他回忆起他第一次读到这封信的感觉，那是在芝加哥，他收到后并没有马上打开来读。

*赫索格先生，我是杰拉尔丁·波特诺伊，卢卡斯·阿斯弗特的朋友。您可能还记得……可能还记得？*摩西读得更快了（字体很娟秀，

在印刷体的基础上有较多的连笔，字母i的上方画着奇怪的小圆圈），想一口气把整封信读完，没等一页读完就翻到下一页，想看看是否有哪个地方被圈了重点。事实上，我选修了您的课程"浪漫主义的社会哲学家"。对于卢梭和卡尔·马克思，我和您有过一些分歧。我现在能够接受您的观点，没错，马克思对人类未来的愿景是形而上的。我对唯物主义的理解太僵化了。我的观点！有分歧很平常，她为什么要变来变去？她为什么不坚持自己的观点？他努力琢磨这是为什么，他想找到那个点，但是，那么多的圆点像雪花一样在他眼前纷纷飘落，完全模糊了他的视线。您可能从来没有注意到我，但我喜欢你，作为卢卡斯·阿斯弗特的朋友（他也非常喜欢你，他说你的生活是一场人性的盛宴），我当然听说过关于您的许多事情，您和卢卡斯是发小，在芝加哥地威臣街度过了美好的时光，您在共和国兄弟会打过篮球。我的一个表叔朱尔斯·汉金是那里的教练。我对汉金教练还有印象。他常穿蓝色的开衫，梳中分发型。我不希望您误会。我不想干涉您的私事。我也不是玛德琳的敌人。我也同情她。她很活泼，很聪明，很有魅力，对我也很热情，很坦率。有相当长的一段时间，我都很佩服她，作为一个女青年，我非常感激她和我说了那些悄悄话。赫索格满脸通红。那些悄悄话里面，肯定提到了他的性无能。作为您曾经的学生，我当然对您的私生活很感兴趣，但是，看到她那么毫无保留，我也感到惊讶，我很快就看出来，她是想获得我的好感，我不知道是为了什么。卢卡斯警告我说要小心一点，同性之间任何亲密的感情，都常会受到不公正的怀疑。我学过科学，所以我的归纳会更加谨慎，不会随便对普通的行为进行精神分析。但是，她确实是想争取我的好感，尽管这种事情太微妙了，说不清楚。她跟我说您的人品和学识都很棒，尽管有些神经质，脾气暴躁，她常因此担惊受怕。然而，她又说，您还是很棒的，在经历了两次没有感情、失败的婚姻后，也许您会专注于您的事业。您不擅长经营情感关系。我很快就明白，她永远不会把自己交给一个智力或者感情平庸的男人。玛德琳说，她终于清楚了自己在干什么。此前的一切都很乱，甚至有些时候一片空白，她想不起来发生了什么。她嫁给了您，就陷入了混乱，而且大多数时候都很混乱。跟她交谈很开眼界，让人激动，有相见恨晚的感觉，她是一个美丽、聪明、努力掌控自己命运的人，她让我重新认识生活。她的阅历非常丰富，肚子里有货……这是什么意思？赫索格想。她是想告诉我说玛德琳会生孩子吗？肯定是格斯巴赫的孩子！不！太好了，我真幸运。如果她有了一个私生子，我就可以申请获得琼的监护权。他迫不及待地读完了这一页，然后又从头读了一遍。不，玛德琳没有怀孕。她那么聪明，是不会让这种事发生的。适者生存，她有足够的智慧。她太精明了，这也是她的一个问题。由此可见，她并没有怀孕。我不只是一个帮她带孩子的研究生，我是她的闺密。您的女儿非常喜欢我，我发现她不是一般的孩子。非同一般，真的。我对琼的爱也远远超过对别人孩子的爱。我知道，人们通常认为意大利是最喜欢孩子的西方国家（根据意大利绘画中基督儿童的形象来判断），但是，美国人也非常喜欢孩子，打心底里喜欢，日常所做的一切也都是为了孩子。平心而论，我觉得玛德琳对待琼还是很不错的。她有点独断专行。在这个家里，格斯巴赫先生的定位很暧昧，但总的来说，他对琼也很不错，很会逗她玩。琼叫他瓦尔叔叔，我经常看他背着她，让她骑在肩上，有时会把她抛起来再接住。读到这里，赫索格恨得咬牙切齿，他嗅到了危险的气息。但是，我必须告诉您一件不愉快的事情，我和卢卡斯聊过这件事。是这样子的，前几天晚上，我来到哈珀大道，听到孩子啼哭的声音。我发现她在格斯巴赫的车里面出不来，可怜的小家伙不停地哭，浑身发抖。我想她是在玩耍的时候把自己关在里面了，但当时天已经黑了，她本该上床睡觉了，我不明白她为什么会一个人在外面。看到这几句话，赫索格的心怦怦直跳。我设法让她平静下来，然后我走进屋里，发现她妈妈正在和瓦尔叔叔吵架。原来是瓦尔叔叔把她牵出去，叫她进车里去玩一会儿。他把车门关上，又返回到屋里。我仿佛可以看到琼惊恐万分，不停尖叫，而他却若无其事地走上了楼梯。我要杀了他！不杀他，我就是罪人！他再读了一遍结束语。卢卡斯说这种事情您有权知道。他正准备打电话，但我觉得在电话里说不大好，这会令人不安，可能产生伤害。通过写信，读者就有缓冲的时间，可以冷静思考，不至于出现偏激的行为。说实话，我没觉得玛德琳是个坏妈妈。

　　早上，他又开始写信了。窗边的小桌子是黑色的，和消防通道一样黑，也像包裹着沥青的铁轨那样，铁轨照说是等距的，但根据透视的原则，往远处看，就渐渐变窄。他有好多信要写。他很忙，他要将开始有点明白的东西写出来。今天的第一封信写给把玛德琳带进教堂的牧师希尔顿·蒙席阁下，这封信是在半梦半醒的状态下眯着眼睛写的。赫索格穿着佩斯利睡袍，小口喝着黑咖啡，清了清嗓子，他意识到了愤怒，他被愤怒笼罩着。这个天主教的蒙席应该知道他对那些被他染指的人会产生多大的影响。

　　我是一个因你而改变信仰的年轻女子的丈夫，准确地说是前夫。她叫玛德琳·庞里特，一个著名导演的女儿。也许你还记得，几年前，她曾经接受过你的教导，是你给她洗礼的。她最近从拉德克利夫学院毕业，长得很漂亮……玛德琳真的有那么漂亮吗？还是说因为已经失去了，所以他才夸张了一点。这样说会不会让他更加痛苦？他是被一个漂亮女人甩掉的，这样想他会觉得好受一点吗？但是，她之所以甩了他，是为了那个喜欢嚷嚷、爱卖弄、成天抓着屁股的畜生格斯巴赫。女性的性偏好是改不掉的。那是古老的智慧。男人没有那样的智慧。不过，实事求是地讲，她真的是个美人。黛西曾经也很漂亮。我自己曾经也很英俊，但因为自负，浪费了这一副好皮囊……她的肤色很健康，白里透着红，乌黑的秀发盘了一个发髻，前额垂着一绺刘海，脖子修长，两只蓝色的眼睛很深邃，一只拜占庭式的鼻子从额头直垂下来。刘海的背后藏着十分发达的大脑，藏着魔鬼般坚强的意志，也有可能是完全错乱的精神。她很有格调。刚开始接受你的教导，她就买了十字架、圣牌、念珠，以及合适的服装。但是，她只是个年轻姑娘，真的，她刚刚大学毕业。不过，我相信她比我懂得更多。我希望你能明白，蒙席阁下，我写这封信的目的，并不是为了揭露玛德琳的丑恶嘴脸，或者想要攻击你。我认为，你可能会希望了解，人们想要拯救自己的时候可能会发生什么，而实际上发生了什么……我想那就是"虚无主义"。

那么，会发生什么呢？到底发生了什么？赫索格再次逃离玛莎葡萄园岛后，他一直盯着砖墙，绞尽脑汁想要把这个问题想明白。我在费城有一间房，我在那里工作了一年，在那段时间，每个星期搭乘城际通勤火车去纽约三四次，去看马可。黛西曾经发誓不会离婚。那时候，我正在和大久喜园同居，但她不是我的最终目标。我不是很当真。我干不了什么正事，也就是在费城教教课。他们烦了我，我也烦了他们。爸爸听说我生活放荡，很生气。黛西给他写信，把什么都说了，但这都不关爸爸的事。到底发生了什么？我放弃了一个稳定、有盼头、合法的收容所，就因为我觉得烦了，我觉得那是懒虫的生活。喜园叫我搬去和她一起过。但是我想，那样的话，我岂不是成了娶印第安女人做老婆的"阔男"？所以，我带着各种书和文件去了费城，还带走了用黑色罩子罩起来的雷明顿办公机器，还有我的唱片、双簧管和乐谱。

他乘火车来回奔波，把自己都累垮了，但他只能这样。他去看望儿子，也要面对前妻的愤怒。黛西通常面无表情，冷若冰霜。这对她的容貌伤害很大。她站在楼梯的顶头等着摩西，双臂交叉，俨然是一个绿眼睛、短头发的方块形妖怪，一见到他就说他必须在两个小时内把马可送回家。他非常讨厌这样和她见面。当然，她总是很清楚他在干什么，他和谁见面，她有时会问："日本人怎么样？"有时则问："教皇好吗？"我觉得一点也不好笑。她身上有很多优点，就是缺乏幽默感。

为了和马可一起去郊游，摩西费了不少心思。否则，时间会过得很慢，日子会过得很沉重。在火车上，他背下了南北战争的一些史实，包括日期、人名、战役，这样，马可在动物园自助餐厅里吃汉堡包的时候，他们就可以聊天了，他们总是去那里吃汉堡包。"这次我要跟你讲讲博雷加德将军的故事，"他说，"这个部分很精彩。"但是，有时候，赫索格会突然觉得恍惚，不知道他讲的是博雷加德的事迹，还是第十号岛或者安德森维尔的历史。他心里一直惦记着大久喜园，想着怎么应付她，他正要为了玛德琳甩掉她，心里有点愧疚。那个女人正等着他的电话，他知道。玛德琳忙着教会事务而拒绝见他的时候，他常常想着去和喜园聊一聊，不过也就聊聊而已。这样的三心二意是很丑陋的，为此他很鄙视自己。这是一个男人该干的事情吗？

丢脸！糊涂！

他看得出，马可同情他这个糊涂的爸爸。他和摩西一起玩游戏，不断地问关于南北战争的问题，因为讲南北战争的故事，是他能够给予儿子的唯一礼物。孩子不会拒绝善意的礼物。那代表着爱，赫索格想。他穿着佩斯利睡袍，咖啡凉了。孩子们爱我，我爱孩子们。但是，我能给予他们什么呢？马可会用清澈的眼睛看着他，他的脸庞和赫索格很像，像是一个模子刻出来的，稚嫩、白皙、满脸雀斑，他剃了平头，那是他自己要求的，看起来怪怪的。他的嘴巴和祖母更像。"好吧，儿子，我得回费城了。"赫索格说。其实，他觉得根本没必要回费城。

到费城去完全是个错误。有什么必要去坐那列火车呢？途中看到伊丽莎白和特伦顿有那么重要吗？它们在等着他去看吗？费城的那张单人床在等着他吗？"火车开车的时间快到了，马可。"他掏出一只怀表，这是二十年前爸爸送给他的礼物。

"坐地铁当心点。平时出门也要小心。不要去晨曦公园，那里有暴徒。"

赫索格路过一个电话亭，他很想进去给大久喜园打个电话，但他克制住了这个冲动，转而进了地铁站，直奔宾夕法尼亚火车站。他穿着棕色的长外套，肩膀绷得很紧，口袋里塞着书，很沉，书拉得衣服有些变形。地下通道里有各种商店，卖鲜花的，卖刀具的，卖威士忌、甜甜圈、烤香肠的，还有卖橘子汁的，橘子汁看起来冷冰冰的。他费力地走进光线明亮的车站大厅，大厅四周有巨大的窗户，窗户玻璃脏兮兮的，秋日的阳光驼着背越过服装区，穿过这些窗户照射进来，落到地上分成了几大片。在口香糖贩卖机的镜子上，赫索格看了一眼自己的样子，他的脸色非常苍白，很不健康，外套和羊毛围巾露出了线头，在明亮光线的照射下，他的帽子和眉毛就像不存在似的，让他的半边脸一览无余，看得清清楚楚。他微笑着面对自己前半生的这个化身，对于这个受害者赫索格，这个即将恋爱的赫索格，这个为世界贡献了智慧并可能改变历史、影响文明发展的人。在费城，他的床下有几盒子发黄的旧纸张，这些纸张如果面世，就可能产生重大的影响。

所以，赫索格带着还没有打孔的车票进了铁门，飞快地奔向火车。这扇铁门越扩越大，门上挂着深红色的匾，匾上面写着金字。鞋带松了，他也顾不上。他的身上还保留一种古老的骄傲。在下面的站台，红色的列车冒着烟，正等着乘客上下车。他是刚来？还是要走了？他时不时会这样犯糊涂。

　　他塞在口袋里的书是普拉特的《南北战争简史》和克尔恺郭尔的几本著作。虽然赫索格已经戒烟了，但他仍然喜欢跟吸烟的人凑在一起。他喜欢闻烟味。他坐在一个脏兮兮的长毛绒座位上，拿出一本书，开始看起来。死亡意味着一切的完结，但是，死亡的过程也意味着活着经历死亡，他绞尽脑汁琢磨着这是什么意思。如果……是的……不是……另一方面，如果说生存确是一件呕心的事，那么，信仰就是一种解救，虽然看来有点渺茫。抑或是，你要是被痛苦摧毁，上帝会来搭救你，你就会感受到上帝的力量。抑郁症患者的好书！如果是坐在自己的办公桌前，赫索格会微笑着，用手捂住脸，然后悄悄地笑起来。但在火车上，他要认真学习，非常认真地学习。所有活着的人都处在绝望之中。（？）这就是致死的病。（？）人是唯一拒绝做自己的动物。（？）

　　火车到达新泽西的垃圾场时，他合上了书。他的脑袋在发热。他把翻领上的史蒂文森大纽扣贴在脸颊上，觉得凉凉的。车厢里的烟雾很香，很醇，很浓。他深深地吸进了肺里，那是一种让人激动的污秽。他能闻到有人用旧烟枪吸烟，那种气味腻乎乎的，湿气很重。火车加速了，车轮咬着铁轨，发出刺耳的声音。略带寒意的秋日照耀着新泽西的工厂。火车先是经过火山似的矿渣、灯心草、垃圾场、炼油厂、幽灵般的火炬，接着马上是田野和树林。矮矮的橡树挺立着，像一根根铁棍子。田野变成蓝色的。每个无线电塔就像一根针，针眼里面都有一滴血。伊丽莎白都是沉闷的砖房，一晃就过去了。黄昏时分到了特伦顿，就像要穿过一堆煤火的中心。赫索格看到了一句口号：特伦顿制造，全世界都要！

夜幕降临，在冰冷的灯光中，费城到了。

可怜的家伙，他的身体不好。

想到他吃的药片和晚上喝的牛奶，赫索格就笑了。在费城，他的床边经常放着十几只瓶子。每天晚上，他都要喝一口牛奶，让胃缓缓。

我们的周围有伟大的思想和理念，但与美国当下日常的状况没有多大的关系。你知道，蒙席阁下，如果你穿着罗马教廷的白色法衣出现在电视上，至少酒馆里会有许多爱尔兰人、波兰人、克罗地亚人在看着你，他们对你很有兴趣。他举起优雅的手臂，向着天堂，像无声电影时代的电影明星一样看你一眼，像理查德·巴塞尔梅斯，或者康韦·特尔。罗马天主教的工人阶级也以他为荣。但是我，一个博学的思想史专家，却被情所困……我反对那种认为科学思想已使所有价值观陷入混乱的论点……我深信对宇宙空间的探索不会摧毁人类的价值，事实王国和价值标准王国不是永远隔绝的。我（犹太人）的脑子里产生了一个奇怪的想法，我认为我们可以拭目以待！我的生活经历会证明一个截然相反的观点。现代的历史观认为，西方宗教和思想沦落了，海德格尔声称这是人类的第二次堕落，人终归是凡人，但这种观点我听腻了，不觉得有什么新意。没有哪一个哲学家知道什么人是凡人，他们都没有深入体验过平凡的生活。所谓凡人的经验，这是最近几百年来的主要问题，蒙田和帕斯卡都很明白这一点，虽然他们俩在其他方面都是有分歧的。一个人的美德或精神力量，是在他的平凡生活中衡量出来的。

不知道怎么回事，我的脑海里出现了一个绝对疯狂的念头，那就是我本人的行为具有历史性的意义，有了这个念头（幻想？）之后，我觉得伤害我的人都是在干扰一个重要的实验。

在费城，赫索格再不喜欢牛奶也要喝，他是一个满怀希望的精神病患者，身体虚弱，必须靠牛奶让胃安宁下来，淹没不安的心灵，这样才能够睡着。他翻来覆去地想着马可、黛西、大久喜园、玛德琳、庞里特夫妇，他也不时想到黑格尔所谓的古代悲剧和现代悲剧的区别，现代社会的内心体验和个人性格的深化。他自己的个人性格有时会与事实和价值脱节。但是，现代人的性格是多变的、分裂的、摇摆不定的，不像古代人那样坚如磐石，也不像十七世纪的人们那样具有坚定的观念，信奉清晰、严格的定理。

摩西想尽他所能改善人类的现状，最后却要靠吃安眠药让自己生存下去。这符合所有人的最大利益。但是，他早上去费城上课的时候，几乎看不见讲稿。他的眼睛肿了，整个脑袋晕乎乎的，这时，他焦虑的心跳动得比以往任何时候都更快。

玛德琳的爸爸性格强硬，智力一流，身上带有纽约戏剧界奇异而怪诞的虚荣，然而，他告诉我，我可能会给她带来很大的帮助。他说："好吧，她不能再和那些同性恋者混在一起了。她就跟很多女大学生一样，她的朋友们都是同性恋。她周围的同性恋比圣女贞德身边的还多。她对你有兴趣，这是一件大好事。"但是，这个老头也觉得他是一个可怜虫。他的心理问题还是掩盖不住。他去制作室找庞里特。玛德琳跟他说："我爸爸一定要和你谈谈。我希望你能去一趟。"到了制作室，他发现庞里特正在和女教练跳桑巴舞或者恰恰舞（这两种舞赫索格分不清楚），女教练是一位中年菲律宾妇女，曾是一个著名的探戈舞蹈团（拉蒙与阿黛利娜舞蹈团）的成员。阿黛利娜腰部肥

132

硕，但一双腿很长、很苗条。她化了妆，但脸还是很黝黑。庞里特身材高大，晒黑的头皮上长出了白头发（他整个冬天都用太阳灯）。他穿着帆布拖鞋，迈着小步。随着他摇晃着宽大的臀部，宽松的裤子从一边滑到另一边，然后又滑回去。他的蓝眼睛目光冷峻。

音乐节奏感很强，旋律活泼，情绪热烈，很有金属感。等到音乐停下来，庞里特淡淡地问："你是摩西·赫索格？"

"是的。"

"你在和我女儿谈恋爱？"

"是的。"

"我看，这对你的身体没什么好处。"

"我的身体一直不太好，庞里特先生。"

"大家都叫我菲茨。这位是阿黛利娜。阿黛利娜，他叫摩西。他在泡我的女儿。我以为我一辈子都看不到这一天。好吧，恭喜你……但愿睡美人会醒来。"

"你好，帅哥！"阿黛利娜说。这个问候没有任何个人感情的色彩。阿黛利娜忙着点香烟，没顾上看他一眼。她从庞里特手里接过来一根火柴。赫索格记得，在制作室的天窗下，那根火柴是多么冷淡啊。只有火焰，完全没有热度。

当天晚些时候，他也和坦妮·庞里特见了面。坦妮一谈到女儿，眼泪很快就夺眶而出。她脸部表情起伏不大，更多的只是苦相，微笑的时候也似乎在流泪，如果是偶然遇见她，你会觉得她是个苦命的人。摩西在百老汇第一次碰到她，她身材比一般人更高，她迎着他走过来，除了身材，他也逐渐看清了她的脸部特征，她的脸上皮肤光滑，表情和善，但嘴角有皱纹，表明她内心有苦楚。她请他陪她去威尔第广场坐坐，那片草地围着栏杆，仍然惨遭蹂躏，四周的长凳上总是坐着一群垂死的老人，还有残废的乞讨者、像卡车司机一样大摇大摆的女同性恋者、染头发戴耳环身体虚弱的黑人同性恋者。

"对于我这个女儿，我说不上什么话，"坦妮说，"我很心疼她，这是当然。她一直都很不容易。我肯定要站在菲茨这一边。他被列入黑名单很多年了。我不能背叛他。毕竟他是一个大艺术家。"

"我明白……"赫索格喃喃自语说。她等着他认可她的说法。

"他是个巨人。"坦妮。她已经学会说这样的话，还能说得斩钉截铁。她是一个尊重文化传统的善良的犹太妇女，她的爸爸是个裁缝，工人联谊会的会员，讲意第绪语的犹太人，只有她这样的人，才会为一个大艺术家奉献出一切。"屹立在这个大众社会！"她说。她看着他，眼光里始终充满姐妹般的温柔，很有感染力。"金钱社会？"他感到很困惑，可能是听错了。对父母恨得咬牙切齿的玛德琳告诉过他，这个老头一年要花五万美元，而他总能拿得到这笔钱，他就像斯文加利似的催眠师，会从女人和醉心舞台渴望当演员的人身上下功夫。"玛德琳觉得我辜负了她。她不明白，她恨她爸爸。我可以这么跟你说，摩西，我认为，人要本能地信任你，那才算是信任。我知道玛德琳信任你，她不是一个轻易信任别人的姑娘。所以，我觉得她一定是爱上你了。"

"我也爱上她了。"摩西动情地说。

"你一定是爱她的，我觉得……有些事情不好说。"

"是不是说我年纪大了？结过婚？你是这个意思吗？"

"你不会伤害她的，对吧？不管她怎么想，我都是她的妈妈。无论她怎么说，我都心疼自己的女儿。"她说完轻轻地哭泣起来。

"哦，赫索格先生，我总是夹在他们两人中间，两头受气。我知道，我们不是传统的父母。她觉得我不管她了，让她自生自灭。我也没办法。现在要看你的了。只有你能帮助这个孩子。"坦妮摘下了精心制作的眼镜，毫不掩饰地哭起来。她的脸和鼻子都红了，眼睛也模糊了，摩西觉得她的眼睛有一种很特别的感染力。坦妮的哭泣有一定的虚假和算计成分，但是，背后也有对女儿和丈夫的真实感情，而在这种真实的感情背后，还有一些意义深远、更阴暗的东西。对于现实层层叠叠的复杂性，赫索格非常清楚，现实世界有厌恶，有傲慢，有欺骗，不过也有真理，这真是天晓得啊！他明白，他自己正被玛德琳忧心忡忡的妈妈操纵着。三十年来，坦妮一直过着波希米亚式的生活，与整个社会格格不入，只能跟着老庞里特团团转，她很忠诚，但她佩戴的珠宝，就像是一条暗银色的锁链。

但是，如果她有办法的话，她绝不会让这种事发生在她女儿身上。玛德琳也下定了决心，一定不会重蹈覆辙。摩西坐在威尔第广场的长凳上，脸刮得干干净净，衬衫洗得干干净净，指甲也修得干干净净的，他双腿交叉，大腿有些沉重，若有所思地听着坦妮的话，其实他的头脑根本转不动。他的脑子里塞满了宏大的计划，其他的什么也装不进去，也没有空间可以转动了。他当然明白坦妮是在给他下套，对于她提出的任何要求，他都会全盘接受。他有善心，她抓住了这个"弱点"，请他救救她这个任性的女儿，把这只迷途的羔羊找回来。她说他有耐心、有爱心，是个男子汉，一定能做到。坦妮还对摩西说，他能让这个神经质的姑娘过上稳定的生活，她会受益于他的稳重。在那些垂死老人和残疾人的包围中，坦妮向摩西求助，这激起了他不纯洁的同情。还有一种强烈的反感。他的心脏感到不舒服。"我喜欢玛德琳，坦妮，"他说，"你不用担心。我会尽力而为。"

他是个着急、冒进、精神紧张、滑稽可笑的人。

玛德琳有一套公寓，在一栋旧楼里，在纽约的时候，赫索格就和她住在一起。他们一起睡在包着摩洛哥山羊皮革套子的沙发上。

摩西整晚都激情澎湃地抚摩着她的身体。她的响应没有那么热烈，毕竟她刚皈依新的宗教。况且，在一对恋人当中，总有一个比另一个更容易激动。有时候，她的眼里会含着愤怒和痛苦的泪水，忏悔自己的罪过。不过，她也想要激情。

早晨七点，她的身体会突然变得很僵硬，似乎在等着闹钟响起来，生怕错过了。闹钟刚刚响起来，她就呼出憋了一肚子的气，恶狠狠地大喊："该死！"然后大步走向浴室。

套房里的设施都是老式的。在十九世纪九十年代，这可以算是豪华的。水龙头一打开，冷水就哗啦啦地冲出来，水量很大，水的冲劲也很强。她把睡衣往下翻，露出上半身，拿了一块布使劲擦，想净化自己，把长着一双蓝眼睛的脸擦得通红，乳房也被擦成了粉红色。赫索格光着脚，披着风衣走进来，坐在浴缸的边上，一言不发地看着。

瓷砖原先是樱桃色的，现在已经褪色，牙刷架和固定在墙上的架子都是由镍制成的，很精致。水龙头的水还在哗啦啦地流着，赫索格看着玛德琳一下子老成了许多。她要去福特汉姆大学上班，对她来说，工作的第一个要求就是要打扮得整洁、成熟一些。他毫不遮掩的好奇，他和她共用一个浴室的事实，他风衣下面空荡荡的身体，他那张睡眼惺忪苍白的脸出现在没落奢华的套房里……这一切都让她十分烦恼。梳洗的时候，她没有回头看过他。她戴好胸罩，穿上打底的衬裙，然后套了一件高领毛衣，为了保护毛衣的肩部，她又披了一条塑料的披肩。这条披肩可以防止化妆品掉落粘到羊毛上。她开始涂化妆品了，马桶上方的架子上放着各种瓶瓶罐罐。无论她做什么，都毫不犹豫，手脚麻利，非常有自信，活脱脱像一个专家。雕刻家、糕点师傅、空中飞人的身手也都这样敏捷。看她涂得那么快，他觉得她会把自己的脸涂花了，但她从来没有涂花过。首先，她在脸颊上涂了一层面霜，然后揉开抹匀，先抹到笔直的鼻子上，接着抹抹稚嫩的下巴和柔软的颈部。面霜是灰色的，也可以说是珍珠蓝的。那是底妆。她用毛巾扇了扇。然后，她在底妆上面再涂化妆品。用棉签蘸了之后，她把化妆品涂到发际线的下方、眼睛的周围、脸颊的上方和喉咙上。尽管女性的肌肤柔嫩，但她伸长的喉咙已经明显展现出她的专横独裁。赫索格抚摩她脸蛋的时候，她不让他从上往下摸，她说这样对肌肉不好。他先是坐在豪华浴缸的边缘看着，然后穿上裤子，把衬衫塞到裤子里面。她不会留意到他，一到白天，她就想方设法摆脱他。

她用粉扑铺了一层淡淡的粉，动作还是那么快，仿佛很着急要去干什么。然后，她迅速转身，侧身看了看，先看右侧，然后看看左侧，手举在胸前，好像要托住乳房，但实际上没有碰到。她好像对这层粉很满意，然后在眼睑上涂了一些凡士林，再用一个刷头给睫毛染色。对于这一切，摩西都默默地盯着。她没有丝毫犹豫，给两边眼角画了一抹黑色，并重新画了眉毛，画得平整、庄重。接着，她拿起一把裁缝剪刀，修剪了刘海，动作利索，似乎不需要测量，对于自己的形象，她早已经胸有成竹，修剪的时候就像扣动扳机开枪一样。赫索格本能地感到恐慌，好像突然短路了。她的果断令他着迷，与此同时，他也发现自己很幼稚。他是一个手脚灵便的人，却只能坐在那个奢华的旧浴缸边上，眼睁睁地看着玛德琳的脸上发生那种种变化。他屁股下面的珐琅上镶着发丝那么细的金丝，图案看起来像是熟大黄。她在嘴唇上糊了一层蜡，然后涂成红色，颜色单调，这让她显得年龄更大一些。这一对糊了蜡的嘴唇快要完工了。她伸出一根手指到舌头上沾湿，然后在嘴唇上抹了几下。这样就好了。她一本正经地看着镜子，似乎很满意。没错，这样刚好。她穿上一条粗花呢裙子，又长又重，遮住了双腿。接着穿上高跟鞋，脚踝微微倾斜。再接着是戴上帽子。帽子是灰色的，低帽冠，宽帽檐。她把这顶帽子戴到头上，就变成了一个四十多岁的女人，像一个皮肤白皙、歇斯底里、跪在教堂过道里的疑病患者。宽宽的帽檐遮住了她充满渴望的前额，盖住了她的稚气、她的恐惧、她的宗教意志，掩盖了所有的缺憾！而他这个面容憔悴、胡子拉碴、罪孽深重的犹太人，可能会耽误她的救赎，为此他心如刀绞。但是，她始终没看他一眼。她穿上了松鼠领外套，伸手进去调整垫肩。那顶帽子啊！那俨然就是用一根约半英寸宽的灰色带子绕成的笼子，和在蒙特利尔医院病房里和他一起读《圣经》的基督教女士所戴的帽子很像。"风随意而吹，你听见它的响声……"居然还有一个发夹。她打扮完了。她的脸很光滑，看起来像个中年妇女。只有眼球没有被碰过，眼泪似乎就要从眼眶里涌出来。她看起来好像很生气。她希望他晚上到她这里来。他们睡着的时候，她还会凶巴巴地抓住他的手放在她的乳房上面。但是，到了早上，她却希望他从眼前消失。他很不习惯这种情况，他更习惯成为人家的宠儿。但是，他所面对的是新一代女性，这是他跟自己说的。对她来说，他就像是一个慈父，也是会玩女人的小老头（他简直不敢相信有这种说法）。但是，角色已经分好了。她扮演一个白人皈依者，而赫索格只能跟着她演对手戏。

"你应该吃点早饭。"他说。

"不行，吃早饭就迟到了。"

她糊在脸上的东西已经定住了。她戴上一个大大的十字架，垂在胸前。她皈依天主教刚刚三个月，因为赫索格的缘故，她已经不能去忏悔了，至少不能跟蒙席阁下忏悔。

对玛德琳来说，皈依天主教是一个戏剧性的事件。戏剧是暴发户、机会主义者和准贵族的艺术。蒙席阁下本身也是一个角色，他也是一个演员，但是很胖。显然，她对宗教有感情，但魅力和社会地位更重要。你善于使名人皈依，在这个方面很有名气，所以她去找你。这正好适合我们的玛德琳。犹太人对信基督教的女士或绅士的看法，是社会戏剧史上一个诡异的篇章。名人总是层出不穷的，少了一个名人，总有新的名人出现。名人不从大众里来，还能从哪儿来？只要带着热情和非凡的怨恨之火。我不否认，这对我也有很大的好处。和这样一个问题牵扯在一起，对我很有利。

"空腹去上班，你会不舒服的。我们一起去吃早饭，然后叫一辆出租车去福特汉姆，车费我来付。"

她决然走出浴室，虽然动作有些僵硬，她穿着那条丑陋的长裙，走路不方便。她想飞起来，但她戴着车轮似的帽子，身上穿着粗花呢，胸前佩戴着各种宗教徽章和巨大的十字架，而且心情沉重，想离开地面谈何容易。

他尾随着她穿过墙上挂满镜子的房间，经过装在框子里的弗拉芒画派版画，也经过金色、绿色和红色的祭坛饰品。门把手和门锁都涂过许多层油漆，好像粘住了。玛德琳不耐烦地拉了拉。赫索格从她身后闪过，用力打开白色的前门。他们穿过一条走廊，曾经奢华的地毯上放着一袋袋垃圾，然后，他们走进破旧的电梯，下楼之后从黑乎乎让人窒息的电梯间里走出来，走进斑岩立面发了霉的大厅，最后走进川流不息的街道。

"你到底来不来？你在干什么？"玛德琳问。

也许他还没有完全清醒。赫索格在水产店附近徘徊了一会儿，他被那里的气息吸引住了。有个身材精瘦、肌肉发达的黑人正在把一桶桶冰倒进水箱里面，水箱里的鱼密密麻麻的，都弓着背，好像在冒着烟的碎冰里游泳，有些是血淋淋的青铜色，有些是黏糊糊的黑绿色，有些则是灰金色的，龙虾都挤在玻璃边上，触角都被压弯了。早晨很暖和，灰蒙蒙的，空气潮湿、清新，可以闻到河水的气味。走到便道电梯的金属门边，因为鞋底薄，摩西可以感受到脚下铁板上凸起的图案，很像盲文，但他弄不懂那是什么意思。鱼被冻在冒着沫的白色冰层中，像还活着似的。街上阴沉沉的，灰蒙蒙的，很暖和，很亲切，不干净，可以闻到被污染的河水的气味，潮汐的咸味令人兴奋。

"我等不了你，摩西。"玛德琳扭过头来，语气强硬地说。他们走进餐厅，在黄色的富美家防火板台面的餐桌边坐下。

"你在磨蹭什么？"

"嗯，我妈妈的老家在波罗的海地区。她很喜欢吃鱼。"

但是，玛德琳对二十年前已经去世的赫索格太太并不感兴趣，虽然这位怀旧的绅士非常惦记他的妈妈。摩西克制住了。对于玛德琳，他扮演着慈父的角色，他不能指望她顾及他的妈妈。她已经死去那么久了，对新一代不会有什么影响。

黄色的桌子上有一朵红花。花朵的下面有个金属支架，像一个项圈，陷入花颈里。赫索格很好奇，怀疑花也是塑料的，就伸手去摸。发现花是真的，就迅速把手指缩回来。玛德琳看着他。

"我很着急，你知道的。"她说。

她喜欢英国松饼。他点了。女服务员走后，她在后面喊："我的那份用手撕，不要切片。"然后，她顶出下巴对着摩西，说："摩西，我脖子上的妆化得还行吗？"

"以你的肤色，你不需要这种东西。"

"会不会不均匀？"

"不会。我一会儿还能见到你吗？"

"不好说。我要在福特汉姆参加鸡尾酒会，为一个传教士举办的。"

"然后呢？我可以赶晚一点的火车去费城。"

"我答应过妈妈……她又和老头吵翻了。"

"我以为都解决了……他们已经离婚了嘛。"

"她真是个奴隶！"玛德琳说，"她放不下，他也放不下。这样对他有好处。她在下班后还要去他的那个演员培训学校，去帮他记账。他还是她心目中的大人物，和斯坦尼斯拉夫斯基一样伟大。她把自己全都献给了他，如果不是因为他的才华，那是为什么呢？所以，他肯定是一个伟大的天才……"

"我听人家说过他是一个才华横溢的导演。"

"他确实有点才华，"玛德琳说，"他有眼光，和女人一样敏感。他还很迷人，所以会干坏事。坦妮说，他自己一个人一年就要花五万美元左右。他烧钱很有天赋。"

"在我听来，她去帮他记账，实际上是为了你去的，她想尽量给你留下一点。"

"除了诉讼和债务，他什么也不会留给我。"她一边吃着烤松饼，一边咬牙切齿地说。她的牙齿很有女孩的特点，比较短。然后，她又不吃了。她放下松饼，眼睛里射出了异样的光。

"怎么了？吃啊。"

然而，她推开了盘子。"我叫你不要打电话给我，不要打到福特汉姆去找我。这会让我感到不舒服。两边要分得清。"

"对不起。我以后不会打了。"

"我已经不知所措了。我都不好意思去找蒙席阁下忏悔了。"

"别的牧师不行吗？"

她放下杯子，这只瓷杯子发出刺耳而笨拙的摩擦声，杯子边缘有一个苍白的口红印子。"上一个牧师对我大吼大叫，就是因为你。他问我去教堂参加活动多久了？既然刚过几个月，我就干出这种事情，我当时为什么要受洗！"她那双画成中年妇女似的眼睛睁得大大的，瞪着他。她还在白皙的脸上给自己画了两条笔直的眉毛。他觉得他能看到下面真正的眉毛。

"天啊！对不起！"摩西说。他露出非常懊悔的表情。"我也不想给你惹麻烦。"这当然不是真话。相反，他就是成心要给她制造麻烦。他觉得麻烦是少不了的。她也想让摩西和主教为了她而斗争。这能提高她的性欲。在床上，他发现她已经叛教了。当然，当初蒙席阁下也是用灼热的眼睛勾引女性皈依的。

"我很难过，很难过，"她说，"圣灰星期三很快就要到了，我不忏悔就不能领圣餐。"

"那很尴尬。"摩西确实很同情她，但他不会主动退出。

"那么我们呢？我们能结婚吗？"

"总是可以解决的，教会是一个有智慧和悠久历史的机构。"

"办公室里的人都在谈论乔·迪马吉奥，他曾经想和玛丽莲·梦露结婚。还有泰隆·鲍华，他最后一次结婚是由红衣主教主持的。前几天，伦纳德·莱昂斯的专栏谈到了天主教的离婚问题，他提出了一种不同的看法。"所有的八卦专栏玛德琳几乎都看过。

她夹在圣奥古斯丁《忏悔录》和做弥撒用书里的书签，就是从《邮报》和《镜报》上剪下来的。

"他支持离婚吗？"摩西问。他把松饼翻过来压了压，黄油涂得太厚了。

玛德琳紫罗兰色的大眼睛似乎肿了。她深受各种麻烦的折磨，心里不停琢磨着，难以释怀。"我约了一个信仰传播协会的意大利牧师。他是教会法的专家，我昨天给他打过电话。"

她到教堂去了十二个星期，所有情况她都了解。

"如果黛西愿意和我离婚就好办了。"赫索格说。

"她必须跟你离婚。"玛德琳的音量急剧上升。赫索格突然发现自己正看着这张为上城区耶稣会会士化好妆的脸。一些变化发生了，她的胸部有条带子收得太紧并且扭成了麻花，这让她的身体变得僵硬。她按住桌子边缘瞪着他的时候，她的指尖都变白了，嘴唇变薄了，跟结核病人一样苍白的妆容也变得暗淡了。

"你凭什么认为我打算和你过一辈子？我就想要一些刺激。"

"可是玛德琳……你清楚我的感情。"

"感情？不要跟我谈什么感情，这是陈词滥调，我不信。我只相信上帝、原罪和死亡，所以，你别跟我说这种废话。"

"不，你听着。"他戴上软呢帽，好像是希望能借此增加一点威信。

"我就想结婚，"她说，"其他的都是扯淡！我妈妈命苦。她拼命工作，而我爸爸一直都那么浑蛋。我看到他跟别的女人鬼混，他就拿一个五分硬币给我，堵我的嘴。你知道我是从哪里学到这些基本知识的吗？是列宁的《国家与革命》。这些人都疯了！"

也许吧，赫索格暗地里认同她的说法。但现在，玛德琳想要过圣诞节和复活节，想要住在皇后区沉闷的郊区，住在半独立的砖房里面，为穿什么衣服去教堂参加圣餐活动来回折腾，弄得焦头烂额，最好有一个稳重可靠的爱尔兰丈夫在厨房里干活，做饼干或者打扫面包屑。

"也许，我已经成了一个追逐传统事物的狂热分子，"玛德琳说，"但我不想改变。我们必须去教堂结婚，否则我就不结了。我们的孩子都要去教堂接受洗礼，要在教堂里长大。"摩西没说什么，只是轻轻点了一下头。和她相比，他觉得自己是静止的，没有任何气质可言。她脸上化妆品的香气让他很激动，激发了他对艺术的感激之情，他对任何一种艺术都有感恩之心，这是他此时的反应。

"我的童年是一场怪诞的噩梦，"她接着说，"我被人家欺凌，被人家侵……侵犯。"她最后说得结结巴巴的。

"性侵吗？"

她点点头。她以前也跟他说过这件事情。他无法揭开她的这个秘密。"那是个成年人，"她说，"他给我钱，叫我不要说出去。"

"是谁？"

她泪水盈眶，漂亮的嘴角往下撇，恶狠狠的，但没有说话。

"很多很多人都碰到过这种事情，"他说，"不能背着包袱过一辈子。没什么大不了的。"

"什么？整整一年的失忆没什么大不了的？我有生以来的第十四年被抹杀掉了。"

赫索格的这种宽慰方式，让她无法接受。也许，在她看来，他那种说法是很冷漠的。"我父母差点把我给毁了。好吧，已经无所谓了，"她说，"我相信救世主耶稣基督。现在我不怕死了，摩西。庞里特说我们总有一天都要死，死后会烂在坟墓里面。他居然跟一个六七岁的姑娘说这种话。他该罚。如今，我宁愿继续活着，把孩子们带到这个世界上来，但有一个先决条件，就是他们问起死亡和坟墓的时候，我得有话跟他们说。但是，不要指望我会那样逆来顺受，没有准则。不可能！要么遵守规则，要么什么也不干。"

摩西看着她，他好像淹没在深深的水中，水扭曲了他的视线。

"你听得到我说话吗？"

"哦，听到了，"他说，"听到了。我听到了。"

"我得走了。弗朗西斯神父从不迟到一分钟。"她抓起手提包匆匆地走了，因为脚步太仓促，她的脸颊不停地抖。她穿的高跟鞋鞋跟非常高。

有一天早上，她匆忙走进地铁站，但裙子下摆钩住了一只鞋跟，所以她摔倒在地，背部受了伤。她一瘸一拐地走到街上，叫了一辆出租车去上班，但弗朗西斯神父让她去看医生，医生给她缠上厚厚的绷带，就让她回家去。回到家，她发现摩西还没有穿好衣服，正若有所思地喝着一杯咖啡。他一直在思考，但始终没有明确的结果。

"帮帮我！"玛德琳说。

"怎么回事？"

"我在地铁站里摔跤了，受伤了。"她的声音很刺耳。

"你最好躺下。"他说。他摘下她的帽子，小心翼翼地解开她的夹克，帮她脱了毛衣，再帮她脱下裙子和打底的衬裙。她粉红色的裸体一览无遗，脖子上有一条分界线，上面是化了妆的，下面很干净。他取下垂在她胸前的十字架。

"给我拿一件睡衣来。"她身体在发抖。宽宽的绷带散发着强烈的药味。他把她扶到床边，和她一起躺下，温暖她，安慰她，这是她所期盼的。那是三月，外面在下雪，天空阴沉沉的。他没有回费城。

"我有罪，这就是惩罚。"玛德琳反复说。

蒙席阁下，我想，你可能有兴趣了解你的一个信徒的真实历史。教会的玩偶，金丝衬裙，哀鸣的管风琴。现实的世界，更不用说无限的宇宙，需要一个更严厉的人，一个真正的男子汉。

比如说谁？赫索格想。比如说我吗？写给蒙席的这封信没有就此结束，而是接着写，添加了一首琼最喜欢的童谣，这是写给他自己看的。

> 我喜欢小猫咪，它的毛发很暖和，
> 我不害它，它也不会害我。
> 我坐在火炉边，给它喂猫粮，
> 猫咪会爱我，因为我善良。

这还差不多，他想。没错。想象力也要用到自己身上，直截了当。

但是，最终玛德琳没有在教堂里结婚，也没有让她的女儿去受洗。天主教走上了俄罗斯文明的道路，渐渐地向齐特琴、塔罗牌、烤面包靠拢。她拥抱了乡村生活。

*　　*　　*

和玛德琳在一起后，赫索格再次尝试住到乡下。作为一个来自大城市的犹太人，他特别热爱乡村生活。他曾经强迫黛西陪他在康涅狄格州的东部熬过了一个寒冬，他们住在一幢小别墅里面，水管要通过烧蜡烛来解冻，刺骨的寒风能够穿透墙板，当时，他正在写一本题为《浪漫主义和基督教》的历史著作，写到卢梭时，他经常陷入沉思，得空的时候就练习双簧管。这件乐器是他在芝加哥的室友艾莱柯·赫什本去世前留给他的，出于难得的虔诚，他学会了吹双簧管。毕竟，赫索格对人的爱很深沉，悲伤不会很快消失。他不仅通过自学学会了这件乐器，还时常拿起来吹奏，吹奏悲伤的音乐，这比持续几个月的寒雾更让黛西感到压抑。也许马可的性格也受到了影响。有时候，他也会有点忧郁。

但是，玛德琳的情况却完全不同。她退出了教会。在和黛西、黛西的律师乃至他自己的律师斗争过之后，在坦妮和玛德琳的压力下，摩西离了婚，然后再婚。婚宴的饭菜是菲比·格斯巴赫做的。赫索格坐在办公桌前，凝视着空中的白云（那天，纽约的天空异常晴朗），他想起了约克郡的布丁和自制的蛋糕。菲比烤的香蕉饼好吃极了，味道淡淡的，很爽口，白色的糖衣上还立着一对新郎新娘小玩偶。负责倒威士忌和葡萄酒的格斯巴赫咋咋呼呼，很令人讨厌，还不停地敲打桌子，他搂着新娘跳舞，但脚步很笨重。那天他穿了一件他最喜欢的宽松运动衫，胸前敞开着，衣服从肩膀上滑落。一个大男人，居然学女人袒胸露背。除了这几个人，没有别的客人。

鲁德维尔的房子是在玛德琳怀孕的时候买的。他在研究黑格尔《精神现象学》时碰到了一些问题，那里似乎是解决问题的理想场所，包括"心灵法则"在西方传统中的重要性、道德情感主义的起源以及相关问题，而对于这些问题，他的看法与众不同。此时，他暗自发笑，心里想着这些问题很快就可以画上句号了。他要把地毯从所有学者的脚下拉出来，抖一抖，给他们看看地毯上面都是些什么乱七八糟的东西，让他们大吃一惊，一劳永逸地揭露他们的轻佻。他并非出于简单的虚荣心，而是出于一种责任感。他会这样为自己辩护。他是一个思想正统的人。海因里希·海涅认为，卢梭的话语已经变成了罗伯斯比尔的杀人武器，康德和费希特比军队更致命，他非常认同海涅的这些观点。他获得了一笔不多的基金资助，还继承了爸爸两万美元的遗产，这些钱都花在乡下，买了那栋房子。

他要管好这所房子。如果他不多卖点力的话，那两万美元必将付诸东流，那是爸爸的积蓄，代表了他在美国四十年经受的苦难。我不明白怎么会买了这所房子，赫索格想。我写支票的时候肯定发烧了，我甚至看都没看就写了。

签了合同之后，他到房子里仔仔细细看了一圈，就好像是第一次看到似的。屋内没有粉刷过，光线昏暗，有一些维多利亚时代的装饰品，都快烂掉了。一楼空空荡荡，像一个被炸弹炸出来的大坑，一个大黑洞。墙上的灰泥正在脱落，天花板已经发霉，挂着一些恶心的东西，眼瞧着就要掉下来。老式的瓷柱瓷管布线很危险。地上的砖块也翘了起来。窗户会漏水。

赫索格学会了砌石、粉刷墙壁、修管道。他夜以继日地捧着《自己动手百科全书》看，用歇斯底里的激情不停地粉刷、修补，给排水沟涂柏油，往窟窿里抹灰泥。在纹理完全暴露的旧木器上，涂两层油漆根本不够。浴室里面，钉子还没有钉好，一块块乙烯塑料地板都松动了，像散落的扑克牌一样，得一块块地钉。煤气暖气片令人窒息，电暖炉的保险丝也烧断了。浴缸像是一件文物，放在四个金属爪子上，像一个玩具。洗澡的时候，人必须蹲在里面，拿一块海绵擦身体。尽管如此，玛德琳还是去斯隆洗浴用品店买了豪华的挂件、扇贝形状的银色肥皂碟，也买了加信皇室肥皂和厚厚的土耳其毛巾。赫索格深入修理覆盖着厚厚污垢的马桶水箱，努力解决闭水阀和浮球的问题。晚上，他听到马桶在漏水，到了早上，水箱里的水都漏光了。

花了一年的时间，他终于让房子起死回生。

地窖里还有一个卫生间，四面的石头墙看着很厚重，像战时的地堡一样。夏天，蟋蟀最喜欢待在那里面，赫索格也一样。他在里面不慌不忙地看一本约翰逊的《德莱顿和蒲伯》，这本书是二手的便宜货。透过一条缝隙，他可以看到盛夏的早晨在冒着热气，外面长着多刺、邪恶的绿色藤蔓，紧致而匀称的野玫瑰花朵，花丛前面有一棵大榆树，树上有个鸡心形的灰色黄鹂鸟巢。他读到了那句："我是殿下养在裘园的一只狗。"可是，赫索格的颈椎得了关节炎。这间石头地窖太潮湿了，他受不了。他移开水箱的盖子，发出了刺耳的声音，像金属在摩擦，然后拉动橡胶配件把水放出去。配件生锈了，不灵敏。

> ……殿下养在裘园的一只狗；
> 请您告诉我，先生，您是谁的狗？

他把早上的时间都留给脑力工作。他写信联系威德纳图书馆，希望能找到《皇家撒克逊科学学会论文集》。他的书桌上堆满了还没有付款的账单和来不及回复的信件。为了挣钱，他只好干一些没有学术价值的事情。大学出版社给他送来了不少书稿，让他看了之后写评审意见。书稿都成捆放着，没有打开过。太阳越来越热，泥土又湿又黑，赫索格绝望地看着生机勃勃、郁郁葱葱的树木。他有那么多稿子要看，而且没有帮手。房子在等着他去修理，那么大，空荡荡，等不及了，神欲使其灭亡，必先使其疯狂，他在灰尘上写下这句话。神正在让他疯狂，但他还没有足够疯狂。

在写评审意见的时候，摩西的手造反了。一封信刚写了五分钟，手就抽筋了。他的表情变得木讷。他的借口用光了。很抱歉，耽搁了。因为毒藤过敏，皮炎很厉害，我无法办公。摩西的胳膊肘撑在纸上，盯着还没粉刷完的墙壁、发霉变色的天花板和脏兮兮的窗户。他有些不对劲。过去他能坚持，但如今他的工作效率只有以前的百分之二，每张纸都要看五遍到十遍，而且东西都放错了地方。太难受了！他的状态越来越差。他拿起双簧管。书房黑乎乎的，纱门上爬满了藤，赫索格在书房里吹着亨德尔和珀塞尔的小步舞曲、布列舞曲、对列舞曲，他的腮帮子鼓鼓的，手指在按键上飞快移动，音乐跳跃着，翻滚着。他有点心不在焉，发愁又无奈。楼下，洗衣机在转动，顺时针转两圈，再逆时针转一圈。厨房里又脏又乱，老鼠横行。蛋黄在盘子里凝固了，咖啡在杯子里变绿了，吐司、麦片、筒骨里长了蛆，果蝇、家蝇、美钞、邮票、早就被水泡烂了的赠品点券，都散落在富美家橱柜的台面上。

为了躲避他的"音乐"，玛德琳重重地关上了纱门，然后重重地关上了车门。汽车的马达轰鸣。这辆斯蒂旁克汽车的消声器破了一道口子。她开车下坡，要是忘了向右拐，排气管就会刮到路面的石头。这时，赫索格吹得更轻一些，他等着听这个声音。消声器总有一天会脱落，但他已经不再跟她提起这个事情了。这种事情太多了，说多了会惹她生气。透过被忍冬藤压变形的纱门，他在斜坡上的第二个弯道又看到了她。因为怀孕，她身材变得更加丰满，但仍然很漂亮。面对漂亮的女人，男人都变成了种畜、种马，变成了仆人。开车的时候，在模糊的发际线下面，她的鼻子会不由自主地抽搐，尤其是在转向的时候。她的手指紧握着玛瑙色的方向盘，有几根手指很秀气，有几个手指甲都被咬坏了。他说孕妇开车不安全，她至少应该先拿到了驾照才能开车。她说如果被警察拦住了，她可以用甜言蜜语搞定他。

等到她的人影完全消失，他擦干双簧管，看了看簧舌，盖上发臭的长毛绒盒子。他的脖子上挂着一副双筒望远镜。他偶尔会拿起来看看远处的鸟儿。一般情况下，还没等他对好焦，鸟儿就飞走了。他孤零零地坐在书桌前，说是书桌，但其实就是一扇平板门搁在了锻铁的桌脚上。台灯的底座下面长出了蔓绿绒，缠绕在铁上。他用一根橡皮筋向窗户上的马蝇弹射纸团。墙漆从上到下，在窗户上流成一道道的，他粉刷墙壁的技术不好。他首先是用喷枪，把喷枪连接到真空吸尘器的后部，喷枪非常高效。摩西用破衣服裹了面部，以免把油漆吸入肺部。他先喷天花板，但喷出来的油漆溅到了窗户和栏杆上，于是他又回去拿刷子。他拖着梯子、水桶、破布、稀释剂，用刮刀在墙上刮一刮，补上腻子，接着用刷子粉刷，从左到右，从上到下，从远到近，从中间到角落，最后刷了凹凸的地方。他的手绷得紧紧的，想刷出一条直线都难，手法非常粗糙。不一会儿，他就被溅得浑身都是油漆，还满头大汗。一阵热情消退后，他就走到院子里，脱光衣服，一头倒在吊床上。

与此同时，玛德琳却和菲比·格斯巴赫一起去逛古董店，要么就是去匹兹菲尔德超市，带着一大堆杂货回家。摩西不断提醒她不要乱花钱。一开始，他的声音并不大，他不会怎么责备她。让他生气的总是一些琐碎的事情，支票被银行退回，鸡肉烂在冰箱里，新衬衫被撕成碎片做抹布。渐渐地，他的语气会变得非常强烈。

"你什么时候才不会把这种垃圾带回家，玛德琳。这种破便桶和纺车有什么用？"

"家里得好好布置一下。房间里空荡荡的，我受不了。"

"钱都去哪儿了？我累死累活的。"他感觉有一肚子火。

"我要付账啊！你觉得我拿钱去干什么了？"

"你说你要学理财。以前没人信任过你，现在有人信任你了，支票却被退回来了。服装店有个人刚刚打电话来，是米莉·克罗泽。一套孕妇装五百美元。这是要生谁啊？路易十四吗？"

"是的，我知道，你亲爱的妈妈穿用面粉袋做的衣服。"

"你没必要去公园大道找产科医生。菲比·格斯巴赫就在匹兹菲尔德医院生孩子。我怎么可能送你去纽约生孩子呢？从这里去纽约要三个半小时。"

"我们提前十天去。"

"那么，我这些活儿怎么办？"

"你可以把黑格尔的书带去城里。反正，你已经几个月没有好好看过书了。你都在瞎忙，像精神病似的。你记的东西乱七八糟的。看看你的东西，真是乱得荒唐。你太沉迷于抽象的概念，并不比那些瘾君子强。去他妈的黑格尔！还有这间老破房子。这么多活儿至少需要四个用人，你却想都让我来干。"

赫索格不停说着他觉得对的话，把自己也弄得很没意思。他也要疯了。他意识到了。他似乎什么都知道，即使是最小的细节（例如在"具体自由的心灵"这个范畴下，发展中的意识对普遍概念的误解，现实反对"心灵法则"，外来的必然性粉碎了个性，等等）。哦，赫索格承认他错了。但是，在他看来，他只是要求她配合一点儿，这样对大家都好，有助于实现有意义的生活。黑格尔有说不清道不明的意义，但肯定是不切实际的。当然。这就是问题所在。斯宾诺莎更简单，没有这样复杂的形而上学的繁文缛节。人们希望他人能从给予自己快乐的美好事物中得到快乐，而不要逼迫他人按照自己的思维方式生活。

独自一人在鲁德维尔粉刷墙壁的时候，赫索格心里一直在想着这些事情，他好像是在炎热的夏天在郁郁葱葱的伯克夏尔建造凡尔赛和耶路撒冷。他时不时地要从梯子上爬下来去接电话。玛德琳的支票又跳票了。

"耶稣基督啊！"他大声喊道，"别再买了，玛德琳！"

这段时间，她穿着一件深绿色的宽松孕妇衬衫，脚上是及膝的长袜。她越来越胖，医生叫她不要吃糖果，但她经常偷偷地吃巨型的好时牌巧克力棒，三十美分的那种。

"你不能补一点吗！怎么能让支票总是跳票？"摩西瞪着她说。

"哎，我们怎么总是为了这种鸡毛蒜皮的琐事吵架？"

"这不是鸡毛蒜皮的琐事。这其实非常严重……"

"我想你又要说我家教不好了，我们家乱七八糟的，没有规矩，全是骗子。你和我结婚，就是给我换一个好的姓氏。对你的这个套路，我太清楚了。"

"我啰唆了吗？要这么说，玛德琳，你也差不多。那支票是怎么回事？"

"我在花你死去的爸爸的钱，你亲爱的爸爸！所以你心疼，对吧？好吧，他是你的爸爸。我没有叫你认我那个恶心的爸爸。所以，你也不要强迫我认你的爸爸。"

"我们要多花点力气，把家里弄得好一点。"

玛德琳迅速地、坚定地、准确地说："你理想中的那种家，你是永远得不到的。那是十二世纪的家。你总是哭着喊着要住老房子，要在餐桌上铺一张油布，还要放一本拉丁语的书。好吧，我们再来听听你老生常谈的伤心故事吧。你可怜的妈妈，还有你的爸爸。你的房客，那个酒鬼。还有那所古老的犹太会堂，你们家贩私酒的生意，你的西坡拉姑妈，等等，等等。全是他妈的扯淡！"

"好像你自己没有故事似的。"

"好吧，那就接着扯淡！来听听你是如何拯救我的，再来听一遍。我是一只可怜兮兮的小狗，吓得瑟瑟发抖。我无力面对生活。但是，你给了我爱，大无畏地将我从牧师的手里救了出来。没错，你功夫很好，治好了我的痛经。你拯救了我，而你牺牲了你的自由。我逼迫你放下了黛西和你的儿子，还有你的日本妞。还让你付出了宝贵的时间、金钱和精力。"她的蓝色眼睛里冒着怒火，她的眼睛似乎扭曲了。

"玛德琳！"

"啊……他妈的！"

"你要有点思想。"

"思想？你知道什么是思想吗？"

"也许，我和你结婚就是为了提高我的思想境界！"赫索格说，"我也在学习。"

"好吧，我会教你的，你放心！"有孕在身且美貌依旧的玛德琳从牙缝里挤出这句话。

*　　*　　*

赫索格从一本他最喜欢的书中看到下面几句话：对立是真正的友谊。为了智慧，他会不惜舍弃他的房子、他的孩子乃至他所拥有的一切。

那个丈夫，以及他美丽的心灵、他漂亮的妻子、天使般的孩子和完美的朋友，都住在伯克夏尔。这位博学的教授坐在他的书房里……啊，这一切都是他自找的。因为他自己非要做一个纯真的人，一个所谓胸怀坦荡的人。无耻！坦妮说过摩西是一个可爱的人。他四十岁了，名声却如此平庸！他的前额湿了。他这么愚蠢，应该受到更严厉的惩罚，例如生病或者入狱。他只是运气好而已（拉蒙娜、美食和酒，邀请他去海边的电话）。然而，他对极端的自我虐待不感兴趣。这是不相干的事情。做不做傻瓜，可能并不值得大动干戈。有谁不是傻瓜呢？让公众屈从于本人意志的权力爱好者、管理着数十亿预算的科学知识分子就不是傻瓜吗？眼睛清澈、头脑清晰、反应敏锐、富有政治智慧、有组织才干的现实主义者就不是傻瓜吗？做一个傻瓜不好吗？但是，赫索格的工作性质完全不同，他相信他是在为未来而工作。二十世纪的革命，即通过生产解放了大众，创造了私人生活，但并没有给私人生活提供任何实质性的内容。这就是他的价值所在。人类文明能否进步，或者说人类文明能否存续，取决于摩西·赫索格是否能取得成功。玛德琳这样对待他，是在破坏一个伟大的工程。在摩西·赫索格看来，摩西·赫索格的经历之所以荒诞和可悲，问题就在这里。

一种非常特别的疯子希望把他的原则灌输给所有人。桑德尔·希梅尔斯坦、瓦伦丁·格斯巴赫、玛德琳·赫索格，还有摩西本人，都是这种疯子。他们都是现实导师。他们想让你接受现实的教训，这也算是一种惩罚。

照片收藏家摩西有一张玛德琳的照片，拍照片的时候她十二岁，她喜欢骑马，照片拍的就是上马的姿势。那是一个身材不高但很壮实的长发姑娘，手腕肥厚，眼睛下面有明显的黑影，表明她稚气未脱，但心里很苦，有复仇的渴望。她穿着马裤、靴子，戴着圆顶礼帽，气质高贵，她自己很清楚，用不了多久，她就会长成一个性感的大姑娘，拥有伤害人心的能力。这就是精神政治。作恶的能力也是一种至上的权力。十二岁的她比四十岁的我懂得更多。

现在，黛西就像变了一个人似的，更冷静，更规矩，是一个传统的犹太女人。赫索格还有她的照片，放在床下的收纳箱里面，但没有必要翻出来看，对于她的相貌特征，他如数家珍，一双绿色的眼睛很大，但经常眯着，头发是金色的，但有点乱，没有光泽，皮肤白白净净的。性格方面，她有点腼腆，但也相当固执。赫索格经常可以"看到"她，仿佛在某个夏天的早晨她出现在了芝加哥第五十一街高架铁路的下面，一个大学生抱着各种晦涩的书——帕克和伯吉斯的，奥格本和尼姆科夫的著作。她穿着朴素、清新，上身是绿白相间的细条纹泡泡纱，领子是方形的，洗得干干净净，下面穿着小白鞋，没有穿长袜，头发用发夹扎在头顶上。红色有轨电车从贫民窟出来，向西行驶，叮叮当当，摇摇晃晃，轮子上闪着绿色的火花，车后面飞舞着纸片。她把换乘票拿给售票员的时候，摩西就站在她的身后，站在散发着煤焦油味的站台上。他从她裸露的脖子和肩膀上闻到了夏季苹果似的香味。黛西是一个乡下姑娘，是俄亥俄州赞斯维尔人。她爱把任何事情都安排得井井有条，这是天真无邪的表现。有时候，他会想起她甚至做了档案卡，记下了所有可能发生的情况了，想到这张档案卡，摩西就觉得很好笑。她想把日子过得有条有理，但又显得很笨拙，这让她别具魅力。在他们还是夫妻的时候，她把他的零花钱放在一个信封里，然后放在一个绿色的金属夹里面，那是为精打细算过日子而专门买的。每日提醒、账单、音乐会门票等都用图钉钉在一个布告板上。日历上也提前做了各种标记。稳重和规矩是黛西的优点。

亲爱的黛西，我有几句话要跟你说。由于我精神上的不正常和混乱，我暴露了黛西最不好的一面。是我让她把袜子的缝缝得笔直，把扣子钉得非常对称。那些硬邦邦的窗帘和方块形的地毯，也都有我的"功劳"。每个星期天烤小牛胸肉，和面包馅一起烤，每次都烤得那么硬，像用黏土烤陶器一样，那也是由于我的精神错乱造成的。我的心思都放在思想史上，虽然外人难以发现，但我确实非常用功。摩西说他很忙，没有心思干别的活，她很相信他。当然，陪着令人费解且常常令人讨厌的赫索格，是她这个妻子的责任。她尽到了责任，每次遇到不满的事，她都会记下她的反对意见，只说一次便不再多说。其余的时候都保持沉默，很沉重的沉默，在康涅狄格州写完《浪漫主义和基督教》的时候，他感受到的就是这种沉默。

关于"浪漫主义者和狂热分子"的那一章几乎让他筋疲力尽，也差点让他们俩完蛋。（狂热分子对科学取代信仰的反应，与某些人的明确需求无法相容。）就在那个时候，黛西拍拍屁股走了，把他一个人扔在康涅狄格州。她必须回去俄亥俄州。她的爸爸病危。摩西待在他的小别墅里，在小小的镍铁炉灶旁边阅读狂热分子的文献。他裹着毯子，像个印度人，一边听着广播，一边和自己辩论"狂热"的利弊。

那是隆冬季节，外面冰天雪地。池塘冻得像一块绿白混杂的石盐，踩在脚下会嘎吱嘎吱地响。水闸的涓涓细流被冻成了一根根扭曲的柱子。榆树像巨大的竖琴，噼啪噼啪地响着。赫索格要在这个冰封的前哨站负起对人类文明的责任，炉火熄灭以后，他戴着飞行员头盔躺在床上，一边是培根和洛克，另一边是卫理公会和威廉·布莱克。住得最近的邻居是一位牧师，伊德瓦尔先生。伊德瓦尔先生的座驾是一辆福特A型车，赫索格的轻型战车完全冻住了，而他的福特车还能跑。所以，他们一起开着这辆福特车去市场。伊德瓦尔太太做了全麦饼，用巧克力做馅，作为好邻居，她都会拿一些放到摩西的桌子上。他一个人去池塘边、树林里散步回来后，就能发现耐高温玻璃盘子里的馅饼，然后把冻得麻木的脸颊和手指凑到馅饼上取暖。第二天早上，他早餐就吃巧克力馅饼，同时，他能看见面色红润、身材矮小的伊德瓦尔在他们家的卧室里，戴着钢框眼镜，穿着长内衣，挥舞瓶状健身棒，做着深蹲动作。他的妻子坐在客厅里，双手合十，阳光穿透蕾丝窗帘，落到她脸上的光线就像一张蜘蛛网。星期天的晚上，当农民家庭在唱赞美诗的时候，摩西会应邀去伊德瓦尔家里吹双簧管。

伊德瓦尔太太拉美乐琴。他们是农民吗？不是，他们是乡下的穷人，打零工的人。小客厅很热，空气不好，摩西吹的赞美诗渗透着犹太人的忧郁。

他和伊德瓦尔牧师夫妇的关系非常好，直到牧师向他介绍皈依了基督教的正统派拉比。那些拉比的照片和馅饼放在一起，他们戴着毛皮帽子，留着大胡子。此时，在摩西看来，那些人的大眼睛，尤其是从白胡子里面凸出来的嘴唇，都显得那么的疯狂，他觉得他该离开那幢被白雪包围的小屋了。再过着这样的生活，他很担心自己的心智是否能保持正常，尤其是黛西的爸爸刚刚死了。摩西觉得他仿佛看到过他的岳父，在树林里碰见过他，他一打开门，又看见了他，跟他生前一模一样，坐在桌子旁边等着他，也可能是在浴室里面。

赫索格拒绝伊德瓦尔牧师推荐的拉比是个错误。这个牧师比以往任何时候都更渴望让他改变信仰，每天下午都到赫索格的家里来找他讨论神学问题，直到黛西回家。伤感，眼神清澈，沉默寡言，抵触。但是，他有妻子，还有孩子！雪开始融化了，这时非常适合堆雪人。摩西和马可堆了很多雪人，列在车道的两边。用无烟煤做的小眼睛即使在星光下也闪闪发光。春天的夜晚一片漆黑，但小鸟吱吱地叫着。赫索格的心里开始感到温暖，他开始对乡下有了好感。冬天的血色夕阳和孤独感已经成为过去。他挺过来了，并不觉得有多么糟糕。

是的，挺过来了！他写道。直到我们弄清楚什么是什么。直到有机会施加积极的影响。（个人对历史的责任，西方文化的一个特点，根植于《旧约全书》和《新约全书》，在这个地球上，人类的生活不断进步。除此之外，还有什么可以解释赫索格那么滑稽的紧张呢？）主啊，我跑着想去为您的神圣事业战斗，但途中不断绊倒，从未到达战场。

*　　*　　*

他也看透了这一点。他身上的毛病实在太多了，这一种描述是难以让他满足的。赫索格从纽约一幢中等高度的房子里俯瞰吃午饭的人群，那些人就像一群在烟色玻璃上的蚂蚁。他穿着皱巴巴的长衫，喝着冰咖啡，只为取得更大的成就，他放下了日常工作，但目前对自己的使命缺乏信心，所以他一次又一次地想回去工作。莫斯巴赫医生，很抱歉，我把T.E.休姆和他对浪漫主义的定义称为"分裂的宗教"，这让你很不满意。他的观点还是值得称道的。他喜欢清晰、干燥、利索、纯净、清凉、坚硬。对此，我想我们都有同感。和他一样，我也厌恶"潮湿"，不喜欢浪漫的情感。我知道卢梭有多么邪恶，多么堕落（我并不是说他缺乏男子汉气概，这种话不适合我来说）。但是，他说"我洞悉自己，也了解他人"，我不知道我们该怎么回答。禁锢的宗教，保守的原则，这些是否想要剥夺心灵的这种力量？你觉得呢？T.E.休姆的追随者把无能奉为真理，承认自己的无能。这是他们的激情所在。

赫索格仍在奋力抗争，在辩论中，他是相当要命的。他彬彬有礼，但往往充满怒气。他温顺、谦虚，但他不欺骗自己。他肯定是正确的，有一股巨大力量，从他的肚子里冒出来，在腿上燃烧。很奇怪，愤怒取得了奢侈的胜利！赫索格尖锐、辛辣。尽管如此，他知道消除错误不算讽刺。他开始对胜利有了新的恐惧，对不受约束的自治感到恐惧。人都有天性，但天性到底是什么？那些自信满满地描述过天性的人，例如霍布斯、弗洛伊德等，告诉我们什么是"内在的"，但他们并没有帮我们解答这个问题。卢梭也是如此。T.E.休姆反对引用完美浪漫主义来解释人性，对此我表示认同，但我不喜欢他的狭隘和压抑。现代科学最不关心人性的定义，只知道做研究，却默默地获得了最深刻的认识，凸显了智力的巨大作用。这个真理也许可有可无，但是，改变关于人性的定义也许才是最好的选择。

赫索格突然放弃了这个主题，多变是他的特点。

纳赫曼，他写道，我知道，上周一我在第八街看到的就是你。你躲着我。赫索格的脸色阴沉下来。那个人就是你。我们是近四十年的朋友，小时候，我们曾经一起在拿破仑街上玩耍。那里是蒙特利尔的贫民窟。那人是赫索格的发小，他戴着一顶垮掉派的帽子，突然出现在同性恋者常去的街道，那些同性恋者留着络腮胡子，眼睛周围画了炫目的绿色眼影。他长着一只大鼻子，留着白色的头发，戴着一副厚重但不干净的眼镜。那个驼背的诗人看到摩西就跑了。他双腿无力，但急急忙忙地逃到了街道的对面。他竖起衣领，假装专注地瞅着奶酪店的橱窗。纳赫曼！你是以为我会向你讨要你欠我的钱吗？我早就把这笔账一笔勾销了。在战后的巴黎，这笔钱对我来说不算大。那时我有钱。

纳赫曼是去欧洲写诗的。当时，他住在圣雅克路上阿拉伯人聚集的贫民窟，而赫索格住在马贝夫街，日子过得非常惬意。有一天，纳赫曼愁眉苦脸，浑身脏兮兮的，哭得鼻子通红，像一个濒死的人，来到赫索格的家门口。

"怎么回事？"

"摩西，我的妻子被带走了，我的小劳拉。"

"等一下……是怎么回事？"赫索格的语气冷冰冰的，他对这种过分的行为感到深恶痛绝。"是她爸爸，一个做铺地板的老头，偷偷把她带走了。他是个老巫师。没有我，她会死的。这个孩子受不了没有我的日子。我也离不开她。我得回纽约了。"

"进来吧，进来吧。我们不能在这恶心的走廊上说话。"

纳赫曼走进小客厅。这是一套二十年代风格的公寓，屋里的装饰就是那个年代的风格。纳赫曼穿着脏兮兮的裤子，似乎不好意思坐下。

"我问过了所有的轮船公司。霍兰迪亚号明天还有票。你得借我钱，不然我就完蛋了。在巴黎，你是我唯一的朋友。"

老实说，我觉得你在美国会过得更好。

纳赫曼和劳拉一直在欧洲流浪，睡在兰波故乡的沟里，轮流大声朗读梵高的书信和里尔克的诗歌。劳拉的脑子也不太清楚。她瘦瘦的，表情柔和，嘴唇苍白，嘴角耷拉着。她在比利时得了流感。

"我都会还给你的。"纳赫曼绞着双手。他的手指有风湿，关节很粗。因为身体有病和内心煎熬，所以他脸上的皮肤粗糙而松弛。

我觉得，从长远来看，送你回纽约更加经济。在巴黎，我被你拖死了。我不是一个利他主义者，这个你很清楚。也许，赫索格想，我出现在他面前，会让他吓一跳。我的变化比他更大吗？纳赫曼看到摩西会害怕吗？但是，我们是发小，一起在街上从小玩到大的。我的塔罗牌是你爸爸什卡先生教的。

纳赫曼一家人住在拿破仑街对面的黄色经济公寓里。五岁的时候，摩西经常穿过街道，去找纳赫曼一起玩耍，爬上踏板倾斜、扭曲的木头楼梯。看到他们，猫就缩到角落里，或轻快地跑上楼。他们粘在脚下的屎干了，在黑暗中碎裂脱落，散发出刺鼻的臭味。什卡先生是一个黄皮肤的蒙古人，个头小，但很英俊。他戴着一顶黑缎无边便帽，留着列宁式的山羊胡子。他的胸膛不宽，穿着冬季汗衫，彭曼羊毛的。《圣经》被摊开放在粗糙的桌面上。摩西可以清楚看到希伯来文：dmai ochicho，意思是"你弟弟的血"。是的，没错。这是上帝对该隐说的："你弟弟的血从地下出声，向我哭诉。"

八点钟的时候，摩西和纳赫曼挨着坐在犹太教堂地下室里的长凳上。《圣经》中的《摩西五经》的书页散发着霉味，两个男孩的毛衣都湿乎乎的。那个拉比留着短胡子，有一块黑色的东西突然扔到他柔软的大鼻子上。他厉声骂他们："罗扎维奇，你这个浑蛋！波提乏的妻子是怎么回事来着？"

"她抓住了……"

"她抓住了什么？衣服？"

"对。一件外套。"

"就一件衣服，你这个小浑蛋！我替你爸爸感到难过。有其父必有其子啊！可悲啊！还没等到他的尸体入土，你肯定就会开始吃火腿和猪肉。还有你，赫索格，眼睛瞪得跟巨兽似的——他在做什么？"

"他把东西留在她手里了。"

"什么东西留在她手里了？"

"衣服。"

"你自己小心一点，赫索格，摩西。你妈妈以为你日后能成为一个伟大的拉比。但我知道，你是一个懒虫。你妈妈的心都被你这个浑蛋伤透了！对于你，赫索格，我是非常了解的！一清二楚。"

唯一的避难所是厕所，便池里有绿色的消毒樟脑球，但颜色越来越淡。祈祷结束，几个老人从会堂下来，他们都有白内障，几乎失明了，站在便池边等着尿出来，叹息着说祈祷仪式这儿不好那儿不好。黄铜件经常被尿溅到，锈迹斑斑。纳赫曼坐在一个开放的隔间里，裤子掉到了脚下，吹着口琴曲子《漫漫长路到蒂珀雷里》《送一份爱的玫瑰小礼物》。他的帽顶翘着。他不停地吸气、吹气，唾液滴进口琴里面，这个声音也听得见。那几个戴圆顶礼帽的老人洗了手，用手指梳理了一下胡须。摩西仔细观察着他们。

几乎可以肯定的是，纳赫曼已经从这个发小的记忆中淡出了。赫索格记忆力很好，几乎没有谁能逃脱。这是一部可怕的机器。

我们有多少年没见面了？我和你一起去看过劳拉。劳拉当时住在精神病院里。赫索格和纳赫曼拐过了六七个弯。长岛有一千个公交车站。在精神病院里，穿着绿色棉布衣服的女人穿着软鞋，在走廊里走来走去，喃喃自语。劳拉的手腕包着纱布。据摩西所知，她已经自杀过三次了。她坐在一个角落里，双手抱着胸，只有提起法国文学的时候，她才愿意开口。她的脸上表情恍惚，不过嘴唇上下动得很快。虽然许多事情摩西不了解，但他只好应承着，她说什么都对，例如瓦莱里的意象。

然后，他和纳赫曼就走了，朝着夕阳走去。刚下过秋雨，他们穿过水泥地的院子。一群身穿绿色病号服的"幽灵"在大楼里目送着访客离去。劳拉靠在窗口的护栏上，举起缠着纱布的手腕，她的手很苍白。再见。她薄薄的嘴唇在动，她在无声地说：再见，再见！她的直发垂在脸颊的两边，身板挺直，她还是个孩子，不过她的胸脯挺着。纳赫曼嘶哑地说："我无辜的宝贝。我的新娘。他们把她带走了，那些冷酷无情的人，掌控我们命运的主人。他们囚禁了她。仿佛爱上我就证明她疯了。但是，我会足够强大，可以保护我们的爱情。"面容憔悴、满脸皱纹的纳赫曼这样说着。他的脸颊凹陷。他眼睛下方的皮肤是黄色的。

"她为什么总是想自杀？"摩西说。

"因为受到家人迫害，不然呢？韦斯特切斯特的布尔乔亚！婚礼公告、亚麻布、赊账，这些才是她的父母为她设计的未来。但她是个纯粹的人，她的灵魂是纯粹的，只认纯粹的东西。在这里，她是个怪胎。她的家人就想着分开我们。到了纽约，我们也是流浪汉。等我回来，我会报答你的，我会努力的！多亏了你！我们没钱租房子。我怎么能去工作呢？我去工作的话，谁来照顾她呢？所以，朋友收留了我们，给我们吃的。还有一张小床，可以做爱。"

赫索格对此非常好奇，但他只是"哦"了一声。

"除了你，我的老朋友，我不会跟其他任何人说的。我们必须小心谨慎。在一阵狂喜之后，我们相互提醒要低调一些。这就像面对上帝，我们不能搞得让上帝嫉妒。"纳赫曼的声音颤抖着，但又很沉闷。"再见吧，受祝福的灵魂，我亲爱的。再见了。"他朝着窗口飞吻，既痛苦，又甜蜜。

在去公交车站的路上，他就像在跟纳赫曼上课，热情洋溢，又很沉闷，让人昏昏欲睡。"所以，在这一切的背后，都是布尔乔亚美国的错。这是一个由华丽服装和人体排泄物构成的粗俗世界。一个骄傲而懒惰的文明，为自己的粗鄙沾沾自喜。你和我都是在贫困中长大的。我不知道和在加拿大的时候相比，你的身上有了多少美国人的特征？你已经在这里很长时间了。但是，我绝对不会崇拜肥胖的神。我绝对不会。我不是马克思主义者，你知道的。我只向往威廉·布莱克和里尔克。但是，像劳拉的爸爸那样的人！你懂的！拉斯维加斯，迈阿密海滩！他们希望劳拉能在枫丹白露宫钓到一个金龟婿。在末日的边缘，在人类最后的坟墓旁边，他们还会数着钞票。为他们的资产负债表祈祷……"纳赫曼继续走着，身上好像有无穷的力量，令人厌烦。他掉了几颗牙齿，下巴显得有点萎缩，灰色的脸颊上布满皱纹。赫索格仍然能够看到他六岁时的样子。事实上，他看到的一直是那个小纳赫曼。一个孩子，眉清目秀，门牙掉了，笑起来有个大缺口，穿着系扣的衬衫和短裤。那个纳赫曼才是真实的，而眼前这个憔悴的纳赫曼就像一个幻影。"也许,"他说,"人们都不想再活了。他们玷污了生命。勇气、荣誉、坦率、友谊、责任,都变得那么肮脏,都被玷污了。所以,我们厌恶面包,因为是它们延续了无用的生命。曾几何时,人们出生、过日子,直至死亡。但是,你会把这些人叫作人吗?我们只是生物而已。死亡肯定也是腻味了,不待见我们。所以,死神来到上帝面前说:'我该怎么办?死亡也不再崇高了。上帝啊,别让我再干这种无聊的事情了。'"

"没有你想得那么糟糕,纳赫曼,"摩西记得是这样回答他的,"大多数人都是凡人,你别以为这是一种背叛。"

"好吧,我的发小,你已经懂得面对生活的复杂性了。但是,我的眼前曾经出现过审判的幻影。我主要看到了残疾人的固执。我们不爱自己,却一直很固执。每个人都很固执,坚持自我。直至世界末日,都把自己看作高于一切的存在。每一个人都有某种不为人所知的品质,为了维持这种品质,他会不惜一切代价。他会让宇宙天翻地覆,但不会把自己的品质交给别人。宁愿让世界变成飘浮的粉末。这就是我要写的诗歌。对于我的新诗作,你的评价并不高。你瞎了吗,老朋友?"

"也许吧。"

"但你是一个好人,摩西。坚守自我,有一颗善良的心。像你妈妈一样,她有温柔的灵魂。你遗传了她的这种灵魂。我饿了,她就拿东西给我吃。她帮我洗手,让我坐着吃饭。我记得。她对我的酒鬼叔叔拉维奇很好,她是唯一对他好的人。我时不时地会为她祈祷。"

我妈妈的灵魂……"她已经去世很久了。"

"那我就为你祈祷,摩西。"

公交车轮子很大,碾过树叶和臭椿树枝,轧过夕阳色的水坑。公交车穿过人口众多的广大地区，路过郊区低矮的砖房，这一路似乎没有尽头。

但是，十五年后，在第八街，纳赫曼落荒而逃。跑向奶酪店的时候，他驼着背，弯着腰，样子看上去又老又没用。他妻子在哪儿？他一定是为了逃避解释才转身就跑的。他对面子有疯狂的追求，所以必须避免这样的遭遇。还是说他什么都忘了？他乐于忘却吗？但是，我有记忆，所有的死者和疯子都在我的监护之下，我不允许有谁被遗忘。我把别人和我的感情捆绑在一起，死死地守住他们。

拉维奇到底是你的叔叔，还是只是一个老乡？我一直都不是很明确。

拉维奇住在赫索格家，在赫索格拿破仑街上的家里租了一个房间。1922年，拉维奇身穿围裙，在雷切尔街附近的一家水果店干活，他就像意第绪戏剧舞台上的悲剧演员一样，经常喝得酩酊大醉，额头上总是扣着一顶圆顶礼帽。冒着咫尺莫辨的恶劣天气，他在市场上清扫混在一起的锯末和积雪。窗户上覆盖着大片的霜花，成堆的血橙和赤褐色的苹果压在窗户玻璃上。那就是令人悲哀的拉维奇，因为喝了酒，天气又很冷，他满脸通红。他人生的目标，就是要把留在俄罗斯的家人接过来，他的妻子和两个孩子。首先，他得先找到他们，因为他们在革命期间走散了，后来失去了联系。他偶尔会清醒一下，清醒的时候就去希伯来移民援助协会询问相关情况。但什么消息也没有。他的工资都用来喝酒了，真是一个酒鬼。没有人比他更恨他自己了。从酒馆出来的时候，他站在街上摇摆不定，然后瘫倒在泥泞里，任凭马匹和卡车从身边跑过去。警察一次次地将他拉去醉汉拘留所，后来也懒得管他，直接把他拖回家，扔到赫索格家的门廊上。时已深夜，拉维奇靠在冰冷的台阶上，用啜泣的声音唱歌。

孤独，孤独，孤独，孤独，

像石头一样孤独，

我只有十根手指，

孤独。

约拿·赫索格起床，到厨房里打开灯，听着他唱歌。他穿着俄罗斯风格的亚麻睡衣，前面有褶皱，这是他从彼得堡带来的最后一件体面服装。炉子灭了，睡在同一张床上的摩西、威廉、舒拉一起坐起来，披着棉被，看着他们的爸爸。他站在灯泡下面，灯罩就像德国军队的头盔，松散的钨丝燃烧着。老赫索格很不高兴，但又充满怜悯，他抬起留着棕色小胡子的圆形脑袋，朝着上方看。他的眉间时而紧缩，出现一道沟，时而又松开。他点点头，若有所思。

孤独，孤独，孤独，孤独，

像石头一样孤独，

我只有十根手指，

孤独。

赫索格的妈妈从她的房间里喊："约拿，把他扶进来。"

"好吧。"老赫索格应了一声，但他没有马上出去。

"约拿……他很可怜。"

"我们也很可怜，"老赫索格说，"该死。好不容易睡着了，刚从烦恼中解脱出来一会儿，他就把我吵醒了。一个犹太酒鬼！连喝酒都不靠谱。一喝就醉，一醉就胡闹，为什么不能开心一点呢？他非要哭，哭得让人难过。活见鬼。"老赫索格干笑着，不仅骂拉维奇，也骂自己心软："我居然把房间租给一个酒鬼。"

> 我身无分文，
>
> 不要掩盖你的面容，
>
> 没有人能否认。

拉维奇坐在冰冷的台阶上，在黑暗中不停地唱着，但不成调子。

> 奥布赖恩，
>
> 我身无分文，
>
> 没有人能否认。

老赫索格苦笑着，沉默了一会儿，然后低声笑了起来。

"约拿，我求你了，去帮他一把吧。"

"给他一点时间，让他自己清醒过来。我没必要那么费劲，恶心死了。"

"他会把整条街的人都吵醒的。"

"他会吐得满身都是脏东西，裤子里也是一堆屎尿。"

但他还是出去了。他也同情拉维奇，尽管拉维奇是他的境况发生变化的标志之一。

在彼得堡的时候，他家里有仆人。在俄罗斯，老赫索格是一位绅士，用的是第一行业公会的伪造证件。那时，许多绅士都靠伪造的证件证明自己。

孩子们还在往空荡荡的厨房里眺望。黑色的炉子靠着墙，火早就灭了，炉子有两个火圈，通过橡胶管连着煤气罐。墙上用日本芦苇垫来挡油污。

听到他们的爸爸劝醉醺醺的拉维奇自己站起来，三兄弟都觉得好笑。这就像是在剧场，演了一场家庭剧。"吉姆，老乡？你能走路吗？天寒地冻，冷死了，快点，站起来，把脚放在台阶上。快点，快点！"他自己也笑得前仰后合。"好吧，我想，你把脏兮兮的裤子脱下来，就留在这里吧。哼！"三兄弟在寒夜中笑着挤在一起。

爸爸扶着他穿过厨房，拉维奇穿着肮脏的长裤，红着脸，垂着手，闭着眼睛，醉醺醺的，表情沉重，仿佛他被伤透了心。

至于我那不幸的先父约拿·赫索格，他的块头不大，遗传了赫索格家族的小骨架，五官精致，圆圆的头，目光敏锐、警惕，相貌英俊。他经常发脾气，他会突然飞快地用手扇儿子耳光。不管做什么事情，他的动作都很快，干净利落，有东欧人的做派：梳头，扣衬衫扣子，用骨柄剃刀刮胡子，用大拇指顶着削铅笔，把面包放在胸前拿刀子朝着自己切片，用绳子捆包裹系小结，像艺术家一样在账本上做记号，已作废的每一页都精心画了一个叉，写"1"和"7"时都拖着一撇，就像一面面三角旗在失败的风中飘扬。首先，赫索格在彼得堡挺失败的，一年内就挥霍掉了妻子娘家的两大笔钱。他一直从埃及进口洋葱。在波佩多诺斯切夫的领导下，警察以非法居留罪逮捕了他。他被定罪判刑。关于这次审判的报道，发表在一份用绿色厚纸张印刷的俄罗斯杂志上。老赫索格有时会打开这份杂志，大声向全家人朗读那篇报道，他也会描绘法院针对"伊洛娜·伊萨科维奇·赫索格"一案的诉讼过程。他没服过刑。他逃脱了。因为他是个神经质的人，急躁、固执、叛逆。他来到了加拿大，他的姐姐西坡拉·亚夫住在那里。

1913年，他在魁北克的瓦利菲尔德附近买了一块地，想做一名农民，但结果又失败了。后来他来到了镇上，想当面包师，也失败了；想做干货生意，也失败了；想做批发生意，也失败了；大战爆发后，他想生产麻袋，也失败了。可悲的是，当时做这个生意的都赚钱了，只有他一个人做不成；他做废品生意，也失败了；后来，他当婚姻经纪人也失败了，因为他脾气太暴躁，做事情太生硬；再后来，他造私酒也失败了，还被魁北克省酒类委员会通缉。现在只能勉强糊口。

他总是很匆忙，性格叛逆，相貌清秀但表情有点紧张，走路的步伐既透着绝望，又显得高雅，还有点笨拙，重心放在一个脚跟上，他的外套里面曾经是狐狸皮毛内衬，后来因为干燥，毛都掉了，露出红色的皮，皮也开裂了。他走路的时候，像个犹太人在独自游行，他的外套会敞开，浑身散发着他在蒙特利尔的帕皮诺、麦尔安德、凡尔登、拉辛、圣查尔斯角等街区晃荡时抽的烟的味道。他到处寻找商机，破产、整批杂货、兼并、清仓甩卖、生产，想走上经营合法生意的道路。他能够高速心算百分比，但缺乏一个成功商人应有的想象力，也就是骗人的能力。所以，他在麦尔安德留了一个小酒厂，周围可以看到山羊在空地上吃草。他乘电车出去，这里卖一点，那里卖一点，耐心等待大机会的出现。美国卖朗姆酒的店家会到边境来买，如果能把酒送到那里的话，可以当场交易，一手交钱一手交货。在冰冷的站台上等电车的时候，他要不停地抽烟。税务局的人要抓他。探子在找他。在去边境的路上，还有劫匪等着他。在拿破仑街，还有五张嘴等着吃饭。威廉和摩西体弱多病。海伦在学钢琴。胖子舒拉是个贪婪、不听话、不安分的男孩子。他还要付拖欠的房租、到期的票据、医生的账单，他不会说英语，没有朋友，没有影响力，没有生意，没有资产，只有一个小酒厂，但这个酒厂根本解决不了问题。他的姐姐西坡拉住在圣安妮，她很有钱，非常有钱，但这样问题更大。

170

当时，赫索格的爷爷还在世。出于赫索格家族追逐伟大事物的本能，1918年他去冬宫避难，布尔什维克允许他们暂时在那里避难。这个老人用希伯来语写了几封长信。在动乱中，他丢失了宝贵的书籍。所以，那时是不可能学习了。在冬宫，要走一整天才能找到犹太人可以做礼拜的地方。当然还有填饱肚子的问题。后来，他预测革命将会失败，所以想方设法囤积沙皇时代的货币，希望有朝一日罗曼诺夫王朝复辟，那样他就可以一下子变成百万富翁。赫索格家收集了好几包一文不值的卢布，威廉和摩西一人拿了一大把去玩，面额都非常大。把钞票举起来对着光，可以在水印中看到彼得大帝和凯瑟琳。赫索格爷爷已经八十多岁了，但身体仍然很硬朗。他的头脑还很清楚，希伯来书法写得很优雅。老赫索格在蒙特利尔大声朗读了这些信，信里写的内容有寒冷的天气、虱子、饥饿、流行病、死亡。老人写道："我能再见孩子们一面吗？谁会来料理我的后事？"下一句话，老赫索格有两三次想读，但发不出清晰完整的声音，只是在喉咙里打转。他的眼里泪水盈盈，突然用手捂住留着胡子的嘴巴，匆匆走出了房间。赫索格的妈妈睁大了眼睛，和孩子们一起坐在简陋的厨房里，太阳从来没有照进过这间厨房。那就是一个山洞，里面多了黑乎乎的火炉、铸铁的水槽、绿色的橱柜、煤气灶而已。

面对当前的现实，赫索格的妈妈总是侧着脸。她通常用左边脸来面对，但有时也会用右边脸迎着。在躲开的那一面，她的表情经常像在梦游，显得很忧郁，似乎在看着旧世界。她的爸爸是个著名的正统派犹太人，她的妈妈是个有悲剧色彩的人，她的兄弟有些活着，有些已经去世了，她还有个姐姐，她的亚麻服装和仆人都留在了彼得堡，还有用埃及洋葱做成的芬兰腊肠。现在，她是贫民窟拿破仑街上的一个厨子、洗衣妇、女裁缝。她的头发花白了，牙齿掉了，指甲也起皱了。她的手上可以闻到水槽的气味。

然而，赫索格在想，她那么宠孩子，到底是从哪里来的力量呢？她把我宠坏了，这是肯定的。有一次，大概是一月份的下午四点钟，那时白昼短，夜幕刚刚降临，她让我坐在雪橇上，她拉着我，滑过结了硬壳的积雪。在杂货店的附近，我们遇到一个裹着披肩的老头。他说："闺女啊，你为什么拉着他！"妈妈的眼睛下面黑乎乎的。她的脸细长冰冷。她喘着气。她身上的海豹皮大衣破了，头上戴着一顶红色的尖头羊毛帽子，脚下穿着一双扣纽扣的薄靴子。杂货店里挂着一捆捆鱼干，散发着腐臭的糖味、奶酪味、肥皂味，从敞开的门里，一股可怕的尘埃飘然而出。铁丝上有个铃铛，这个铃铛摆动着，发出清脆的声音。"闺女，不要为孩子牺牲你的力量。"裹着披肩的老头在街上冰冷的尘埃中说。我不会从雪橇上下来。我假装听不明白。一生中最不好干的事情，就是装傻。我想我装成了，赫索格想。

妈妈的哥哥米哈伊尔在莫斯科死于斑疹伤寒。我从邮递员的手中接过信，带到楼上给妈妈。楼梯扶手的下面装着环，一条长长的挂绳穿过这些环。那天是洗衣日。铜锅炉冒着蒸汽，让窗户蒙上一层水雾。她在浴缸里洗衣服，然后拿起来拧干。她看完这封信，大叫一声，就昏了过去。她的嘴唇失去了血色。她的胳膊和袖子都浸泡在水里。家里只有我们两个人。她直挺挺地躺着，两腿叉开，长发散乱，眼睑变成棕色的，嘴唇上一点血色也没有，像个死人一样，把我吓坏了。后来她起身回到房间里，躺在床上。她哭了一整天。但是第二天早上，她还是烧了燕麦粥。我们都起得很早。

我的远古时代啊。比埃及还更远。没有黎明，冬天多雾。在黑暗中，灯泡亮了，炉子冷了。爸爸摇了摇炉箅子，扬起一片炉灰。炉箅子咔嗒咔嗒。小铲子在下面叮当作响。因为平时抽烟抽粗烟丝，爸爸咳嗽得很厉害。戴着"头盔"的烟囱将风吸进来。然后，送奶工驾着雪橇来了。雪地上有粪便、垃圾、死老鼠、死狗，不那么干净。穿着羊皮衣服的送奶工按了一下门铃。门铃是黄铜的，长得像钟表的发条钥匙。海伦拉开门闩，拿着一个水罐下楼去接牛奶。这时，醉醺醺的拉维奇从他的房间里走了出来，他穿着厚重的毛衣，毛衣上挂着吊带，让毛衣和身体贴得更紧一些，他头上戴着圆顶礼帽，满脸通红，看样子心里充满内疚。他等着人家请他坐下。

太阳出来了，但无法驱散黑暗，也无法化开霜冻。从窗户上看，沿街的一幢幢砖房里面都漆黑一片，穿着黑裙子的女学生成双结对地走向修道院。拉客的马车、雪橇、拉货的马车、冻得颤抖的马、铅绿色的空气、落满粪便的冰面、灰烬的痕迹……摩西和他的两个兄弟都戴上了帽子，一起祈祷：

"以色列啊，你的帐幕何其华丽！"

拿破仑街腐朽、轻佻、疯狂、肮脏，受恶劣天气的捶打，千疮百孔，私酒贩子的儿子在背诵古老的经文。对此，摩西非常牵挂。他对人们的同情心，比从前任何时候都更强。通过一个又一个的奇迹，人类一次又一次地睁开眼睛，认识一个又一个的陌生事物，就这样一代又一代地过来，但每个人都在念同样的经文，对眼前的一切都无比热爱。拿破仑街怎么了？赫索格想。那里有他所有的牵挂。他妈妈刚才还在洗衣服，然后就伤心欲绝。他爸爸的心里充满绝望和恐惧，却坚持不懈地奋斗着。他的哥哥舒拉用虚伪的眼睛盯着他，算计着如何控制世界，成为百万富翁。哥哥威廉有哮喘病，他艰难地喘着气，抓住桌子，踮起脚尖，像一只准备啼叫的公鸡。他的姐姐海伦戴着一副长长的白手套，洗这副手套的时候，她都要用很浓的肥皂水。去音乐学院上课的时候，她都戴这副白手套，手里拿着一卷皮质的乐谱夹。她的文凭被装进镜框，挂在墙上。海伦·赫索格小姐成绩优异……他这个温文尔雅的姐姐会弹钢琴。

在一个夏天的晚上，她在家里坐着弹琴，清晰的琴声透过窗户飘到了街上。这架方形的钢琴上铺着一块平绒台布，就像一大块长满苔藓的石头。台布下边垂着球形的流苏穗子，像山核桃。摩西站在海伦的身后，看着她弹着海顿和莫扎特的曲子，真想像狗一样哀号。哦，这就是音乐！赫索格想。他会时不时想起纽约，怀旧是一种会悄然发作、让人心酸的情结，发作的那个瞬间是甜蜜的，但事后会留下酸楚的味道。海伦接着弹琴。她穿着水手衫和百褶裙，尖头鞋子踩在踏板上。她是个端庄但虚荣的姑娘。弹琴的时候，她会皱起眉头，眉间的皱纹和她爸爸的那一道沟很像。瞧她皱眉头的样子，好像是刚刚做了一个危险的动作。琴声传到了街上。

西坡拉姑妈反对海伦从事音乐行当。海伦不算个音乐天才。之所以弹琴，她是想要感动家人。或许是为了找个老公。西坡拉姑妈反对的其实是妈妈对孩子们的过高期望，妈妈希望我们能够成为律师、绅士、拉比、艺术家。整个赫索格家族都非常看重社会地位。生活再贫困、再卑微，也不阻碍他们不断追求进步，梦想有朝一日变得显赫。

摩西认定，西坡拉姑妈是想叫妈妈不要再怂恿我们，她认为，对于爸爸在美国的失败，海伦的白手套和钢琴课都难辞其咎。

西坡拉的性格很强势。她机智敏感但尖酸刻薄，跟每个人相处都像要打仗似的。她脸上总是红红的，脸颊消瘦，鼻子端庄，但比较细长，让表情显得严峻。她说话总是带着刺，语气很冲，鼻音很重。她的屁股很大，总是迈着大步伐，脚步沉重。一条光滑的辫子垂在背后。

相比之下，西坡拉的丈夫亚夫姑父说话语气平静、稳重、幽默、含蓄。他个子不高，但很结实。他的肩膀很宽，棕色的脸上留着像英国国王乔治五世一样的胡子，胡子越来越浓密，逐渐卷了起来。他的鼻梁塌陷，门牙很宽，镶了一颗金牙。一起下跳棋的时候，摩西可以闻到姑父呼出来的口气中有辛辣的酸味。亚夫姑父的头很大，总在棋盘上方晃动，头上留着黑色的短发，有点鬈，有点秃。他的身体总是在轻微颤动，好像很紧张似的。从很早开始，亚夫姑父就可以一下子看透侄子的心思，他会像一只聪明、有感情、爱挖苦人的动物，用棕色的眼睛看着他。他的目光闪烁着精明，看到年轻的摩西下了一步臭棋，他就得意地笑起来，笑容有点扭曲，然后亲切地教训我。

亚夫姑父在圣安妮有个废品收购站，那里金属废品堆积如山，铁锈染红了周围的水坑。门口不时有一群拾荒者，有孩子、新移民、爱尔兰老太太、乌克兰人、考福纳瓦格保留地的印第安人等，他们推着手推车和小货车，送来了瓶子、破衣服、废旧的管子、电气设备、硬件、纸张、轮胎、骨头，要卖给亚夫姑父。那个老人穿着棕色的羊毛衫，弯着腰，一双结实有力但不停颤抖的手整理着他买下的东西，分门别类。他不用直起身子，就能把那些破烂货扔到应有的地方，铁扔到这里，锌扔到那里，铜扔到左边，铅扔到右边，巴氏合金扔到棚屋边。他和儿子在大战期间赚了大钱。西坡拉姑妈买了房产，当上了包租婆。摩西知道她胸前藏着一沓钞票。他看见了。

"嗯，你们来美洲，算是来对了。"爸爸对她说。

她的第一反应是严厉地盯着他，像是在警告他。然后她说："我们是靠什么起家的，这不是秘密。苦工。亚夫拿着一把镐一把铲子，在加太铁路上做苦工，才慢慢攒下了一点钱。但你不一样，你生下来就穿丝绸衬衫的。"她瞥了妈妈一眼，继续说道："在彼得堡，你们是派头十足啊，阔气惯了，有仆人和车夫可以使唤。你们从哈利法克斯来的时候，我去火车站接你们，居然看到你们盛装打扮，和那些新移民格格不入。我的天啊！鸵鸟毛的衣服！塔夫绸的裙子！穿鸵鸟毛衣服的新移民！算了，什么鸵鸟毛，什么白手套，都忘了吧。现在……"

"那好像是一千年前的事了，"妈妈说，"那些仆人，我早就忘了。我自己就是一个仆人。"

"每个人都必须干活。不要因为犯一个错误而害苦自己一辈子。你们的孩子为什么一定要去读音乐学院？去那种贵族学校有什么用？叫他们去干活吧，我的孩子都在干活。"

"她不甘心孩子们都那么平庸。"爸爸说。

"我的儿子们都不平庸。他们也看得懂《革马拉》。别忘了，我们家祖上有伟大的哈西德派拉比。朱西亚先生！赫歇尔·杜布罗夫纳！你们别忘了。"

"没有人说……"妈妈说。

人们都这样纠缠于过去，都敬爱死者！摩西告诫自己不要跟着纠缠于过去，这正是他的性格弱点。他是个抑郁症患者，抑郁症患者摆脱不了童年的记忆，甚至忘却不了童年的痛苦。他理解这对他的健康没什么好处。但是，不知为什么，对于人生中的这一段时光，他敞开了胸怀，却始终没有力量去关上。那是1923年的一个冬日，在圣安妮西坡拉姑妈家的厨房里面。可以很清楚地看到，西坡拉穿着一件深红色的双绉晨衣，底下穿着宽松的黄色灯笼裤和一件男士汗衫。她坐在厨房烤箱的旁边，满脸通红。她说话带鼻音，经常发出刺耳的叫声，语气之中有讥讽、虚假的沮丧、可怕的幽默。

然后，她想起妈妈的哥哥米哈伊尔已经死了。她说："嗯，你的哥哥，他怎么样了？"

"不知道，"爸爸说，"谁能想象他们在老家的这一年是怎么过来的？（老家总是家，赫索格提醒自己。）几个暴徒闯进了他的家里。翻箱倒柜，把贵重的东西都抢走了。后来，他得了斑疹伤寒，也有可能是别的什么病。"

妈妈一只手捂住眼睛，好像要遮阴。她沉默不语。

"我记得他是个大好人，"亚夫姑父说，"愿他在天堂安息！"

西坡拉姑妈说："米哈伊尔的老婆孩子呢？"

"都不知道。这封信是一个堂兄寄来的，什珀林，他在医院里看到过米哈伊尔。他几乎认不出他了。"

西坡拉说了几句更加虔诚的话，然后说了一句相对正常的话："嗯，他是一个活跃的家伙。那时候很有钱。谁知道他从南非带回来了多少财富？"

"他有分给我们，"妈妈说，"我哥哥很开明的。"

"这钱来得容易啊！"西坡拉说，"用不着他花多少力气。"

"你怎么知道？"老赫索格说，"你说话得有个把门的，我的妹妹。"

但是，西坡拉姑妈已经把不住门了。"他的钱都是从那些可怜的黑人身上赚的！谁知道是怎么赚的！所以，你们在舍瓦洛沃买了一幢别墅。当时亚夫远在高加索服役。我有一个孩子生着病，需要照顾。而你呢，约拿，你却在彼得堡花天酒地，拿着老婆娘家的钱挥霍无度。没错！你一个月就输了一万卢布。然后他又给了你一万卢布。我不知道他还干了什么，可能跟鞑靼人、吉卜赛人、妓女鬼混，还可能吃了马肉。鬼才知道他都干了什么令人恶心的事情。"

"你怎么会这么恶毒呢？"老赫索格气呼呼地说。

"我对米哈伊尔没有恶意。他没有害过我，"西坡拉说，"可是，他这个大舅哥有钱给你挥霍，而我这个姐姐却一毛不拔。"

"没人做过这种对比，"老赫索格说，"不过，你爱怎么说就怎么说。"

赫索格一动不动地坐在椅子上，似乎在全神贯注地听着死人吵架。

"你想要怎么样？"西坡拉问，"你有四个孩子，要是我给你钱，纵容你的坏习惯，那就是一个无底洞。你变成了穷光蛋，并不是我的错。"

"在美洲，我就是一个穷光蛋，你说得没错。你看看我，现在身无分文啊。我都没钱给自己买裹尸布。"

"那要怪你自己软弱，"西坡拉说，"你就是一个软蛋，谁欠你的？你根本不能自立。你先是靠着莎拉的哥哥，现在又想靠我。亚夫在高加索服役。在那个鬼地方，天寒地冻，冷得连狗都不吠。他孤身一人来到美洲，然后把我接过来。但是，你……你还要讲派头。你出门在外还要穿着鸵鸟毛的衣服。你简直是一个贵族。你弄脏过手吗？不可能吧？"

"你说得没错。在老家，我没有铲过粪便。在哥伦布发现的新大陆上，我倒是学会了干苦力活。我真的会。我会赶马车了。凌晨三点就出门，马厩里的温度只有零下二十摄氏度。"

对此西坡拉不屑一顾。"现在呢？以前你躲沙皇警察。现在是不是要躲税务局的人？你需要一个好搭档，一个无赖。"

"沃普洛斯基是个老实人。"

"谁……那个德国人吗？"沃普洛斯基是个铁匠，波兰人。她之所以说他是德国人，是因为他留着小胡子，就是所谓的"卫生胡"，穿着德国式的大衣，长得垂到地上。"你和那个铁匠有什么共同点吗？你是赫歇尔·杜布罗夫纳的后代！而他是一个红胡子波兰铁匠！一只老鼠！一只长着红色胡须的老鼠，弯弯的牙齿，身上散发着蹄子烤焦的臭味！呸！你的搭档？等着瞧吧！"

"我没那么好骗。"

"真的吗？拉赞斯基没骗过你吗？他那个是货真价实的土耳其骗局。他不是也把你揍了吗？"

那个拉赞斯基是面包店里的伙计，乌克兰人，原来是赶货车的，一个饭前不会用希伯来语做祈祷的傻大个儿，他只会坐在绿色的送货马车上，不停地喊着"驾"，挥舞着鞭子抽小马。他声音粗哑，说话就像保龄球在滚动一样。那匹马通常是在拉辛运河的河岸上跑。马车上写着：

拉赞斯基法式糕点

老赫索格说："没错，他打过我。"

他是来向西坡拉和亚夫借钱的，不是来和他们吵架的。她当然猜到了他的来意，所以想方设法让他生气，如果吵起来，她就能顺其自然地回绝他。

"唉！"西坡拉叹了一口气说。她是一个非常精明的女人，在这个加拿大的小村庄里，她的许多天赋都无法施展。"跟那些骗子、小偷、歹徒混在一起，你真的指望自己能发财吗？你自己是什么样的人心里没数吗？你就是个斯文人。我不知道你为什么不在经学院里面待着。你不是想做一个绅士？这些流氓要让我来对付，我才了解他们。他们跟你不一样，他们不是人，都是野兽，牙齿和爪子都很锋利。你斗不过这些车夫和屠夫的。你会开枪打人吗？"

老赫索格沉默不语。

"如果有一天你不得不开枪……"西坡拉喊道，"你会朝别人的头上打吗？好好想想吧！你说说，你会朝人家的头上开枪吗？"

赫索格的妈妈似乎觉得他会。

"我不是软蛋。"老赫索格说。他的表情刚毅，棕色的胡子也很坚挺。当然，赫索格想，爸爸是很有激情的，但是，因为生活奔波，家庭关系紧张，整天发脾气，他的激情早就被消磨光了。

"在你的身上，这些人会予取予夺，他们都是强盗，"西坡拉说，"你是不是该动动脑筋了？你是有脑子的。做点合法的营生。让海伦和舒拉去工作。把钢琴卖掉，减少一点开支。"

"孩子们很聪明，很有天赋，为什么不让他们学习呢？"赫索格的妈妈说。

"如果他们真的很聪明，那就是我弟弟的福气了，"西坡拉说，"但这样太难为他了，为了宠这几个王子和公主，他要累坏了。"

那时，爸爸是站在她这一边的。他深切渴望得到她的帮助。

"不是我不爱这些孩子们，"西坡拉说，"过来，摩西，坐在姑妈的膝盖上。多可爱的孩子啊！"摩西坐在姑妈腿上的灯笼裤上，她红色的手抓住摩西的腹部。她干笑着，一脸严肃，吻了一下他的脖子。"这个孩子刚生下来，我是第一个抱的。"然后，她看着站在妈妈身边的哥哥舒拉。他双腿粗壮结实，脸上有雀斑。"你呢？"西坡拉问他。

"我怎么了？"舒拉说。他既害怕，又生气。

"年纪不小了，该赚点钱了吧。"

爸爸瞪了舒拉一眼。

"我没有帮忙吗？"舒拉反问，"递瓶子，贴商标，我都干过的呀!"

爸爸伪造过商标。他会很高兴地问我们:"好吧,孩子们,今天我们贴什么牌子呢?白马牌还是尊尼获加牌?"然后,我们各自喊出最喜欢的牌子名字。糨糊瓶就放在桌子上。

西坡拉将目光转向舒拉的时候,赫索格的妈妈悄悄碰了一下他的手。摩西看到了。威廉气喘吁吁,他和堂兄弟们在外面玩得起劲,他们建造了一个雪堡,然后嘻嘻哈哈,扔着雪球。太阳越来越低,远处看起来好像有一条红色的丝带,缠绕在光滑闪亮的雪脊上。在栅栏的蓝色阴影里,山羊在吃草,山羊的主人是隔壁做苏打水生意的邻居。西坡拉家的鸡要进窝了。来蒙特利尔看望我们的时候,她有时会带一个刚下好的鸡蛋,一个鸡蛋。如果有个孩子生病了,一个鸡蛋可以让孩子又活蹦乱跳。她是个冲动又爱挑剔的人,拖着沉重的大屁股,迈着笨拙的步伐来到拿破仑街,爬上楼梯,她是带着暴风雨来的,代表命运而来。她表情紧张,匆匆吻了一下手指,摸了摸门柱圣卷。进屋后,她先探头往妈妈的房间里看看。"家里人都好吗?"她问,"我给孩子们带来了一个鸡蛋。"她打开大袋子,拿出用一张意第绪语报纸(《加拿大之鹰》)包着的礼物。

西坡拉姑妈每次来访都像阅兵。后来,妈妈笑着送走她,然后经常哭着说:"为什么她要和我作对!她想干什么?我可没有力气和她斗。"妈妈觉得她们之间的对立很神秘,那是灵魂之间的问题。妈妈的思想很传统,充满了古老的传说,有天使,也有恶魔。

当然,西坡拉是个现实主义者,她拒绝帮助赫索格的爸爸是对的。他妄想把假冒的威士忌送到边境去卖,就能大捞一笔。他和沃普洛斯基找放债的人借了钱,装了满满一卡车酒。但是,他们还没有到达罗斯角,就被人家打劫了,两人都挨了一顿打,还被扔进一条水沟里。赫索格的爸爸被打得更惨一些，因为他反抗了。劫匪撕破了他的衣服，打掉了他的一颗牙齿，还狠狠地踹了他几脚。

他和铁匠沃普洛斯基步行返回蒙特利尔。他先去沃普洛斯基的店里，想把狼狈相收拾一下，但他的眼睛被人家打得肿了起来，红了一圈，那是洗不掉的。他掉了一颗牙齿，缺口很明显。他的外套被撕破了，衬衫和内衣上血迹斑斑。

他就这个样子走进拿破仑街家中昏暗的厨房里。我们都在厨房里面。那时是三月份，天阴沉沉的，光线很难得照进我们家。我们家就像一个山洞，而我们就像住在山洞里的原始人。"莎拉！"他朝我们喊，"孩子们！"他给我们看了脸上的伤痕，然后，他张开双臂，我们看到他的衣服破了，露出了白色的皮肤。再接着，他把口袋翻出来，里面空空如也，他一边翻着口袋，一边哭了起来，站在他左右的孩子们也都哭了。居然有人动手打他，这让我无法忍受，他是我的爸爸，在我的眼里，他是一个圣人，一个国王。是的，他是我们的国王。我的心里充满恐惧，差点窒息了。我感觉我就要死了。他们是我最爱的人。

然后，老赫索格讲述了他的遭遇。

"他们在半路上等着我们，堵住了道路，把我们从卡车上拖下来，把东西都抢走了。"

"你为什么要打他们？"赫索格的妈妈问。

"我们的一切……我借的那些钱……"

"他们可能杀了你。"

"他们脸上蒙着手帕。我觉得我认得出来他们是谁。"

妈妈不相信。"老乡吗？不可能。犹太人不会对犹太人下手。"

"不会吗？"爸爸大声说，"为什么不会！谁说不会！他们怎么就不会？"

"犹太人不会的！不可能！"妈妈说，"不会。绝对不会！他们没有那种勇气。不可能！"

"孩子们……别哭。沃普洛斯基真可怜！他几乎上不了床。"

"约拿，"妈妈说，"这种事情，你不能再干了。"

"那么我们靠什么过日子？日子还得过呀！"

然后，他开始讲他的人生经历，从童年一直讲到当下。他边讲边哭，边哭边讲。四岁就出门去读书，背井离乡。整天喂虱子。在经学院里饿得半死。然后，他刮掉了胡子，变成了一个现代欧洲人。年纪不大，他就在克雷门楚格给姑妈打工。他用伪造的证件在彼得堡待了十年，那简直是黄粱一梦，后来他被抓了，和普通罪犯一样被关进监狱里。再后来，他逃到了美国，差点饿死。他打扫马厩，当乞丐。每天都充满恐惧，如履薄冰。他总是欠债，被警察跟着。他收留喝醉的房客，妻子伺候人家。现在，他只能这样面对孩子们，衣服破破烂烂，伤痕累累。

赫索格裹着廉价的佩斯利睡袍，双眼蒙眬，若有所思。他光脚站在一小块地毯上面。他低着头，胳膊肘倚在摇摇欲坠的桌子上。他在给纳赫曼写信，刚写了几行。

我猜，他是在想赫索格家族的遭遇我们一年要听十遍。有时是妈妈讲，有时是他讲。就这样，我们在悲痛中接受了很好的教育。我仍然能听到灵魂的呼喊，有些是从胸中，有些是从喉咙里喊出来的。嘴巴也想张大让灵魂喊出来。但是，一切都是古时候的事情，是的，犹太人的传统起源于《圣经》，《圣经》所讲的就是个人的经历和命运。相比大战期间发生的种种事情，老赫索格的悲惨经历都无足挂齿。我们都面对着残酷的现实，极端残酷，个人如同大象脚下的蝼蚁。这是一个毁灭计划，人类不仅为这个计划倾尽心血，甚至满怀喜悦。个人的历史，古时候的故事，可能不值得记在心里。但我记得，我一定要记住。但还有谁……这种事情对谁还有意义呢？已有千千万万人在极度的痛苦中倒下。如今，精神上的痛苦已经不算是痛苦。个性只是取笑的对象。但是，爸爸的痛苦仍然让我难以释怀。老赫索格的遭遇，可能让人觉得滑稽好笑。但是，他口中的"我"尊严满满。

"你不能再做这种买卖了，"妈妈大声说，"绝不能再做！"

"那我要去干什么呢？去给殡葬协会打工吗？像一个七十岁的老头，坐等着人家咽气，然后去给人家料理后事？我？要给人家洗尸体吗？我？还是要去墓地，用甜言蜜语劝慰死者家属，然后向他们索要一枚硬币？跟人家说节哀顺变？我？我宁愿地上出现一条裂缝，把我吞噬掉算了！"

"别这样说，约拿！"妈妈孜孜不倦地开导他，"我给你的眼睛敷一下。来吧，躺下。"

"我怎么能躺下？"

"你必须躺下。"

"我躺下了，孩子们吃什么？"

"来吧，你就躺一会儿。把衬衫脱掉。"

她默默地坐在床边。他躺在昏暗的房间里面，床是铁床，身上盖着一条破旧的红色俄罗斯毯子，露出英俊的前额、扁平的鼻子、棕色的小胡子。当时，摩西在黑暗的走廊上看着他们俩，而此时，那两个人的影子似乎回到他的眼前。

纳赫曼，他接着写，但马上又停了下来。这封信能寄到纳赫曼的手上吗？在《乡村之声》上做广告，效果也许会更好。那么，他还写了那么多信，该寄给谁呢？

他断定纳赫曼的妻子已经死了。没错，她肯定死了。那个姑娘身材苗条、双腿细长，弯弯的眉毛，嘴巴不小，两边嘴角下垂。她自杀了，纳赫曼逃跑了，这也难怪，不然他非要跟摩西具体说清楚不可。可怜的姑娘！可怜啊，她也一定被埋进坟墓里面了。

　　电话铃响了，五遍、八遍、十遍。赫索格看了看手表。快六点了，他吃了一惊。这一天就要过去了，时间都到哪里去了？电话铃声还在响，不停地往他的耳朵里钻。他很不想接。但是，旁边毕竟还有两个孩子，作为爸爸，他必须接这个电话。所以，他伸手拿起听筒，听到了拉蒙娜的声音。拉蒙娜通过电话线从纽约传来了欢快的声音，让他的生活瞬间充满快乐。那不是简单的快乐，而是形而上学、超验的快乐，这种快乐解开了关于人类存在的谜团。那就是拉蒙娜，她不是一个追求感官快乐的人，而是一个理论家，甚至可以说是一个女祭司，她穿着美国化的西班牙传统服装，头上戴着用鲜花扎成的花环，牙齿非常漂亮，脸颊红红的，一头黑发浓密、鬈曲，令人兴奋。

　　"你好……是摩西吗？这是哪里的号码？"

　　"这里是亚美尼亚救济会。"

　　"哦，摩西！真的是你！"

　　"在你认识的人里面，只有我年纪够大，还知道有亚美尼亚救济会。"

　　"上次你说是在停尸房。你现在的情绪一定是好多了。我是拉蒙娜……"

"当然是你。"还有谁的声音会这么高亢还充满异域风情呢？

"就是你这个西班牙女郎。"

"西班牙婆娘，袜里藏刀。"

"拉蒙娜，我真的一直觉得有人拿刀子威胁着我。"

"听你这么说，你的情绪确实很不错。"

"这一整天，我都没和谁说过一句话。"

"我早就想给你打电话，但店里很忙。昨天你去哪里了？"

"昨天？我去哪里？让我想一想……"

"我以为你跑了。"

"我？怎么可能呢？"

"你是说你不会抛下我吗？"

抛下浑身香喷喷、性感而高尚的拉蒙娜？绝对不会！拉蒙娜曾经放荡不羁，如今已经改过自新，日子过得有板有眼。我们文明人什么时候会变得一本正经？克尔恺郭尔问。人没有真正放纵过，就不会一本正经。人们不尝到追求享乐和举止轻浮的苦涩后果，是不会彻底割断念想的。然而，拉蒙娜不相信世间有罪恶，她只认定不能伤害肉体，因为肉体是精神的真正和唯一的圣殿。

"但你昨天确实外出了。"拉蒙娜说。

"你怎么知道？你叫私家侦探跟踪我吗？"

"施瓦茨小姐在中央车站看见你，说你手上拎着一只手提箱。"

"谁是施瓦茨小姐？你店里的那个小姑娘？"

"没错。"

"那么，你知道了什么？"赫索格不想多聊这件事。

拉蒙娜说："也许是火车上有个可爱的女人把你吓坏了，所以你才回到你的拉蒙娜身边。"

"哦。"赫索格说。

说来说去，她就是想说她能够让他快乐。他想到拉蒙娜迷人的眼睛和坚挺的乳房，她的大腿虽短但很柔软，她的床上功夫十分了得（和她在一起的时候绝对不会想到别人），他就知道她没有夸大其词。她真的有那个能力。

"那么，你是要逃跑吗？"她说。

"我为什么要逃跑？我有你这个不得了的女人，拉蒙娜。"

"真的吗？这样的话，你就有点莫名其妙了，摩西。"

"嗯，我自己也觉得莫名其妙。"

"不过，我没有那么傲娇和苛求了。生活教训了我，使我懂得做人要谦虚。"

摩西闭上眼睛，扬起眉毛。又来了！终于言归正传了。

"你有一种天生的优越感，也许是因为你受过高等的教育。"

"高等的教育？这跟教育有什么关系？"

"你是知识分子，是上流的名人。而我只是一个生意人，一个布尔乔亚。"

"你不至于相信这种鬼话吧，拉蒙娜？"

"那么，你为什么对我不理不睬，一直让我追着你？我知道了，你就是妄想一脚多踩几条船。我接连遭受打击，终于百炼成钢。"

"一个思想高尚的傻瓜，一个笨蛋……"

"谁？"

"我自己。"

她接着说："但是，恢复自信后，我感受到了无欲则刚的力量。"

拜托啊，拉蒙娜，摩西想说，你这么可爱、这么性感，闻着和摸着都那么舒服，你身上的一切都那么好。就别再数落我了！看在上帝的分儿上，拉蒙娜，闭嘴吧。但是，她并不想闭嘴。赫索格抬头看着天花板。蜘蛛在天花板上精耕细作，留下了许多漂亮的造型，像莱茵河的两岸。蜘蛛网上挂着一串串虫子，像葡萄又不是葡萄。

这一切都是我自己造成的，我和拉蒙娜讲过我的生活经历，出身如何卑微，遭遇多么艰辛。但是，一个犯了许多错误的人，绝对不能忽视朋友的指正。就像桑德尔那只驼背老鼠，或者像道德自大狂和以色列的先知瓦伦丁。面对所有这些人，明智的做法是聆听他们的教诲。即使他们在骂你，那也是好的。至少说明还有人在乎你。

拉蒙娜停顿了一下。于是，赫索格说："说句真话，我还有很多东西要学习。"

不过我很勤奋，我在努力，也不断在进步。我有望在临终前达到完美的状态。好人总是英年早逝，但我一直不遗余力地加强自我修养，所以等到我咽气的那一天，我的样子会让大家都喜欢。此时此刻，我真的很向往永恒。

"你在听吗？"拉蒙娜问。

"在啊。"

"我刚才说什么了？"

"你说要更加相信直觉。"

"我说我想叫你来吃饭。"

"哦。"

"我如果是一个婊子就好了！那样的话，我说的每一个字你都会听。"

"但是，我正想叫你……这里有一家意大利餐馆。"他是在编瞎话，他的瞎话编得不大好。他经常前言不搭后语。

"我东西已经买好了。"拉蒙娜说。

"但是，既然那个戴着蓝色眼镜、喜欢偷窥的施瓦茨小姐在中央车站看到我想逃跑……？"

"我怎么想到你会回来吗？我估计你今天会去纽黑文，去耶鲁图书馆，或者别的什么地方……来吧。来和我一起吃晚饭。如果你不来，我就只好一个人吃了。"

"怎么，你姑妈呢？"

拉蒙娜和她爸爸的姐姐住在一起，也就是她的塔玛拉姑妈。"她去哈特福德走亲戚了。"

"哦……我明白了。"他觉得塔玛拉姑妈可能喜欢临时决定出远门。

"对这种事情，我姑妈心里跟明镜似的，"拉蒙娜说，"而且，她那么喜欢你。"

她觉得我是她侄女的好对象。而且，要是这个单身的侄女在感情方面碰到了问题，她肯定是心急火燎的，做一点牺牲不算什么。在认识赫索格之前，拉蒙娜刚刚和一个名叫乔治·霍伯利的助理电视制片人分手，那个人的心灵受到了重创，伤心欲绝，近乎歇斯底里。拉蒙娜说，塔玛拉姑妈非常同情霍伯利，不仅安慰他，还给他出各种主意，活脱脱一个无事生非的老太太。赫索格出现后，她的兴奋程度几乎不亚于拉蒙娜本人。对比这个塔玛拉姑妈，摩西觉得他更能理解塞尔达姨妈了。女人就喜欢干这种神秘兮兮的事情，喜欢演双簧。因为要吃到果实的话，就必须跟狡猾的毒蛇抢夺。

尽管如此，赫索格发现拉蒙娜有强烈的家族情怀，对此他很赞许。她似乎非常喜欢这个姑妈。塔玛拉的爸爸是波兰沙皇政府的一个官员，也可能是一个将军。（就当他是个将军吧！）拉蒙娜说她的这个姑妈"是个俄罗斯美女",她说得很对,塔玛拉阿姨很温柔,有少女的情怀,敏感而又冲动。每当她提到爸爸妈妈、她的老师和音乐学校,她干瘪的胸脯就会鼓起来,锁骨会凸起来,绷得紧紧的。她似乎还在想是否要违背她爸爸的意愿,去追求她的音乐梦想。赫索格总是表情严肃地听着,不知道她是在萨勒加沃剧院举办过个人音乐会,还是想举办一场独奏会。这个染过头发、戴着毫无意义的浮雕胸针的东欧老太太和他很投缘。

"你到底来不来?"拉蒙娜问,"你干吗这么犹豫?"

"我可能出不去,我很忙……要写信。"

"什么信?你这个人真是莫名其妙。你有什么重要的信非写不可?大生意吗?如果是生意上的事,你应该和我商量一下。如果你不信任我,也应该找个律师。但不管怎样,饭还是得吃的。你一个人就不吃东西吗?"

"我当然要吃。"

"那么,你来不来?"

"好的,"赫索格说,"我很快就到。我带一瓶酒来。"

"别,别!你别带。我有冰镇的。"

他放下电话。说到酒,她嗓门就大起来。可能是他在人家的印象中就是个小气的人。也可能是他唤醒了她保护他的愿望,他经常让人产生这样的愿望。有时候,他也怀疑自己是不是那种暗自相信自己已与命运达成协议的人,只要他们顺从、善良,就不会受到残暴对待。赫索格的嘴角扬起一抹浅浅但扭曲的微笑,他心里在想,几年前他是否真的下定了做交易的决心,他是否真的想利用温顺的表现换取人家的优待。这种交易是女人或者小孩子的交易,也适用于树木、动物。这样的自我批判不会让他心生恐惧,和自己较劲没有任何意义。关键是外在自然力量和自己内在精神的结合，这种结合能结出神秘的果实。他撩开香港产的佩斯利纹样睡袍，看着自己赤裸的身体。他早就不是孩子了。鲁德维尔的房子一方面给他带来了一场灾难，另一方面却让他更加健康。为了挽救那幢摇摇欲坠的老房子，他费了那么多精力，也练得双臂肌肉发达。他为此自恋了一段时间。他终于有力气把一个沉重的女人抱到床上。哦，是的，他以前没有这样的力气，即使是年轻的时候身体还很强壮。和世界上的千千万万人一样，摩西·赫索格也是爱神厄洛斯的崇拜者。

但是，说到酒，拉蒙娜为什么那么重视？也许她是担心他会带加州的葡萄酒来。也许是她相信自家牌子的酒更有催情作用。可能就是这样的。也许是他一直在唠叨钱的事情，而他自己没有意识到。最后一种可能性是，她想用舒适享乐的生活拴住他。

赫索格看了一眼手表，似乎很干练，目的性很强，但他并没有记住时间。他靠着窗口，越过屋顶和墙角，看到了天空正在变红。他很惊讶地发现，他花了一整天时间潦草地写了几封信。这几封信写得怒气冲冲的，真滑稽！对于他们，赫索格充满怨恨！塞尔达！桑德尔！为什么要给他们写信呢？还有那个蒙席阁下！读着赫索格的信，从字里行间，蒙席阁下会看到一张愤怒但讲道理的脸，就像摩西看到这些墙砖上都沾满沥青一样。无休止的重复对理智构成了威胁。

假设我是绝对正确的，而蒙席阁下等人是绝对错误的。如果我是对的，那么，要统一世界的思想，形成凝聚力，那都是我的责任。如果摩西·赫索格能够随心所欲，结果会怎样呢？不，我为什么要承担这些责任呢？教会得到了普遍的认可，但我认为这是错误的、有害的，是一种普鲁士式的错觉。一个人愿意回答所有问题，就表明他是非常愚蠢的。瓦伦丁·格斯巴赫在任何事情上承认过自己的无知吗？

没有。他简直是全知全能的歌德。他总能帮你把没说完的话说完，帮你把说不清楚的事情说清楚，他能解开世间的一切谜团。

……*我希望你知道，阁下，我写这封信不是为了揭发玛德琳，或者攻击你*。赫索格把信撕了。不对！他十分鄙视那个蒙席，他想杀了玛德琳。是的，他有能力杀了她。然而，他虽然满腔怒火，杀气腾腾，但还是能够正常刮胡子和穿衣服，晚上可以正常出门。为此，他要精心梳洗一番，喷一些香水，把脸弄得香喷喷的，为一场热吻做好准备。对于这种幻想，他虽然觉得是罪过，但绝对不会畏缩。赫索格想，是犯罪后必然会有的惩罚阻止了我这样做。

该梳洗了。他转身离开书桌，下午的光线渐渐昏暗，他脱下睡袍，走进浴室，打开脸盆的水龙头。虽然昏暗，但浴室里贴满了瓷砖，很凉爽，他喝了几口水，纽约这个大都市的自来水是世界上最清甜的。然后，他开始擦香皂洗脸。他可以期待一顿丰盛的晚餐了。拉蒙娜很会做饭，也很会布置桌子，桌子上会铺着亚麻餐巾，会摆放蜡烛和鲜花。也许，鲜花是她傍晚从店里带回来的，路上川流不息，她开车的时候肯定很着急。鸽子就要回到拉蒙娜家，落在餐厅的窗台上。通风井里有鸽子翅膀拍动的声音。至于菜谱，对于这样一顿夏天的晚餐，她可能会做一道奶油浓汤，然后是新奥尔良风味的阿诺虾、白芦笋，最后是一道凉甜点。酒味葡萄干冰激凌吗？还是布里干酪脆饼干？这是他根据以前的晚餐来判断的。还有咖啡、白兰地。一直以来，吃饭的时候，隔壁房间里的留声机都放着埃及音乐，穆罕默德·阿勒·巴卡尔用齐特拉琴、长鼓和手鼓演奏的《塞得港》。那个房间里铺着一块中国地毯，绿色的灯光深沉而安静。她也在这里面摆了鲜花。要是我白天在花店里工作，我可不想到了晚上还熏着花香。茶几上放着画册和国际杂志。巴黎的、里约的、罗马的，这几个国际大城市的杂志都有。同样，崇拜者最近送给拉蒙娜的礼物也都会摆着。赫索格会把礼物上的小卡片拿起来读。她会用什么借口踹了这些人？去年春天，她还在给乔治·霍伯利做杂拌虾仁，而霍伯利还送给她手套、书、戏票、看戏用的小眼镜。通过各种礼物的标签，你可以得知他为了爱情在纽约上下求索的历程。拉蒙娜说是他自己糊涂。赫索格为他感到难过。

餐厅里铺着蓝绿色的地毯，还有北非摩尔人的小摆设和阿拉伯人的奇异花饰，宽大舒适的沙发床，羽毛图案玻璃灯罩的蒂芙尼台灯，软座扶手椅靠着窗，可以看到百老汇和哥伦布圆环的街景。晚饭后，他们喝着咖啡和白兰地，拉蒙娜会问他是否愿意脱掉鞋。为什么不愿意呢？在夏天炎热的傍晚，光着脚有利于放松心情。过了一会儿，按照惯例，她会问他为什么如此心不在焉，是不是在想他的孩子。然后他会说……此时，他正在刮胡子，他几乎不用看镜子，指尖摸着胡楂……他会说他不那么担心马可了。他儿子很坚强。在赫索格家族里面，他算是比较坚强的一个。关于他的小女儿，拉蒙娜会劝他放心。摩西会说她在那几个精神病的手里，他怎么放心得下呢？说他们是精神病，她会怀疑吗？她想再看一眼杰拉尔丁的那封信吗？那封信很可怕，他说了他们想干什么。接下来，他们会聊起玛德琳、塞尔达、瓦伦丁·格斯巴赫、桑德尔·希梅尔斯坦、蒙席阁下、埃德维格医生、菲比·格斯巴赫。他会像一个想戒掉恶习却戒不掉的瘾君子一样，不由自主地又讲起他是如何遭到妻子、朋友、医生背叛的，他被骗了，积蓄都被骗走了，如今负债累累。如果说赫索格认识到某个人的恶，而且知道想要救赎每一个独立的灵魂，就需要解决整体的问题，正因如此，他才这么迫切地想跟人家讲述他的遭遇。然后，在讲述的过程中，他会意识到他并没有权利讲这些事情，没有权利逼迫人家听，而且他作解释寻求认可的渴望是徒劳的。更糟糕的是，这事情很"肮脏"。他突然想起来有个法语单词表示"肮脏"的意思，他念了这个法语单词"Immonde！"，然后在此基础上加一个单词，还大声地说出来，这两个词加起来的意思就是"肮脏透顶！"（C'est immonde！）然而，拉蒙娜会很同情他，对他温情脉脉。毫无疑问，她是真心同情他的，尽管从本质上讲一个受害者不会有什么吸引力，甚至会有点滑稽可笑。然而，在一个精神混乱的时代，一个有他那种感受的人可能是难能可贵的。他开始意识到，他特有的短视、现实主义态度的缺乏和明显的天真，让他显得与众不同。显然，这使他在拉蒙娜眼里充满了魅力。只要他保持男子气概，她就会睁着闪亮的眼睛，更加仔细地倾听，给予他更多的同情。他的痛苦遭遇让她很兴奋，激发了她的性欲，而他的悲伤给她指引了一个方向。我不同意霍布斯的观点，他说，如果没有威势，一个男人跟人家交往不会有快乐、愉悦或者享受，反而会感到悲伤。威势源于一个人的恐惧。然而，放下这些理论不谈，从威尼斯酒瓶里倒了四五杯阿马尼亚克酒喝掉之后，他不再说自己的那些破事，就该轮到拉蒙娜了。俗话说，有来就有往。

他就像个盲人一样，通过触摸和听声音，听着刀片的声音，继续刮着胡子。

拉蒙娜招待男士的经验丰富。虾肉、美酒、鲜花、灯光、香水，宽衣解带有条不紊，埃及音乐如泣如诉，这说明她久经历练，他很后悔让她过着这样的日子，但也让他受宠若惊。拉蒙娜很惊讶，她不明白为什么女人会想找摩西的碴。他告诉她，在玛德琳面前，他常常是个彻头彻尾的失败者。也许是他对玛德琳的愤怒情绪让他表现得更好了。听到这句话，拉蒙娜的表情就很严肃。

"我不懂……可能是因为我吧，你往这方面想过吗？"她问，"可怜的摩西！除非你和一个女人相处得不愉快，否则你就不会相信自己是认真的。"

摩西捧了一捧气味很不错的金缕梅爽肤水泼到脸上，拍了拍，然后从两边嘴角往上吹气，吹到脸颊上。台盆上方的玻璃架子上有个晶体管收音机，他调出来波兰舞曲，然后往脚上搽粉。然后，他抑制不住冲动，在肮脏的瓷砖上跳了一会儿舞，有些瓷砖松动了，翘起来，被踢到了浴缸下面。一个人听着曲子跳舞，是他的一个怪癖，在情绪激动的时候，他就会做出一些奇怪的事情来。他跳着跳着，一直跳到收音机播放一则波兰语广告："法拉盛第八街878号。"于是，他就在浴室里面模仿播音员念稿子。铺着瓷砖的浴室由于光线昏暗，看起来像乳黄色的，他经常把这个浴室叫作厕所，这是个过时的叫法。他正准备再跳一曲波尔卡，但他气喘吁吁，汗珠子不断往下滚，再跳一支舞就需要洗澡了。他没有时间和耐心再去洗一遍澡。想到洗完澡后要擦干身体，他特别受不了，他一直非常讨厌这种琐事。

他穿上干净的内裤、袜子。穿上袜子后，他伸脚蹭了蹭鞋尖，蹭出来一点光泽。他穿鞋子的品位，拉蒙娜很不喜欢。在麦迪逊大道巴利专卖店的橱窗前，她曾经指着一双西班牙式的及踝靴子说："你应该买这样的鞋子，看起来挺邪恶的吧，黑皮鞋适合你。"她微笑着抬头看他，以便让他看到她那双明亮的眼睛。她长着一口微微弯曲的白牙，非常漂亮，她的嘴唇张开，这些漂亮牙齿就会露出来；她的鼻子短短的，像法国人的鼻子，小而精致；她的眼睛是淡褐色的；一头浓密的黑发闪闪发亮。她脸部的重心比较靠下面。在赫索格看来，这是一个很小的缺陷。没什么大问题。

"你想让我打扮成弗拉门戈舞者吗？"赫索格问。

"对于穿着，你应该有一点想象力，个性要张扬一些。"

你会觉得——赫索格笑得很灿烂——他是一笔投资不当的资本。其实，他的看法和她一致，这也许会让她很吃惊。他欣然接受。用在他身上的力量、智慧、感情、机会都给浪费了。然而，他没有料到的是，这双西班牙靴子居然会改变他的性格，让他的性格变得更好。顺便说一句，这双鞋极大地引起了他孩子气的兴趣。我们都必须改进。必须！

他穿上长裤。不是意大利裤子，穿着意大利裤子，吃完饭后会不舒服。接着穿上一件崭新的府绸衬衫。他把所有的别针都拔下来。再接着，他穿上了马德拉斯夹克。他弯下腰，浴室的窗户开了一条缝，他想透过这条缝看看港口的情况。没什么特别的情况。只是觉得海水在包围着这座被过度建设的岛屿。他的这个动作就像在确定方位，但跟他看手表一样，他看了一眼手表，却记不住时间。接下来，他往镜子里看看自己的影子，镜子是方形的。他的样子好不好看？哦，好极了，你的样子真漂亮，摩西！好极了。这是人类原始的自恋情结、自我陶醉，这是一种本能，非常深刻，非常古老，可能在单细胞时代就存在了。他早就意识到了他有这个本能，安静而深远，遍布他全身上下的每一条神经，那是一种令人愉快的渴望。霍尔丹教授……不，此时此刻，这个人不是赫索格的目标。德日进神父，你提出了"物之里"的概念，我一直希望能想明白。感觉器官，即使是最基本的感觉器官，也不可能从机械论者所认为的惰性分子进化而来。因此，物质也许应该当作进化的意识来研究……碳分子有思想吗？

他把脸刮得干干净净，对着镜子喃喃自语，他的眼睛下方有一大块阴影。没关系，他想，如果光线不太明亮，你看起来还是很英俊的。目前，你想要女人的话还是搞得到的。除了玛德琳那个婊子，她那张脸有时看起来很漂亮，有时却很丑。那就去吧，拉蒙娜会给你饭吃，给你酒喝，帮你脱鞋子，陪你聊天，抚摩你的头发，亲吻你，亲吻的时候，她的牙齿会咬住你的嘴唇。然后上床，关灯，直奔主题……

他既讲究，又邋遢。这是他一贯的风格。他的领带会打得小心翼翼，但鞋带却系得非常马虎，一走路就松开。他的哥哥舒拉倒是真的讲究，他的衣服是量身定制的，要修剪指甲和理发都去帕尔默大厦，舒拉说摩西是故意的。小时候，他就是这么叛逆，如今却成了令人捧腹大笑的习惯。拉蒙娜经常说："你不像美国的清教徒。你有追逐肉体快感的天分。你的嘴巴出卖了你。"提到了嘴巴，赫索格会情不自禁地伸出手，把手指压在嘴唇上。然后他会一笑置之。她没有把他当成美国人，这倒是让他感到有点不舒服。伤心啊！不然他是哪里的人？在部队服役的时候，战友们也说他是外国人。芝加哥人同样怀疑他，会这样问他："从州府街到湖滨街这一带有什么？往西多远可以到奥斯汀大道？"这些人大多是住在郊区的，对于芝加哥，摩西比他们更熟悉，但这样一来，他的嫌疑反而更大了。"哦，你背得很熟啊。这表明你就是个间谍。一个精明的犹太人。坦白吧，摩西。他们用降落伞把你扔下来的，对吧？"不是，他是一名通信军官，是因为哮喘才被迫退伍的。在墨西哥湾演习的时候，他被雾呛到，话说不清楚，和部队失去了联系。但整个舰队都听到他喃喃自语地说："我们完蛋了！他妈的！"

但是，1934年在芝加哥麦克金利高中上学的时候，他曾经是班级里演讲最厉害的人，他喜欢背诵爱默生的文章。他当时并没有失声，对着意大利的机工、波西米亚的制桶工人、犹太的裁缝，他能侃侃而谈：世上一切伟大而光辉的事业，都比不上人的教育。这里在座的都是教育的可塑之才。与历史上所有的王国相比，一个人的私生活更像是个庄严的君主政体。我们要承认，我们的生活，实际上是平凡、中庸的……我们现在还不是完美的人……我们的社会还听不得有人说，每个人都应在神面前狂喜或接受神明的启示。虽然他在比洛克西附近跟舰队失去了联系，但那并不意味着他不积极追求完美。他认为自己完全具备成为美国人的条件。他笑着，但也很痛苦，他记得有一个来自亚拉巴马州的海军军士长问过他："你在哪里学的英语？速成学校吗？"

不，其实拉蒙娜是在说他的好话，意思是说他不像是普通的美国人。他的一些怪癖早已形成。他有没有从中发现什么重大的价值或与众不同之处？嗯，他必须忍受这些怪癖，所以，他没有理由不加以利用，那还是有一点点用处的。

但是，说到普通的美国人，要是拉蒙娜当上了妈妈，她会是个什么样的妈妈呢？她会不会带一个小姑娘去参加梅西百货感恩节大游行？摩西仿佛可以看到，拉蒙娜这个伊希斯的女祭司穿着花呢套装，兴高采烈地看着游行的彩车。

麦克希金斯。我读过你的专著，《美国商业界的伦理思想》。这是麦克希金斯的重要时刻。很有意思。如果更加深入地调查美国会计系统中公私两面的虚伪性，也许会更好。没有什么能阻止美国人随心所欲地主张自己的价值。在民粹主义哲学中，善良渐渐变成了像空气一样的免费商品，或者便宜得近乎免费，像地铁票。各取所需，随便吧，没人会在意。本杰明·富兰克林认为诚实的外表是一种商业资产，其中有宿命论和加尔文主义的因素。对于别人的选择，不要多怀疑。不然可能有损他的信用等级。随着人们不再相信入地狱，就只剩下看得见摸得着的外壳了。

艾森豪威尔将军。在私人生活当中，也许你有空闲和意愿去思考一些你作为行政长官没空考虑的事情。冷战的压力……现在有许多人认为，冷战带来的压力……很多人都认为这是政治歇斯底里的阶段，在这个观点快速变化的时代，杜勒斯先生的旅程和演讲也迅速改变性质，从前属于有政治家风范的行为，现在变成了具有美国特色的挥霍。你提到如果不慎犯错则可能引发核战争的那天，我恰好就在联合国的记者席上。那天，我到第二大街付定金，准备买一盏吊灯和一台老式煤气灶。我又为鲁德维尔白白花了十美元。赫鲁晓夫用皮鞋敲打桌子的时候，我也在场。在这样的危机当中，在这样的气氛当中，你显然没有时间讨论我所关心的那种更普遍的问题。的确，我是真的非常关心，甚至把生命都投了进去。但你想让他怎么样呢？然而，我读过休斯先生的书，也看过你写给他的一封信，在这封信里面，你表达了对"精神价值"的关注，所以，我有必要提醒你重新考虑一下你的全国目标委员会在你任期即将结束时发布的报告，我想这不算是浪费你的时间。我不知道你所任命的委员会成员是否都是最适合的人选，他们是企业的律师、高管，如今他们属于同一类人，统称"实业政治家"。休斯先生说过，你被"隔离"了，一些令人头疼的意见都到不了你的跟前。也许你会问这个给你写信的人是谁，是一个爱胡说八道的自由主义者，一个书呆子，一个滥好人，还是一个疯子。这么说吧，他是一个深思熟虑的人，相信公民可以发挥作用。聪明但没有影响力的人会自己瞧不起自己，也瞧不起拥有切实政治权力或社会权力的人，或者是自以为拥有权力的人。能用三两句话说清楚吗？众所周知，他讨厌冗长复杂的文件。这种报告是想激励我们和敌人斗争到底，看似忠于你的政府，但这不是我们所需要的。帕斯卡（1623—1662）说过，人是一根芦苇，是一根有思想的芦苇，对于这个命题，一个现代民主国家的公民可能会有不同的解释，侧重点有所不同。他会思考，但他会觉得自己像一根吹到大风就会折断的芦苇。艾森豪威尔肯定不会注意到这一点。赫索格想换另一个角度试试看。托尔斯泰（1828—1910）说："皇帝是历史的奴隶。"一个人越是位高权重，他的行为越是受到制约。对托尔斯泰来说，自由完全是个人的事情。一个人过着简单、真实的生活，他才是自由的。自由就是从历史的束缚中解脱出来。另外，黑格尔（1770—1831）认为，人类的本质源于历史。历史、记忆使人类成为人类，给予我们对死亡的认识，正如《圣经》里有一句话说："死既是因一人而来……"正因为对死亡的认识，我们都希望牺牲他人以延长自己的生命，而这就是权力斗争的根源。但那都是错的！赫索格想。在绝望之中，他也还有幽默感。这些人都让我烦透了，尼赫鲁、丘吉尔，现在还有艾森豪威尔，我真想给他们上一门课，给他们讲解一些经典名著。不过，这里面也少不了真挚的感情。社会没有秩序，人类就不会进步。但是，人类进步的目标是实现自由。个人欠着国家什么呢？所以，在阅读你的全国目标委员会的报告的时候，我似乎产生了强烈的交流愿望。或者说我有一种冲动，想把这些关于死亡和历史的概念向同盟国最高统帅部的司令官汇报一下，就像拿着从狂热和未遂暴力的土壤上长起来的假花献给他。假设我们只是一种动物，本来也就是一种动物而已，碰巧生活在这个围绕太阳轨道运行的大矿石块上面，那么，为什么要给自己设定那么崇高、那么伟大的标准呢？我想到可以给那条著名的格雷欣法则稍微改动一下：公共生活驱逐私人生活。我们的社会越是政治化（最宽泛意义上的"政治"，是指集体的执念、集体的强迫症），个性的丧失就似乎越厉害。似乎是因为政治有数百万个秘密的根源。说得更浅显一些，如今国家的目的涉及商品生产，商品生产对人类生活来说并不重要，但对国家的政治命运至关重要。如今，国民生产总值已经成为我们最为关注的对象，所以我们被迫从众膜拜某些荒谬或虚假的现象，而就在不久前，宣扬这种现象的"高级牧师"还只是推销员和卖蛇油的，还是人们嘲笑的对象。话说回来，现在的"私人生活"比一个世纪前更多了，那个时候，一个工作日可能要持续十四个小时。这个事情极其重要，因为涉及通过剥削和控制，侵犯私人领域（包括性侵犯）。

他倒霉的继任者也许会对这种事情感兴趣，但艾森豪威尔自己不会。林登也不会。他们的政府离不开知识分子，包括物理学家和统计学家，但这些人已经落到工业领袖和亿万富翁的怀抱之中，被迷得晕乎乎、飘飘然。肯尼迪也不会改变这个现象。不过他似乎私下承认了这个现象的存在。

摩西有了一个新的想法。他想提交一个大纲给普尔弗，哈里斯·普尔弗在1939年时是他的导师，现在是《大西洋文明》杂志的编辑。是的，是那个精神紧张的小小个子普尔弗，他长着一双蓝色的眼睛，目光专注、感情丰富，他的牙齿参差不齐，侧面和罗宾逊在《古代史》里画的木乃伊很像，他紧绷的皮肤上布满了色彩鲜艳的斑点。赫索格很喜欢这个人，是毫无保留、发自内心的喜欢。

你听我说，普尔弗，他写道，你急需一篇关于"灵感"的文章，我有一个绝妙的思路！你相信既有向上的超越也有向下的超越吗？用让·瓦尔的话说，就是升越和沉降。我们是否要承认超越是不可能的？这需要做历史分析。我认为，我们塑造了一个新的乌托邦历史，一个田园诗般的历史，将当下与想象出来的过去相提并论，因为我们讨厌这个现实的世界。这种对当下的仇恨，还没有得到很好的理解。也许，意识要超越这个大众文明，第一个需求在于表达。灵魂摆脱奴颜婢膝的沉默，吐出一口污秽，然后一通号叫，将憋了很久的痛苦发泄出来。也许，即便是鱼、蝾螈、哺乳动物的祖先爬行动物也终于能够发声，倾诉它们漫长的经历。普尔弗，由此可见，生物进化就是自然界获得自我意识的过程，对人类来说，有了自我意识，就意味着丧失自然的力量，丢掉本能、自由、冲动（劳动异化）。人类的这个发展阶段似乎演变成一场戏剧，戏剧的内容是生病和自我复仇。这个年代有着特别的喜剧色彩。我们见到的不仅仅是托克维尔预言的平等，还有自我意识的平民化。也许，平民百姓会报复我们的自恋冲动（以及我们对自由的需求），这是不可避免的。在由群众统治的新时代，自我意识会让我们暴露自己是怪物。毫无疑问，这是一种政治现象，是为压抑个人冲动，或者是反对个人要求得到足够的空间而采取的行动。个人有义务或者被迫按政治的方式定义"权力"，并思索这样的定义对于自己的影响。所以，他一定要去报复自己，嘲笑、蔑视、拒绝超越。最后一点，即拒绝超越，是基于从前关于人类生活的概念，或者是目前无法维持的人类形象。但是，在我看来，问题并不在于定义，而是在于对人类品质的全面反思。或者在于对这些品质的发现。我敢肯定，人类还有些品质有待发现。只是这种发现受到某些定义的阻碍，例如有人认定人类是骄傲的，或者人类有受虐倾向，那么，这种定义就过于武断，会造成自我仇恨。

但是，你会问"灵感"是怎么回事。当今的人们认为，灵感只有在消极的环境下才会出现，哲学和文学都向往灵感，性生活也追求灵感，有时要借助精神药物的作用，在"哲学的""无端的"犯罪和恐怖行径中，灵感也会出现。（这种"罪人"好像从来没想到过，其实，体面地对待另一个人也可能是"无端"的，也是一种灵感。）聪明的观察者指出，以前专门表彰正义、勇气、节制、仁慈的"精神"

荣誉或尊重，如今怪人也可以通过消极的方式获得。我经常在想，这种趋势可能与技术吸附了那么多"价值"有关。给一个原始地区通电是"好事"。文明甚至道德都与技术进步如影随形。给饥肠辘辘的人面包吃，给赤身裸体的人衣服穿，那不是善事吗？我们把机器运到秘鲁或者苏门答腊，那不是遵从耶稣的旨意吗？生产和运输机器做善事很容易的。美德能和它们媲美吗？新技术本身是善意的，新技术不仅代表理性，也代表仁慈。因此，一大群人，一群善意的人，都变成了虚无主义者，大家都知道，这里面有基督教和道德的根源，也为疯狂提供了一个"建设性"的理由。（参见普兰尼和赫索格等的著作。）

浪漫主义者（现在有许多人是浪漫主义者）指责大众文明挡住了他们通往美丽、高贵、理想、激情的道路。我不想嘲笑"浪漫"这个词。浪漫主义守护着"灵感"，在这个最伟大、最激荡的变革时期，在现代科学技术发展最快的阶段，浪漫主义守护着诗歌、哲学、宗教，即人类最高尚的思想。

普尔弗，我最后还想说，有灵感的生活，掌握真理，拥有自由，爱另一个人，追求完美的存在，在意识清晰的情况下与死亡共处（没有清晰的意识，灵魂就会屏住呼吸，希望永生，没有生就无所谓死），这些都不再是虚无缥缈的事情。既然机械承载着善行，那么，毁灭的技术也有形而上的特征。现实的问题也因此成为终极的问题。毁灭不再是一种隐喻。善与恶都是真实的。因此，灵感也不是虚幻的。不是由神、国王、诗人、牧师、神殿所专享的，而是属于整个人类。

所以……所以，赫索格的思绪就像他昨天坐着出租车到服装区被卡车挡住时听到的在厂房里轰鸣的电机一样，他的思绪不停地翻动，而那些机器则利用无穷无尽的电力，无休止地缝制衣服。他重新穿上条纹夹克，然后坐下，两只膝盖紧紧夹住桌腿，咬紧牙关，草帽歪着。他写道：理性是存在的！理性……此时，他听到房屋倒塌、砖石落下的轰隆声，低沉而密集，还有木头和玻璃碎裂的声音。以及基于理性的信仰。没有这样的信仰，世界将陷入混乱，这是单纯的组织永远无法控制的。关于艾森豪威尔的全国目标委员会报告，我觉得，照说要首先思考美国人的私人和内在生活……我说过我的这篇文章就是要评论这份报告吗？他努力回忆，深入思考，然后写道，每个人都要改变自己的生活方式。必须改变！

所以，我想让你看到我摩西·赫索格正在改变。我请求你见证他改变内心的奇迹：听到了清理隔壁街区贫民窟的声音，看着改变中的纽约平静的空中冒起来的白色灰尘，他与这个世界的强者沟通着，说着理解和预言的话，与此同时安排了一个舒适和愉悦的夜晚，有美食、音乐、美酒，也有聊天和性交。超越，或者没有超越。只工作而不会玩，那不是好办法。艾森豪威尔会去钓鳟鱼，会打高尔夫，而我的需求和他不一样。（在赫索格睁大的眼睛里，那大多是坏事。）在一个获得了解放的社会里，在一个大家都对性压抑与疾病、战争、财产、金钱和极权主义之间的关系心知肚明的社会里，色情应有的地位必须获得承认。实际上，做爱是一种对社会有益的公民行为。所以，在渐浓的暮色中，我身上穿着条纹夹克，洗完澡后又流了汗，刮了胡子，擦了粉，牙齿紧张地咬住下嘴唇，好像预料到了拉蒙娜会对它怎么样。庞大的工业文明将精神欲望当作玩笑，将赫索格的高尚追求、道德苦难、对真与善的渴望当作玩笑，当作享乐主义来开玩笑，他无力加以拒绝。他的心一直在痛苦中煎熬着。他想摇一摇这颗心，或者把它从胸膛里面掏出来，扔掉它。摩西讨厌心痛的感觉，那就像一出屈辱的喜剧。但是，思想能把人从梦想中唤醒吗？会不会变成另一种困惑，一个更复杂的梦，一种有逻辑的梦，全面解释的妄想。

在他和日本朋友喜园坠入爱河一段时间之后，黛西的妈妈波琳娜曾经严厉警告过他，波琳娜是个俄罗斯犹太人，是女权主义者，是俄亥俄州赞斯维尔（从1905年到1935年，黛西的爸爸在那里开着一辆卡车沿街贩卖汽水和苏打水）一位五十岁的现代女性，她突然找上了他。那时，实际上波琳娜和黛西都不知道我在跟大久喜园拍拖。（艳遇真多！赫索格想。一个接着一个。这就是我的职业吗？）但是……波琳娜飘然而至，她提着一只编织袋，头发花白，臀部宽大，是一个优雅而坚定的人。

她带来了一个桂格燕麦盒，里面装满了要给赫索格的苹果饼，他再也吃不到她的苹果饼了，所以感到很伤心。她的苹果饼真的很好吃。但是，他意识到自己对苹果饼的贪婪很幼稚，像个小孩似的，他还有大人的问题需要解决。波琳娜具有她那一代新女性特有的严厉。她曾经是个美人，但如今已经风采尽失，她戴着八角形的金框眼镜，头发稀疏、花白，有一缕白发垂到嘴角。

他们用意第绪语交谈。"你想做一个什么样的人？"波琳娜问，"混混？浪子？"这个老太太是托尔斯泰式的清教徒。但她也吃肉，而且很霸道。她是个乏味的人，节俭、古板，有精神洁癖，追求体面，而又专横跋扈。但是，她用红糖和青苹果做成的馅饼非常好吃，酸酸甜甜，松软可口，味道好极了。她的烘焙技术似乎寄托了对感官享乐的追求，真是令人不可思议。她始终没有把食谱传给黛西。"你到底想干什么？"波琳娜问，"先跟一个女人好，不好了再换一个，接着又来一个。什么时候可以到头？你怎么能够为了那些婊子抛妻弃子？"

我不该跟她"解释"什么，摩西想。跟每个人都要去解释，为自己辩护，不是什么光彩的事情。再说，我能怎么解释呢？我自己也想不通，一点头绪都没有。

*　　*　　*

他猛然回过神来。他该上路了。天色渐晚，有人在家里等着他。但是，他还不准备出门。他拿起一张新的纸，写道：亲爱的喜园。

她在很久以前就回日本去了。是什么时候？他一边在心里算着她回去多久了，一边抬起头，看到了在华尔街和港口上空翻滚的白云。你回家，我不怪你。她是一个有钱人家的女儿。她家在乡下也有一幢房子。赫索格看过几张彩色的照片，那是东方的乡村，有兔子、母鸡、小猪，还有温泉。她喜欢泡温泉。她有一张村里的盲人来给她做按摩的照片。她喜欢按摩，相信按摩管用。她经常给摩西按摩，他也给她按摩过。

你对玛德琳的判断是正确的，喜园。我不应该和她结婚。我应该和你结婚。

但是，喜园始终学不会英语。两年来，她和摩西一直在用法语交流，蹩脚的法语。他写道：亲爱的，我的生活已经变成了一场可怕的噩梦。你知道吧？在麦克金利高中上学的时候，一个永远板着脸的老处女米洛拉德维奇小姐教过他法语。我上了那么多门课程，这是最有用的一门。

喜园只见过玛德琳一次，但一次就够了。当时，我坐在她破旧的莫里斯安乐椅上，她警告我说："摩西，你要小心点。小心点，摩西！"

她是个心很软的人，赫索格知道，如果他写信告诉她说他的遭遇有多么悲惨，她肯定会哭。她马上会泪流满面。不像西方人流泪还需要预热或者铺垫。她的一双黑眼睛浮在脸颊上面，她的乳房也是从身体的表面隆起，这两者有点异曲同工之妙。不会，在这封信里面，他不会跟她说伤心的事情。相反，他会跟她说他在想象她此时此刻的样子（那时正是日本的早上），她泡在热气腾腾的温泉里面，张着小嘴唱着歌。她经常泡温泉，一边泡澡一边唱歌，眼睛看着天空，嘴唇娇美，会微微抖动。她唱歌很好听，有异域风情，调门会突然变得很高，有时像猫在叫。

刚和黛西离婚的时候，他心情非常不好，他去西区的公寓找喜园，她会立即往浴缸里放水，同时放上从梅西百货买的浴盐。然后，她解开摩西的衬衫，脱光他的衣服，让他溜进打着漩涡、冒着泡、香喷喷的水里面，跟他说："水是热的，你放轻松。"等他放松下来，她自己脱下衬裙，也走进浴缸里面，坐在他的身后，唱着她自己编的小调。

> 亲亲，
> 我帮你擦背，
> 我的摩西。

她小时候在巴黎，刚好碰到大战爆发，她在那里住了很长时间。美国军队攻克巴黎的时候，她正生着病，她得了肺炎，还没有痊愈就通过跨西伯利亚铁路被遣返回日本。她说，她不再留恋日本了，她被西方惯坏了，不习惯东京的生活，她想去纽约学习设计，她有钱的爸爸答应了。

她对赫索格说，她不清楚自己是否相信上帝，但是，如果他相信上帝的话，她也会相信。另外，如果他相信共产主义，她也会成为共产主义者。因为"日本女人很忠诚。她们不像美国女人。哼！"不过，她也挺喜欢美国女人的。她经常盛情招待浸礼会的女教徒，她们在移民部门给她做担保。她请她们吃阿诺虾或者生鱼片，或者请她们品茶，给她们表演茶道。有时候，那些女士意犹未尽，迟迟不肯离开，摩西会坐在铺着棕色石板的门廊上等着。喜园会走到窗边给他传递暗号，假装给植物浇水。她非常享受也很渴望这种神秘感，像做贼似的感觉。她在酸奶空瓶里种了银杏苗和仙人掌。

她的公寓在西区，有三个房间，天花板很高，背后有一棵臭椿树，正面的一扇窗户上装了一台巨大的空调，肯定有一吨以上。公寓里到处都是从第十四街买回来的便宜货，一张切斯特菲尔德牌沙发，这张沙发因为海绵填充过多，所以鼓得很高，青铜的屏风，各种台灯，尼龙窗帘，大把大把的蜡花，还有玻璃、金属丝、铁艺的制品。在家里，喜园通常都光着脚来来回回，走路的时候脚后跟先着地，步伐坚定。她身材很好，很可爱，但裹着在第七大道附近的摊位上买的低档晨衣，感觉很不协调。她每一次出去买东西，都要跟其他专淘便宜货的人争抢。她会激动地、绘声绘色地向赫索格介绍当时的情景。"亲爱的！我已经挑好围裙了，那个女人朝我冲过来。哎哟！那是个黑人！我的天哪！人高马大，大屁股，大乳房，也没戴胸罩。身上黑乎乎的肉都往下坠，像尼亚加拉大瀑布。"喜园鼓起腮帮子，手臂想弯曲但弯不回来，仿佛被脂肪挡住了，她接着挺起了肚子，然后翘起屁股。"我说：'不，不，太太。是我先来的。'她胳膊这么粗，还有那一对乳房！过道里的人挤得水泄不通。'不行！'我不退让。我说：'不，不行。太太！'"喜园越说越得意，鼻孔朝天，眼睛朝下，目光显得沉重但露着凶光。她把手搭在屁股上。赫索格坐在破旧的莫里斯安乐椅上说："一点也没错，喜园。在第十四街，那些人怎么争得过一个日本武士呢？"

喜园笑着躺在床上，他试着摸了摸她的眼皮。她那柔软、苍白的眼睑非常奇怪，触摸的痕迹会保留很久。说实话，我从来没有这么舒心快乐过，他写道，但是，我的性格比较软弱，承受不了这样的快乐。这可不是开玩笑。如果一个人的胸膛感觉像一只笼子，所有黑暗的鸟儿都从里面飞走了，那么，他就会觉得很自由、很轻松。然而，他又非常希望他的秃鹰能够回来。他需要他已经习惯了的挣扎，他需要无名而空洞的工作，他需要他的愤怒、痛苦、罪恶感。在这个东方风格的奢华客厅里，他在做着有原则的追求，注意，那是有原则的，追求生命所需的快乐，为摩西·赫索格解决身体方面的谜团（也治愈他致命的错乱，他是个世俗的人，但他又拒绝世俗的幸福，这像是一种西方的瘟疫，一种精神麻风病），他似乎找到了目标。但是，他经常闷闷不乐地坐在莫里斯安乐椅上。唉，这真是莫名其妙的伤感！但她喜欢这样。她用柔情脉脉的目光看着我，说："啊！忧伤的你，真是妙极了！"可能是因为内疚和悲伤让我看起来像东方人。忧郁甚至愤怒的眼神和长长的上嘴唇，传统的中国人形象，那正是她所喜欢的。难怪她以为我是个共产主义者。世界应该爱护恋人，而不是理论家。理论家要不得！让他们滚蛋吧！女士们，叫这些阴暗的浑蛋赶快滚！也叫令人厌恶的忧郁赶快滚！滚到黑暗的荒原里去吧！

喜园在褐沙石公寓里的三个房间都挂着廉价的透明窗帘，就像二十世纪六十年代远东电影中的场景一样。室内有许多软装饰。最里面的是床，床单是薄荷绿的，那颜色也像是褪了色的叶绿素，床上没有铺好，乱七八糟的。澡洗完了之后，赫索格浑身通红。她给他擦干并涂了粉，然后给他穿上和服，把他变成一个玩偶，美中不足的是他毕竟是个白人。他坐在枕头上，和服的腰带勒在腋下，感觉像一根绳子捆住了他。她用最好的杯子给他沏好茶端来。他听着她说话。她会跟他说最近东京报纸报道的社会丑闻。一个妇女杀害并肢解了负心的情人，尸体凑不齐，结果有小块就藏在她的和服腰带里面。一个火车司机打瞌睡了，没有看到信号灯，撞死了一百五十四个人。她爸爸的姨太太现在开着一辆德国大众汽车。她只能把车停在她家的门口，因为家里人不让她开进院子。赫索格想……这真的有可能吗？难道是犹太人的传统、激情、克制、美德、约束、杰作，以及所有其他的东西——这些虽然都是说辞，但也包含实质的内容——把我引到这凌乱的绿色床单上，躺在这张波纹床垫上的吗？好像有人在乎他在这里干什么似的。好像他这么干会影响到世界的命运似的。说到底，这是他自己的事情。"我有这个权利！"赫索格喃喃自语道，尽管他脸上的表情没有变化，身体也没有动。非常好。在很长一段时间里面，这个世界难以理解犹太人，如今的情况刚好反过来，犹太人难以理解这个世界。喜园拿出来一瓶酒，可能是白兰地，也可能是芝华士威士忌，往他的茶里倒了一点。她自己喝了几小口，然后顽皮地吼了一声。赫索格忍不住笑了出来。喜园拿出一卷画。肥胖的商人在与苗条的姑娘们做爱，姑娘们很配合，但眼睛看着别处，画面有点滑稽。摩西和喜园盘腿坐在床上。她指着画中的东西，挤眉弄眼，大声叫喊，把她的圆脸贴到他的脸上。

她的厨房里面黑乎乎的，总是有东西在煎着或者煮着，堆放着各种鱼酱、酱油、海苔粉条、喝过的茶叶。管道经常堵塞。她叫赫索格去跟负责清洁的黑人谈一谈，因为每次她去叫那个清洁工帮忙，他总是笑她，不予理睬。喜园养了两只猫，猫碗从来没有干净过。赫索格坐地铁去找她，还在地铁里的时候，似乎就可以闻到她公寓里的那些气味，看到公寓里面黑乎乎的样子，这让他心里很不舒服。他强烈渴望见到喜园，与此同时，不想去的念头也同样强烈。在地铁上，他既感受到了内心的激动，而那些气味和各种难受也都记忆犹新，分明就在眼前。按下她家的门铃时，他哆嗦了一下。锁门的链条嘎嘎作响，然后她拉开了大门，伸出双臂搂住他的脖子。她化了精致的妆，身上有一股麝香味。两只猫想逃，她抓住了它们，然后喊着说：

"摩西！我也刚回来！"

她总是说同样的话，而且总是上气不接下气的样子。她是跑着去迎接他的，而且总是比他早几秒钟到家。到底是什么情况？为什么她总是等到最后关头才回家？也许是为了表明她自己过着独立、积极的生活，她没有虚度年华。她家的大门很高，顶部是拱起来的，他进门很方便。然后，喜园关上门，插好插销，再拉上链条锁住（这是一个独居女子必要的安全预防措施，但是，她说那个管理员有一次不敲门就想闯进来）。赫索格进门的时候心突突地跳，但表情平静，然后脸色苍白但严肃地看着褐色、深红色、绿色的窗帘，她家的壁炉里塞满了她最近买东西拆下来的包装，她家里有一张书桌，那是她绘图的地方，她的猫也喜欢睡在桌子上面。他对一脸热切的喜园笑了笑，然后在那张莫里斯安乐椅上坐下。"心情不好吗，亲爱的？"她问。接着，她马上开始逗他开心。她帮他脱下鞋子，兴高采烈地跟他说了她去过哪里。几个可爱的基督教科学会女信徒邀请她去修道院听了一场音乐会。她还去塔利亚剧院连着看了两场电影，主演是达尼埃尔·达里约、西蒙·西涅莱、让·迦本、哈里·宝娃。日美协会邀请她去联合国总部，她给印度海得拉巴邦的大君献了花。通过一个日本贸易代表团的安排，她还见到了埃及的纳赛尔、印尼的苏加诺、美国的国务卿甚至总统。今天晚上，她还要和委内瑞拉的外交部长一起去夜总会。对于她说的话，摩西已经懂得不用怀疑。她有一张在夜总会拍的照片，照片上的她穿着低胸的礼服坐着，美丽端庄，笑脸盈盈。她有一张菜单，上面有孟戴斯－弗朗斯的签名。她绝不会叫赫索格带她去科帕卡巴纳海滩。这表明她尊重他的深沉和人格。"你是个哲学家。哦，你是我的哲学家，我的爱情教授。你是个大人物，我知道。"她对他的评价甚至高于国王和总统。

每当她去厨房里把水壶放到炉子上准备给赫索格沏茶的时候，她总是用最高的嗓门叙述她在一天当中经历的事情。她看见一只三条腿的狗，它迫使一辆卡车突然转向，撞上了一辆手推车。一个出租车司机想把他的鹦鹉给她，但是，猫会弄死它的。她没有接受，她承担不了这样的责任。一个老女人，是一个乞丐，让她帮忙买了一份《泰晤士报》。那个老乞丐想要弄一份今天早上的《泰晤士报》。一名警察说，喜园乱穿马路，他要给她开罚单。一个男子在地铁立柱后面露下体。"哎哟，太无耻了！什么东西？"她用手在自己的身体上比画，"真丑陋啊，摩西！"

"你不喜欢吗？"摩西笑着说。

"哦，不！摩西，不喜欢！那是在耍流氓。"然而，她既开心又激动。摩西也挺开心的，同时有点狐疑地看着她，他仰着躺在那只破旧的安乐椅上。他刚来到她家门口时的激动已经在开始消退了。而且，这屋里的气味并没有他想象得那么坏。两只暹罗猫也没有那么嫉妒他，它们越来越可爱。他渐渐习惯了它们的喵喵叫声，暹罗猫比美国猫更加热情。

然后她说："我这件衬衫，怎么样？你猜多少钱？"

"让我看看……三美元吧。"

"不，不。"她大声说，"六十美分。便宜货。"

"不可能。我看啊，至少得要五美元。在纽约，你算是最会买东西的。"

她听得高兴得很，朝他眨巴眨巴眼睛，脱下他的袜子，摩擦着他的脚。她给他端来茶，倒了双份芝华士进去。她把最好的东西都留给他。"亲爱的，你想吃炒鸡蛋吗？你饿了吗？"这时下起了一场冰冷的雨，绿色的雨水让纽约变得荒凉肃杀。我经过西北东方航空公司的时候，我总是想进去问问到东京的机票价钱。她在鸡蛋上面浇了酱油。赫索格又吃又喝。所有的菜都挺咸的。他喝了很多茶。"我们洗澡吧，"喜园说着就要解开他的衬衫，"怎么样？"

喝茶，洗澡……沸水的蒸汽使得墙纸从背后的绿色灰泥上剥落下来。巨大的落地收音机通过蒙着金线棉的扬声器播放着勃拉姆斯的音乐。猫在椅子下面啃虾壳。

"好。"他说。

她去放水了。他听到，她一边在撒紫丁香沐浴盐和泡泡浴粉，一边在唱着歌。

不知道现在谁在帮她擦背。喜园的要求并不高。她没有叫我给她干活，给她布置房子、抚养孩子，没有规定我要按时吃饭，更没有让我在奢侈品商店开一个赊账账户。她只要求我时不时地去找她。但是，有些人总是和生活中最美好的东西过不去，把好事折腾成为幻想或者梦想。我们讲的法语有点意第绪语的味道，有点滑稽，但很单纯，善意满满。她起码没有用我自己的语言告诉我那些不堪的真相和肮脏的谎言，而我只会讲简单的陈述句，因此不会对她造成太大的伤害。其他人抛弃了西方，正是为了追求这个好处。我在纽约市享受到了这个好处。

赫索格在洗澡的时候偶尔也要经受考验。有时，喜园会检查赫索格的身体，寻找他不忠的痕迹。她坚信，做爱会让男人变瘦。"啊！"她会说，"你瘦了。你跟别人做爱！"他否认，但她摇摇头，微笑着，尽管她的腮帮子鼓着，貌似挺不高兴的。她不想相信他。但她最终还是会原谅他的。她的好心情回来了，就把他弄进浴缸里，然后她也爬进去，坐在他的身后。她唱着日本歌，也许是在吼着军令吧。终于，他们消停了。他们开始洗澡。她把脚向前伸，让他擦香皂。她用一只塑料盘舀水，浇到他的头上。最后，她把浴缸里的水放掉，接着用淋浴器把泡沫冲洗掉，他们一起笑着站在莲蓬头下。"你很干净了，亲爱的。"

是的，她把我洗得很干净。赫索格回想起这一幕，总是既开心，又伤感。

他们用在第十四街买的土耳其毛巾擦干身体。她亲吻他的乳房，然后给他穿上和服。他吻了她的手掌心。她的眼光温柔，但透着精明、干练。她知道自己身体哪个部位性感，也知道怎么让她显得更性感。她让他坐在床上，然后给他端茶。他简直是她豢养的爱妾。他们盘腿坐着，一边用小杯子小口喝着茶，一边看着画卷。门闩好了，电话的话筒也拿下来。喜园微微颤抖着，脸越贴越近，用丰满的嘴唇亲了亲他的脸颊。他们相互帮忙脱下那东方式的睡袍。"慢慢来，亲爱的。嗯，慢慢来。嗯！"她的眼睛朝上看，他只能看到白眼珠子。

她曾经跟我解释说，地球和其他行星是被一颗路过的恒星从太阳里面吸出来的。就像一只狗从灌木丛旁边跑过，顺便把里面的小东西放出来。然后，行星上面渐渐出现了生命，每个生命，比如说我们，都有灵魂。还有比我们更稀奇古怪的生物，她说。我喜欢听她说这样话，但我不太明白她想表达什么意思。我知道，她之所以没有回日本去，原因在我身上。为了我，她违背了她爸爸的指示。她妈妈去世了，喜园过了好几个星期才提起这件事。她有一次说："我不怕死。但你让我很痛苦，摩西。"我已经有一个月没给她打电话了。她又得了肺炎。她孤零零的，没有人来看过她。她身体虚弱，脸色苍白。她哭着说："我太难受了。"但是，她没有让他安慰她，她听说他在和玛德琳·庞里特交往。

不过，她确实这样警告他："她是个骗子，摩西。我不嫉妒她。我可以和别人好。你终于把自由还给了我。但是，她那双眼睛非常冷。"

他写道：喜园，你说得没错。我可以这样说，她的眼睛确实很冷。但是，那是她的眼睛，她能怎么办呢？让她恨自己是不现实的。幸运的是，上帝给她派来了一个丈夫，他就是她的替罪羔羊。

*　　*　　*

哎呀！有了这样的认识之后，哪个男人都需要一些安慰。于是，赫索格再次回过神，他要动身去找拉蒙娜了。当他站在门口，手里握着防盗锁的长柄时，脑子里闪过一首歌的名字。是《只要再吻一次》吗？不，不是这首。也不是《心痛的诅咒》。《再吻我一次吧》，对，就是这一首。他觉得很好笑，因为发笑，所以，他在设置那个复杂的防盗锁来保护他的世俗财产的时候，他的动作笨拙得很。世界上有三十亿人，每个人都多少有一些财产，每个人都是一个小宇宙，每个人都无比珍贵，每个人都拥有一个奇特的宝藏。在那遥远的地方有一个花园，花园里生长着奇花异果，在某个可爱的绿色黄昏，摩西·赫索格的心像一颗桃子一样挂在树上。

他转动钥匙的时候心想，出这一趟门，他是非常不情愿的。但是，他还是要去的，不对吗？他把钥匙放进口袋里。铃声响了，电梯到了。他听着电机的声音，以及钢缆滑动的声音。电梯里只有他一个人，他嘴里哼着《再吻我一次吧》，试图捕捉那难以捉住的脆弱如丝的思绪，努力回想这首曲子为什么会闪过他的脑海。不是那个显而易见的原因。（他正心痛，要出去接受女人的亲吻。）他想捕捉的是那个深藏的原因（如果这个原因值得探究的话）。他乐于到外面呼吸新鲜的空气。他用手帕擦干草帽里的汗，电梯里面很热。谁会戴这样的帽子，谁会穿这样的外套？当然只有卢·霍尔茨，那个玩杂耍的喜剧演员。他唱着："我在爱情的果园里摘了一只柠檬，据说那里只长桃子。"赫索格脸上的肌肉再次活跃起来，有了一点笑容。芝加哥古老的东方剧院。两毛五可以玩乐三个小时。

在一个街角，他停下脚步，看着工人拆房子。巨大的钢球直接甩到墙上，轻松击穿砖墙，撞进屋里，随着惯性几乎撞到厨房和客厅。只要被它碰到，什么东西都会轰然倒塌，碎成一地，然后尘埃会像一股白烟一样冒起来。夜幕已经降临，在房子拆除后的空地上，有一堆杂物在燃烧。摩西听到了噼噼啪啪的声音，悄悄朝那堆火走过去，感受到一股热气扑面而来。工人朝火堆里扔木头，像扔标枪一样。油漆像熏香一样冒着烟。地板熊熊燃烧着。整个现场很像是给破烂货办的葬礼。六轮卡车运走散落的砖块，由粉色门、白色门和绿色门围成的脚手架抖动着。此时，太阳越来越往西去，快落到了新泽西，被五颜六色的气体围绕着。赫索格观察到，那些人的身上溅满了红色的污渍，他自己的手臂和胸部也有斑点。他穿过第七大道，进入地铁站。

摆脱了灰尘和火光，他匆匆下了台阶，等候着列车到来的声音，手插进口袋里，摸着里面的硬币，他要找地铁代币。他闻到了石头的气息、尿臊味、药的苦味、铁锈和润滑剂的气味，感受到了一股急迫、快速、充满无限渴望的电流，这可能与他自身的内在动力有关，与他自己炽热的激情有关。（激情，还是歇斯底里？拉蒙娜可能会采用性手段来帮他舒缓。）他深深地吸了一口气，吸入了潮湿、发霉的空气，他不停地吸气，随着胸部的扩张，两肩渐渐有了刺疼感。然后，他慢慢地，非常缓慢地，让吸入的气体向下收进小腹里。这个动作他做了一次又一次，感觉渐渐好起来，好多了。他把代币放进投币口，看到里面有各种代币在发光，而这光芒通过玻璃被放大了。无数的乘客用臀部将木头的十字转门磨蹭得油光发亮。由此，他产生了一种交融的感觉，那是一种最廉价的兄弟情谊。这是个严重的问题，赫索格走过去的时候想。个性被消灭得越厉害（通过我所知道的方式），人们对集体的向往就越强烈。更糟糕的是，人们焦虑不安地回归集体，因为自己的失败而变得更加狂热。大家不是兄弟，而是堕落者。大家都在疯狂消费着廉价的情怀。于是，已然模糊、摇摇欲坠的神圣形象再次扭曲了。这是个现实的问题！他在站台上看着下面的铁轨。极其现实的问题！

交通高峰刚刚过去。车厢里面几乎空无一人，仅有的几个乘客几乎都在睡觉，悄然无声，列车员在看着报纸。在等待快车去拉蒙娜家的时候，赫索格在站台上走来走去，看着那些被作践得不像样子的海报和广告，上面的人物牙齿涂得黑乎乎的，胡子像杂草，动作也很滑稽，同时写了一些乱七八糟的口号和呼唤。犹太人，干掉戈德华特吧！西班牙人吃屎。打电话给我，如果我喜欢你的声音，我就去找你。还有一句充满犬儒主义色彩的话：如果人家打了你的脸，另一侧也转过去让他们打。污秽！疯狂！扯淡！乌合之众的祈祷和智慧！追随死神的庸俗之作！也算是"超越"吧，这是一个新流行的术语。赫索格仔细看了所有的涂鸦，相当于做了一次民意调查。他猜想这些涂鸦都是青少年画的。他们喜欢嘲弄权威。"不成熟"是一个新的政治概念。问题与无技术的失业者思想日益解放有关。他们喜欢披头士。因为无所事事，赫索格看了看那个投币体重秤。玻璃盖子装上了铁丝罩，一般人弄不坏，除非是聪明的疯子。长凳都用螺丝锁死了，糖果贩卖机也被挂上了锁。

　　他要给"演员"威廉写一张便条。这个威廉是一个大盗，一个银行抢劫犯，被判了无期徒刑。萨顿先生，对于锁的研究。机械装置，扬基天才……他接着又开始写，仅次于魔术师胡迪尼，威廉从来都不带枪。有一次在皇后区，他用了一把玩具手枪。他伪装成西联电报公司的信使进入银行，用一把假枪搞定了整个银行。挑战总是存在的。不是钱的问题，真的，是进不去的问题，还有逃跑的问题。威廉肩膀狭窄，脸颊凹陷，留着浓密的小胡子，一双蓝色的大眼睛高高在上，躺在床上总是想着银行的事情。他戴着帽子，穿着一双尖头鞋，躺在布鲁克林的隐形壁床上，吸着烟，似乎可以看到连成片的屋顶，可以看到电线、下水道、金库。不管是什么锁，他只要用手指一碰，锁就打开了。天才是不能放过这个世界的。他把赃物装在铁罐里，埋在法拉盛草地公园里面。他可能已经金盆洗手了。但他又走了一圈，看上了一家银行，觉得是个难得的机会。这次他被抓住，被关进了监狱。但他精心策划了一次越狱，经过周全的勘测，他制订了一个计划，通过管道爬到外围，最后挖地道穿过围墙底下通到外面。他差点就成功了。他已经可以看到星星了。但是，当他从地下冒出来的时候，狱警正在上面等着他。狱警把他抓了回去。这个人初看着很不起眼，却是一个越狱专家，是最厉害的贼之一，仅次于胡迪尼，但不会差很多。他的动机呢？人类的制度必须不断接受考验，要想办法战胜它，为此付出自由乃至生命也在所不惜。如今他被判了无期徒刑。据说他有一套经典名著，他和美国天主教总主教希恩（Bishop Sheen）有书信往来……

薛定谔博士，你在《生命是什么》一书中说，在整个自然界中，只有人类不愿意引发痛苦。由于灭绝是进化产生新物种的主要方法，人类不愿引发痛苦可能会阻碍自然法则。基督教及其母教，短短几千年，经历了可怕的逆转……列车到站了，车门就要关上了，这时赫索格猛然醒了过来，挤进去，拉住一根皮环。列车飞快驶向住宅区。列车在时代广场上下客，但他没有找空位坐下。等会儿到站，要从座位上起来杀出一条血路太难了。我们说到哪儿啦？在你关于"熵"的评论中……有机体是如何做到不死的，用你的话来说，就是避免热力平衡……作为一个不稳定的物质组织，身体很有可能离我们而去，会离开的。这是真的。是身体，不是我们！不是我！这种有机体，虽然它有能力保持自身的形态，并从环境中吸取所需要的养分，吸引负熵流，吸引其他物质为其所用，然后以更简单的形式将残余物返回给世界。粪便、含氮废物、氨。但是，人类不愿意引发痛苦，又不得不吞食……结果就是一出奇特的人类把戏，同时承认又否认邪恶的存在。过着人的生活，也过着非人的生活。事实上就是拥有一切，用巨大的创造力和贪婪，将所有的元素都占为己有。咬着，咽着。既怜悯食物，有感情，同时又做出很残忍的举动。已经有人表示（为什么不呢？），不愿意引发痛苦实际上是一种极端的行为，是在追求感官的快感，增加人们的苦难，既可以表达道德的怜悯，又能从别人的痛苦中获得美好的享受。就是两头好处都能占。然而，道德现实是肯定存在的，赫索格在飞速行驶的列车上抓住皮环，一边向全世界保证，那就像世界上存在分子和原子一样。然而，当下有必要公开考虑各种最坏的可能性。对此，事实上我们并没有选择……

他到站了，他跑上台阶。旋转门咔嗒咔嗒响着就转到他的身后。他匆匆路过换零钱的办公室，有个人坐在浓茶色的灯光下，然后，他又走上两段楼梯。到了出口处，他停下来喘口气。抬头，上方是灰色的花玻璃，往远处看是暮色中的百老汇，升腾着蓝色的热气，哈德逊河从山坡下八十几街的脚下流淌而过，河水看起来像水银一样。新泽西州的广播塔上闪烁着红色的灯光，这些红色的灯就像小心脏一样跳动着。街道中央的长椅上坐着老人，他们的脸上和头上都有显著的岁月痕迹：老太太粗壮的大腿和老头子肮脏的眼睛，他们都嘴巴塌陷、鼻孔漆黑。要是在鲁德维尔，这个时间点正是蝙蝠出来到处飞的时候，在纽约则是纸片横飞，让赫索格联想到了蝙蝠。一只断了线的气球就像一条游离的精虫，快速飞向西边橙色的尘土之中。他横穿过街道，然后绕道避开烤鸡和烤香肠产生的烟雾。许多人在宽阔的人行道上漫步。摩西对住宅区的公众非常感兴趣，他们富有戏剧精神，都像演员，例如化妆极富创意的异装癖同性恋者，有些女士戴假发，有些女同性恋者的样子非常男性化，你必须等她们走过去，从后面仔细看，才能确定她们的真实性别，人们的头发染成了五颜六色。几乎每一张脸上都是评价或者诠释命运的符号，他们的眼睛都是灵魂的窗口，可以洞察内心。还有一些虔诚的老妇女，她们依然遵循着古老的戒律，仍然只买犹太洁食肉类。

通过他自己的心灵窗口，赫索格看见过拉蒙娜的前任男友乔治·霍伯利。他又瘦又高，比赫索格年轻，衣着得体，常穿着常青藤学院风格的衣服，瘦削而忧伤的脸上戴着一副墨镜。拉蒙娜说"没什么"的时候有点口音，说她对他没什么，只是同情而已。他两次自杀未遂，却让她意识到，她自己对他其实并没有感情。玛德琳跟摩西说过，一个女人和一个男人分手之后，她就和他彻底断了。但是，他今天晚上发现，因为拉蒙娜对男人的着装风格很在意，并经常试图改造对方的品位，霍伯利所穿的可能是她为他挑选的衣服。在一定意义上，他被以前的幸福和爱情惯坏了，就像实验室里的小白鼠，训练有素，但已经逃不出去。她甚至会接到警察的电话，半夜要跑到贝尔维尤陪在他的身边，这种事情已经让拉蒙娜不胜其烦。情感市场的行情已经暴涨了，普通人已经制造不了轰动或者丑闻。开一点煤气或者割个腕什么的，这种手段已经不管用了。抽大麻？无所谓！上吊？没什么！纵欲？早就见怪不怪了！赫索格感慨万千，总有一天，而且这一天会很快到来，你必须证明自己已经绝望了，你才有资格去投票，经济状况、缴纳人头税或者文化程度等都不是取得投票权的前提。你必须是处于生无可恋、无欲无求的状态。以前的恶习，现在反而成了健康措施。整个世界都在改变。有个伤口，过去人们都会忍着，仿佛没什么大不了的，而如今都会公开喊疼。这是一个很好的主题：加尔文时代社会平稳的根源。当时，大家都害怕受到诅咒，所以他们的行为举止都无可挑剔，大家俨然都是上帝挑选的人。这种历史性的恐怖及其造成的精神痛苦，总是要被消除掉的。此时，赫索格迫切想见到霍伯利，想再看看他那张因为痛苦、失眠、夜里吃药喝酒、祈祷而变得消瘦的脸，想看看他戴在脸上的那副墨镜和戴在头上的窄边软呢帽。单相思，现在叫作臆想依赖症。拉蒙娜有时会谈起霍伯利，语气之中充满同情。她说她经常对着他的封信或礼物哭泣。他一直不停地给她寄钱包和香水，还有日记的大段摘录。他甚至给她寄来过一大笔现金。她把这笔钱交给了塔玛拉姑妈。老太太为她开了一个储蓄账户。让钱生一点利息吧，至少。霍伯利对这个老太太很有感情。摩西也很喜欢她。

他按下拉蒙娜家的门铃，蜂鸣器马上响起来，不一会儿大堂的门就打开了。她想得很周到，也表明她很在意。情人到来，她绝对不会敷衍了事。人们陆陆续续从电梯里走出来，有一个男人大腹便便，闭着一只眼睛，抽着浓烈的雪茄，有一个女人牵着两只吉娃娃狗，涂着红色的指甲油，和牵引绳很配。或许，透过街上袅袅的烟雾，透过两扇玻璃门，他的对手正在注视着他。摩西进了电梯，上楼去了。拉蒙娜住在十五楼，门半开半掩着，还挂着链条锁。她提防着会进来一个不是她所期待的男人。她看到是摩西，就解开链条，牵起他的手，把他拉到自己的身边，把脸凑过去。那张脸圆圆的，热得滚烫。她喷过香水，香味直扑他的鼻子。她穿着一件白色的缎子衬衫，那个样子就像围着一条围巾，袒露着胸脯。她满脸通红，根本不需要涂胭脂。"很高兴见到你，拉蒙娜。非常高兴！"他说。他把她拥进怀里，他发现自己突然间变得那么猴急，非常渴望与她有肌肤接触。他吻了她。

"你是说……你很高兴见到我？"

"是的！我很高兴！"

她笑着，关上门，把门闩上。她牵着赫索格的手，走过没有铺地毯的门厅，她的高跟鞋发出咔嗒咔嗒的声音，紧凑有力，像在行军。这让他很兴奋。"来吧，"她说，"让我们一起来看看穿着华丽的摩西。"他们走到镀金的华丽镜子跟前。"你这顶草帽很棒。这件外套也不错，像约瑟条纹彩衣。"

"你觉得合适吗？"

"当然合适。这件夹克很漂亮。穿着这件夹克，配上你黝黑的皮肤，看起来就像一个印度人。"

"我可以去追随巴韦。"

"巴韦是谁？"

"圣雄甘地的追随者维奴巴·巴韦，呼吁地主捐献土地以分给无地的'不可接触者'，实际上就是农民。我会把鲁德维尔的房子捐献出去。"

"要捐献财产，你最好事先跟我商量一下。我们喝一杯，好吗？我去拿酒的时候，你要不要去洗漱一下。"

"我出门前刚刮了胡子。"

"你看样子很热，好像一直在跑步，脸上还有烟灰。"

他一定是靠在地铁里的立柱上了。也有可能是路过拆房子的现场时被火堆熏到的。"好的，我明白了。"

"我去给你拿条毛巾来，亲爱的。"拉蒙娜说。

在浴室里，赫索格把领带甩到脖子后面，免得它垂进脸盆里面。这间小浴室挺豪华的，采用间接照明（这对面容憔悴的人有好处）。长长的水龙头闪闪发光，水从龙头里面喷射出来。他拿起香皂嗅了嗅。铃兰香味。他的指甲碰到水，觉得很冷。他想起了犹太人古老的洗漱仪式，犹太经典《哈加达》里面有个说法：你应该去洗漱！从墓地（众人安息地）回来以后，都是必须洗漱的。但是，这个时候为什么会想到墓地和葬礼呢？除非……有一个古老的笑话，说一个莎士比亚戏剧演员来到妓院里，当他脱下裤子的时候，床上的妓女吹了一声口哨。他说："夫人，我是来埋葬恺撒，不是来赞美他。"上中学时讲的笑话都是很难让人忘却的！

他张开嘴，凑到水龙头下面，让水冲在紧闭的眼睛上面，心满意足地喘着气。在他的眼皮底下，他的眼珠子像彩虹般明亮。他曾经写信给斯宾诺莎说：你说过无因果关系的思想会引起痛苦。我发现确实如此。在心智被动的情况下，随机的联想是一种束缚。或者说，在那种情况下，任何形式的束缚都是可能存在的。在二十世纪，人们认为随机的联想可能会泄露心灵最深处的秘密，对于这一点，你可能有兴趣知道。他意识到他这是在给死人写信。是要让历史上伟大的哲学家了解当今的时代吗？但是，他难道不应该给死人写信吗？相比当今的活人，他和死人相处可能更加密切。此外，他写给活人的信越来越疯癫。再者，对于无意识的人，什么是死亡呢？做梦也没有梦出个所以然来。相信理性可以从混乱走向和谐，相信征服混乱不需要每天都重新开始。我多么希望！我多么希望是这样的啊！摩西诚心祈祷着。

至于他和死人的关系，确实很糟糕。他真的相信能让死人埋葬死人。在面临死亡的时候，生命才是生命。他打开拉蒙娜的大药柜。在从前的纽约，东西都做得很大。他兴趣盎然地研究了拉蒙娜放在柜子里面的瓶瓶罐罐，有爽肤水、雌激素深层润肤乳、"邦妮贝尔"牌止汗剂等。还有一罐深红色的处方药，一天两次，用于治疗胃病。他闻了闻，觉得一定是颠茄片，可以舒缓胃痉挛。原料是致命的颠茄。还有治疗痛经的药丸。他始终觉得拉蒙娜不是那种会痛经的人。玛德琳倒是常常痛得尖叫。他只能搭出租车带她去圣文森特医院，她哭着喊着，叫医生给她注射杜冷丁。柜子里有几只钳子，一定是用来卷睫毛的。看起来像法国餐馆里的蜗牛钳。他拿起一只擦皮肤用的手套嗅了嗅。肘部和脚后跟特别要擦，他想，把隆起的增生擦掉。他踩下马桶的踏板，水就冲下来，但几乎没有声音。穷人的厕所里总是哗啦啦的。他给自己干燥的头发涂了一点润发油。当然，他的衬衫汗湿了，但她身上的香水足以让他们俩满意。不然他能怎样？总之还不错。再美的事物也会毁灭，这是不可避免的。时空连续体会收回各种元素，一点一点消灭，然后归于虚无。但是，虚无总比遭受折磨和无聊好吧，总是干同样的事情，遭受同样的耻辱，那才让人受不了。但是，耻辱和痛苦的瞬间似乎是永恒的，因此，如果一个人能够捕捉到这些永恒的痛苦时刻，并赋予它们不同的内容，就能完成一场革命。这怎么样！

赫索格用毛巾裹住手掌，像理发师一样，擦掉发际线上的水珠。接着，他想到要称一下体重。他先结束大便，减轻一点重量，站着脱掉鞋子，然后像个老头似的叹了一口气，走上体重秤。在他的双脚之间，体重秤的指针一下子就滑过了一百七十磅[1]的位置。他在欧洲好不容易减掉一些体重，如今又都回来了。他又把脚伸进鞋子，使了很大的劲也没穿好，就这样踩着鞋子的后跟，回到拉蒙娜的起居室，那既是起居室，也是卧室。她正拿着两杯金巴利酒在等着他。这种酒的味道苦甜参半，气味闻起来有点像煤气，像是从总管泄漏出来的煤气。但全世界都在喝这种酒，赫索格自己也喝过。拉蒙娜把酒杯放在冰箱里冰镇过。

"祝你好运。"

"祝你健康！"他说。

"你的领带怎么甩在背后？"

"是吗？"他把领带拉回到胸前，"健忘，我现在丢三落四的。有一次，我上完厕所，把外套塞到裤子后面，就走进教室上课了。"

拉蒙娜似乎很惊讶：他居然会跟她讲起他自己的丑事。"那是不是很可怕？"

"不太好。但是，对学生来说，这反而让他们释放了压力。老师是个凡人，但他并没有丢一次脸就一蹶不振。这种事情比课程内容更有价值。后来有一个女学生跟我说我很有人情味，这让我们大家都松了一口气……"

---

1 英美制重量单位，1磅等于0.4536千克。

"对于任何问题，你的回答都那么完整，那么一本正经，这倒是很有意思的。你这个人确实很有意思。"她深情款款，非常迷人。她的牙齿很漂亮，乌黑的眼睛流露出温柔的光芒，周围画着黑色的眼线。她笑盈盈地看着他。

"人家都装斯文，你却用这种方式装粗鲁，就是为了看起来更像芝加哥人。真好玩！"

"有什么好玩的？"

"这种做法很霸气。不是你的真面目。"她又给他斟满酒，然后站起身来，要去厨房，"我去看看米饭烧得怎么样。我放点你喜欢的埃及音乐。"她系着一条宽大的漆皮腰带，让腰显得更细。她俯身摆弄着留声机。

"饭菜闻起来很香。"

穆罕默德·阿尔贝卡的乐队一开始是敲着长鼓和铃鼓的，然后是弦乐和管乐器。接着一个喉音很重的歌手开始唱："我的塞得港……"赫索格独自一人在房间里看着书、戏剧节目单、杂志和图片。有一张拉蒙娜还是小姑娘时的照片装在蒂芙尼镜框里。当时她七岁，长得聪明伶俐，倚靠着一排长毛绒玩具，一根手指压在太阳穴上。他记得那个姿势。上一代人经常摆这个姿势。小爱因斯坦，神童。耳洞、盒式项链坠，垂在额前的鬈发，他记得很清楚，当时的小姑娘都打扮成这个样子，在当时算是很漂亮、很性感的。

塔玛拉姑妈的钟开始报时了。他走进客厅，看到了那台钟，钟面是老式的珐琅瓷面，掐着长长的金丝，像猫的胡须。他听着清脆的钟声。钟的下方有发条。要拥有这样一座钟，生活必须很有规律，还要有一个永久的居所。这间小客厅的欧洲气息很浓，墙上挂着威尼斯风景画，架子上摆着荷兰的瓷器，把窗帘拉起来，他可以看到帝国大厦、哈德逊河以及绿色与银色交相掩映的城市夜景，半座纽约城都亮着灯。他若有所思地又把窗帘放下来。他相信，只要他开口，这个收容所他是可以随便来的。那么，他为什么不开口呢？因为今天的收容所可能是明天的监狱。听拉蒙娜说，一切都非常简单。她说，她比他本人更了解他自己的需求，这一点很可能说得没错。拉蒙娜有什么想法都会充分地表达出来，毫不犹豫，她说话热情洋溢，感觉在唱歌剧，大气磅礴。她说她对他的感情很深、很成熟，她非常想帮助他。她跟赫索格说，他这个人其实挺好的，他自己可能没有怎么意识到，他有深刻的思想，长得帅（她说这些话的时候，他都觉得不好意思），只是比较忧郁，不敢去追求自己想要的东西，他是一个受到上帝诱惑的人，渴望恩典，却轻率地逃避就在眼前的救赎。赫索格有很多优点，很有天赋，但因为某种原因，居然找了一个冷淡、趣味不高、让他失去男性雄风的女人当老婆，妄想让她传宗接代，而玛德琳却看不起他，对他用了残忍的手段，仿佛是怪他作践自己，无故爱上她，背叛自己的灵魂，所以要惩罚他。她接着说，还是像在唱歌剧，还是那么大气磅礴，让他感到惊讶不已，她说他真正要做的，是兑现他的伟大天赋，充分发挥他的智慧、他的魅力、他的教育，放飞自己，致力于实现生命的意义，为此，他不能分心，而是应该谦卑而自信地继续开展他的学术研究。而她拉蒙娜希望让他的生活变得更加丰富多彩，给予他因为遇人不淑而错过的东西。她说，爱的艺术可以帮她实现这个目的，爱是崇高的精神成就之一。她说，爱是一种可贵的财富，可以让他的生活多姿多彩。如果有时间，而他仍然精力充沛，他必须向她学习如何通过肉体焕发精神的活力，肉体是精神宝贵的栖息场所。愿上帝保佑拉蒙娜，在布道的时候，她的内心和外表一样光彩照人。啊，她是一个多么可爱的演说家啊！但是，我们说到哪儿了？哦，对，他要接着搞他的研究，致力于实现生命的意义。他赫索格完全可以实现生命的意义！他捂着脸笑了起来。

但他心里清楚，这些大气磅礴的演讲，他是靠装腔作势招来的。为什么喜园会感慨地说"哦，你是我的哲学家，我的爱情教授"？因为赫索格装模作样，只关心虚无缥缈的东西，把自己弄得像一个哲学家，他鼓吹创造性的理性，宣扬以德报怨，崇尚经典名著里面的那些智慧。因为他思考和关心信仰。（如果没有信仰，人类生活就只有技术变革、时尚、销售、工业、政治、金融、实验、自动化等初级原始的东西，生活中将只剩下人们死后才能终结的那些不光彩的事情。）是的，他看起来很像，他的行为举止也很像喜园口中的哲学家。

那么，他为什么到这里来呢？他来这里，是因为拉蒙娜喜欢他、看重他。她觉得她可以帮他恢复生活的秩序，帮他恢复理智，如果她真的能做到，那么，他和她结婚就是理所应当的。或者说，按照她的那套说辞，他就会希望和她在一起，这将是真正意义上的结合。餐桌、床、客厅、钱、洗衣机、汽车、文化和性爱将编织成一张大网。换言之，一切都将变得很有意义。快乐是一个荒谬甚至有害的想法，除非快乐能够面面俱到，无所不包，但是，在这样特殊和幸运的情况下，大家都摆脱了最难熬的病痛，这里面有奇迹的作用，也是因为有生存和追求快乐的本能，这是宗教起到了积极的作用，对于她的生活，拉蒙娜说，只能用抹大拉的基督教术语来解释，在这个情况下，面面俱到的快乐是可能实现的。在这种情况下，快乐是一种责任，拒绝回应对于快乐的指责（这是一种可怕、自私的错觉，一种荒谬的行为）是懦弱的行为，是在向邪恶投降，向死亡本能投降。赫索格知道什么叫作起死回生，起死回生意味着什么，而她拉蒙娜也知道死亡和空虚的苦涩滋味。是的，她也知道！但是，她和他在一起真正庆祝过一次复活节。她知道复活是什么。他可能会对感官愉悦视而不见，但和她在一起，他们俩的衣服都脱光了之后，他就知道那是什么意思。再多的精神升华也无法取代肉体的快乐，无法取代那种认识。

摩西低着头，认真地听着，笑都不想笑一下。有些是大学里面或者平装书中的扯淡，有些是鼓动人家结婚的宣传说辞，但是，考虑到有那些对她不利的东西，她就是真心实意的。他同情她、尊重她。这一切都是真真切切的。她的心是赤诚的。

当他私下嘲笑肉欲复兴的时候，他是在嘲笑他自己。赫索格！他是肉欲复兴的王子，他现在的打扮很有男子汉的气概！孩子们呢？他们会接受一个新的后妈吗？拉蒙娜，她会带琼去看圣诞老人吗？

"你在这里啊！"拉蒙娜说，"要是塔玛拉姑妈知道你对她沙皇时代的藏品感兴趣，她会很高兴的。"

"这些摆设很有历史气息。"赫索格说。

"是不是很感人？"

"会让人思绪万千。"

"老太太非常喜欢你。"

"我也很喜欢她。"

"她说你一来，家里就亮堂起来了。"

"我……"他笑了。

"难道不对吗？你这张脸很温柔，有信任感。你心很软，对吧？有什么不对吗？"

"我来了，就相当于把老太太赶出去了。"他说。

"你错了。她喜欢出去逛，戴上帽子，穿得整整齐齐的。对她来说，去火车站一趟也不容易。无论如何……"拉蒙娜的语气变了，"她就想躲着乔治·霍伯利。他已经成了她的心病。"她露出了沮丧的表情。

"……抱歉！"赫索格说，"最近他是不是很不好？"

"可怜的人……我真替他感到难过。好了，来吧，摩西，可以吃晚餐了，你来开酒吧。"在餐厅里，她递给他一瓶冰镇的宝利白，法国勃艮第白葡萄酒，还有一把开瓶器。他那双手很巧，不过要把软木塞拔出来也不容易，弄得脖子通红。拉蒙娜点燃了蜡烛。桌子上摆着一只长长的盘子，盘子里面放着尖尖的红色剑兰。窗台上的鸽子躁动不安，嘀嘀咕咕叫个不停，随后，它们拍拍翅膀，又去睡觉了。"我帮你盛点饭吧。"拉蒙娜说。她拿起一只镶钴边的骨瓷盘子。著名的德国经济学家桑巴特说过，自十五世纪以来，奢侈品已逐渐进入社会各个阶层的家里。但是，赫索格饿了，饭菜都很香。（他以后会更节约一些。）不知道为什么，吃着新奥尔良风味的阿诺虾，他居然热泪盈眶。"真好吃，上帝啊，真好吃！"他说。

"你是不是一整天都没吃饭了？"拉蒙娜问。

"我已经很久没吃过这么好吃的饭菜了。意大利熏火腿和波斯甜瓜。这是什么？豆瓣菜沙拉。天哪！"

她很高兴。"好吧，吃吧。"她说。

吃完阿诺虾和沙拉之后，她拿来了奶酪饼干、朗姆酒口味的冰激凌、格鲁吉亚李子和早熟的绿葡萄。然后是白兰地和咖啡。在隔壁房间，穆罕默德·阿尔贝卡的乐队还在继续，歌手还在唱着歌，乐队的伴奏音乐就像铁丝衣架在来回蹭，夹杂着鼓、铃鼓、曼陀林、风笛的声音，而那个歌手的鼻音很重，有点骚魅。

"你最近都在干什么？"拉蒙娜问。

"我？哦，乱七八糟的事情，都有……"

"你坐火车去了哪里？你是在逃避？你在躲我吗？"

"逃避是真的，但不是躲你。"

"你还是有点怕我的吧？"

"不至于……我脑子里很乱，想尽量小心点。"

"难缠的女人你都碰到过了。你喜欢折腾。也许，她们折腾你，你反而更开心。"

"俗话说，每件宝物都有恶龙守护着。这是人们判断事物是否有价值的依据吧？你介意我解开衣领吗？有点紧，好像在压迫动脉。"

"可是，你马上又回来了。也许是为了我吧。"

摩西很想对她撒谎。他想说："是的，拉蒙娜，是为了你。"每个字都说真话，那是不足取的，甚至可能让人感到痛苦。摩西非常同情拉蒙娜，她是一个三十多岁的女人，事业有成，独立自主，还要做这么丰盛的晚餐招待男朋友。但是，在当下这个时代，一个女人应该如何实现自己内心的满足呢？在妇女获得解放的纽约，男人和女人经过了俗气的伪装，像两个相互敌对、彼此对抗的野蛮部落。男人想占女人的便宜，然后赶紧溜掉，而女人则想解除男人的武装并控制他。这就是拉蒙娜，一个懂得照顾自己的女人。想想看，那些年轻女人是怎么做的，她们抬起涂着睫毛膏的眼睛，望着天空，祈祷说："啊，主啊，不要让坏人来玷污我的身体！"

与此同时，赫索格还意识到，吃着拉蒙娜的虾仁，喝着她的葡萄酒，然后坐在她的客厅里听着穆罕默德·阿尔贝卡乐队的音乐，心里还有这样的想法，确实不怎么好。希尔顿阁下，什么叫作僧侣的独身主义？一种更严苛的修炼是去找女人，看看现代世界是如何看待肉欲的。某些古代思想真的没什么现实意义……

但是，至少有一点变得更加清楚。在两个人的关系中，在对方的身上寻找满足感，那是一种女性的游戏。一个不断更换女人的男人，虽然还有一点理想主义，还十分向往纯洁的爱情，所以他的心有时会疼痛，但他已经进入了女性掌控的领域。拿破仑倒台后，这个志向远大的年轻人带着强大的权力欲望进了闺房，最终落到女人的手上，因为闺房里是女人在掌权。玛德琳如此，旺达也完全可能如此。拉蒙娜呢？赫索格从前是一个愚蠢的年轻人，如今变成了一个愚蠢的老头子，他接受了人家对他私人生活的安排（得到了掌权者的认可），最终会沦为一个"小妾"或者"姘妇"。对于这一点，喜园用东方人的方式表达得非常清楚。他甚至和她开玩笑，想委婉地跟她说明，他终于觉得去找她对他没有任何好处。"我播了种子，但没有收获。"他是在开玩笑，他不是小妾，绝对不是。他是一个难以相处、好斗的男人。至于喜园，她总想着要教导他，告诉他男人应该如何讨好女人。孔雀的骄傲，山羊的性欲，狮子的愤怒，都彰显着上帝的荣耀和智慧。

"无论你拎着手提箱去哪里，你基本健康的本能都会把你带回来。你的本能比你自己更聪明。"拉蒙娜说。

"也许吧，"赫索格说，"我的观念正在转变。"

"谢天谢地，你还没有毁掉你的本能。"

"我还没有真正独立过。我发现我一直在为别人服务，我给许多女士服务过。"

"如果你能克服希伯来清教主义的话……"

"就有逃亡奴隶的心理意识。"

"这是你自己的错。你找的都是霸道的女人。我想告诉你，我和她们都不一样。"

"我知道，"他说，"我觉得你非常好。"

"我有点怀疑。我想你还不能明白，"说到这里，她话里面有点怨气，"大约一个月前，你说我在经营一个情色马戏团。仿佛我是一个杂技演员。"

"怎么了？拉蒙娜，我是说着玩的。"

"你是说我认识的男人太多了。"

"男人太多了？不，拉蒙娜。我不是这个意思。再说，我能名列其中，对提升我的自尊心有很大的帮助。"

"什么叫名列其中？你这么说，我很生气。"

"我明白。你是说我比其他人高一个档次，对吧？你觉得这样说会激发我身上的神秘力量吗？说实话，我想做一个平常人。我尽了我的本分，我坚持我的初心，履行我的职责，我相信有付出就有回报。但是，我得到的是当头一棒。我原以为我和生活有了一种神秘的默契，可以躲过最恶劣的遭遇。这完完全全是布尔乔亚的思想。另外，这也有一点超验的色彩。"

"和玛德琳这样的女人结婚，和瓦伦丁·格斯巴赫这样的人交朋友，这绝对不是平常人干得出来的事情。"

他身体里面有一股怒火在往上冒，他在竭力压制。拉蒙娜很体贴，给了他一个发泄怒火的机会。但这不是他来这里的初衷。而且，不管怎么着，他对自己的执念越来越厌烦了，不想再守了。再说，她自己也有麻烦。有个诗人说愤怒是一种快乐，但这样说对吗？有时候应该说话，有时候就应该闭嘴。伤害被设计得那么亲密，那么有渗透性，几乎完全是量身定制，真有意思。更有意思的是，仇恨居然如此充满温情，近乎于爱。刀和伤口都会疼痛。当然，伤害对象是否脆弱才是关键。有些人会号啕大哭，有些人会咬牙默默地忍着。围绕后者，你可以写一部人类内心的历史。爸爸发现沃普洛斯基和劫匪同流合污的时候，他是什么感觉？他始终没有说起过。

赫索格怀疑今晚他能否控制住。他希望他能控制住。但是，拉蒙娜经常鼓励他该发泄就发泄。她不仅准备了丰盛的晚餐，还让他唱歌。

　　"我认为他们都不是平常人。"她说。

　　"有时候，我会把我们三个人看作一个喜剧小组，"赫索格说，"我是笑料百出的配角，人家说格斯巴赫在模仿我，我走路的姿势和我的表情，他都模仿得惟妙惟肖。他就是赫索格第二。"

　　"总之，他让玛德琳相信，他比赫索格本人更加优秀。"拉蒙娜说。她垂下眼帘，眼珠子在眼皮底下动了一下，然后就不动了。烛光中，他看到她脸上出现忐忑的表情，不过很快就消失了。也许她觉得刚才说话不太得体。

　　"我觉得，玛德琳最大的志向就是勾搭男人。这是她最可笑的地方。她还大张旗鼓。这是她的手段。平心而论，她虽然很下贱，但的确很漂亮。她是众人眼中的焦点，她自己引以为荣。她常常穿着一套皮毛绲边的衣服，走路昂首阔步，神采飞扬，一双蓝眼睛勾着人家的魂。看到有人为她着迷，她就挤眉弄眼，直接挑逗人家，她的鼻梁扭得像船舵，她的两条眉毛越来越近，越拱越高。"

　　"听你这么说，感觉她很招人喜欢似的。"拉蒙娜说。

　　"那时我们的情绪都很高。除了菲比，她比较冷淡。"

　　"她怎么了？"

　　"她有迷人的地方，但总是很严肃，像个医院里的护士长。"

　　"她不喜欢你吗？"

　　"……她丈夫是个残疾人，但他懂得打感情牌，总是装出一副可怜相。她搞到他并不费力，毕竟他出厂就是残次品。要是他完美无缺，她是占不到这个便宜的。他知道，她也知道，我们都知道。在这个年头，大家都不笨。读过书的人多少都了解一些心理学知识。总之，他就是一个跛腿的电台播音员，但她对他很专一。后来，我和玛德琳来到了鲁德维尔，开始了一段幸福快乐的生活。"

"他开始模仿你的时候，玛德琳一定很难过吧。"

"没错。但是，他想要钻我的空子，就必须先学会我那一套。报应啊！也叫作因果循环吧。"

"你是什么时候发现的？"

"玛德琳经常离开鲁德维尔的时候。有几次，她留在波士顿不回家。她说她需要一个人冷静一下，好好想想。然后，她把孩子也带走了，琼当时还是个婴儿。我叫瓦伦丁去找她谈谈。"

"他也就是从那时开始教训你的吧？"

这个问题触及赫索格的痛点，他感觉心里涌起一股苦涩味道，他想用微笑驱散怨气。他可能无能为力。"他们都想教训我。大家都想教训我。人们都喜欢教训别人。我收到了玛德琳从波士顿寄来的信。格斯巴赫也寄来了几封信，还有各种各样的文件。我手上甚至有一沓玛德琳写给她妈妈的信，都是邮寄过来的。"

"那么，玛德琳说什么了？"

"她非常会写，简直就是赫特斯·斯坦霍普夫人再世。她说我跟她爸爸很像，很多方面都像。她说，我们在一起的时候，我好像把房间的空气都吸走了，一点也没有给她留下。她说我专横、幼稚、苛刻，就会冷嘲热讽，是个身心失调的变态。"

"身心失调？"

"她说我每次肚子疼都是装的，这是我左右她的手段。他们三个人都这么说。玛德琳还跟我说教，大讲婚姻的前提基础。她说婚姻是一种情感关系，两个人因为情感碰撞而走到一起。她还讲了夫妻俩应该怎样维持婚姻关系。"

"了不起。"

"那些话一定是格斯巴赫教给她的。"

"你不用计较那么多，"拉蒙娜说，"我敢肯定，她那样说，是想让你们俩过不下去。"

"她还说我应该停掉手头那个研究项目，去做当代的洛夫乔伊。那都是学者的妄想，拉蒙娜，我并不认同这种说法。玛德琳和格斯巴赫越是教训我、数落我，我就越觉得我只想过平静而正常的生活。她说所谓追求平静的生活，那是我的阴谋。她指责我装'温顺'，她说这是我的新诡计，我要引诱她就范。"

"真有意思！那么，她说你应该怎样才对呢？"

"她觉得我娶她，是为了自我'救赎'，现在我想杀害她，因为她没有帮我实现企图。她说她爱我，但不能完全满足我的要求。因为她觉得太荒诞了，所以她要再去一趟波士顿，好好想一想，怎样才能挽救我们的婚姻。"

"我明白了。"

"大约一个星期之后，格斯巴赫来到我们家，说是要帮她拿点东西。她从波士顿给他打了电话。她需要一些衣服，还有钱。我和他去树林里散步了很久。当时是初秋，阳光灿烂，尘土飞扬，景色十分美丽……也有点忧伤。碰到路面崎岖的时候，我都会搀扶着他。他是个瘸子，走路的样子……"

"你说过，我懂的。走路摇摇晃晃，像在摇贡多拉。那么，他说了什么呢？"

"他说，夹在他最爱的两个人之间，他不知道该如何是好，这种事情真他妈的麻烦。他又强调了一遍，对他来说，我们夫妻俩比他自己的妻子和孩子都更重要。他左右为难，简直要晕了。他的信念都被粉碎了。"

拉蒙娜笑了，赫索格也跟着笑了。"然后呢？"

"然后什么？"赫索格问。他还记得格斯巴赫那张暗红色的脸发抖的样子，那张脸让人觉得凶狠，就像一个屠夫。但是，当时赫索格并不能理解格斯巴赫的愤怒。"然后，我们回到了家里，让格斯巴赫收拾她的东西。他主要是想拿……她的避孕帽。"

"你是在开玩笑吧！"

"不是。"

"但你似乎接受了现实。"

"我所接受的现实是，我的愚蠢纵容了他们，让他们变得越来越过分，甚至是变态。"

"你没问她为什么要拿避孕帽吗？她到底想干什么？"

"我问了。她说我没有权利知道答案。还是我的问题——小肚鸡肠，心胸狭隘。然后我问她，瓦伦丁是不是已经成了她的情人。"

"她怎么回答？"拉蒙娜的好奇心被彻底激发了。

"她说我不懂格斯巴赫的那种爱、那种感情。我说：'可是，他从药箱里拿了那种东西。'她说：'没错，每次来波士顿，他都会跟我和琼一起过夜，但是，他是我最铁的哥们儿，仅此而已。'见我有些犹豫，她又补充了一句，'所以，别胡思乱想了，摩西。你知道他是个粗人，根本不是我的菜。我们很亲密，但性质完全不同。他在我们波士顿的小公寓里上厕所，把里面搞得臭气熏天。我就知道那是他的大便。你觉得我会把自己交给一个浑身屎臭味的人吗？'她是这么回答我的。"

"真可怕，摩西！她真是这么说的吗？她真是个奇怪的女人，是个奇怪的人。"

"嗯，这表明我们对彼此的了解很深入，拉蒙娜。玛德琳不仅是一个妻子，也是一个老师。像赫索格这样的人，善良、稳重、充满希望、理性、勤奋，讲究尊严，充满孩子气，认为人类生活是一门值得研究的学科，这样的人必须好好加以教训。当然，任何看重尊严的人，尤其是传统的个人尊严，都必然会得到教训。也许尊严是从法国传进来的。路易斯十四。剧院。命令。权威。愤怒。宽恕。尊严。平民布尔乔亚的雄心壮志就是要继承这些高贵的品质，但如今这些东西都已经进了博物馆。"

"但我觉得玛德琳也是很讲究尊严的。"

"不一定，她有时也会撕掉伪装。别忘了，瓦伦丁也是个大人物。现代意识具有突破束缚的强烈需求。希望揭示人心的真相，鄙视所有的伪装和虚构。像格斯巴赫这样的人就过得很快乐。头脑简单。虐待狂。翩翩起舞。依循本能。无情。假热情。意志薄弱。听到笑话就笑，城府也很深。喜欢大喊'我爱你！'，要么就是'我相信'。你听到他喊'相信'就感动，而他就这样偷走了你的心。他会编织没人看得懂的现实。想要看懂格斯巴赫心里在想什么，这可能比一个射电天文学家明白一百亿光年之外的事情更费劲。"

"你这么激动，怎么搞得懂？"拉蒙娜说，"我建议你把他们俩都忘掉。你这种混沌的状态持续多久了？"

"几年了，有好几年了。不久之后，我和玛德琳又在一起了。再后来，她和瓦伦丁开始支配我的生活。我还是稀里糊涂。什么事情都是他们说了算，包括我住在哪里、在哪里干活、交多少房租。甚至我要思考的问题都是他们设定的。他们给我布置任务。他们认定我必须离开的时候，他们就把所有的细节问题都安排好了，财产分配、赡养费、子女抚养费等。我相信，瓦伦丁认为他都是为我好。他一定是劝过玛德琳的。他觉得自己是个好人。他明白，一个人知道得越多就越痛苦，承担的责任越大，伴随而来的痛苦就越深。我照顾不了自己的妻子，我真是个可怜虫。是他在照顾她。我也不配抚养我的女儿。他必须替我履行这个责任，出于友谊，出于怜悯，也因为他高尚。他甚至也认为玛德琳是个精神病。"

"不会吧，你是不是在开玩笑？"

"不是开玩笑。他说她是个'可怜的疯婆子，我很同情她'。"

"所以，他也是个让人看不懂的人，挺奇怪的。真是天造地设的一对！"拉蒙娜说。

"他确实很奇怪。"赫索格说。

"摩西，"拉蒙娜说，"我们别再聊这个话题了吧。我觉得这里面有点问题……我们不宜多说。来吧……"

"我还没说完。还有杰拉尔丁写给我的那封信，她在信中说，他们虐待孩子。"

"我知道。那封信我看过。摩西，打住吧。"

"但是……好吧，你说得对。"赫索格说，"行，我不再说了。我帮你收拾一下桌子。"

"不用。"

"我来洗碗。"

"不行。怎么可能让你洗碗？你是客人。我想先放在水槽里面，明天再洗。"

他想，我更愿意接受一知半解的东西，而不是我完全能理解的东西。对我来说，完全清楚的解释都是错误的。不过，我一定要照顾好琼。

"不，不，拉蒙娜，我喜欢洗盘子，洗盘子的时候我能平静下来。至少有时候可以。"他先堵住水槽的出水口，然后放了肥皂粉，打开水龙头，把外套脱下来，挂在橱柜的把手上，卷起袖子。拉蒙娜递给他一条围裙，他拒绝了。"我是老手了，不会让水溅到衣服上。"

拉蒙娜就连手指也是性感的，赫索格想看看她做普通工作的时候是什么样的。但是，她用洗碗布擦杯子和银器，样子看起来很自然。这样看来，她说她是个顾家的人，所言非虚啊。赫索格有时会怀疑是不是塔玛拉姑妈在找借口溜出去之前做了虾仁馅饼。答案是否定的。那都是拉蒙娜自己做的。

"你应该考虑一下你的未来，"拉蒙娜说，"你明年打算干什么？"

"我会去找个工作的。"

"去哪里？"

"我还没有想好到底是去东部离儿子马可近一些，还是回芝加哥去看着琼。"

"听着，摩西，务实一点并不可耻。没想清楚就冲上去，难道是为了面子吗？你是想通过牺牲自己把她争取回来吗？这种做法不管用，你应该是知道的。去芝加哥可能是错的。你只会吃苦头。"

"也许吧，但我已经养成了吃苦头的坏习惯。"

"你在开玩笑吗？"

"肯定不是。"他说。

"很难想象还有比你更喜欢受虐的人。如今，芝加哥的每个人都知道你的故事了。你是当局者迷啊。吵吵闹闹，受伤的总是你。对你这样的人来说，这太丢脸了。你太不自重了。你想粉身碎骨吗？这就是为琼着想吗？"

"不，不是。这样能有什么好处？但是，我能把琼交给那两个人吗？杰拉尔丁的信你是看过的。"他早就把那封信背得滚瓜烂熟了，他可以背给她听。

"不管怎么说，你不能把孩子从她妈妈身边带走。"

"她是我的。她身上有我的基因。她是赫索格家族的血脉。他们是异类，和我们不是一条心。"他又紧张起来。拉蒙娜想换一个话题，转移他的注意力。

"你不是告诉过我吗？你的朋友格斯巴赫已经是芝加哥响当当的人物了。"

"是的，没错。他一开始只做教育广播，现在影响很大，是个大名人。各种委员会的活动都参与，各种报纸也都有他的消息。他还给哈达萨开讲座……朗诵他的诗歌。就连会堂里也有他的身影。他还准备加入标准保赔协会。他还上了电视！太厉害了！过去，他见识很少，眼界狭隘，认为芝加哥只有一座火车站。如今，他变成了一个八面玲珑的老江湖，穿着一件浅橙色的粗花呢大衣，开着一辆林肯大陆车在城里到处跑。"

"你想到这些事情就很激动，"拉蒙娜说，"你的眼睛都红了。"

"格斯巴赫租了一间礼堂，我告诉过你吗？"

"没有。"

"他在那里办朗诵会，朗诵他自己写的诗歌，卖门票。这是我的朋友阿斯弗特告诉我的。前排座位一张票五美元，最后三排座位三美元。有一首诗描写他那当扫街工人的爷爷，读到这首诗的时候，他情绪激动，当场大哭。但没人能够离场，因为礼堂被锁上了。"

拉蒙娜忍不住笑了。

"哈哈！"赫索格把水放掉，拧干洗碗布，撒了去污粉。他擦了擦水槽，然后放水又冲了一遍。拉蒙娜给他一片柠檬消除手上的鱼腥味。他把柠檬水挤到手上。"格斯巴赫！"

"不过，"拉蒙娜一本正经地说，"你应该接着搞你自己的研究。"

"我也说不清楚。我觉得我有点烦了。可是，我还能干什么呢？"

"你之所以这么说，是因为你现在太激动。等你冷静下来，你的想法就不一样了。"

"也许吧。"

她带我进去她的卧室。"要不要再放点埃及音乐？效果不错。"她走向留声机，"你为什么不脱掉鞋子，摩西？我知道，这种天气，你通常是会脱掉鞋子的。"

"鞋子脱掉，脚确实会舒服一些。我正准备脱，鞋带已经松开了。"

一轮月亮高高挂在哈德逊河的上空。这轮皎洁的明月正漂浮在河水上面，因为隔着窗户玻璃，穿过夏天炎热的空气，所以形状有点扭曲。在月光下面，狭长的屋脊显得很苍白。拉蒙娜把唱片翻了过来，留声机里有一个女人正跟着阿尔贝卡乐队的伴奏唱着："来吧，到我怀里来，我这儿有巧克力。"

拉蒙娜坐在当凳子用的厚垫子上，紧紧挨着他，拉着他的手。"那是他们在诈你，不是真话。"她说。

"我了解男人。我一看到你，就意识到你几乎没做过。性爱方面，甚至没人碰过。"

"我经常觉得自己是个失败者，彻底的失败者。"

"有些人应该加以保护……动用法律，如果有必要的话。"

"是不是像鱼和猎物一样？"

"我不是在开玩笑。"她说。他十分清楚，她是个非常善良的女人。她很同情他。她知道他很痛苦、为什么痛苦。他是来寻求安慰的，她要好好安慰他。"他们想让你觉得你自己老了，完蛋了。但你要明白一个道理。一个人老了，他的身上就有老人的味道。但凡是个女人都闻得出来。女人进了一个老人的怀里，就能闻到一股腐朽的味道，像走进尘封已久的房间，或者穿上一件放了很久的旧衣服。要是女人和老人已经走到了这一步，也明白对方年事已高，如果她不想让对方难堪的话，她就不会露出厌恶的表情。人都会伪装，是否真情很难辨别。这太难受了！但是，摩西，你正当壮年。"她双臂环绕，搂住他的脖子，"你身上的气味很好，香喷喷的。玛德琳懂得什么？她空有一副好皮囊。"

他想，命运女神多么"眷顾"他啊！他那么衰老、虚荣、极度自恋、没有尊严，而如今，他正由一个同样不怎么幸运的人安慰着。他看到过她疲惫、沮丧、虚弱的样子，看到过她目光呆滞的样子，看到过她裙子不合身的样子，看到过她双手冰凉、双唇冰冷而微微张开的样子，看到过她躺在沙发上的样子，她个头矮小却很丰满，但也经常显得很疲惫，她的呼吸也透着疲惫。显而易见，她在挣扎，她很失望，不管有什么精心设计的理论和雄辩的体系，事实基础很简单，那就是需求，一个女人的需求。她觉得我是个适合成家的男人。正因为我是一个适合成家的男人，所以她想让我成为她的家人。她关于成家的看法对我有点吸引力。她的嘴唇来回擦着他的嘴唇。她正引导着他摆脱仇恨和激烈的内心斗争，不过她的做法有点咄咄逼人。她头向后仰着，呼吸加快，她很兴奋，动作熟练，目的明确。她开始咬他的嘴唇，他吓了一跳，往后缩了缩。她紧紧贴住他的嘴唇，更用力地吸，这让赫索格更加兴奋。她在解开他的衬衫，开始抚摩他的身体。她把手伸向自己的身后，解开衬衫的后襟。他们拥抱在一起。他开始抚摩她的头发。从她的嘴上可以闻到口红的味道和身体的气息。可是，他们突然分开。电话铃响了。

"哎，见鬼！"拉蒙娜说，"真见鬼！"

"你不接吗？"

"不接，是乔治·霍伯利。他一定是看到你来了，他想给我们捣乱。我们不能让他得逞。"

"我赞成。"赫索格说。

她把电话机翻过来，关了底座上的开关，让它彻底不响了。"昨天，他又把我说哭了。"

"据我所知，他想送你一辆跑车。"

"他催我带他去欧洲。我是说，他想和我去欧洲，让我给他当向导。"

"原来他那么有钱啊。"

"他没多少钱。他得靠借。如果住在大饭店，得花一万美元。"

"他到底是想表达什么意思？"

"你是什么意思？"拉蒙娜觉得赫索格的语气有点问题。

"没什么……没什么。他觉得你能出钱，对吧？"

"与钱无关。我们的关系很简单。"

"与什么有关？"

"具体我也不大清楚。"她淡褐色的眼睛望着他，眼神有些奇怪，好像是在责备他，但更像是有点伤心，在责怪他为什么要问这种奇怪的问题，"你是想小题大做吗？"

"他想干什么？"

"不关我的事。"

"为了你，他算是使尽了浑身解数，结果还是两手空空，所以，他认为自己受到了诅咒，想自杀。他最好待在家里，坐在沙发上，拿一罐啤酒，一边喝着，一边看着《梅森探案集》。"

"你太刻薄了，"拉蒙娜说，"你是不是觉得我是为了你才抛弃他的？这让你感到不安吗？你觉得是你把他挤走取而代之的，对吧？"

赫索格犹豫了一下，靠在椅背上，若有所思。"也许吧，"他说，"但我认为，在纽约，我才是真正的自己；在芝加哥，我就是外面的那个人。"

"但是，你一点也不像乔治·霍伯利。"拉蒙娜用悦耳的语调说。她的胸膛起伏，声音就从喉咙里发出来，摩西听得十分舒服，感到非常高兴。别人可能不会有这种快感，但他会，这正如她所愿。

"我同情乔治。所以，我们的关系只能是暂时的关系。但是你……你不是那种让女人同情的男人。你并不软弱。你有力量。"

赫索格点点头。他又一次受到了教训。但他并不介意。很明显，他需要厘清思绪。这个女人收容了他，给了他美食、美酒、音乐、鲜花和同情，可以说向他敞开了灵魂的大门，也把他拥入怀中，还有谁比她更有权利教训他呢？我们必须相互帮助。在这个非理性的世界，仁慈、同情、爱心（哪怕有一点自利的痕迹）都是稀罕的东西，都是少数人不断奋斗的结晶，这些难得的胜利果实绝不能认为是理所当然的，因为它们在任何人身上，都不是坚定可靠的，受到一代又一代怀疑论者的批判和否定。如果你有理智或者逻辑，面对真善美的每一个小迹象，你就应该跪下，表示千恩万谢。音乐响着，在柔和、绿色的灯光下，在夏日鲜花和精美奢华物品的陪伴下，拉蒙娜很诚恳地和他说着话，他则深情地看着她那红润的脸颊。外面，炎热的纽约市里灯光辉煌，月光有点多余。东方地毯极其流畅的设计表明，再大的困惑也有希望得到解决。

他用手指抓住拉蒙娜柔软、凉爽的手臂。他的衣襟敞开着。他微笑着听她说话，不时微微点头。她说的大部分话都完全正确。她是一个聪明的女人，更是一个可爱的女人。她心地善良。她穿着黑色的蕾丝内裤。他知道这是肯定的。

"你很会过日子，很有潜力。"她说。

"你是一个很有爱心的人。但是，你一定要尽力摆脱怨恨。怨恨会把你吞噬掉的。"

"这倒是真的。"

"我知道，你觉得我都在讲理论上的东西。但是，我自己遭受过不止一次打击，我有一段糟糕的婚姻，谈过几个男朋友，都以分手告终。你看，你有恢复的力量，这种力量不用就是犯罪。现在就用吧。"

"我明白你的意思。"

"也许这就是生物科学，"拉蒙娜说，"人有一个强大的系统。你知道吗？昨天，面包店的那个女人告诉我说我的气色变了，眼神也变了。她说：'唐塞尔小姐，你一定是恋爱了。'我知道肯定是因为你的缘故。"

"你确实变了不少。"摩西说。

"更漂亮了吗？"

"很可爱。"他说。

她的脸色更加红润了。她抓住他的手，放进自己的衬衫里面，目不转睛地望着他，眼睛湿润了，泪花闪烁。愿上帝赐福给这位姑娘吧！她给他带来了多么大的欢乐啊！她的各种做法都让他十分满意，她熟悉法国人、俄罗斯人、阿根廷人、犹太人的习惯。

"我把你的鞋子也脱掉吧？"他说。

拉蒙娜关掉了所有的灯，只留下床头那盏绿色的小灯。她低声说："我去去就回。"

"你能把那个哭哭啼啼的埃及音乐也关了吗？他唱的是什么啊？好像他的舌头需要用抹布擦一擦。"

她手指轻轻一点，关掉了留声机。她说："等我一会儿。"然后，她轻轻关上了门。

"一会儿"是一个笼统的说法。其实，她花了很长时间做准备。他已经习惯了等待，早就明白了等待的意义，所以他不会急躁。等到她再次出现，总会给他带来惊喜，所以等待是值得的。然而，实际上，他明白她是想要教给他一些东西，而他也想要向她求教，他一直是很听话的学生。但是，对于这场教学活动，他会怎么描述呢？他首先会描述他内心的狂乱，他浑身都在颤抖。为什么呢？他承担了全世界的压力。什么压力？一个男人的压力。在这个城市。在这个时代。日新月异。人海茫茫。面对科学的改造。面对权力的体系。要屈服于强大的控制力。环境高度机械化。狂热的希望破灭以后。一个没有凝聚力和贬低个人价值的社会。数字的能量倍增，使得个人变得微不足道。宁愿花费数十亿美元对抗外国的敌人，也不愿为国内秩序买单。放任残暴和野蛮的行径在大城市里肆虐。与此同时，人们发现了亿万人齐心协力和统一思想的威力。就像海底巨大的水压塑造着生物的形状。就像潮汐打磨着石头。就像狂风从悬崖上呼啸而过。美丽的超级机器，为无数的人类开启了崭新的生活。你会剥夺他们存在的权利吗？在你享受着传统的价值并津津乐道的时候，你会要求他们饿着肚子干活吗？你……你是这个巨大群体的孩子，是其他所有个体的兄弟。不然，你就是个忘恩负义的白痴。那么，赫索格想，既然你叫我说具体一点，赫索格就是一个好例子。他有一颗受伤的心和浇了汽油一点就着的神经。对此，拉蒙娜会怎么回答呢？她说，你保重身体吧。古人说，健全的心灵寓于健全的体魄。任何原因引起的身体紧张都需要性救济，就是通过性交来舒缓紧张。任何男人都会勃起，无论任何年龄、经历、状况、知识、文化、地位。哪里都是良币。英格兰银行认可的。为什么他的记忆会伤害他呢？尼采说，坚强的人能够忘却他们掌握不了的东西。

哦，转变思想，转变思想！一定要转变思想！

人是无法欺骗自己的。拉蒙娜希望他全力以赴、勇敢面对！做爱的时候，他为什么总是那么软弱，像一个贵格会的教徒？他说，他上次约会的表现不好，这次能做个简单的男上女下动作就很不错了。她说他这种人在纽约算是少见的。在这个方面，女人也有女人的问题。外表看起来体面的男人往往有非常特殊的癖好。只要能让他快乐，她怎么样都行。他说，她不可能让一条腌鲱鱼变成活蹦乱跳的海豚。很奇怪，拉蒙娜有时会把自己弄得像色情杂志上的荡妇。对此，她做出了非常高尚的解释。她毕竟受过良好的教育，所以她引用了古罗马诗人卡图卢斯和后世伟大爱情诗人的名句。她还引用了心理学经典著作的名言。最后，她甚至引述了《基督奥体》的段落。于是，她到隔壁房间去，兴高采烈地准备着，脱衣服，喷香水。她想尽力讨他的欢心。他只管享受，觉得开心就让她知道，她就会非常满足，其他的什么也不想。她会非常高兴！她就等着他问："拉蒙娜，你为什么要对我这么好？"那么，我必须和她结婚吗？

想到结婚，他就很紧张，但他想通了。她心地善良，务实，能干，是不会伤害他的。所有精神病专家都一致认定，一个挥霍丈夫钱财的女人，必定会扼杀丈夫的性能力。从实际的角度看，他无法忍受单身生活的混乱和孤独。他发现自己居然会从实际的角度看问题，所以感到非常兴奋。他喜欢衬衫干干净净的，手帕熨得平平整整，鞋跟完好无损，这些都是玛德琳看不上眼的。塔玛拉姑妈希望拉蒙娜有个丈夫。那个老姑娘的记忆里肯定还存着几个意第绪语单词，像"结婚""归宿"等。他可以成为家长，赫索格家族的每个男人都一样。丈夫、爸爸、生命的传递者、过去和未来的中介、用于神秘创造的工具，这些角色都已经过时了。爸爸也过时了？这只是对男性化的女性而言，那些可怜的女知识分子。（思维敏捷多好啊！）他知道，拉蒙娜很看重他的学问，他写过书，发表过科普文章，拥有芝加哥大学博士学位，她想成为赫索格教授夫人。他心花怒放地想象着他们一起出入皮埃尔酒店参加最高级的晚宴，他系着白领结，拉蒙娜戴着长手套，用迷人、洪亮的声音介绍摩西："这是我的丈夫，赫索格教授。"而摩西自己出类拔萃，浑身散发着幸福的光芒，举止得体，对所有人都和蔼可亲。不时摸一摸脑后的头发。他们真是天造地设的一对！配合得天衣无缝，像在演双簧！拉蒙娜算是报复了那些曾经跟她过不去的人。他呢？他也报复了他自己的敌人。这帮可恶的家伙！但愿他们的名字被彻底抹掉！他们弄了一张网，等着绊我的脚。他们还在我面前挖了一个坑。上帝啊，敲断他们嘴巴里的牙齿吧！

他沉着脸，很专注，尤其是他的眼睛。他脱下了裤子，然后解开衬衫的纽扣。他在猜想如果他说要去做花卉生意，拉蒙娜会说些什么。为什么不可以？可以多接触生活，认识一些客户。对他这种性格的人来说，醉心于学术而自我孤立，实在是太不好了。他最近看到一篇报道，说纽约有些人把自己关在家里，时间长了孤独难耐，已经开始打电话向警察求助了："看在上帝的分儿上，派辆警车来吧！派个人来吧！把我和别人关在一起！谁都行。救救我，来找我。快来个人吧，谁都行，快来吧！"赫索格不能说他的研究项目肯定完不成。《浪漫的道德主义》那一章写得很顺利，但是，《卢梭、康德和黑格尔》那一章很棘手，他写不下去了。要是他真的开了花店呢？会是什么情况？鲜花的价格高得离谱，但那不是他的问题。他仿佛看见自己穿着条纹裤子和绒面皮鞋。他必须习惯泥土和花朵的气息。三十几年前，他得了肺炎和腹膜炎差点丧命，正是因为闻到了红玫瑰的香味。玫瑰花是哥哥舒拉送来的，很可能是偷来的，当时，舒拉在皮尔街的花店工作。赫索格觉得他现在可能不怕玫瑰花了。那个恶毒的东西，又芳香，又漂亮，鲜红，精致。你必须有足够的力量去忍受这种东西，否则，它们会刺穿你，让你流血不止，血尽而死。

这时，拉蒙娜出现了。她推开门，站在门口，身后是灯光明亮的浴室。她身上散发着香水味，上身赤裸，下身也只穿着黑色的蕾丝内裤。她穿着高跟鞋，鞋跟有三寸高。除此之外，就是香水、口红和她的黑发。

"摩西，这样你喜欢吗？"

"啊，拉蒙娜！当然喜欢！你怎么还要问呢！我非常喜欢！"

她低下头，低声笑了起来。"嗯，没错。我知道，我让你开心了。"她稍微弯下腰来看了一眼自己的裸体，看看对他的吸引力够不够，同时把前额的头发往后拢了拢。她想看看他看到她的乳房和屁股之后的反应。她乌黑的眼睛睁得很大。她抓住他的手腕，他手腕上的血管很粗，她把他拉向床边。他开始吻她。至于为什么，他始终想不通。这是一个谜。

"你为什么不把衬衫脱掉。你用不着了，摩西。"

他们俩一起笑了起来，她在笑他的衬衫，他在笑她的"盛装"。尤物啊！难怪衣服对拉蒙娜那么重要，衣服是那件奢华"珠宝"——她的裸体的背景。他的笑是无声的，是发自内心的，这样的笑更加深沉。她穿黑色的蕾丝内裤可能很傻，但达到了预期的效果。她的方法可能很简单粗暴，但她的思路是正确的。他在笑，但他被挑逗起来了。他的脑子还算清醒，但身体火辣辣的。

"摸摸我吧，摩西。我也摸摸你吧？"

"嗯，好的，摸吧。"

"你庆幸没有离开我吧？"

"对，对。"

"感觉怎么样？"

"很舒服。感觉非常棒。"

"要是你更相信自己的直觉就好了……灯，要关掉吗？你喜欢在黑暗中做吗？"

"无所谓，不用关灯，拉蒙娜。"

"摩西，亲爱的摩西。告诉我，你是我的。快告诉我！"

"我是你的，拉蒙娜！"

"你只有我一个。"

"我只有你一个！"

"感谢上帝把你给了我。吻我的乳房，亲爱的摩西。哦！感谢上帝。"

* * *

两个人都睡得很熟，拉蒙娜一动也不动。赫索格被一架飞机吵醒过一次，这架喷气式飞机力量强大，虽然在高空，但声音很刺耳。他没有完全醒，迷迷糊糊地从床上爬起来，沉重地坐在条纹椅子上，准备马上再写一封信，也许是要写给乔治·霍伯利。但是，飞机的噪声消失之后，写信的这个念头也消失了。他盯着外面的夜色，城里灯光闪烁，但一片寂静，天气还是那么炎热，一丝风也没有。

因为刚刚做过爱，而且睡得深沉，所以拉蒙娜的表情很放松，气色很好。她一只手抓住夏季薄毯的褶边，偏着头枕在枕头上，一副沉思的样子，看着她这个样子，他就想起了隔壁房间那张照片，那个忧郁的孩子。她一条腿露在毯子的外面，大腿内侧的皮肤很柔软，微微起伏，纹路依稀可见，散发着性感的芳香。她脚背丰满，形成一条可爱的弧线。她鼻子的弧线也很好看。她的脚趾也很丰满，挤压在一起，从大到小排列整齐。看着她，赫索格笑了笑，昏昏沉沉地摸回到床上。他抚摩着她浓密的头发，睡着了。

　　吃完早饭，他送拉蒙娜去她的花店。她穿着一件红色的紧身连衣裙，他们在出租车上频频拥抱亲吻。摩西很激动，一路上笑声不断，不止一次地对自己说："她多么可爱啊！我真喜欢！"到了列克星敦大道，他和她一起下车，他们站在人行道上拥抱在一起。从什么时候开始中年男人在公共场合也变得这么热情的？拉蒙娜脸上涂的胭脂是多余的，她满面红光，简直是由内而外在燃烧，吻他的时候，她的乳房紧紧地贴着他。出租车司机和拉蒙娜的助手施瓦茨小姐都在旁边看着。

　　这就是理想的生活吗？他想。他的麻烦是否已经到头了，他是否尝过所有的痛苦，赢得了不用理睬别人想法的权利？他把拉蒙娜抱得更紧，觉得她正在膨胀，好像就要爆裂，她的心脏在身体里膨胀，她的身体在紧身的红色连衣裙里膨胀。她又给了他一个香吻。在花店橱窗前的人行道上，有雏菊、紫丁香、小玫瑰、番茄盆栽和供移栽的辣椒苗，它们都刚刚被浇过水。旁边放着一只绿色的水壶，黄铜的壶嘴上面打了孔。水洒在水泥上，水滴的形状已经模糊。尽管公共汽车排放着恶臭的尾气，但他还能闻到新鲜的泥土气息，还能听到路过的女人在坚硬的人行道上咔咔咔的脚步声。所以，虽然出租车司机兴趣盎然地注视着，施瓦茨小姐躲在树叶后面偷偷观察着，他还是继续亲吻着拉蒙娜涂脂抹粉、香喷喷的脸庞。列克星敦大道十分宽阔，公共汽车在路上喷着毒气，但鲜花的生命力很强，有石榴玫瑰、淡紫丁香等，白色的花素净，红色的花显得奢华，一切都被笼罩在纽约的金色阴霾里面。此时此地，以他的性格和性情，他终于尝到了人生的滋味，如果他是一个多情的人，他的生活就会这么甜蜜。

但是，独自一人坐在嘎嘎响的出租车里面的时候，他又变成了逃脱不了宿命的摩西·赫索格。唉，我真傻！真傻！出租车在公园大道上闯了红灯，而此时赫索格正忙着反思：我扑倒在生活的荆棘上，流血了。然后呢？我扑倒在生活的荆棘上，流血了。那么接下来呢？我和一个女人睡觉了，这是一个短暂的假期，但是，我很快就会回归原来的循环，扑倒在荆棘上，满足之中有痛苦，痛苦之中有快乐。谁知道这是什么感觉！这对我有什么好处？有没有长久的好处？在生与死之间，除了情绪的紊乱，我能从这种诡异的反常中得到什么？没有自由吗？只有冲动吗？那么，我心中所有的美好呢？难道没有任何意义吗？只是一个玩笑吗？是让人产生价值错觉的妄想吗？所以，他还得继续挣扎。但是，这个好处不是虚假的。我知道肯定不是。我发誓。

他又感到非常兴奋。他双手颤抖着打开公寓的门。他觉得自己必须做点什么，做一点切实有用的事情，而且必须马上去做。他和拉蒙娜过了一夜，让他重新充满了力量，而这种力量却重新唤起了他的恐惧，他害怕自己会崩溃，害怕激烈的感情会让他彻底崩溃。

他脱掉鞋子和夹克，松开衣领，打开入门客厅的窗户。一股温暖的气流携带着港口的腥味，掀起了陈旧的窗帘和百叶窗。这股气流使他稍微平静了一些。不，显然他心中的美好并不算什么，他已经四十七岁了，在外面过了一夜，跟人家不停地亲吻，让人家不停地啃，现在感觉嘴唇有点疼痛，但是，他的问题还是没有得到解决，面对审判台，他拿得出什么来为自己辩护呢？他有过两个妻子，有两个孩子。他曾经是一个学者，在壁橱里，他的旧手提箱就像一条长满鳞片、肚子鼓鼓的鳄鱼，箱子里面装着他尚未完成的手稿。就当他停滞不前的时候，其他人提出了同样的思想。两年前，一位名叫梅尔斯坦的加州大学伯克利分校的教授抢先一步，他出版的专著思路和赫索格一模一样，这让关注这个领域的每个人都感到难以置信、不知所措、目瞪口呆。梅尔斯坦是个很聪明的人，也是个优秀的学者。至少他肯定能够摆脱个人的纷纷扰扰，并且能够给这个世界树立一个好榜样，因此，他应该能在人类社会中占有一席之地。但是他，赫索格，在追求宏大的融合目标的同时，却违背了自己的内心。

这个国家所需要的是值五分钱的融合目标。

错误真多啊！例如他的性爱问题。完全错了。赫索格想给自己煮些咖啡，他看着量杯里的水，脸红了起来。他是个歇斯底里的人，他的生活被简单的二元对立所撕裂，例如力量对虚弱、有力对无能、健康对疾病。他感觉受到了挑战，但无法与社会不公作斗争，他太软弱了，所以，他只能与女人、孩子以及他的"不幸"作斗争。就拿可怜的乔治·霍伯利来说吧。霍伯利那个爱哭的浑蛋！赫索格洗掉了咖啡杯里的一圈污垢。为什么霍伯利会那么狂热？他居然跑遍纽约的奢侈品商店，购买那么贴心的礼物送给拉蒙娜。因为他承受不了失败。看看吧，为了某个极端的目标，一个人会甘愿付出一生，残废甚至自杀都在所不惜。这个目标既然不可能是政治，那就是性爱。也许霍伯利是觉得他在床上没有满足她的要求。但这似乎也不太可能。对于拉蒙娜这样的女人，无论对方有什么问题，即使是早泄，也不会让她很为难。也许，这样的问题反而可能激发她，引起她的兴趣，促使她展现高尚的情怀。总之，拉蒙娜是个很有情怀的女人。她只是不想让这个绝望的人把他所有的负担都扔到她的身上。像霍伯利这样的人，他很有可能已经崩溃了，所以想拿自己的遭遇来证明个体存在必然失败。他要证明个体是渺小、脆弱的。他把情爱推到荒谬的地步，想永远抹黑它，以便更全心全意地为利维坦组织服务。但是，还有一种可能性，即这个人的心里充满了未知的需求以及对行动、兄弟情谊、现实、上帝的强烈渴望，看见任何希望或者类似希望的迹象，他就迫不及待乃至疯狂地扑过去。拉蒙娜确实像是希望的化身，这是她有意为之的。赫索格知道这是怎么回事，因为他自己有时也给人们带来希望。他会发出一个信号："相信我。"这可能只是本能、健康或者活力使然。正是因为他活力充沛，所以才撒了一个又一个谎言，或者诱骗别人对他抱有希望。（破坏的本能也会制造谎言，但那是另一回事。）赫索格想，我似乎是在用我的戏剧性经历，用嘲笑、失败、谴责、扭曲激怒自己，用性感、美感点燃自己，让自己达到性高潮。性高潮就像是一个解决方案，也是回答了许多"更高级"问题的答案。既然我相信拉蒙娜扮演着女先知的角色，这样说肯定是没错的。她读过马尔库塞、诺尔曼·布朗等新弗洛伊德主义者的著作。她想让我相信身体是一个精神事实，是灵魂的工具。拉蒙娜是一个可爱的女人，非常可爱，但这样的理论化是一种危险的做法，只会让人犯更高尚的错误。

他看着咖啡豆在咖啡机开裂的圆顶上跳动，那就像他脑壳里的思想一样。咖啡越来越浓，当它足够黑的时候，他就闻着咖啡的香气，倒了满满一杯子。他决定给黛西写一封信，跟她说他想在双亲节那天去探望马可，但他没有装可怜。装病已经装够了！他还决定必须和辛金律师谈一谈。马上！

*　　*　　*

他本该早点给辛金打电话的，他知道辛金的作息习惯。这位面色红润、身材结实、狡猾的老单身汉和他的妈妈、一个守寡的姐姐以及几个侄子和侄女一起住在中央公园西路。公寓很豪华，但他的卧室是最小的一间，他睡在一张行军床上。他的床头柜上放着一堆法律书籍，他就在这里工作和阅读，直到深夜。几面墙壁从上到下都挂满了抽象表现主义的绘画，都没有装框。早晨六点，辛金会起床，开着一辆雷鸟车去东区的一家小餐馆，他在那里找到了几家非常正宗的餐馆，有中国餐馆、希腊餐馆、缅甸餐馆，还有纽约最幽深的地下室。赫索格经常和他一起去吃饭。吃了洋葱面包卷，喝了一点新斯科舍葡萄酒之后，辛金喜欢躺在办公室里一张黑色的瑙加海德牌沙发上，拿妈妈织的一件阿富汗毛毯盖着，一边听着帕莱斯特里纳和蒙特威尔第的音乐，一边构思着法律和商业策略。八点左右，他用飞利浦牌剃须刀刮脸，九点钟，给员工下达指示后，他就出去参观画廊，参加拍卖会。

赫索格拨通了电话，是辛金接的。接通之后马上又是老一套，辛金又开始抱怨。那是六月，是适合举行婚礼的月份，律师事务所里有两个年轻职员请假去度蜜月。真是白痴！"教授，"他说，"好久没见了。你最近在想什么？"

"哈维，我应该先问问你是否方便给我出个主意。你毕竟是玛德琳家的朋友。"

"这么说吧，我和他们有些关系，但我同情你。庞里特家的人都不需要我的同情，尤其是玛德琳，那个婊子。"

"如果你不想为难，帮忙再推荐一位律师吧。"

"律师费很贵的。我觉得，你并没有赚到大钱。"

当然，赫索格觉得，哈维是出于好奇。他是想探听我的情况。我考虑清楚了吗？拉蒙娜让我去咨询她的律师。但是，那样一来，我可能会被别的事情缠上。另外，她的律师肯定想保护拉蒙娜，提防着我伤害她。"你什么时候有空，哈维？"赫索格问。

"听着，我买到了两幅画，南斯拉夫原始画派帕契奇的作品。他刚刚从巴西过来。"

"我们能一起吃顿午饭吗？"

"今天不行。最近死亡天使掌管了一切……"赫索格记得辛金喜欢犹太喜剧，这句话是其中的一句台词，他念这句台词，是想装得很害怕，那是一种有着普遍意义的恐惧。"人类获取自然之馈赠，又恣肆挥霍大自然的能量……"辛金接着说。

"就半个小时。"

"我们去马卡里奥餐馆吃晚饭吧。我敢打赌你没有听说过那家餐馆，我想你肯定没有听说过。你是个乡巴佬。"他厉声对他的秘书喊，"把厄尔·威尔逊写的那篇关于马卡里奥餐馆的文章拿给我。听见了吗，蒂莉？"

"你一整天都很忙吗？"

"我得去法院一趟。那些笨蛋带着他们的新娘去了百慕大群岛，留下我一个人跟魔鬼战斗。你知道在马卡里奥餐馆吃一份意大利面要多少钱吗？你猜猜。"

我必须去，赫索格想。他用拇指和食指揉了揉眉毛。"3.5美元吧？"

"你觉得3.5美元贵吗？5.5美元！"

"天哪，这么贵，他们在里面放了什么？"

"肯定是撒了金粉，不是奶酪。不行，说真的，今天有一个案子要我出庭。我亲自出庭。我真讨厌那个地方。"

"我叫一辆出租车去接你，然后送你去市区。我马上过来。"

"可是我要在这里等客户。要是我后面有点空，我会告诉你……听起来你好像很紧张。我表弟瓦希塞尔在地方检察官办公室。我会跟他打个招呼……我的客户还没有来，要不你跟我说说是怎么回事吧。"

"是我女儿的事情。"

"你要起诉争抚养权吗？"

"不完全是。我很担心她，不知道孩子的情况怎么样。"

"我觉得你还想报复吧？"

"抚养费我汇过了！我每次都问琼的情况，但她死活不说。芝加哥的律师希梅尔斯坦说，要打监护权官司的话，我没有机会赢。但是，我不知道他们是怎么抚养我女儿的。我知道，他们觉得她碍事的时候，就把她关在车里面。他们是不是太过分了？"

"你认为玛德琳是个不称职的妈妈？"

"当然，但我也拿不准该不该把她们母女拆散。"

"她和那个家伙住在一起吗？你的哥们儿。去年你要去波兰的时候，他们叫你立遗嘱。你指定他为遗嘱执行人和监护人。你还记得吗？"

"是吗？对……我现在想起来了。我记得。"

他能听到律师在咳嗽，他知道那是装的。辛金是在笑。不能怪他。赫索格自己也觉得这么信任这个所谓的"好朋友"很好笑，他这么好骗，也一定让他成了格斯巴赫的笑柄。摩西想，我显然维护不了自己的利益，每天都在自证无能。一个愚蠢的浑蛋！

"我当时很惊讶，你居然会挑了他。"辛金说。

"是吗？你那时就知道了？"

"没有，但他的长相、衣着、大嗓门、不地道的意第绪语都有些问题。他是个特别喜欢表现的人！我不喜欢他拥抱人的方式。如果我没有记错，他还吻人家。"

"他是个热情洋溢的俄罗斯人。"

"哦，我不是说他是同性恋，"辛金说，"嗯，玛德琳是不是和这个热情洋溢的监护人同居了？你可以调查一下。为什么不请个私家侦探？"

"请侦探？当然可以！"

"你有兴趣了？"

"肯定有！我自己为什么没有想到？"

"你有钱吗？都是真金白银啊！"

"过几个月，我就回去工作。"

"即便如此，你能挣多少钱？"说到摩西的收入，辛金总是有点悲观。可怜的知识分子，被人家欺负成这个样子。他很好奇，赫索格居然不会反抗，人家说他有抑郁症，他也认了。

"我可以去借。"

"请私人侦探花销非常大。我来解释一下，"他停顿了一下，"利用目前的税收制度，大企业创造了一个新的贵族阶层。他们有汽车、飞机、酒店套房等附加福利，可以随便出入餐馆、剧院等。因为这个富贵阶层的出现，私立学校已经让低收入者望洋兴叹。甚至嫖娼的费用也上涨了。公费医疗让医生发了大财，包括精神病医生，如今，有心理疾病的人是雪上加霜。至于保险、房地产等，我可以告诉你，都诡异得很。大型机构都有自己的'中央情报局'，养着一大批科学间谍，专门到其他企业窃取机密。总之，私家侦探收费非常高，所以，你们收入低的人想雇私家侦探可能非常难。许多人自称私家侦探，但其实都是骗子，只会敲竹杠。我可以给你一个管用的建议。你想不想听？"

"想，我想听。但是……"赫索格犹豫了。

"不过，我的角度是什么呢？"正如赫索格所料，辛金向他提出了这个问题。"我想，整个纽约只有你不知道玛德琳在背后怎么骂我！而我是她的长辈，就像她的叔叔一样。以前住在剧院阁楼里的时候，玛德琳这个孩子就像一只受惊的小狗。我很同情她，我送给她洋娃娃，还带她去看马戏表演。后来她长大了，要去拉德克利夫学院上学的时候，我出钱给她买了许多衣服。再后来她上了那个所谓蒙席阁下的当，皈依天主教，我想劝劝她，她就骂我伪君子、骗子。她说我是一个趋炎附势向上爬的人，之所以对她好，全是为了利用她爸爸的人际关系，她说我就是一个无知的犹太人。她说我无知！1917年读高中的时候，我拉丁文学得非常好，拿到过奖牌。行了吗？可是，她接着骂我的一个表妹，我这个表妹身体很不好，患有癫痫，天生脆弱，需要别人照顾，具体就不用细说了。"

"玛德琳干了什么坏事？"

"说来话长啊。"

"也就是说，你不再护着玛德琳了，对吧？我没听她说过你的坏话。"

"可能是你忘记了。她在我心头上戳了好几个挺深的伤口，相信我，我说的是实话。算了。我就是一个老财迷，眼里只有钱，我没有说过我要当圣徒，但是……好吧，整个世界都在为钱疯狂。教授，也许你和歌德先生一样专注于真善美，不太留意丑陋的现实。"

"好吧，哈维。我知道我不是现实主义者。我没有那么多力气去做判断。你想给我什么建议？"

"我那个讨厌的客户还没有到，有件事可以跟你说一说。如果你真的想起诉……"

"希梅尔斯坦说，陪审团看到我的白头发，就会判我输。也许我应该去把头发染黑。"

"你去规模大的律师事务所，找个可靠一点的非犹太律师。不要让那么多犹太人在法庭上大喊大叫。即使打官司，也需要有点尊严。然后，你可以要求传唤主要的关系人，玛德琳、格斯巴赫、格斯巴赫太太，让他们宣誓做证。警告他们别做伪证。如果问题恰当，而我刚好可以指导你找的律师，帮忙谋划庭审对策，你就用不着操心。"

赫索格用袖子擦了擦额头上的汗水。他突然觉得很热，毛孔全都张开，他从拉蒙娜身上吸收过来的香气，这时候也都释放出来，和他自己的汗臭味混合在一起。

"你在听吗？"

"我在听，你往下说。"赫索格说。

"只要他们说实话，你就肯定能赢。我们可以问格斯巴赫，他是从什么时候开始和玛德琳通奸的，还有你对他怎么样。是你把他带到中西部的吧？"

"我给他找了一份工作，还帮他们租了房子。我雇人在水槽下面安装了垃圾处理器。我还帮忙量了窗户的尺寸，这样菲比就可以决定是否要从马萨诸塞州带窗帘来。"

辛金象征性地叹了一口气，然后问："那么，他现在跟哪个女人在一起？"

"我不知道。我想亲口问问他……我可以在法庭上质问他吗？"

"这样不好。但律师可以替你问。你可以把那个瘸子钉死在十字架上。还有玛德琳……她太自以为是了。她从来没有考虑过你有什么权利。这次一定要让她摔个大跟头！"

"我经常想，如果她死了，我就能把女儿要回来。有时候，我想我要是看到了玛德琳的尸体，我不会有丝毫的怜悯。"

"他们想谋杀你，"辛金说，"总之，他们是有这个企图的。"赫索格感觉到，他提到了玛德琳的"死"，让辛金很激动，但只有那两句话，他很不过瘾。他希望听到我说我觉得我能够杀死这两个奸夫淫妇。我想过杀他们，这是实话。我曾经想象我用枪或者刀干掉了他们俩，没有感到害怕，也没有愧疚，什么感觉也没有。此前，我从未想象过我会干出犯法的事情。所以，也许我会杀了他们。但我不会对哈维说这样的话。

辛金接着说："在法庭上，你必须证明他们有通奸关系，而且孩子都看到了。性淫乱本身不算什么。伊利诺伊州的一家法院将监护权判给了妓女的妈妈，因为每当她找到嫖客，都会带去酒店开房。法院不会阻止这个时代的性革命。但是，如果是在家里干，让孩子看到了，法官的态度就不一样了。法官不允许伤害孩子幼小的心灵。"

赫索格听着，冷冷地盯着窗外，他感觉到胃在痉挛、心脏在扭曲打结，只能竭力压着疼痛。他似乎能够听到自己的血液在脑壳里来回流淌的声音，很有节奏感，但很微弱，流动速度很快。似乎电话另一头的那个人也能听到。也许这只是耳膜的神经反射。他的耳膜似乎在颤抖。

"我跟你说，"辛金说，"芝加哥所有的报纸都会报道。"

"我没有什么好怕的，芝加哥那边差不多已经没人记得我了。上了报纸，丑闻只会影响到格斯巴赫，和我关系不大。"赫索格说。

"你怎么知道？"

"在芝加哥，他到处钻营，和各个圈子的名人都搞上了关系，牧师、记者、教授、电视记者、联邦法官、犹太妇女组织的成员等。耶稣基督啊，他怎么都不想歇一歇？他不断请各种名人上电视，例如保罗·蒂利希、马尔科姆·X、赫达·霍珀。"

"我原以为那家伙是个诗人兼电台播音员呢。这样听起来，他是个电视节目主持人啊。"

"他是大众传播界的诗人。"

"你对他真了解。天哪，太了解了。"

"好吧，如果你醒来一看，发现你办得最好的那些案子原来都是南柯一梦，你会怎么想？"

"但我不明白格斯巴赫玩的是哪一套。"

"我告诉你吧。他就像是马戏团的领班，一个掮客，精英人士的联络人。他善于笼络名人，把他们带到公众面前。他会让各种各样的人都觉得，他正是他们寻寻觅觅的那个人。面对优雅的人，他很优雅，面对需要温暖的人，他够温暖，面对粗人，他也很粗糙，他也会用虚伪对付骗子，用暴行对付残暴的人。他变化多端，随心所欲。比方说，他的血浆可以流进任何人的血管里面。"

赫索格知道，辛金听到他突然说这么多话非常高兴。他也明白律师是在引诱他，在哄他，在骗他。但这无关紧要，他想说什么就说什么。"我想过把他归个类。他像沙皇伊凡雷帝吗？他像魔僧拉斯普京吗？还是炼丹术士卡利奥斯特罗？还是政治家、演说家、煽动家、吟游诗人？还是西伯利亚的萨满？这些人经常有易装癖，不然就是雌雄同体的。"

"你是不是想说，你一直在研究哲学家，那么多年，从斯宾诺莎到黑格尔，到头来都不如一个瓦伦丁·格斯巴赫？"辛金问。

"你是在取笑我吗，辛金？"

"对不起。我在开玩笑，你别当真。"

"我不介意。这好像也没错，像在厨房的桌子上上游泳课。嗯，我不能替那些哲学家回答这个问题。也许可以运用托马斯·霍布斯的权力哲学来分析他。但是，想到瓦伦丁的时候，我不会想到哲学，倒是会想到小时候读过的那些关于法国和俄罗斯革命的书。还有无声电影，像葛洛丽亚·斯旺森主演的《战地奇女子》，或者埃米尔·强宁斯扮演的沙皇时代的将军。反正，我仿佛看到暴民闯入了宫殿和教堂，洗劫了凡尔赛宫，有的抢着吃奶油甜点，有的把酒倒在阴茎上，穿上紫色的天鹅绒衣服，掠走了王冠、绞索和十字架……"

在发这些牢骚的时候，赫索格就非常清楚，他又一次受制于那股古怪而危险的力量。现在，那股力量正抓着他，他感到自己的腰弯了。他随时有可能听到骨头折断的声音。他必须加以阻止。他听到辛金一直轻轻地笑着，也许他还用一只小手压着他肥胖的胸膛，以免笑得太夸张，同时因为实在太好笑，只好挤弄着浓密的眉毛和毛茸茸的耳朵。"解放造成疯狂。既然可以选择扮演各种角色，没有限制，粗俗、粗野的情况自然就层出不穷。"

"我从来没有在任何电影里看到过哪个男人把酒倒在自己的阴茎上面……你什么时候看到过？"辛金问，"在现代艺术博物馆吗？而且，在你的心目中，你并不认同凡尔赛或克里姆林宫或旧政权或诸如此类的东西，对不对？"

"对，当然不认同。无非是个比喻，可能也不是一个恰当的比喻。我是想说，格斯巴赫什么也不想放过，他什么都想要。那么，他勾引了我的老婆，也会承受我的痛苦吗？就因为他比我更厉害？如果说他是一个愿意殉情的人，在他自己的眼里，他几乎就是半个神，那么，他一定也是一个顾家的好爸爸吗？他妻子说他是一个很理想的丈夫。她抱怨的唯一缺点是他性欲太强了。她说他每天晚上都要趴在她身上。她有点扛不住。"

"她跟谁抱怨了？"

"当然是她最好的朋友玛德琳。还有谁？事实上，瓦伦丁是一个很顾家的男人。只有他知道我放不下孩子，他每个星期会给我写一封信汇报她的情况，我很感动。后来我才发现，我的心都是他给伤的，而他却装好人来安慰我。"

"那你后来是怎么做的？"

"我满芝加哥找他。最后要走的时候，我在机场给他发了封电报。我本来想叫他一辈子好好躲着，别让我看见，否则我马上杀了他。但是，西联电报公司不会发这样的电报。所以，我就发了短短的五个单词，加在一起，意思就是'踉跄'，而这五个英语单词的首字母放在一起，就组成了'死'字。"

"我想他肯定吓坏了。"

赫索格没有笑。"我不知道。他很迷信。但刚才我说过，他是个顾家的人。他会修理家里的电器。孩子需要滑雪服的话，他会去买。他会拿着购物袋去希尔曼商场的地下室，买一大堆面包卷和腌鲱鱼回来。他也多才多艺，曾经是运动员，虽然他有一条腿是用木头做的假肢，但他在纽约州立大学奥尼昂塔分校获得过拳击冠军。他打扑克牌很专业。和拉比在一起时，他聊起马丁·布伯来口若悬河，他也会唱牧歌，是海德公园牧歌协会的成员。"

"嗯，"辛金说，"他只不过是心理有点变态，爱自吹自擂，爱出风头。不过可能心肠比较硬，一个典型的犹太人。一个吵吵嚷嚷的骗子。"

"这个掮客开什么车？"

"一辆林肯大陆。"

"哦，哦。"

"但是，他砰的一声关上车门，就开始夸夸其谈，头头是道。我有一次在礼堂里听他做演讲，面对两千多名听众，研讨会的主题是废除种族隔离，而他大肆攻击所谓的富足社会。就是这个情况。要是你有一份好工作，一年大约收入一万五千美元，有医疗保险，有退休金，也许手上还有一些股票，你也可以口无遮拦，对不对？人要是读过书就会以文化人自居，喜欢引用书里面的优美词句装点门面，就像螃蟹应该用海藻美化自己一样。然后是那些观众，有些是商人，生意做得很不错，有些是技术很过硬的专业人士，但是，在自己的领域之外，他们似乎相当无知，无论人家怎么说，他们都会相信是真的，所以任凭演讲者挥洒自如，激情四射。他的脑袋就像燃烧的火炉，声音轰隆隆的，就像从保龄球道上传来的，那条木头假腿在讲台上咚咚地响。在我的眼里，他就是一个怪物，就像一个白痴在唱《阿依达》。但是，对那些人来说……"

"天哪，你这么激动啊？"辛金说，"你为什么会突然谈起歌剧？按照你的描述，这个家伙活脱脱就是一个演员，我非常清楚，玛德琳也是个演员。我一直都知道。但你别紧张，这么激动对你不好。你会把自己害死的。"

摩西沉默了，眼睛闭了一会儿。然后他说："嗯，也许吧……"

"等等，摩西，可能我的客户来了。"

"哦，好吧，我就不耽误你了。你把你表弟的号码给我，稍后我们在市区里再见。"

"这么急吗？"

"是的，我今天必须做出决定。"

"好吧，我尽量挤一点时间给你。我们这就挂了吧。"

"我需要十五分钟，"赫索格说，"我会事先把所有的问题都想好。"

摩西记下了瓦希塞尔的号码，但他心里又在想，也许他最好别再问人家要建议或者请人家帮忙。这样性质会变掉的。他把瓦希塞尔的号码在便笺簿上描了一遍。他听到电话的另一头辛金对他的客户大喊大叫，粗鲁得很。好像是关于食蚁兽的什么事……

他解开衬衫的扣子，让衬衫从背后滑落在浴室的地板上。然后，他往台盆里放水。在灰色的光线下，粗糙的椭圆形台盆显得很光滑，很好看。他用指尖触摸着几乎全白的脸盆，闻着水汽的气息，其中混杂着从下水口冒上来的微微臭味。意外的美感。这就是生活。他把头伸到水龙头下面，冲着水，有点惊吓，叹了口气，接着又挺高兴地叹了口气。茹弗内尔先生，如果政治哲学的目标，就像你说的那样，是为了教化野蛮人，改善他们的举止，让他们专注于开展建设性的任务，我想说，他下面的话不是对茹弗内尔说的，那天晚上看到詹姆斯·霍法上了你的电视节目，我就认识到纯粹的愤怒是一种多么可怕的力量啊！我为那些可怜的教授感到难过，他一直盯着他们不放，简直要把他们吃了。我告诉你我会对霍法说什么。换作是我的话，我会说："你凭什么认为现实主义必定是残酷的？"赫索格的手放在水龙头上，左手关掉热水，右手把冷水开得更大。水浇在他的头皮和脖子上。他浑身颤抖着，因为他越想越激动。

最后，他抬起头，水滴滴答答的，他用毛巾包好，用力地揉，不停地晃，希望能恢复一点平静。这时候他想起来了，到浴室里面去让自己清醒清醒，已经成了他的习惯动作。他似乎是觉得在这里面他更能够控制自己。事实上，他记得，在鲁德维尔的时候，有几个星期他要求玛德琳和他在浴室的地板上做爱。她答应了，但他看得出，她在旧瓷砖上躺着的时候，她是非常生气的。那样有很多好处。无事可干的时候，全能的人类智慧就是这样消遣的。此时，他想象着十一月的雨从天而降，落在鲁德维尔刚粉刷了一半的房子上。漆树的红叶飘然落下，就像一张张红色的中国剪纸，在萧瑟的树林里，猎人们呼呼地打着鹿，打死了不少猎物。稍后，硝烟才从树林的边缘慢慢升起。摩西知道，躺在地上的妻子在心里诅咒着他。他把泄欲的方式搞得滑稽可笑，就是为了表明性欲有多么荒谬，这无疑是人类最卑劣的斗争，体现了奴隶制的本质。

　　然后，摩西突然想起了一件截然不同的事情，那是大约一个月之后，发生在巴林顿郊外格斯巴赫的家里。格斯巴赫为他的小儿子以法莲点亮了光明节蜡烛，念了希伯来祷告词，然后抱着以法莲跳舞。以法莲裹着臃肿的睡衣，而瓦伦丁精力充沛，虽然瘸着脚，但不妨碍他翩翩起舞，这就是他的魅力所在。他会因为自己是个瘸子而生气吗？去他妈的。他顿足拍手，手舞足蹈，潇洒的头发平时总是散在脖子上，这时上下飘动，他无比深情地看着这个小男孩，一双乌黑的眼睛像两团烈火。每当出现那种眼神，他脸上的红润就似乎流入棕色的眼睛里面，脸颊上出现无数个孔隙。看着玛德琳的表情，我猜想她会喷出一股气息，不由自主地笑起来。那眼神很深沉，很奇怪。她的表情就像一个活页夹被挤开了。她爱着那个马戏团演员。

　　自己总是滑稽可笑的！赫索格很冲动地表达了这一点，尽管有点痛苦，脑子里一阵混乱（在涂皂液的时候，他把刀片夹进喷射式刮胡刀里），拼命寻找平衡，他想到了霍京教授的一本新书，在这个世界上，不管正义是否可以普及，正义都必须起源于每个人的内心。怪诞的想法必须克服，必须由社会、通过有益的工作加以纠正。正如你所指出的，个人的痛苦是从受虐狂转化而来的。但我们知道。我们知道，我们知道，知道！创造性的苦难，如你所想……是基督教信仰的核心。那么，什么是创造性的苦难？赫索格敦促自己说得更清楚些。我心里到底在想什么？我可能是在想：我要不要让那两个人发誓，折磨他们，拿喷灯烧他们的脚？为什么？他们有权利相爱，甚至可以说他们才是一对。放过他们吧。但是，这公道吗？正义呢？谁想要正义？大多数人的生与死都没有公道可言。世世代代，有数十亿人或艰苦劳动，或流浪乞讨，或沦为奴隶，或受人欺压，无数人惨死，但死后的待遇还不如牛。摩西·赫索格痛苦地、愤怒地嘶吼着，呼唤着正义。他要以牙还牙，为自己承受的苦难寻求公道，这是他作为受害者的权利。我喜欢小猫咪，它的皮毛很暖和，我坐在火炉边，给它喂猫食，猫咪会感激我、爱我。所以，此时他出离愤怒，胸中充满戾气、狂喜，迫切想用自己的手臂和手指掐死他们。他纯洁而孩子气的心到此为止吧。社会组织尽管笨拙而邪恶，但比我更有成就，比我更能代表善，因为至少它们有时会伸张正义。我现在一塌糊涂，只会空谈正义。我连过正常人生活的力气都没有。在哪里可以正常地生活呢！正常人的生活是我赖以生存的唯一借口，那么，正常人的生活在哪里？我有什么可以告慰自己的？只有这个！他的脸照在布满斑点的镜子里。那些斑点都是肥皂沫。他看着自己迷惘而愤怒的双眼，大叫了一声。我的天啊！这个生物是谁？它认为自己是人类。但是，它到底是什么呢？它本身不是人，但渴望成为人类。就像一个令人不安的梦，抑或是持续不断的蒸汽。一种欲望。欲望是从哪里来的呢？它是什么呢？又能是什么？不是永恒的渴望。不，它是终有一死的，但有人性。

*　　*　　*

他穿上衬衫的时候，心里谋划着双亲节那天去看望儿子的事情。早上七点，开往卡茨基尔的巴士会从西区站出发，上了高速公路行驶，不用三个小时就可到达。他还记得，两年前，他和孩子们和其他父母一起，在尘土飞扬的操场上转悠，他还记得营房里粗糙的木板，疲惫的山羊和仓鼠，光秃秃的灌木丛，还有放在纸板盘子上的意大利面条。到了下午一点钟，他就会筋疲力尽，巴士启程返回之前的那几个小时很难熬，但为了马可，他一定要坚持。至于黛西，她就不用去了。她有自己的烦恼，她妈妈年纪大了，身体很不好。赫索格从许多渠道听说了，他的前岳母长相清秀，但为人专制，是个十足的女权主义者和"现代女性"，总是戴着老式的夹鼻眼镜，有一头浓密的白发，听说她失去了自理能力，他心里觉得怪怪的，有点不是滋味。她一直认为摩西之所以和黛西离婚，是因为她是一个"站街女"，使用特别的身份证件，俗称"黄色票"。在幻觉之中，波琳娜俨然又变成了一个俄罗斯人。在俄亥俄州赞斯维尔的五十年，她一直在劝说黛西别再"勾搭男人"。可怜的黛西，每天早上送儿子去上学后，在出门去上班之前，她都要听一阵妈妈的唠叨。波琳娜是一个非常稳重、可靠的女人，极其负责任，甚至到了冷酷无情的地步。黛西在盖洛普民意测验所上班，当统计员。为了马可，她想让家里的气氛轻松一些，但她在这方面缺乏天赋，她养了鹦鹉、绿植、金鱼，从现代艺术博物馆买来了乔治·布拉克和保罗·克利作品的复制品，但反而让家里更加压抑。同样，虽然她衣着整洁，长袜的缝对得很直，脸上涂了粉，眉毛也用眉笔画得很漂亮，本应神气活现，但她始终闷闷不乐，显得心情沉重。打扫完鸟笼，给所有小动物喂完食，给绿植浇了水后，她还要在门口面对年老体弱的妈妈。波琳娜命令她放弃这种下贱的生活。她总是说："黛西，我求你了。"最后，她居然要下跪，老太太臀部肥大，下跪实在不容易，下跪后，细长花白的辫子就垂在屁股后面，她还是很精致，很有女人味，这时，她的夹鼻眼镜挂在丝带上晃动着。"你不能总是这样过日子，我的孩子。"

黛西想把她扶起来。"好吧，妈妈。我会改的，我保证。"

"你是不是又要去找男人，在街上？"

"不是，没有，妈妈。"

"肯定是的，男人在等着你。罪孽啊！你会染病的。你会死得很惨。你必须改。你改了，摩西就会回来的。"

"好吧。你起来吧，妈妈。我会改，不做了。"

"要谋生，还有别的路子。拜托你了，黛西，我求你了。"

"别这么说，妈妈。来，你坐下。"

老波琳娜颤颤巍巍地从地板上站起来，手脚笨拙，可能是因为屁股太大和膝盖孱弱无力。然后，黛西把她扶到椅子上坐下。"我不再招惹他们了。来吧，妈妈。我去打开电视，你想看烹饪节目吗？看迪奥内·卢卡斯的，还是早餐俱乐部？"阳光透过百叶窗照射进来，屏幕上闪烁的图像看起来都是黄色的。头发花白、温文尔雅的波琳娜，这个原则性很强的老太太，整天都坐在电视机前，一边看电视，一边编织。邻居时不时会进来陪陪她。埃西娅表妹偶尔会从布朗克斯来看她。清洁工每周四会来。但是，波琳娜已经八十多岁了，最终还是得住到长岛的一个养老院里去。到了晚年，一个性格再刚毅的人也要落到这般田地。

哦，黛西，非常遗憾。我很同情……

赫索格想，让人伤心的事情真是接踵而至，一件接着又一件啊。他刚刮过胡子，脸颊有点刺痛，他喷了一把爽肤水，揉了揉，用衬衫的下摆擦干手指。他拿起帽子、外套、领带，匆匆跑下阴暗的楼梯，电梯太慢了。到了出租车停车点，他看到一个波多黎各司机手里拿着一只袖珍梳子，正在梳着光滑的黑发。

摩西坐在后座上打了领带。出租车司机转过头来，仔细打量着他，然后问："哥们儿，去哪里？"

"市区。"

"好吧，我碰到一件巧事，我想说给你听。"他们向东朝百老汇驶去。司机一边开车，一边通过后视镜看着他，而赫索格则俯身向前，看清了计价器旁边的那个名字：特奥多罗·瓦尔德彭纳斯。"今天一大早，"瓦尔德彭纳斯说，"我在列克星敦大道看到一个人，穿着很像你，大衣一模一样。还有帽子。"

"他的脸你看到了吗？"

"没有，我没有看见他的脸。"出租车咔嚓咔嚓地开进百老汇大街，然后向华尔街疾驰而去。"哪里？在列克星敦大道？"

"在六十几街吧。"

"那个人在干什么？"

"他抱着一个穿红色连衣裙的女人，在亲吻。所以我才没有看到他的脸。他们吻得真起劲！是你吗？"

"应该是我。"

"感觉怎么样？"瓦尔德彭纳斯用力拍了一下方向盘。"哥们儿，真巧啊！我从拉瓜迪亚机场接了一个人，经过三区大桥和东河大道，路过第七十二街和列克星敦大道路口的时候，我看见你在吻一个女人，然后过了两个小时，你就搭了我的车。"

"就像抓到一条吞下女王戒指的鱼。"赫索格说。

瓦尔德彭纳斯侧着身，斜眼看着身后的赫索格。"那个女人真好看。身材有料！棒极了！她是你的老婆吗？"

"不是。我单身。她也单身。"

"好吧，哥们儿，没事的。等我上了年纪，也跟你一样。该干吗干吗！相信我，我已经远离小姑娘。和一个不到二十五岁的女人在一起，那是在浪费时间。对于那种人，我已经戒了。一个女人过了三十五岁才会当真。找这种人最有价值。你要去哪里？"

"市法院。"

"你是律师吗？还是警察？"

"我穿这种外套，怎么可能是警察呢？"

"哥们儿，现在有些警察总是穿着便服。有什么区别？听我说。上个月，我被一个小姐弄得火冒三丈。她只是躺在床上嚼口香糖、看杂志。她说：'你自己来吧！'我说：'这是什么情况？嫖客来了，你却只顾着嚼口香糖、看杂志？'她说：'好吧，抓紧点，赶快完事。'你说这算是什么态度？我说：'我做自己营生的时候才会抓紧。你说这样的话，被人家打掉一颗牙齿都是活该。'我跟你说吧，跟她上床很没劲。一个十八岁的小姐什么也不懂！"

赫索格笑了，主要是因为惊讶。

"我说得没错吧？"瓦尔德彭纳斯问，"你不是小孩了。"

"对，不是了。"

"四十多岁的女人真的喜欢……"他们来到了百老汇大街和休

斯顿大街的交叉路口。有一个满脸胡楂而表情傲慢的酒鬼拿着一块脏兮兮的抹布，等着擦拭过往车辆的挡风玻璃，擦完就伸手讨要小费。

"你看看那个流浪汉是怎么挣钱的，"瓦尔德彭纳斯说，"他就把玻璃车窗抹一抹，反而更脏了。那些胖子只好付钱。他们都吓得直哆嗦，不敢不给。我看到过这些酒鬼混混往汽车上吐口水。他们最好不要碰我的车。我身边放着装轮胎的扳手，哥们儿。我会打爆那个混混的头！"

有点坡度的百老汇大街上洒着夏日的浓荫。人行道上摆着二手书桌和转椅，以及旧的绿色文件柜，等等，那种绿是水族馆的绿，或者是腌黄瓜的绿。这时已经到了纽约的金融区，这个地方氛围沉闷，又没有阳光。再下去就是三一教堂。赫索格记得，他答应过要带马可去参观亚历山大·汉密尔顿的坟墓。他跟马可讲过汉密尔顿和阿伦·伯尔决斗的故事，在决斗中，汉密尔顿中枪身亡，血淋淋的尸体是在一个夏天的早晨用一艘小船送回来的。马可听着故事，脸色发白，但表情坚定，他那张继承了赫索格家族的传统长满雀斑的脸上没有露出什么表情。对于他爸爸的脑子里藏着那么多事情，有些甚至是耸人听闻的，马可似乎从未感到惊讶过。在水族馆，赫索格讲解了鱼鳞的分类，骨鳞、盾鳞等。他还知道矛尾鱼在哪里可以捕到，龙虾的胃是什么样子的。他把这一切都讲给儿子听，但赫索格觉得不能再干这种事了，这是罪过，他太想当个好爸爸，反而成了坏榜样。我太想对他好了。

摩西付钱的时候，瓦尔德彭纳斯嘴里念念有词。他似乎在和赫索格聊着天，而且聊得很愉快，但其实那是机械、自动的。他并没有听到赫索格说什么。没什么实质内容，搞笑而已。"把钱放好啊，先生。"

"再见，瓦尔德彭纳斯。"

他转过身朝向灰蒙蒙的法院大楼。灰尘在宽阔的台阶上飞扬着，石头台阶已经磨得很光滑。赫索格走上去，看到一束紫罗兰从一个女人的手中掉落。那也许是个新娘。花束上面已经几乎没有了香味，但让他想起了马萨诸塞的鲁德维尔。此时，那里的牡丹已经盛开了，正散发着芳香。玛德琳通常往卫生间里喷丁香味的除臭剂。对他而言，这些紫罗兰闻起来就像女人的眼泪。他把它们扔进垃圾桶，算是安葬了，但愿这些花不是从失望的人手中掉落下来的。他推开旋转门走进大厅，一只手伸进衬衫的口袋里去摸那张折叠起来的纸条，上面有瓦希塞尔的电话号码。现在打电话还为时过早。辛金和他的当事人还没空去市区。

既然还有时间，赫索格就在楼上宽阔而昏暗的走廊里漫步，通过双开弹簧门上的椭圆形小窗，可以看到审判室里面的情况。他从一个小窗往里面窥视，在宽大的红木座椅上，大家似乎都很悠闲。他走进去，恭恭敬敬地摘下帽子，朝法官点了点头，但那个法官没有理会他。那个法官身材魁梧，秃顶，肥头大耳，声音低沉，握紧一只拳头放在文件上。这间审判室非常大，天花板装饰华丽，墙壁是浅黄色的，但色调总觉得很冷。一名法警打开被告席后面的那扇门，就可以看到拘留室的铁栅栏。赫索格两腿交叉。他总是很有风度，即使是抓痒痒，他的风度也从未消失。他一双眼睛乌黑、专注，他准备聆听的时候，会微微侧过脸去，这也是他妈妈的习惯性动作。

一开始似乎没什么动静。几名律师和当事人漫不经心地聊着，好像是在讨论细节问题。然后，法官突然提高嗓门，打断了他们。

"等一下。你是说……"

"他说……"

"我先听听那个人自己怎么说。你是不是说……"

"不，先生，我没有。"

法官问："那么，你是什么意思？律师，这是什么意思？"

"我的当事人仍然表示……不服罪。"

"我没有……"

"法官大人，就是他。"一个黑人说道，但语气并不坚决。

"……他喝醉了，你就把他从圣尼古拉斯大道拖到那个地下室……具体地址是几号来着？企图抢劫。"法官说话的声音低沉，纽约口音很重。

从背后看，赫索格就能辨认出这个案件中的被告。那是一个黑人，穿着脏兮兮的棕色裤子。他的两条腿在不停颤抖，好像非常紧张，俨然将要参加赛跑，而他微微蹲着，好像是蹲在起跑线上。但是，在他面前大约十英尺[1]的地方，是闪闪发光的铁栅栏。原告的头上绑着绷带。

"当时你口袋里有多少钱？"

"六十八美分，法官大人。"缠着绷带的那个人说。

"他强迫你进入地下室了吗？"

被告说："没有啊，大人。"

"我没问你。闭嘴。"法官很恼火。

这时，那个受伤的人把缠着绷带的脑袋转过来。赫索格看到了一张黑乎乎、干瘪、苍老的脸，眼圈通红。"没有。他说他要请我喝一杯酒。"

"你认识他吗？"

1　英美制长度单位，1英尺等于0.3048米。

"不认识，大人，但他确实请我喝了一杯酒。"

"这么说，你和这个陌生人去了地下室……地址呢？法警，文件在哪里？"摩西发现这个法官是故意做出喜怒无常的样子来逗乐自己和活跃审判室里面的气氛。否则，里面的人都在例行公事，太沉闷了。"在地下室里，发生了什么事？"法警从他身边走过，他看了一眼他拿在手上的表格。

"他打我。"

"是突然袭击吗？他站在哪里？在你背后吗？"

"我看不见。血往下流，流进了我眼睛里面。我看不见。"

那两条绷紧的腿渴望着自由，迫不及待了。

"他把你的六十八美分都拿走了？"

"我抓住他，开始大喊大叫。然后，他又打了我一下。"

"你用什么打这个人？"

"法官大人，我的当事人否认打过他。"那个律师说，"他们是熟人。他们是一起出去喝酒的。"

那张脸真的是黑乎乎、干巴巴的，头上裹着绷带，嘴唇紧闭，眼睛红红的，盯着律师。"我不认识他。"

"都是要命的狠手啊！"

"袭击，蓄意抢劫，"赫索格听到法官说，"我猜想原告一开始就已经是醉了的。"

也就是说，他的血液被威士忌稀释了，血液里面掺了威士忌酒，就是这样流的。罪犯又紧张起来，他那条宽松的裤子真滑稽。那个法警油光满面，带被告回牢房的时候，样子看上去很和蔼。他把门打开，拍拍被告的肩膀，让他自己走进去。

接着又有一群人站在法官面前，由一个便衣警察做证。"晚上七点三十八分，在中央车站地下层的男厕所……这个人站在旁边（报了名字），伸手来摸我的性器官，同时说……"赫索格想，这个便衣警察肯定是专门在男厕所蹲守的，经常在里面晃荡，把自己当成诱饵。从他做证的说话速度和专业程度来看，他肯定是轻车熟路的。"我抓他，是因为他犯法了。"便衣警察还没有说明那个人犯了什么法，法官就问："有罪还是无罪？"

那个被抓的人身材高大，是一个外国年轻人，是德国人。他出示了护照。他穿着一件棕色的长款皮大衣，皮带系得紧紧的，小脑袋上留着浓密的鬈发；他的眉毛是红色的。经过盘问，得知他是布鲁克林一家医院的实习生。此时，法官让赫索格大吃一惊，他一直以为这个法官只是一个粗俗、啰唆、无知的寻常治安官员，只会表演给旁听席上的观众看，包括赫索格。然而，他双手搂着黑色长袍背后的领口，赫索格认为，这个手势是想叫被告的律师别多说废话。他说："告诉你的当事人，如果他认罪，他将永远不能在美国行医。"

法官穿着黑色的衣服，露在领口上方的头颅乍看起来就是一团肉，几乎没有眼睛，或者说他的眼睛就像鲸鱼的眼睛那么小，毕竟那是一个人的脑袋。他的声音空洞，显得很无知，但那毕竟也是人的声音。不能因为一个人在中央车站下面那个臭气熏天的厕所里一时冲动就毁掉他一辈子的事业，在那种地方，在城市的下水道里面，没有人把持得住，只要警察（也许他们自己也差不多）加以诱惑，那些可怜的灵魂肯定会上当。瓦尔德彭纳斯提醒过他，现在有些警察会穿着便装，去勾引人家拦路抢劫，或者让喜欢调戏女性的人上当。如果他们能够以执法的名义男扮女装，那他们还有什么想不到，还有什么事情做不出来？警察的想象力和创造力真是深不可测……他反对这种荒唐的执法方式。任何形式的性行为，只要不扰乱治安，不伤害未成年的儿童，都是私事。除非对方是小孩。小孩绝对不行。这一条必须恪守。

他兴致勃勃地旁观着。医院实习生的案子还没有谈完，又来了一个抢劫未遂案的主犯。主犯是个男孩，未成年人，虽然他的脸上布满皱纹，更为奇怪的是，他的皱纹有些比较阴柔，有些则阳刚之气十足。他穿着一件绿色的衬衫，很脏。他的头发染过，又长又硬，同样也是很脏。他的一双眼睛圆滚滚的，颜色很淡，虽然眼神欢快，但显得空洞，不，那比空洞更糟糕。回答问题的时候，他的音调很高，冰冷，做作得很明显。

"名字？"

"法官大人，什么名字？"

"你自己的名字。"

"我的男名还是女名？"

"哦，我明白了。"法官吓了一跳，"醒"了过来，环顾左右，扫了一眼坐在旁观席上的观众。这个值得仔细听。摩西身体前倾。"那么，你是男的，还是女的？"

那个人冷冷地说："这个得看对方的需要。有的希望我是个男的，有的希望我是个女的。"

"这是想干什么？"

"性交，法官大人。"

"嗯……你的男名叫什么？"

"艾莱柯，法官大人。我的女名叫爱丽丝。"

"你在哪里工作？"

"第三大道，酒吧里面。我在那里坐台。"

"你就是这样谋生的吗？"

"大人，我是靠卖淫谋生的。"

观众、律师、法警都咧开嘴大笑，法官本人也觉得很有意思，只有一个光着膀子站在旁边的粗壮女人没有参与集体哄笑。"你洗干净一点，不是更好做生意吗？"法官说。啊，这些人都是演员！摩西想。都是演员！

"脏一点反而更好，法官大人。"那个冰冷的女高音尖锐和急促，有点出乎意料。法官显得非常满意。他那双肥硕的手握在一起问："那么，指控他什么？"

"企图抢劫十四街的一家杂货店。他持玩具手枪，让出纳员交钱，出纳员打了他，并夺了他的'枪'。"

"玩具枪啊！出纳员来了吗？"

出纳员就是那个粗壮的女人，她的手臂粗壮，肩膀厚实，头发灰白。她长有狮子鼻的脸上表情异常严肃，甚至怒气冲冲。

"是我，法官大人。玛丽·庞特。"

"玛丽？玛丽，你是个勇敢的女人，而且反应敏捷。你说说，当时是什么情况？"

"他手插在口袋里，做了一个拿枪的动作，给我一个袋子，让我往里面装满钱。"赫索格发现，这个人彰显了一种沉重而简单的精神，用流行语说，她是个运动型体格的人，皮囊下面藏着一个不朽的灵魂。"我知道他是在吓唬我。"

"你怎么对付他？"

"我有一根棒球棒，法官大人。我们店里刚好有卖。我用棒球棒打了他的手臂。"

"你真厉害！艾莱柯，她说的属实吗？"

"属实，大人。"他用清晰而冰冷的声音回答。赫索格努力猜测他为什么会如此玩世不恭。这个艾莱柯到底想干什么呢？他显然是在嘲弄社会。他染过的头发，就像刚经历严冬摧残的绵羊身上的羊毛，他眼睛圆圆的，涂在上面的睫毛膏还清晰可见，他穿着性感的紧身裤子，不过，即使他的玩世不恭也有点盲目的成分，他也是个演员，但他在梦游，他想通过做梦否认或者回避现实。他下意识地对法官断言："你当法官和我卖淫，本质上是一回事。"是的，赫索格认定，这是必然的。桑德尔·希梅尔斯坦曾经怒不可遏地说，只要是活着的，所有人都是婊子。当然，法官并没有真的叉开双腿，但是，他肯定是在权力结构内上下其手，才获得了任命。况且，他也没有露出想否认的表情，或者做出任何想否认的动作。他的表情不存在幻想，他也不需要虚伪狡辩。咋咋呼呼的人是艾莱柯，他甚至自以为有一定的"精神"魅力和作用。一定是有人告诉他，口交是通往真理和荣誉的捷径。所以，这个伤痕累累的艾莱柯也有一定的思想深度。他比所谓的正人君子都更加纯洁、更崇高，他不说谎。不仅桑德尔才有这样的想法，对于真理和荣誉，他们的想法非常诡异，但也简单至极。是现实主义，超凡脱俗。

有吸毒史。这是意料之中的事。他需要钱买毒品，对吗？

"对，法官大人，"艾莱柯说，"我几乎不敢动手，因为这位女士长得像男人，我知道她不好对付。但我最终还是想碰碰运气。"

除非有人问她，玛丽·庞特始终闭着嘴。她低着头。

法官说："艾莱柯，如果你再这样下去，你最终要葬身于陶土园的穷人义冢……我看用不了四五年的时间。"

墓地！他的眼神真的空了，也不再嬉皮笑脸了。艾莱柯，怎么样？你能不能……严肃一点？但是，艾莱柯哪里严肃得起来呢？他能指望什么？此时，他正准备回去牢房，只听到他大喊："再见了，各位。"声音还是那么亲昵、缠绵。

"再见。"有人冷冷地应了一声。然后，他们把他推出去了。

法官摇了摇头。这些"兔子"，都是垃圾！他从黑色的长袍里拿出一块手帕，擦了擦脖子，抬起下巴，脸上金闪闪的。他在笑。玛丽·庞特还在等候吩咐，他说："谢谢你，小姐。你可以走了。"

赫索格恍然发现他自己一直坐着，跷着优雅的二郎腿，粗糙的椭圆形帽檐压在他的大腿上，他的条纹夹克仍然扣着扣子，因为他心情急切，身体僵硬，所以觉得这件外套有点紧。他一直在用理智、沉着、富有同情心的目光看着眼前的一切，他想，这就像一首老歌唱的："我身上有苍蝇，你身上有苍蝇，但耶稣的身上没有苍蝇。"像他这样一个善良和有爱心的人，肯定能免于警方的管制，不用遭受低级别的痛苦和惩罚。赫索格坐在长凳上挪了一下屁股，好不容易才将手伸进口袋里。他有一毛钱打电话吗？他必须给瓦希塞尔打电话。但是，他够不到硬币（他变胖了吗？），于是站了起来。他一站起来，就意识到自己有点不对劲了。他觉得好像有什么可怕的东西进入了他的血液，他好像发炎了，他的血管、他的脸、他的心都很刺痛且灼热。他知道自己的脸色肯定很苍白，尽管脑袋里血液翻腾，脉搏跳动得厉害。他看见那个法官正盯着他，似乎赫索格离开审判室的时候应该朝他鞠躬，他还欠着他这个礼……但他转过身，匆匆走进两排长凳之间的通道，推开了弹簧门。他先解开衣领，然后想解开这件新衬衫的纽扣，但很费力。他脸上冒出了汗珠。走到宽阔的高窗边站着，他的呼吸才又恢复正常。窗户的底部有一个金属格栅，一股凉风穿过铁格栅吹进来，灰尘悄无声息地在墨绿色的窗帘褶皱下翻腾。赫索格几个最要好的朋友，以及他的叔叔艾尔和他的爸爸，都死于心力衰竭，有时赫索格觉得他自己也随时可能心脏病发作而死。但是，不，他身

284

体非常健康，身强体壮，不会……他要说什么呢？他把这句话说完，不过却说成这样：我的运气不会这么差。他必须好好活着。他要完成自己的使命，不管是什么使命。

他胸口的灼烧感消退了，感觉就像吞下了一口毒药。但他怀疑毒药是体内本来就有的。其实他也知道是这么一回事。源头在哪里？他是不是认为他身上的好地方变坏了？还是本来就不好？他本身是个邪恶的人？看到这些人尽在法律的掌握之中，他很激动。那个医院实习生红色的额头，那个黑人不停颤抖的双腿，他都觉得很可怕。但他也怀疑换作他自己，他会有什么样的表现。有些人，比如辛金，或者希梅尔斯坦，或者埃德维格医生，他们认为赫索格是个很纯粹的人，他的人道主义情怀是幼稚的。他就像宠物鹅幸免于被斧头砍杀一样，幸亏没有受到某些情绪的破坏。是的，宠物鹅！在辛金的眼中，他是无辜的，就像那个体弱多病的姑娘一样，就是那个有癫痫病却可能遭到玛德琳伤害的表妹。赫索格认为，年轻的犹太人是在伦理道德的熏陶下长大的，他们接受道德教化，就像维多利亚时代的女士们学习钢琴和刺绣一样。今天我来到这里，是想看看不同的东西。这显然就是我的初衷。

我故意误读了合同。我从来都不是什么当事人，自以为是而已。显然，我仍然相信上帝，尽管从未承认。否则，我的行为和生活该如何解释呢？所以，我不妨承认事情的真相，否则，甚至没有人能描述我的行为。我的行为意味着存在着一个障碍，我从一开始就遭受这个障碍的阻挡，我一辈子都想突破这个障碍，我有坚定的信念，相信突破之后一定会有好结果的。也许最终我是可以过去的。我肯定一直有这样的想法。这是信仰吗？还是单纯的幼稚，为了获得人家的宠爱，会尽力完成人家交代的任务？从心理学的角度说，那就是幼稚，是典型的抑郁。但是，赫索格并不认为最苛刻的解释就一定是最真实的。也许还有渴望、冲动、爱、激情等，这些强烈的情感会让人生病。我能忍受多久？长久以往，身体是要崩溃的。我一生都在克制，而如今，压抑的渴望又像毒药一样冲上来了，让他感到刺疼。邪恶，邪恶，邪恶啊……兴奋、典型、激烈的爱已经变成了邪恶。

＊　　　＊　　　＊

　　他感到痛苦。他应该感到痛苦。非常正确。即使只是因为他曾经要求那么多人对他撒谎，很多很多，首先是他自己的妈妈。当有必要的时候，妈妈才会对自己的孩子撒谎。但是，也许他妈妈也是受他的忧郁所感染，摩西身上的忧郁也是她自己的忧郁。一家人的表情和眼神，都是差不多的。他能想起妈妈的表情，有爱也有悲伤，但在内心深处，他并不想看到这样的悲伤永久化。是的，这样的表情反映了一个种族深沉的经历，表明一个种族对幸福和死亡的态度。忧郁的表情，暗淡的外表，表现了对人类命运的屈服，而他妈妈这张漂亮的脸庞显示了她对生命伟大的反映，无比勇敢，虽然充满忧伤，但直面死亡。没错，她很漂亮。但是，他希望情况会有所改变。等到我们对死亡有了更好的理解，我们的表情就会有所不同。人类的外表也会改变。等到我们能够正视死亡！

　　她也不总是撒谎来避免他的情感遭受打击。他记得，有一天傍晚，她把他带到小客厅的窗前，因为他问了一个关于《圣经》的问题：亚当是如何用尘土创造出来的？那时我六七岁。她正要给我释疑。她身上的衣服是灰褐色的，和画眉鸟一样。她的头发浓密、乌黑，但已经有了一些银丝。她要到窗口指一些东西给我看。街上的积雪泛着白光，夜幕已经降临，没有这白光，周围会很暗。窗户的边框都是彩色的，有黄色的，有琥珀色的，有红色的，冰冷的玻璃上有花纹，也有裂纹。路边竖着棕色的电线杆，当时的电线杆都很粗壮，顶上有许多横杆，装着绿色的玻璃绝缘子，横杆支撑着因为结冰而负重下垂的电线，上面落着许多褐色的麻雀。莎拉·赫索格摊开双手说："你仔细看，你就能看到亚当是用什么做的。"她一根手指揉着手掌心，直到布满深纹的掌心出现黑色的东西，他看着那就像是一粒泥土。"你看到了吗？是真的。"如今，赫索格已是一个成年男子，此时站在无色的大窗户旁边，像地方法院外面一面静止的帆，做着和她一样的动作。他揉着揉着，笑了，他果真在掌心揉出了一块黑色的东西。他站在那里，凝视着黄铜格栅上的黑色镂空图案。也许她做这个动作给我看，只是为了逗我开心。只有你参透了死亡，知道真正的人是什么样的，你才有那样的智慧，才会那样逗人家。

　　她去世的那一周，也是在冬天。那是在芝加哥的西区，当时赫索格十六岁，基本已经长大成人。她已到弥留之际，但摩西显然不太关心。他已经有了自由的思想，对他来说，达尔文、海克尔和斯宾塞都是老古董了。他和泽里格·科宁斯基（那个纨绔子弟后来怎么了？）都瞧不上那个小图书馆。他们在沃尔格林连锁店买了许多三十九美分一本的大部头，比如《意志和理念的世界》和《西方的没落》。那是什么情况？赫索格皱起眉头，竭力回忆当时的情景。爸爸夜里干活，白天睡觉。在家里，大家都要蹑手蹑脚，如果弄出动静，把他吵醒，他就会大发雷霆。他的工作服挂在浴室的门后，散发着亚麻籽油的气味。他下午三点会出来喝茶，衣衫不整，沉默不语，表情凶狠，一副怒不可遏的样子。但是，后来他又开始创业，樱桃街上黑人妓院的对面有个铁路货场，他在那里开了一个货栈。他有一张折叠办公桌。他的胡子刮得干干净净。那时，妈妈就已经病入膏肓了。寒夜里，我守在厨房里读着《西方的没落》。圆桌上铺着一块油布。那是可怕的一月，街道上结了一层钢铁般坚硬的冰。月光洒在后院的雪地上，闪闪发光，粗糙的原木走廊则在雪地上投下了阴影。厨房的下面是锅炉间，那个黑人清洁工也负责照看炉火，他围着一只粗麻布口袋，胡子上沾满了煤灰。他用铲子将煤炭从水泥上铲起来，咣当咣当地送进炉口。然后，他用铲子砰的一声关上炉子的铁门。再接着，他用一只旧的桃形筐把煤渣带出去。我经常拥抱洗衣房里的那个姑娘。但是，我正在深入研究斯宾格勒，在那个邪恶的德国人所制造的幻象海洋中挣扎着，随时可能淹死。首先是美丽的古希腊，所有人都为之叹息！然后是东方三博士时代，再接着是浮士德的时代。我知道，作为一个犹太人，我是一个天生的东方博士，我们东方博士们有过一个伟大的时代，但这个时代已经永远过去了。不管我怎么努力，我永远也掌握不了基督教和浮士德的世界观，我永远与他们的思想格格不入。迪斯雷利以为他能理解并领导英国人，但他完全错了。我还是听天由命吧。犹太人是一个古老的物种，就像蜥蜴，是一个伟大的爬行动物时代的产物，我也许可以通过欺骗外邦人获得虚假的繁荣，但那种文明的苦力已经少了，毁灭了。不管怎么说，这是一个精神枯竭的时代，所有的旧梦都是梦幻而已。我生气了，我的胸膛里像火炉一样，熊熊燃烧着。读得越多，就越生气。

我把目光从印得密密麻麻的纸张上挪开，好不容易摆脱了那些阴险而迂腐的文字，但我的心已感染上了野心和复仇的病毒，此时，妈妈正要走进厨房。她看到门下有光，就从卧床的房间出来，在家里到处找我。生病期间，她头发剪得很短，让人几乎认不出来了。或者说，她的短发传递了一条更简单的信息，似乎是在对我说：儿子，这是死亡的样子。

我尽量回避着这条信息。

"我看到这儿亮着灯，"她说，"这么晚了，你在干什么？"但是，垂死的人通常都不再惦记时间了。她是心疼我，她死后，我就变成了孤儿，她知道我是空有姿态，野心勃勃，但其实是个傻瓜，她觉得我总有一天要面对灾难，而又缺乏眼光和力量。

几天后，她再也说不出话来，但她仍然想着要安慰摩西。就像当年她在蒙特利尔拖着他的雪橇艰难跋涉，累得气喘吁吁，几乎站不起身来。在她弥留之际，他走进她的房间，手里拿着课本，想要跟她说几句话。但是，她举起双手，给他看她的指甲。她的指甲已经变成蓝色的。他盯着她看，而她则慢慢点着头，好像是在说："没错，摩西，我就要死了。"他坐在床边。然后，她开始抚摩他的手。她用尽了全力，她的手指已经僵硬了。他觉得她指甲下面的肌肉俨然已经变成了坟墓里蓝色的壤土。她已经开始变成泥土了！他不敢看，而是倾听着街上小孩乘坐雪橇滑行的声音，商贩推着车在冰上行走的摩擦声，苹果小贩嘶哑的叫卖声以及钢秤的嘎嘎声。蒸汽在通风口呼呼地响。窗帘拉上了。

他站在法院外面的走廊上，双手插在裤兜里，耸起肩膀。牙关咬得很紧。他就是一个书呆子，一个不谙世事的幼稚孩子。然后，他想到了葬礼。威廉在教堂里哭得稀里哗啦的！毕竟，他的哥哥威廉感情最丰富。但是……摩西摇摇头，想摆脱这些记忆。他想起来的越多，他对过去的感受就越差。

*　　*　　*

他在电话亭前面等着，轮到他的时候，他拿起话筒，发现话筒的两头都是湿的。赫索格拨通了辛金写给他的号码。瓦希塞尔说，没有，辛金没有跟他打过招呼，但欢迎赫索格先生上去，不过得先等着。"不用了，谢谢，我回头再打电话吧。"赫索格说。他不可能在办公室里等着。一直以来，他都不善于等待。"他来了吗？你知道不知道……"

"他来了，我知道，"瓦希塞尔说，"我觉得，这是一个刑事案件。那样的话……"他一口气说了一串房间号码。

赫索格特别记住了几个。他说："我去随便转转，过半小时再打给你，如果你不介意的话。"

"不，我不介意。我们全天迎客！建议你去八楼看看。小拿破仑……他那种声音，你隔着墙也应该听得到。"

赫索格听从了这个建议，进入第一间审判室，里面有一个陪审团正在判案。油光发亮的长凳上坐着几个旁观者。过了不到几分钟，他就把辛金忘得一干二净了。

有一对青年男女正在接受审判，一个女人和一个跟她在住宅区的一间经济旅馆里同居的男人，他们被控谋杀她三岁的儿子。辩护律师在陈述中说，那个男孩是她和另一个男人生的，而那个男人抛弃了她。赫索格发现，这些律师都很苍老，头发花白，属于另一代人，属于另一个生活圈子，他们的生活舒适，比较宽容、从容。被告的外貌和衣着跟别人不同。那个男的穿着一件褪色的拉链夹克，而那个女的一头红发，一张红扑扑的大脸，穿着一件棕色的印花连衣裙。两个人都面无表情地坐着，似乎对审判过程无动于衷，那个男的鬓角很长，留着金色的小胡子，那个女的脸上有雀斑，颧骨不高，丹凤眼，眯起来就是两条缝。

她是特伦顿人，天生瘸腿。她爸爸是汽车修理工。她上学上到四年级，智商只有九十四。哥哥在家里受宠，而她遭到了冷落。她相貌平平，整天拉着脸，两脚畸形，需要穿着矫正鞋，早早就沦为不良少女。律师继续陈述，他的语气温和，甚至有点愉快。律师介绍她的情况，说她从一年级开始就脾气不好，动不动就发火。老师提交了书面证词。有内科和精神病科的病历，还有一份神经学报告，律师特别提请法院注意这份报告。这份报告表明，他的当事人做过脑电图，诊断结果是脑部有病变，这个病变能够从根本上改变她的行为方式。大家都知道，她有癫痫性情绪障碍，会突然暴怒，大家也都知道，由于她的脑叶受损，情绪控制能力很差。因为她身上有残疾，青春期经常被男孩子猥亵，后来更是遭到性侵犯。事实上，她在少年法庭有案底，卷宗有厚厚的一沓。她妈妈恨死了她，拒绝去旁听审判。她甚至说："这不是我的女儿。我们已经和她断绝了关系。"被告十九岁的时候跟一个已婚男人同居了几个月，被他弄怀孕了，而他却回到自己妻子和家人的身边。她拒绝把孩子送人收养，一个人带着孩子在特伦顿住了一段时间，然后搬到法拉盛，给一个人家做饭和打扫卫生。有一个周末，她认识了本案的另一个被告，当时，他在哥伦布大道的一家餐厅当搬运工，后来两人在第一百零三街的蒙特卡姆酒店同居。赫索格经常路过那里。从街上就可以嗅到里面的穷酸气息，肮脏被褥、垃圾、消毒剂、蟑螂药等的气味从敞开的窗口散发出来，恶臭难闻。他口干舌燥，但始终坐在前排，听得全神贯注。

法医在证人席上做证。他看见过那个孩子吗？是的，看见过。有书面报告吗？是的，有。接着，他汇报了尸检的日期和情况。那个法医身体壮硕，秃顶，表情严肃，嘴唇肥厚，说话从容不迫，双手捧着尸检报告，像一个歌手捧着乐谱，显然，他是一个经验丰富的专业证人。他说，孩子正常发育，但有点营养不良，有佝偻病的早期表现，龋齿相当严重，但这可能是由妈妈怀孕期间出现妊娠毒血症引起的。孩子身上有什么伤痕吗？有，孩子显然挨过打。只打一次，还是反复挨打？在他看来，是经常挨打。头皮破了，背部和腿部有非常严重的瘀伤，小腿青紫。哪里的瘀青最重？腹部，特别是生殖器的周围，孩子似乎被能导致破皮的东西打过，可能是金属皮带扣或者女人的鞋跟。"有什么内伤吗？"检察官追问。两根肋骨骨折，有一根属于陈旧伤。另一根是新伤，伤到了肺部。肝脏破裂，由此引起的大出血可能是致死的直接原因。还有一处脑损伤。"那么，在你看来，孩子是死于暴力吗？""这就是我的意见。肝脏破裂就足以致死了。"

在赫索格看来，这一切都显得稀松平常。所有人，包括律师、陪审团、法官、那个妈妈和她的男友，都非常冷静，情绪控制得非常好，说话的语气也很平和。这么冷静，是在审谋杀案吗？他想。法官、陪审团、律师和被告都不露声色，似乎心里都没有一丝波澜。他自己呢？他穿着新的马德拉斯大衣，硬草帽拿在手里。他紧紧抓住这顶帽子，他心里感到很不舒服。草帽粗糙的边缘在手指上留下了印迹。

有一个证人走上证人席宣誓做证，那是个身材结实的男人，三十五岁左右，穿着时髦的深灰色夏装，有种麦迪逊大道的风格。他的脸型圆圆的，很丰满，有双下巴，但在耳朵以上，他的头就不那么高了，而且由于他剃了男性化的发型，显得扁扁平平。他举止得体，坐下时拉起裤腿，解开衬衫的袖口，身体前倾，回答问题的时候平静、诚恳、彬彬有礼。他眼睛乌黑。他皱起眉头想着怎么回答更恰当的时候，头皮上就会出现皱纹。他自称是纱窗和风雪护窗的推销员。赫索格知道什么是风雪护窗，风雪护窗就是三轨铝合金窗户，他看过广告。这个证人住在法拉盛。他认识那个被指控的女人吗？法官要求她站起来，于是她站了起来：身材不高，摇摇晃晃，深红色的鬈发，丹凤眼，脸上长满雀斑，嘴唇肥厚、暗褐色。是的，他认识她，八个月前，她在他的房子里住过，但不是他雇用的工人，不，她是他妻子的远房表亲，他妻子同情她，所以给了她一间房间，是他在阁楼上改造出来的套间，有独立卫生间，有空调。自然，家里也叫她帮忙做些家务，但她偶尔会不告而别，把那个孩子留在家里，她过好几天才回来。他知道她虐待孩子吗？那小孩子的身上没有干净过。谁都不想抱他。小孩得了感冒疮，最终是他妻子给他涂了药膏，因为孩子的亲生妈妈懒得涂。那小孩子很安静，不烦人，依恋妈妈，像惊弓之鸟，身上有一股难闻的气味。证人能否进一步描述妈妈的态度？嗯，有一次，他们开车去看望祖母，途中在霍华德·约翰逊餐馆停车吃饭。大家都点了饭菜。她点了一份烤牛肉三明治，只管自己吃，什么也不给孩子吃。最后是他自己气不过，分了一点肉和肉汤给那个孩子吃。

我真搞不懂！赫索格想。这时，那位好心人从证人席上下来了，他的下巴悄无声息地晃动着。我想不通……但是，对毕生从事人道主义研究的人而言，这个情形确实难以理解，一旦书中描述了残忍的暴行，它也就结束了。当然，他心里很清楚，他知道人们是不会为了被赫索格一家人理解而活着的。他们为什么需要赫索格理解呢？

但是，他没有时间去琢磨这些事情。下一个证人已经宣誓好，准备要做证了。那个证人是蒙特卡姆酒店的职员，是一个五十多岁的单身汉，嘴唇松弛，满脸皱纹，脸颊上有伤痕，头发看样子是染过的，说话的声音低沉、忧郁，每一句话都是降调的，越降越低，到最后几个词几乎听不清。从他的皮肤来看，赫索格认定这个人曾经是个酒鬼，他说话也娘娘腔，像个同性恋。他说他一直留意着这对"不幸的男女"。他们租了一间客房。这个女的领救济金，那个男的没有固定工作。警察来过几次，询问他的情况。关于那个孩子，他能否向法院介绍一些情况？那个孩子哭闹得很厉害。房客举报，他去查看，他发现孩子被关在壁橱里面。被告说是孩子犯了错误，在惩罚他。后来，孩子哭闹减少了。但是，在他死掉的那天，上面动静很大。他听到有东西落到地上，三楼有尖叫声。妈妈和孩子都在叫。有人在玩电梯，他只好从楼梯跑上去。他敲了门，但她一直在大喊大叫，听不见敲门声。于是，他强行打开门走了进去。他能否告诉法院他看到了什么？他看见那个女人抱着孩子。他原以为她是在安慰他，但始料未及的是，她居然把孩子扔了出去。孩子被摔到墙上。接着又出现他刚才在下面听到的尖叫声。还有其他人在场吗？有，另一个被告躺在床上抽烟。那时孩子在尖叫吗？不，那时他躺在地板上，一点儿声音也没有。这位职员当时说话了吗？他说没有，他被那个女人的样子吓坏了，她那张脸涨得很厉害。她满脸通红，深红，用尽全身的力气尖叫，还不停地跺着脚，他注意到那只脚的鞋跟拼装加高过，他害怕她会用指甲去抠他的眼睛。然后他就去报警了。不久，那个男的下楼来。他解释说她那个儿子很讨厌。她都教不会他大小便。他浑身又脏又臭，好几次快要把她逼疯了。孩子整夜哭闹！警车来的时候他们还在说着话。当时发现孩子死了？是的，他们到现场的时候，他已经死了。

"要盘问吗？"法官问。辩护律师又长又白的手指挥了一下，表示放弃盘问，于是法官说："你可以下去了。足够了。"

证人站起来的时候，赫索格也站了起来。他得走了，必须走。他又一次怀疑自己是否受得了，他会不会倒下。也许是孩子的恐惧传染给了他？总之，他感到窒息，好像心脏瓣膜关闭不上，血液回流到了他的肺里面。他脚步沉重，又走得匆匆忙忙。在过道上，他回头看，只看到了法官瘦削花白的脑袋，他在看一份文件，嘴唇动了动，但没有听到他在说什么。

　　来到走廊上，他自言自语说："天啊！"他正想说话，却发现嘴里有一股味道辛辣的液体，必须先吞下去。然后，他从门口走开，无意中碰到一个拄着拐杖的女人。她眉毛很黑，头发也很黝黑，虽然她已到了中年。她用拐杖指着下面，但没有说话。他看到她脚上包着石膏，像穿着一只木屐，脚指甲上涂着东西。他把味道很不好的口水咽下去，然后说："对不起。"他觉得一阵恶心，头痛，刺疼，像痉挛似的。他感觉自己好像靠火太近，烫伤了肺。她没有说话，但不准备放过他。她的眼睛凸出，眼神严厉，一直盯着他，让他干站着，一定是把他当成一个傻瓜。她肯定默默地说着，你这个傻瓜！他穿着红色条纹夹克，帽子夹在腋下，头发没有梳理，眼睛红肿，他等着她先走。她最后还是走了，拄着拐杖，拖着石膏"木屐"，沿着斑斑点点的走廊走了，他目不转睛地看着。他竭尽全力，调动理智和情感的全部力量，想为那个被谋杀的孩子取得一些补偿。但是，补偿什么呢？怎么补偿呢？他绞尽脑汁也想不出能给这个被杀害而且已经入土的孩子补偿什么。其实赫索格只有情怀，但他觉得情怀没有丝毫用处。他感动到要哭又怎么样？祈祷呢？他双手紧紧握在一起。他有什么感受？他感觉到自己的双手在颤抖，眼睛刺痛。在当代美国，在后……后基督教时代的美国，能祈祷什么呢？正义？正义和仁慈？让人间的邪恶远离我们？这个人间就是噩梦。他张开嘴，想减轻他所感受到的压力。他很痛苦，非常痛苦，非常非常痛苦。

那孩子尖叫着，紧紧抓住妈妈不放，但是，那个姑娘双手用力把他摔到墙上。她的腿上长着红色的毛发。她的情人长着长长的下巴，留着乱七八糟的鬓角，躺在床上看着。躺下去就交配，站起来就杀人。有的人在把人杀死后会大哭，而有的人甚至一动不动，一声不吭。

现在，纽约是留不住他了。他必须回芝加哥去看看他的女儿，去和玛德琳、格斯巴赫斗争。他做这个决定并不费劲，是自然而然的。他回到家，脱掉新衣服，换上了一套平时穿的旧泡泡纱外套。幸运的是，从玛莎葡萄园岛回来后，他还没有把行李打开。他打开手提箱看了一眼，然后离开了公寓。和以往一样，还不明白该干什么，他就付诸行动，他甚至意识到自己没有能力控制冲动。他希望上了飞机以后，随着氛围平静下来，他能够想明白自己为什么要坐这一趟飞机。

超音速喷气式飞机只用九十分钟就把他送到了芝加哥，飞机朝正西方向飞行，逆着地球自转的方向，所以下午的时间长了一些，他看到了更多的阳光。白云在飞机的下方翻滚着。太阳就像接种疫苗后留下的疤，之所以接种，是想预防我们受到宇宙崩溃的危害。他看着蓝色的天空，以及金光闪闪的机翼发动机。飞机颠簸的时候，他的牙齿会咬住嘴唇。他并不害怕坐飞机，但他想到，如果飞机坠毁或者直接爆炸（最近马里兰州就发生过飞机坠毁，当时人们看到一个个人像剥了壳的豌豆粒一样撒落），格斯巴赫就将成为琼的监护人。除非辛金把遗嘱撕毁。亲爱的辛金，精明的辛金，把遗嘱撕掉吧！另外还有两份保单，一份是赫索格的爸爸给儿子摩西买的。看看当时的孩子、幼小的赫索格如今已经变成了什么样子了？满脸皱纹，不知所措，内心痛苦。我要跟自己说实话。天堂是我的见证。空姐问他要不要饮料，他摇摇头拒绝了。他感觉无法直视这个姑娘美丽、健康的脸庞。

　　飞机着陆时，赫索格把手表的指针拨了回去。他从三十八号登机口出来，匆匆穿过长长的走廊，来到办理汽车租赁的办公室。为了证明自己的身份，他出示了一张美国运通卡，马萨诸塞州的驾照，还有他大学的各种证件。看到这些不同的地址，他自己都会起疑心，更不用说这个申请人摩西·赫索格还穿着又脏又皱的泡泡纱外套。但是，受理租车申请的官员只问他想要敞篷车还是硬顶车。那个官员是个甜美的小姑娘，态度亲切，身材丰满，留着鬈发，鼻子肥厚。即使在当前的状态下，赫索格也居然被感动了，微微一笑。他说要硬顶的，挑了一辆蓝绿色的车开走，在绿色的路灯照耀下，他紧张地盯着布满灰尘的陌生标志，艰难地找着路。他沿着盘旋的立交桥上了高速公路，然后和其他车辆一样超速行驶，这个区域限速每小时六十英里。他不认识芝加哥的这些新区。笨拙、恶臭、脆弱的芝加哥，是在古老的湖底建起来的，在这个暗橘色的西区，工厂和火车发出嘶哑的声音，把废气和烟尘排放到初夏的空中。从城里出来的车流量很大，赫索格这边不多，他一直开在右边的车道上，寻找着熟悉的街道名。过了霍华德街，他就来到了市区，到了市区，他就熟门熟路了。他在蒙特罗斯下了高速公路，向东行驶，去他已故爸爸的家，那是一栋两层的小砖房，那一整排都是按同一张设计图建的，屋顶倾斜，水泥楼梯在右侧，窗框的高度都和小客厅的窗户差不多，人行道和地基之间有一小块草地，草长得很茂盛，路边长着成排的榆树和白杨树，树皮发黑，灰不溜丢，满是皱纹，到了仲夏，树叶都变得非常坚硬。还有一些芝加哥特有的花，都是些粗糙、蜡质的东西，像用红色和紫色的蜡笔画的，不像真的。这些愚蠢的植物让赫索格很反感，因为太不优雅，太老土了。他想起了爸爸对花园的热爱。到了晚年，老赫索格终于拥有了自己的房子，每天晚上都用软管给花浇水，显然是着了迷，他的嘴唇平静，笔直的鼻子总是嗅着土壤的气息，可以看得出来他心情很好。赫索格从租来的硬顶车上下来，只见洒水器不停转动着，一会儿右边，一会儿左边，喷出晶莹剔透的水珠，形成了色彩斑斓的水幕。几年前夏天的一个夜晚，老赫索格就是在这幢房子里去世的，临终前，他突然在床上坐起来说："我死了！"然后他就死了，他鲜红的血液变成了泥土，凝固在他体内萎缩的血管里面。然后，他的身体也是……哎，上帝啊！死前日渐消瘦，只剩骨头，死后甚至骨头也化成了灰，消失在泥土里面。而银河系中的这颗行星，就像一个人一样，也是从虚空走向虚空，最终会变得无穷小，一点儿意义也没有。没有意义？赫索格跟别的犹太人一样耸了耸肩，低声说："那又如何？"无所谓！

　　总之，这是他已故爸爸的房子，摩西的继母还住在里面，继母年纪很大了，独自一人住在这小小的赫索格家庭博物馆里。这幢小楼是全家人的。现在没人要了。舒拉是个千万富翁，他明说不要了。威廉继承了爸爸的建材生意，而且把生意做大了，有好多辆水泥搅拌车，可以在路上一边行驶一边搅拌水泥，然后浇筑成摩天大楼，对于施工细节，摩西不甚了解。海伦的丈夫不能和威廉相提并论，但也是很富裕的。如今她很少谈到钱了。那么，他自己呢？他的银行存款只有六百美元左右。不过，他也不至于很困难。贫穷不是他的专利。失业、住贫民窟、变态者、小偷、法院里的受害者、蒙特卡姆酒店客房里的恐怖事件、腐臭的气味、致命的劣质威士忌酒等，这些都与他无关。他冲动的时候，还可以搭乘超音速喷气式飞机去芝加哥，租一辆蓝绿色的福特猎鹰，开着车回老房子。因此，他特别清楚地意识到自己在特权等级中的位置，或者说是他所面对的富裕、傲慢、虚伪。况且，人家两个情人吵架的时候，居然把一个哭泣的孩子关在一辆林肯大陆车里面。

他脸色苍白，表情严峻，夕阳西下，他走上影影绰绰的楼梯，按下了门铃。门铃的中心有一弯新月，晚上会亮起来。

里面响起了铃声，门上方有几根铬管，像金属制作的木琴，奏响了《欢乐岁月》的调子，只有最后两个音符不同。他等了很久。陶贝老太太总是慢吞吞的，即使是刚刚五十多岁的时候，她也是动作迟缓，像在深思熟虑，和赫索格家里的人格格不入，赫索格家的孩子们都继承了他们爸爸的敏捷和优雅，以及独行侠似的自信，老赫索格曾经满世界跑，养成了这样的自信。摩西一直都很喜欢陶贝，也许是改变对她的态度太麻烦了。她一双圆眼睛凸出，眼神飘忽，可能是她刻意放缓动作所致，延迟和停滞是她一生的原则。她总是悄无声息地完成自己设定的每一个目标。她吃东西、喝东西都很慢，一点也不着急。她不会把杯子拿到嘴边，而是把嘴唇凑过去。她说话慢条斯理，说的话都滴水不漏。做饭的时候，她手指好像都不听使唤，但她做的饭菜非常好吃。她打牌常常赢，总是磨磨蹭蹭，但总是赢。每个问题她都要问两三次，每个答案她都要重复一下，好像是自言自语。她做其他的事情也同样缓慢，梳头、刷牙，或者切开助消化的无花果、枣子、番泻叶。随着年龄的增长，她的嘴唇渐渐下垂，脖子逐渐变粗，于是头总是向前探。她现在已经很老了，八十多岁了，身体状况很不好。她有关节炎，一只眼睛有白内障。但与波琳娜不同，她头脑很清楚。毫无疑问，她与老赫索格之间的矛盾锻炼了她的大脑。年纪越大，爸爸就越暴躁，越容易发脾气。

屋里一片漆黑，除了摩西，所有人来了都会掉头就走，以为家里没有人。然而，赫索格等着，他知道她稍后就会来开门。年轻的时候，他曾看着她花了五分钟打开一瓶汽水，烤面包之前，她揉面团就要花一个小时。她的果馅卷就像珠宝艺人的作品，里面红红绿绿的果干就像晶莹璀璨的宝石。终于，他听到她走到了门口。门开了一条缝，可以看到一串铜链。他看到了陶贝乌黑的眼睛，现在她的眼球更加凸出、眼神更加阴郁了。她和摩西之间还隔着一层玻璃挡风门。他知道玻璃门也锁上了。空巢老人总是更警惕一些。而且，摩西知道他背着光，陶贝可能一下子没有认出他。再说，他已经不是原来那个摩西了。不过，虽然她的眼神就像看到陌生人一样，但她已经认出了他。总之，她并不迟钝，还不痴呆。

"是谁？"

"摩西……"

"我不认识你。家里只有我一个人。摩西？"

"陶贝阿姨，我是摩西·赫索格。摩西！"

"啊，摩西！"

她慢慢地拉开了门链，她的手指似乎很不听使唤。然后又关上门，把链条拔起来。再接着，门就开了。仁慈的上帝啊！他看到的是一张什么样的脸啊！因为悲伤和衰老，她的脸上沟壑纵横，嘴角下垂。他进门后，她就举起无力的双手抱住他。"摩西……快进来。我来开灯。把门关上，摩西。"

他找到了开关，打开入门厅里那只十分昏暗的灯泡，灯泡发着粉红色的光，老式的玻璃灯罩让他想起了犹太会堂的长明灯。他进去后就关上门，再也闻不到草坪上的清香。屋里门窗紧闭，家具上散发着类似于抛光剂的酸味，有点刺鼻。在昏暗的客厅里，橱柜和桌子的光彩依旧，表面都镶嵌着花饰，锦缎沙发包着闪闪发光的塑料套子，地板上铺着东方地毯，窗户上挂着挺括的窗帘和威尼斯百叶窗。他身后的一盏灯亮了。他看到柜式留声机上放着一张马可小时候的照片，马可笑得很灿烂，穿着五分裤坐在长凳上，那张脸幼稚而可爱，漂亮的黑发向前梳着。旁边是他的一张照片，那是在获得文学硕士学位的时候拍的，他很英俊但有点胖，有双下巴。那张年轻的脸庞透着天真和自负。那时，论年龄他已是成年人，但也只是年龄到了而已，在他爸爸的眼里，他没有一点欧洲人的气质，也就是说，他不谙世事，而且拒绝接触社会。邪恶的事情摩西的确不想知道，但他是躲不掉的。于是，有人受命整他，让他骂一些难听的话。还有一张是老赫索格入籍美国时拍的照片，相貌英俊，胡子刮得干干净净的，没有以往那种所谓的"男子汉气概"，他曾经是个很冲动或者说激情充沛的人，什么事情都可能看不惯。在这个家里看到老赫索格的照片，摩西快把持不住自己了，他感觉快要"融化"了。陶贝阿姨迈着缓慢的步伐走过来。在这个家里，她没有摆放自己的照片。摩西知道她曾经是一个迷人的姑娘，尽管她长着所谓"哈布斯堡唇"，也就是下颌有点凸出。他第一次认识她的时候，她是卡普利茨基的遗孀，已经五十多岁了，但她长着浓密眉毛，英姿勃发，梳一条棕色的辫子。她身体柔软，或者说有些松弛，但裹着很紧的胸衣。她不希望人家提起她的美貌，或者以前的活力。

"让我看看你。"她走到他跟前说。她眼睛浮肿，但目光还算稳定。他盯着她看，同时努力克制着，尽量不露出惊恐的表情。他猜想她刚才是在装假牙，才没有马上来开门。她这一副假牙是新的，做工很差，不是弧形的，而是直直的一排。他觉得像土拨鼠一样。她的手指已经变形了，皮肤松松垮垮，甚至垂到指甲上。但是，她的指甲都涂过油。她在他的身上看到了什么变化？"摩西，你变了。"

他只点点头。"你好吗？"

"你看，活死人一个。"

"你就一个人？"

"还有一个女的，贝拉·奥克金诺夫，卖鱼的。你认识她。但她不太讲卫生。"

"来吧，阿姨，你坐下。"

"哦，摩西，"她说，"我不能坐，不能站，也不能躺。我真想跟你爸爸一起去了。你爸爸在那边，比我舒服。"

"有那么糟糕吗？"赫索格肯定流露出了不恰当的表情，因为他发现她盯着他，目光相当犀利，仿佛不相信他会那么同情她，想知道他为什么对她那么好。或许是因为有白内障，她才会那样看着别人。他托着她的胳膊，把她扶到一把椅子上，然后他自己在包着塑料套子的沙发上坐下，坐在挂毯的下方，挂毯上绣的图案有小丑皮洛，还有月光，威尼斯的月光。在学生时代，他觉得这种画很傻、很平庸，甚至有压迫感，所以他很讨厌。如今他不觉得有什么特别的。他已经变了一个人，他的人生目标也都变了。他发现这个老太太正在琢磨他此行的目的。她感觉到他非常激动，不像从前那样，赫索格博士曾经让人摸不着头脑，别人不知道他脑子里面在想什么。

那样的日子已经一去不复返了。

"摩西，你工作辛苦吗？"

"辛苦。"

"日子过得还行吧？"

"还行。"

老太太低下头。他看见了她的头皮，她的头发花白而稀疏，历历可数。她的身体已经油尽灯枯了。

他明白，她肯定是想到了自己一直住在赫索格家里，有点不好意思，毕竟只要她活着，他就不能继承遗产。

"没关系，我不怪你的，陶贝阿姨。"他说。

"不怪我什么？"

"你就安心住着吧。"

"摩西，你这身衣服有点寒酸。怎么了？缺钱吗？"

"没有。要坐飞机，所以故意找了一套旧衣服。"

"你来芝加哥有事吗？"

"是的，阿姨。"

"孩子们都好吧？马可呢？"

"他去夏令营了。"

"黛西没有再结婚吗？"

"没有。"

"你要给她抚养费吗？"

"嗯，不是很多。"

"我这个继母不坏吧？说实话。"

"你是个好继母。你是个很好的人。"

"我尽力了。"她说。在温馨的交谈中，他仿佛看到了她过去的样子。在嫁给老赫索格之前，她是著名批发商卡普利茨基的妻子，卡普利茨基没有孩子，她是他唯一的亲人，戴着一条项链，项链的坠子镶着一个小红宝石，他出行的时候总是搭乘普尔曼卧铺车，要么是波特兰玫瑰号或者二十世纪号的特级专用车室，要么是贝伦加利亚皇后号的头等舱。后来，她和老赫索格一起扮演复杂而重要的角色。作为老赫索格的第二任妻子，她的日子并不轻松。与此同时，她心里还放不下卡普利茨基，这是自然而然的。她经常提到"先夫卡普利茨基"。她曾经这样跟摩西说："先夫卡普利茨基不希望我生孩子。医生说生孩子对我的心脏不好。每次……先夫卡普利茨基非常体贴，考虑事情很周到。我什么都不用操心。"

想到这里，赫索格脸上闪过一丝笑容。拉蒙娜也想让他什么都不用操心。她总是看着他，弯着腰，挽着一绺垂下的头发，脸颊绯红，看着他羞怯的样子，她就乐不可支。就像昨天晚上，她自己躺下，向他张开双臂……他必须去给她发个电报。她肯定难以理解他为什么会突然失踪。然后，血液开始在他的脑袋里激荡。他想起了此行的目的。

在他现在坐的地方附近，老赫索格去世前一年曾经威胁要开枪打死他。他之所以暴怒，都是为了钱。赫索格当时身无分文，想要申请一笔贷款，叫爸爸给他做担保。老头盘问了他，细枝末节的都问，关于他的工作，他的开销，他的孩子。他对摩西没有耐心。当时，我一个人住在费城，在喜园和玛德琳之间做着选择（其实不存在选择！）。也许他还听说我要皈依天主教。有人在散播谣言，可能是黛西。那时我在芝加哥，是爸爸叫我回来的。他是想告诉我他改了遗嘱。夜以继日，他都在想着如何分配他的遗产，他要考虑我们每个人的情况，我们应该得到什么，得到之后会怎么用。时不时地，他会打电话告诉我，叫我必须马上回去。我坐火车回家，在车上彻夜不眠。到家之后，他会把我带到一个角落，跟我说："你给我听好了，我只说一遍。你哥哥威廉是个诚实的人。我死后，他会按照我们说好的去办。""我相信，爸爸。"

但是，他每次都发脾气，他那次想开枪打我，是因为我让他忍无可忍，看到我的样子，看到我一事无成又目空一切，他就受不了。我不怪他，摩西想。与此同时，陶贝不慌不忙、没完没了地诉说着她的病痛。爸爸受不了小儿子脸上的那种表情。我年纪大了。可是，我的美好时光都浪费在愚蠢的计划当中，就是所谓的"解放"精神。我让他既心痛又生气。有些老人临近死亡会变得迟钝，但爸爸跟他们不一样。他的绝望心情反而更加强烈，而且越来越顽固。想到了爸爸，赫索格又一次感到心痛不已。

　　他听着陶贝讲述她用可的松治疗的情况。她那双明亮而温柔的大眼睛，那双曾经让老赫索格变得听话的眼睛，现在已经不再盯着摩西了，而是盯着他的身后，让他得以安心回忆老赫索格最后的日子。我们一起走着去蒙特罗斯买香烟。那时是六月，天气晴朗，就像今天这样暖和。爸爸有点胡言乱语。他说十年前就该和陶贝离婚了，他希望好好享受一下生命中的最后几年，但始终下不了决心，就像把铁放进冷冰冰的炉子里，这样是炼不成钢的。当时，他讲的是意第绪语，显得很古怪。炉子冷掉了，摩西，火灭了。离婚是肯定办不成的，因为他欠了她太多钱。"你现在不是有钱了吗？"赫索格贸然说。他爸爸停下脚步，目不转睛地盯着他看。赫索格目瞪口呆，就在盛夏的刺眼强光下，他发现爸爸就要玩完了，而剩下的元素，他看得真真切切，这些东西还控制着摩西：笔直的鼻子，眉眼之间深深的皱纹，棕绿色的眼睛。"我需要钱。谁给我呢？你吗？我也许可以贿赂死神，让我多活一阵子。"然后，他的膝盖稍微弯了下去，摩西觉察到了一个古老的信号，他一生都在琢磨爸爸的身体姿势：膝盖弯曲是一个重大的信号，背后有重大的隐情。"我不知道我什么时候就要'把自己交出去了'。"老赫索格低声说。他说的那个意第绪语词，字面意思相当于"女人坐月子"。摩西不知道该说什么，他搭话的声音很低，跟说悄悄话差不多。"别折磨自己了，爸爸。"这种对第二次出生、落到死神的手里的恐惧，让他两眼发光，两片嘴唇紧紧地压在一起。然后，老赫索格说："我得坐一会儿，摩西。太阳晒得太热了。"他突然间脸色通红，摩西扶着他，让他坐在围着草坪的水泥路沿上。此时，这个老头就像一个自尊心受损的大男人。"今天我也觉得很热。"摩西说。他站在爸爸跟前，帮他挡住太阳。

"下个月我可能去圣乔做温泉治疗，"陶贝阿姨说，"惠特科姆。那是个好地方。"

"你不是一个人去吧？"

"埃塞尔和莫迪凯也想去。"

"哦……"他点点头。他想让她接着说下去。"莫迪凯怎么样了？"

"他这把年纪了，还能怎么样？"摩西一直很认真地听着，直到她打开了话匣子，然后他的思绪又回到他爸爸的身边。那天，他们在后门廊吃了午饭，然后开始争吵。摩西觉得，在爸爸的眼里，他也许就是个浪子，是个败家子，他承认自己很不对，请求老人原谅，所以，在他儿子的脸上，老赫索格只看到了恳求的表情，愚蠢至极，不可理解！"白痴！"老头大喊，"笨蛋！"然后，他看到了摩西耐心平静的外表下藏着波涛汹涌的需求。"滚出去！我什么也不会留给你！都给威廉和海伦！你……到贫民窟里去，和那些流浪汉一起哭吧。"摩西站起来，老赫索格大喊："滚吧！别回来参加我的葬礼。"

"好吧，听你的，我不会回来的。"

陶贝阿姨扬起眉毛，警告他不要犟嘴。那时她还有眉毛。可是太晚了。老赫索格站起身来，踉踉跄跄地跑去拿手枪，他气得脸拧成了一团。

"走，快走！过段时间再回来。到时我打电话给你。"陶贝悄悄对摩西说。

他既一头雾水，又怒火中烧，因为在爸爸的家里，他有苦都不能诉说，说了也得不到同情。这是一种可怕的自我中心癖在作怪。他很不乐意地站了起来。"快，快！"陶贝把他推到门口，但老赫索格已经拿着手枪赶上了他们。

他大叫："我要杀了你！"赫索格吓了一大跳，吓到他的不是爸爸的威胁，他不相信爸爸真的会杀了他，而是爸爸居然又恢复了力气。盛怒之下，他短暂恢复了力气，不过这可能会要了他的命。他眼红脖子粗、咬牙切齿的样子实在吓人，他甚至用俄罗斯军人的姿势举着枪，赫索格觉得，这样也比他在去商店买香烟的路上摇摇欲坠更好。老赫索格并不让人觉得可怜。

"快走，快走！"陶贝阿姨说。摩西当时正在哭泣。

"也许你会比我先死。"老赫索格大喊。

"爸爸！"

赫索格心不在焉地听着陶贝阿姨缓慢地讲着表哥莫迪凯即将退休的事情，他还记得当时他哭喊着：爸爸！爸爸！你这个笨蛋！老头近乎疯狂，他还想要表现应有的男子气概。相比之下，他这个儿子却装成长期受苦的样子，像个受难的基督来到他家。他完全有可能像玛德琳一样，早就彻底改变了信仰。他本应扣动扳机。想到爸爸那个样子，他就感到非常痛苦。他年纪那么大了，不应该还让他生这么大的气。

于是，摩西睁着浮肿的泪眼，在街上等着出租车，而老赫索格就在这几扇窗户前走来走去，心情急躁，极度痛苦，眼睛始终盯着他。没错，爸爸的痛苦都是他惹出来的。他匆匆忙忙地来来回回，但身体歪着，体重全都落到一只脚后跟上。他手上的枪扔了。谁知道是不是因为摩西给他造成的痛苦缩短了他的生命。愤怒的刺激也有可能反而延长了他的生命。他还不能死，还不能扔下摩西撒手不管，摩西还是一个半成品。

第二年他们就和解了。然后还是吵架。再然后……他就死了。

"我给你泡杯茶好吗？"陶贝阿姨问。

"好的，你要是觉得方便，那就麻烦你了。我想去看看爸爸的书桌。"

"爸爸的书桌？锁上了。你是想看看那张桌子吗？家里的东西最终都是你们这些孩子的。我死后，你可以把这张桌子搬走。"

"不，不！"他说，"我不是要这张桌子。我刚下飞机，想顺路来看看你。既然来了，我就想看看那张桌子里面的东西。我知道你不会反对。"

"摩西，你想要拿什么吗？上次你拿了你妈妈的银币盒。"

他把那个盒子给了玛德琳。

"爸爸的怀表还在吗？"

"可能给威廉拿走了。"

他皱起眉头，样子好像很专注。"那些卢布呢？"他问，"我想拿去给马可。"

"卢布？"

"我爷爷艾萨克在俄国革命期间买了沙皇时代的卢布，一直都放在书桌里面。"

"书桌里面？我肯定没见过。"

"趁你去泡茶的时候，我想去看看，陶贝阿姨。把钥匙给我吧。"

"钥匙……？"她反问的这句话，语速比刚才更快，然后她又回到迟钝的状态，他激起了她强大的拖延意志。

"你把它放在哪里？"

"哪里？我放在哪里？在爸爸的衣柜抽屉里面吧？还是在别的地方？让我想想。我现在记性很不好，想不起来了。"

"我知道在哪里。"他说着突然站了起来。

"你知道在哪里？在哪里呢？"

"在音乐盒里面，你以前一般都放在那个地方。"

"音乐盒……你爸爸拿走了。收到我的社会福利金，他也会拿走锁起来。他说钱都应该归他……"

摩西知道自己猜对了。"不用麻烦你了，我自己去拿，"他说，"你去烧水吧。我很渴。这天太热了，白天真漫长。"

他扶着她绵软无力的胳膊，让她站起来。

他还是老样子，为了取得微不足道的胜利，甘愿承担充满危险的后果。他独自走进卧室。他爸爸的床搬走了，只剩下她的床，床罩很难看，看到这个布料，他就想到了舌苔特别厚的舌头。他闻到了腐朽的气味，呼吸有点困难，然后，他打开了音乐盒的盖子。在这个家里，他凭记忆就能找到他想要的东西。音乐盒里面的圆筒一转动，就响起音乐，那是《费加罗的婚礼》里的一段，他还记得这段咏叹调：

在我的
大喜时刻，
请不要
嘲笑我。

他的手指摸到了钥匙。

310

陶贝阿姨在卧室外面的黑暗中问："你找到了吗？"

他回答说："找到了。"他的声音沉稳、温和，他不想刺激她。毕竟，这房子还是她的。他不想侵犯她的这个权利。对此，他并不感到丢脸，他只是非常客观地承认，侵犯她的权利是不对的。但是，该做的还是得做。"用不用我去烧水？"

"不用，就一杯茶而已，我还能泡。"

他听到她在过道里缓慢行走的脚步声。她正走向厨房。赫索格迅速走向小客厅。窗帘拉起来了。他打开了桌子旁边的台灯。在找开关的时候，他扯裂了灯罩上古老的丝绸，轻轻扬起了一阵灰尘。灯罩是玫瑰色的，略带紫色，他很肯定。他打开樱桃木书桌的抽屉，撑在滑轨的金属片上，左右轻微晃动，把抽屉拉了出来。然后，他回去把房门关上，关门前先确认陶贝已经进了厨房。抽屉里的每一件东西他都认得，皮革、纸张、黄金等。他手脚麻利，但有点紧张，头上青筋毕露，手上也露出了青筋。他摸索着，找到了他想要找的东西：老赫索格的手枪。那是一支旧手枪，枪管镀了镍。那是爸爸买的，当时放在樱桃街的铁路货场。摩西迅速打开弹匣，里面有两颗子弹，就是这把。他又飞快把弹匣装回去，把枪放进口袋里。口袋顶得高高的。他拿出口袋里的钱包，只留那把枪。他把钱包塞进裤子后面的口袋里，再把纽扣扣上。

然后，他开始寻找卢布。他在一个小格子里找到了卢布，里面还有几张护照，捆护照的丝带封了蜡，封腊就像干掉的血液。布尔乔亚女子莎拉·赫索格及其子女，亚历山大（舒拉，八岁）、海伦（九岁）、威廉（三岁），签字人是圣彼得斯堡总督阿德勒伯格伯爵。卢布被放在一个大皮夹子里，四十年前，他喜欢拿着这个皮夹子玩。彼得大帝穿着一身华丽的盔甲，还有雍容华贵的凯瑟琳。卢布放到灯光下可以看到水印。赫索格想起他和威廉曾经用这些卢布做赌注对赌，禁不住笑了出来，然后，他把这些钞票卷起来放进口袋里，把那只手枪包住。他觉得这样才不那么引人注目。

"你找到东西了吗？"陶贝在厨房问。

"找到了。"他把钥匙放在搪瓷面的金属桌上。

他知道，她的语气并不温和，把她和绵羊相提并论是不恰当的。他总喜欢作比喻，这种形象化的思维习惯削弱了他的判断力，可能有一天会让他毁灭。也许这一天就要到了，也许今天晚上他就要付出灵魂。手枪压在他的胸口。但是，她凸出的下颌、滚圆的眼睛、皱巴巴的嘴，都跟绵羊一样，而这些面相特征都在警告他，说他正在冒太大的风险，有可能走向毁灭。陶贝是两任丈夫的遗孀，对于生死经验丰富，况且，她自己和死神有斗争，奋力将死神拒之门外，也许动作迟缓是她的妙计之一。她已经垂垂老矣，可是她的精明和耐心仍然让人难以置信。在摩西的身上，她看到了老赫索格的影子。他容易紧张、冲动，所以吃尽了苦头。他朝厨房的方向弯腰，向她致意，眼睛跳了一下。她喃喃地说："你是不是惹了很多麻烦？别闹得不可收拾，摩西。"

"没什么麻烦，阿姨。我有些事情要去处理。看来我是喝不上你泡的茶了。"

"我先把你爸爸的杯子给你吧。"

摩西拿了爸爸的杯子，喝了一杯自来水。

"再见，陶贝阿姨。保重！"他吻了她的前额。

"还记得我帮过你吗？"她说，"不要忘记啊。你也保重，摩西。"

他是从后门走的，从这里走比较方便。排水管上缠着金银花，自下而上，他爸爸在世的时候就有，到了傍晚芳香四溢，简直香得让人受不了。难道任何一颗心都会变得跟石头一样硬吗？

＊　　＊　　＊

靠近红绿灯处，他猛踩油门，心里盘算着从哪条路线去哈珀大道更快。走新建成的瑞安高速公路很快，但他会在西五十一街陷入黑人的围困之中，黑人喜欢在那里闲逛，或者开车到那里去兜风。加菲尔德大道好多了，不过，他不知道天黑后穿过华盛顿公园是否方便。他最后决定沿着伊登街开到国会街，再沿着国会街开到外环大道。是的，这条路线最快。至于到了哈珀大道要干什么，他还没有想好。玛德琳曾经威胁他说，如果他胆敢在附近露面，她就报警抓他。警察有他的照片，在悬赏抓他，但那完全是胡扯，不仅是胡扯，还是妄想，她的专横和胡思乱想曾经给他留下深刻的印象。但是，如今他和玛德琳之间出现了一个真正的问题，一个孩子，那就是琼。她是一个拙劣的爸爸和一个图谋不轨的婊子生的，是懦弱、疾病、欺诈的产物，但也是个实实在在的人！是他的小女儿！开车上高速公路的时候，他大声对自己说，但愿没有人会伤害她。然后，他加速行驶，和其他车辆一起，沿着各自的车道前进。他的神经绷得紧紧的，几乎浑身颤抖着。他不怕太紧张而神经绷断，更怕的是该做的事情做不到。他的福特猎鹰咆哮着。他原以为自己已经开得很快了，直到一辆庞大的拖车从他的右边超过去，不过，他随即意识到，现在不是超速拿罚单的时候，他的口袋里有一只手枪，不能被警察发现，于是，他把脚从加速踏板上抬起。他左顾右盼，发现这条新高速公路穿过了他熟悉的老街。他看到了庞大的汽油运输车，车顶有灯光，他还看到了一座波兰教堂的背后，有个窗口亮着灯，窗口就像陈列橱窗，挂着一个披着锦缎的基督。高速公路蜿蜒穿过货场，夕阳下似乎有尘埃熊熊燃烧，而铁轨在向西飞奔。接下来他穿过了一条隧道，上方是庞大的邮局大楼。再接下来，他路过了州府街的低级酒吧。从国会街的最后一个斜坡看过去，湖面上升起一层雾气，就像一堵柔性的墙，上面有紫水晶色、深蓝色、不均匀银色的条纹，在视野的尽头是青石板的颜色，防波堤内悬挂着摇摆的船只，直升机和小型飞机的灯光在头顶晃动。他向南飞驰，闻到了熟悉的淡水气味，其实是淡而无味。他可以声称自己精神错乱，因此享有暴力的特权，这是合乎逻辑的，因为他被迫承担了各种痛苦，让人家谩骂、诽谤，甚至流放到鲁德维尔。那个地方本来就是他的疯人院。最终是他的陵墓。他们还对赫索格干了别的坏事，都是难以预料的事情。不是每个人都有机会杀人而问心无愧，但他们给了他诛杀他们的正当理由。他们该死。他有权杀死他们。他们甚至知道自己为什么要死，都心知肚明，不需要解释。等到他站在他们的面前，他们只能伏诛。格斯巴赫只会垂着头，为自己流泪。就像尼禄自尽前说：世界即将失去怎样一位艺术家啊！玛德琳会尖叫着，诅咒着。她内心充满仇恨，仇恨是她一生中最大的动力。她是他的精神杀手，正因如此，他可以开枪打死她或者亲手掐死她而无须忏悔。他的手臂和手指上，乃至他的内心深处，都感受到了杀人的快感，恐怖而甜蜜，像狂欢。他大汗淋漓，衬衫的腋下湿透了，凉凉的。他的嘴里冒起来一股铜腥味，那是新陈代谢产生的毒药，一种平淡但致命的味道。

到达哈珀大道后，他把车停在路边，然后进入房子后面的小巷。混凝土路面上散落着沙砾和碎玻璃，踩在上面，声音清脆得很。他小心翼翼地走着。后院的栅栏都很破旧。栅栏下面可以看到花园里的泥土，而灌木和藤蔓生机勃勃，已经高出栅栏。他又一次看到了盛开的金银花。甚至有藤本玫瑰，在黄昏中，它看起来是暗红色的。经过车库的时候，他不得不遮住脸，因为有几圈带刺的荆棘从屋顶斜坡上垂到路上。当他偷偷进入院子，他要先站一会儿，直到能看清楚路，才能继续走，以防踢到玩具或者什么工具。有液体进入了他的眼睛，前面的东西虽然还看得清楚，但有些扭曲。他用指尖把它擦掉，然后在外套的翻领上擦干手指。星星出现了，是紫色的亮点，像屋顶的形状，也像树叶和支着的电线。他可以看清院子了。他看到了晾衣绳，晾衣绳上挂着玛德琳的内裤和他女儿的小衬衫和连衣裙，还有小丝袜。借着从厨房窗户透出来的光，他看到草地上有一只沙盒，一只新的红色沙盒，沙盒两边有挺宽的横档，横档上可以坐人。他再走近了一些，可以看到厨房里面。玛德琳在那里！他注视着她，呼吸几乎停止了。她下身穿着宽松的裤子，上身是一件衬衫，腰间系着他送给她的红色黄铜扣皮带。她在餐桌和水槽之间走来走去，光滑的头发披散在肩上。她是刚吃完晚饭，在忙着收拾，她洗碗的动作一如既往地迅速。他仔细打量着她笔直的侧影，她站在水槽边，专心致志地搅动着水槽里的水和泡沫，他看到她下巴有赘肉。他能看到她脸颊的颜色，几乎可以看到她蓝色的眼睛。他越看越生气，怒火熊熊燃烧，几乎快压不住了。她不可能听到他在院里的响动，因为风雪护窗还没有拆掉，至少，他去年秋天在房子背后装的那些风雪护窗没有被拆掉。

他走进了过道。幸好邻居不在家，他不用提防他们家的灯。他已经见到玛德琳了。他现在想见到的是他的女儿。餐厅里空无一人，大家吃完晚饭都走了，只留下了可乐瓶和餐巾纸。接下来是浴室，浴室的窗户比其他地方的窗户都高。他记得他曾用一块水泥块垫脚，想把浴室的纱窗拿下来，但又发现没有风雪护窗可以替换。所以，纱窗还在。那块水泥块呢？他当时把它扔在了小路左边沟里的百合花丛中，目前还在那里。他把它搬了回来，浴缸放水的哗啦啦声掩盖了他搬砖的声音，然后，他站在上面，身体紧贴着墙壁。他张开嘴巴，这样呼吸声音比较小。哗啦啦的浴缸里漂浮着玩具，他女儿的小身体在里面闪闪发光。那是他的孩子！她的黑头发被玛德琳留得比以前更长了，现在要洗澡，就用橡皮筋扎了起来。看到了她，他的心都要化了，手捂住嘴，害怕控制不住自己的情绪。她抬着头，跟一个他看不见的人说话。他听到她在说话，但听不清她说了什么话。她遗传了赫索格家族的脸型，乌黑的大眼睛像他的，鼻子像他爸爸、西坡拉姑妈和她哥哥威廉的，嘴巴也像他的。她美貌中还有点儿忧郁，那是他妈妈的气质。莎拉·赫索格经常若有所思，在思考人生的时候，会把脸微微侧过去。他看着她，心潮澎湃，张着嘴呼吸，一只手掩着脸。甲虫从他身边飞过，沉重地撞到纱窗上，但没有引起她的注意。

然后，有一只手伸出来，关上了水龙头，那是一只男人的手。是格斯巴赫！他要给赫索格的女儿洗澡！格斯巴赫！赫索格此时可以看到他的腰身。他一瘸一拐地走到老式的圆形浴盆旁边，弯腰，挺直，弯腰，然后费劲地跪下，赫索格看到了他的胸膛和脑袋。赫索格背靠着墙上，下巴抵在肩膀上，看到格斯巴赫卷起佩斯利运动衫的袖子，把浓密的头发挽到脑后，拿起肥皂，温柔亲切地说："好了，别闹了。"琼在咯咯地笑，扭动着身体，弄得水花四溅。她脸上酒窝明显，露出了洁白的牙齿，皱起鼻子，嬉皮笑脸。"别动！"格斯巴赫说。在她的尖叫声中，格斯巴赫用毛巾擦她的耳朵，然后擦她的脸、鼻孔、嘴巴。格斯巴赫说话语气严厉，但不失温柔，虽然抱怨，但总是笑容可掬，偶尔还笑得很爽朗。虽然她不停地尖叫和扭动，他仍然很耐心地给她洗，给她涂肥皂、冲洗，然后从她的玩具船里蘸水，给她擦后背。一个男人温柔地给一个小女孩洗澡。也许他的表情是装的，并非出自真心。但是，他其实没有所谓真心的表情，赫索格想。他的脸都是赘肉。从敞开着的衬衫往下看，赫索格看到了格斯巴赫毛茸茸的胸膛。他的下巴很厚实，像一把石斧，那是一种残忍的武器。他的眼睛多愁善感，他的头发浓密，他的声音十分爽朗，又很虚伪、粗俗。这就是他所痛恨的人。但是，他看到格斯巴赫对琼很好，开心、亲切地给她洗澡，给她舀水，和她一起玩。他让她戴着妈妈的印花浴帽，"花朵"在孩子的头上盛放。然后，格斯巴赫命令她站起来，她微微弯下腰，让他洗她的小屁股。她的亲爸爸目不转睛地看着。他感到心里有一阵剧痛，但疼痛很快就过去了。她又坐下。格斯巴赫往她身上浇了些清水，然后，他站起身来，打开浴巾。他不紧不慢地把她擦得干干净净，然后拿了一个大粉扑给她搽粉。孩子高兴得蹦蹦跳跳。"行了，别再闹了，"格斯巴赫说，"把睡衣穿上。"

她跑出去了。赫索格还看到格斯巴赫低垂的头上有一些粉末。他的红头发上下飘动。他在擦洗浴缸。摩西此时完全可以进去杀了他。他左手摸了摸包在一卷卢布里的那把手枪。格斯巴赫正有条不紊地在黄色长条海绵上撒清洁粉，这时他本该就开枪了。手枪里有两颗子弹……但不会打出去。赫索格很清楚。他小心翼翼地从水泥块上下来，悄无声息地穿过院子。他看见女儿在厨房里面，她正抬头看着玛德琳，不知道在问她什么，然后，他慢慢地走出大门，走进小巷。开枪杀人只是一个念头而已。

人的灵魂是一只两栖动物，它两边的情况我都见识过。灵魂是一只两栖动物！它所处的环境比我所了解的更加复杂，我猜想，在那些遥远的恒星上，新的物质正在形成，将创造出陌生的新生命。我似乎觉得，因为琼的相貌更像赫索格家的人，所以她跟我的关系比跟他们更密切。但是，要是我和她没有共同的生活，她和我关系密切又怎么样呢？都让那两个装有爱的演员给占了。我显然是相信，如果这个孩子的生活不像我一样，没有按照赫索格家的标准接受教育，她将无法成为一个真正的"人"。这种想法是完全不合常理的，然而，我心里一直认为这是不言而喻的。从他们的身上，她能学到什么呢？格斯巴赫只会甜言蜜语，令人厌恶，会害人，他并不是一个完整的人，而只是一个碎片，从暴民身上分离出来的片段。开枪打死他！这是一个荒谬的念头。赫索格一看到这个人给自己的女儿洗澡，看到那个小丑对小女孩那么好，他策划好的暴力行动就变成了一场不会真做的假戏，他自己都觉得滑稽可笑。他不想出这种洋相。自怨自艾会让他自我毁灭，心"碎了"，人自然就毁灭了。这么一对狗男女，怎么可能让他的心"碎"了呢？他在小巷里逗留了一会儿，他为自己没有贸然动手感到庆幸。他又能呼吸自如了，能够自由呼吸的感觉真好！来这一趟很有价值。

想想！他坐在福特猎鹰里面，照着阅读灯，在一本活页本上写道，人口学家估计，自人类诞生以来，至少有一半生活在当下，活在这个世纪。对于人类灵魂而言，这真是一个伟大的时刻！根据统计概率，人类基因库中的特征可能已经重组成为最好和最坏的人。这一切就发生在我们的周围。当今世界上肯定有佛陀和老子。也有提比略和尼禄。可怕的，崇高的，从未想象过的，什么样的人都有。而你，一个兼职的幻想家，又喜又悲的哺乳动物。你和你的孩子和孩子的孩子……古代，所谓人类的天才基本都是隐喻。但如今已经变成了现实……弗朗西斯·培根。仪器。然后，他津津有味地补充道，西坡拉姑妈对爸爸说，他永远不能拿枪指着任何人，永远不能和卡车司机、屠夫、拳击手、流氓混在一起。作为"一个纨绔子弟"，他会击打哪个人的头吗？他会开枪吗？

摩西可以自信满满地发誓，老赫索格一生中从未扣动过这把手枪的扳机。他只会恐吓人家。他恐吓过我。当时陶贝一直护着我。她"拯救"了我。亲爱的陶贝阿姨！冷冰冰的炉子！可怜的老赫索格！

*   *   *

但是，他不想就此罢手。他必须去和菲比·格斯巴赫谈谈。这很重要。他决定不提前给她打电话，否则她就有机会做准备，甚至会拒绝见他。他开着车直奔伍德劳恩大街，在海德公园地区，那里是个很沉闷的区域，而在他的眼里却是芝加哥最有特色的地方。这个地方很大，但杂乱无章，到处可以闻到泥土的气息，也有腐烂和狗屎的臭味，公寓的正面都像沾满了油灰一样，黑乎乎的，方方正正，没有设计感，有三层门廊，门廊上的摆设都毫无意义，巨大的水泥花坛里面只有腐烂的烟头和其他垃圾，铺着瓷砖的山墙下有阳光房，建筑物间的通道臭气熏天，背后的楼梯灰不溜丢，地上的混凝土到处是裂缝，缝里长出了青草，笨重的四乘四栅栏遮蔽着丛生的杂草。这些宽敞、舒适、破旧的公寓里面住着开明、善良的人们（这里是大学住宅区）。来到这里，赫索格真的感觉很舒服。也许他就像这些街道一样，有中西部的秉性，漫不经心。（他觉得这并非宿命论，秉性的形成，不存在外部的力量。）不过，这里的一切都似曾相识，该有的都有，他甚至可以听到轮滑鞋在人行道上咔嚓咔嚓的声音，在绿色的路灯下，有两个身材瘦小的小姑娘在滑旱冰，她们穿着短裙，头发扎着丝带。

来到了格斯巴赫家门口，他突然感觉有点忐忑，但他还是稳住了情绪，走上楼梯，按了门铃。菲比很快就走到门边。她喊："是谁？"透过玻璃看到来人是赫索格，她就不作声了。她是怕他吗？

"是个老朋友。"赫索格说。过了一会儿，菲比尽管没有开口说话，但明显是犹豫不决，刘海下的眼睛睁得很大。"你不让我进去吗？"摩西问。他的语气让人难以拒绝。"我不会占用你太多时间，"他进门的时候说，"不过，我确实有一些事情要和你谈一谈。"

"到厨房里去谈吧。"

"好的……"她不想在前厅和他谈，因为她不想在这里听到出乎意料的消息，也不想让卧室里的以法莲听到。进了厨房，她关上门，请赫索格坐下。她用眼神示意的椅子在冰箱旁边。坐在那里，就不会有人从厨房的窗户看到他。他微笑着坐下。她细长的脸上异常镇静，但他知道她的心一定在怦怦直跳，也许比他跳得更激烈。这个护士长平时是个很有条理的人，自控力很强，身上总是干干净净的，而此时她显然在刻意保持镇定。她戴着他从波兰买回来送给她的琥珀珠串。赫索格扣好夹克上的扣子，确保枪托不会露出来。让她看到武器，她肯定要被吓死。

"菲比，最近还好吧？"

"挺好的。"

"在这里习惯吗？喜欢芝加哥吗？以法莲还在那所学校上学吗？"

"是的。"

"会堂里面呢？我看到瓦尔和伊茨科维茨拉比录制了一个节目……叫什么来着？'犹太哈西德教派，马丁·布贝尔，我和你。'对吧？还在搞布贝尔那一套。他和这些拉比很熟。他是想和拉比换老婆玩吧。他会从'我和你'搞成'我们俩'，然后变成'你、我、孩子'！但我想你是有底线的。你不会什么都忍的。"

菲比没有回答。她仍然站着。

"也许你觉得如果你不坐下，我就会早点离开。来吧，菲比，坐下。我向你保证，我不是来闹事的。今天来，除了见见老朋友，我只有一个目的……"

"我们算不上老朋友。"

"按年头算，我们可能不算老朋友。但是，在鲁德维尔，我们住得很近。这没错吧？你要换一种角度。按柏格森的绵延时间观来说，我们就算得上老相识了。有些关系是不得已维持的。有些关系是快乐的，有些则更像是刑罚。"

"如果说是刑罚，那也是你自找的。在你和玛德琳来到鲁德维尔之前，我们的生活一直比较平静，我们所谓的关系，是你自己强加给我的。"菲比脸型瘦削，此时她满脸通红，眼睑一动不动，坐在赫索格给她拉过来的椅子边缘。

"好吧。你可以畅所欲言，菲比。正合我意。坐好，不要害怕。我不想找麻烦。我们有个共同的问题。"

菲比加以否认。她摇摇头，表情十分坚定。"我是一个普通的女人。瓦伦丁是纽约北部的人。"

"不过是个乡巴佬。没错。对大城市花花绿绿的生活，他一无所知。甚至不知道怎么打电话。是我摩西·赫索格带着他一步一步走向堕落的。"

她表情僵硬，似乎有些反感，突然将身体转向另一边。然后，她可能做出了决定，突然又转过来对着他。她是一个漂亮的女人，但比较木讷，身体僵硬，一点儿自信也没有。"你始终都不了解他。他爱上了你。崇拜你。他想当知识分子，因为他想帮助你，而你居然放弃体面的大学职位，和玛德琳一起来到这乡下，多可惜啊，你知道自己这样做有多么鲁莽吗？他觉得她毁了你，所以要想办法让你回心转意。他读了许许多多的书，这样你就有一个可以倾诉的对象，摩西。因为你需要帮助、赞美、奉承、支持、亲情。他觉得怎么都不够。为了你，为了能够帮衬你，他差点把自己的小命搭了进去。"

"是吗？还有什么？你接着说。"赫索格说。

"这样还不够。现在，你又想要他怎么样？你来这里干什么？来找刺激吗？你那么贪图刺激吗？"

赫索格脸上的笑容消失了。"你说的这些话，有些说得很对，菲比。我确实不该到鲁德维尔来。但是，你说在我和玛德琳到来之前，你们在巴林顿过着平静的生活，我就不敢苟同了。我们带来了书籍和高层次的精神生活，向你们灌输了大人物的思想，几乎贯穿整个人类历史。你被我们吓到了，而我们，尤其是玛德琳，给了他信心。他只是一个电台的播音员，但有我们在背后，他就可以尽情吹牛，装得好像很有思想，但你还是把他当作好人。他是个吹牛大王，是个怪人，但始终是你的人。于是，他的胆子更大了。他暴露了爱出风头的本性。好吧，我是个傻瓜。你讨厌我也是对的，因为我糊涂，被蒙住了眼睛，给你增加了负担。但是，你当时为什么一声不吭呢？你自己清清楚楚，但那样过了好几年，你眼睁睁地看着，却什么都没说。如果知道你也有同样的遭遇，我肯定不会那么无动于衷。"

菲比犹豫着要不要说什么，她的脸色变得更加苍白。她最后说："你不愿意去理解别人的生活方式，这不是我的错。你满脑子都是那些思想。也许像我这样的弱者没有什么选择。我帮不上你的忙。尤其是去年。那时我在看心理医生，他建议我别管你们的闲事。不要搭理你们，尤其是你，我不能管你的那些破事。他说我是个脆弱的人，你知道这是真的，我真的很脆弱。"

赫索格想了想，菲比比较软弱，这当然是事实。他决定直奔主题。"你为什么不跟瓦伦丁离婚？"他问。

"我看不出有什么理由和他离婚。"此时，她的声音恢复了力量。

"他抛弃了你，对吧？"

"瓦尔？我不知道你为什么这么说！他没有抛弃我。"

"今天晚上，此时此刻，他在哪里？"

"在市区。公事。"

"算了吧，你别糊弄我了，菲比。他和玛德琳在一起。他们在同居。你要否认吗？"

"当然要。我无法想象你怎么会这样异想天开。"

摩西一只胳膊靠在冰箱上，在椅子上挪了一下身位，拿出来一条"手帕"，其实那是他在纽约公寓从洗碗布上撕下来的一小块。他擦了擦脸。

"你完全可以起诉离婚，你可以说他跟玛德琳通奸。至于官司费用，我可以帮忙筹措。我愿意承担全部费用。我想要琼的监护权。你不明白吗？我们可以一起把他们打倒。你让玛德琳欺负够了吧？你这么温顺，就跟一只母山羊似的。"

"摩西，你又胡说八道了。"

他不该说她是母山羊，这样反而让她更加固执了。但是，无论如何，她有自己的主张和底线。她从来都不会接受他的安排。

"难道你不希望我获得琼的监护权吗？"

"这关我什么事？"

"我想，你和玛德琳也有仗要打，"他说，"争夺男人。女人之间的战争。她会打败你的。因为她是个疯子。我知道你有后劲。但她是个疯子，打这种仗，通常是疯子赢。另外，瓦伦丁也不想让你轻易得到他。"

"我真的不明白你在说什么。"

"你一旦退出，在玛德琳面前，他就失去了价值。要是她打赢了，她一定会把他甩掉。"

"瓦伦丁每天晚上都会回家。他不会在外面待到很晚。他应该很快就到家了……有时我在外面耽搁了，回得晚一些，他就会非常担心。他会到处打电话问我的下落。"

"也许这只是期待，"摩西说，"把期望伪装成关心。你不知道这是怎么回事吗？如果你出意外死了，他会哭着收拾好行李，然后安心和玛德琳一起过日子。"

"你怎么又胡说八道？我的孩子需要爸爸。你还想要玛德琳，对不对？"

"我？不可能！这些乱七八糟的事情都结束了。不，能摆脱掉她，我很高兴。我甚至不再那么恨她了。她从我这里偷走的一切，都给她好了。我的钱，她肯定一直都存着。好吧。她就留着用吧，我祝福她。上帝保佑这个婊子吧！祝她好运！再见！我祝福她。祝她生活忙碌、充实、愉快、多姿多彩。包括爱情。厉害的人都会收获爱情，她是最厉害的人之一，所以她爱上了那个人。他们俩很相爱。不过，她不是个好妈妈，不能让她抚养这个孩子。"

如果他是一头野猪，那她的刘海就是一道篱笆……菲比的棕色眼睛也那样警惕。然而，摩西为她感到难过。他们欺负她，格斯巴赫欺负她，玛德琳则通过格斯巴赫欺负她。但是，菲比自己也想打赢这场仗。很难想象她追求那么卑微的目标，买菜做饭、洗衣服、照顾孩子，却仍然可能输掉这场斗争。这种日子太不体面了。还有更不体面的吗？还有一种假想：她不性感，这反而是她的强项，她拥有超我的力量。还有另一个假想：她认识到现代生活的堕落程度，知道所有获得解放的所谓时髦人士都有五花八门的恶习，因此，她接受了她自己的处境，她就是一个贫穷、神经质、冷淡、不幸、身陷泥沼的中产阶级女性。在她的眼里，格斯巴赫并不是一个普通的男人，而且因为他感情丰富，因为他的精神和肉体欲望都很强，或者是因为什么狗屁玄学，他需要两个老婆，甚至更多。也许他长满橙色茸毛的肉体可以满足两个女人截然不同的需求。为了性交，为了家庭和睦。

"菲比，"他说，"你承认自己比较脆弱，不过，你到底有多脆弱？对不起……我觉得这个很有趣。你必须否认一切，并保持外在形象的完美。你难道一丁点都不愿意承认吗？"

"这对你有什么好处？"她厉声问，"你又能给我什么好处？"

"我？我会帮你……"他正准备说，却突然停下来反思。这是实话，他给不了她太多好处。他对她真的没什么用处。跟着格斯巴赫，她仍然可以做妻子。他会回家，她就能做饭、熨衣服、购物、签支票。没有他，她不可能存在，更没有机会做饭，也没有机会铺床。目前的暧昧状态必将瓦解。然后呢？

"你既然是想要女儿的监护权，为什么来找我？你有本事就自己去争，没本事就算了。放过我吧，摩西。"

她说得没错。他默不作声，只是紧紧地盯着她。他思想上早期和原生的倾向，最近不加节制地行动，此时在她苍白的脸上发现了意义。仿佛死神用牙齿咬了她一口试试，却发现还没有到时候。

"好吧，谢谢你跟我说了这么多，菲比。我要走了。"他站了起来。赫索格的脸上露出了温柔、亲切的表情，这是非常罕见的。他笨拙地拉着菲比的手，菲比飞快地躲开他的嘴唇。他把她拉过来，亲了亲她的额头。"你说得对。我来找你是多余的。"她挣脱了他的手。

"再见，摩西。"她说，但眼神闪躲着他。她没有什么可以给他的。"……你被他们当成了垃圾。没错。但都结束了。你应该永远离开。现在就走。"

门关上了。

*　　*　　*

一点点体面……我们这些穷光蛋是能相互谅解的。难怪"个人"的生活是一种屈辱，成为一个单独的个体是可鄙的。坐在租来的福特猎鹰里面，赫索格在活页本上写道：历史在不断演进，让我们身上有衣服可以穿，脚上有鞋子可以套，嘴里有肉可以嚼，这个进程看似无意而无情，但比任何所谓有情有义的人对我们更有好处。既然这些好处是匿名计划和劳动的产物，那么就有了一个问题：有意的善举（如果善举由业余人士所做）有什么好处呢？特别是为健康起见，我们做善举，或者付出爱心，都需要锻炼，人是感性、热情、善于表达、热衷于关系的动物。人类有着深刻的个体特性，感情和思想错综复杂，体系完整，接近于自动化的程度，几乎可以脱离人类而独立存在。人类已经在练习适应未来的状态了。而我的情感却属于古代。处在农业或畜牧业社会阶段……

赫索格说不清楚这样的总结有什么意义。他非常兴奋，心潮澎湃，正想改变思维习惯来恢复常态。血液涌入他的灵魂里面，此时此刻，他要么是摆脱束缚了，要么就是疯了。但是，他后来意识到，他根本不需要做复杂的抽象思维，而他总是那么卖力地进行思考，好像是要为了生存而斗争。其实，不思考不一定是致命的。我真的以为人停止思考就会死掉吗？如今还害怕这种事情，那是真的疯了！

*   *   *

他想去卢卡斯·阿斯弗特家里过夜，就在路边电话亭给卢卡斯打了电话，主动提出要求。"我不会碍事的。你家里还有别人吗？没有？你能不能帮我一个忙。我想见见我的女儿，但我自己不能打电话给玛德琳。她一听到我的声音就会挂掉。你能不能打电话给她，说我明天要去接琼？"

"可以啊，当然，"阿斯弗特说，"我现在就打，等你到了这里，就该有答复了。你怎么来了？是一时冲动吗？没有事先计划吧？"

"谢谢你，卢卡斯。你马上打电话吧。"

离开电话亭的时候，他心想着今晚他必须好好休息一下，一定要睡一会儿。然而，他又有些犹豫，不敢躺下闭上眼睛，恐怕他明天醒来无法回到目前简单、随意的意识状态。因此，他开得很慢，看到一家沃尔格林连锁店就停了下来，给卢卡斯买了一瓶顺风威士忌，给琼买了几件玩具，有一副玩具潜望镜，她可以躲在沙发后面看到四周的情况，还有一个用嘴巴吹气的沙滩球。他甚至开车去位于黑石街和第五十三街交叉口的西联电报公司，给拉蒙娜发了一封电报。他的电报是这样写的：芝加哥。两天公事。很爱你。他相信，他不在，她会自己寻找安慰，而不是像他那样难过，感觉被人抛弃了，天塌了。他就跟一个小孩子似的，喜欢胡思乱想，害怕死亡，正因如此，他的生活才扭曲成现在的奇形怪状。他终于发现每个人都有一颗童心，既天真烂漫，但也必然会撒谎。于是，他认定了一些情感上的好东西：真诚、友谊、关怀儿童（美国人有崇拜儿童的习俗）、博爱。我们现在也就知道这么多。但是，他的认识不止于此。他开始接近真实意识的起点。他认为有一个必要的前提，即一个人会超越自己的"特点"，包括所有的情感、努力、品位等，这些特点构成了所谓"我的生命"。我们有理由希望生命不仅是一团松散的粒子，不仅是客观的事实。经历过可以理解的事情，你就会得出结论，只有不可理解的事情才有意义。此时，这对他来说绝不是一个"笼统思想"，它比他在这个灯火辉煌的电报局里看到的任何东西都更真实得多。在他的眼里，这一切都异常清楚。为什么？因为他看到了尽头。他看到死亡了吗？但是，他并不认为死亡是不可理解的事情。不，绝非如此。

他停下来，凝视着钟面上那根不停跳动的指针，那台钟已是十九世纪的家具，难怪大公司的利润那么丰厚：收费高，设备旧，没有竞争对手，如今电报已经被淘汰了。比起老赫索格放在樱桃街的那些老家具，这些泛黄的老家具给电报公司创造的收益肯定多得多。老赫索格的货场在妓院的对面。如果老板娘不给钱，警察就把妓女的床从二楼的窗户扔出去。那些女人被抓进马车的时候，都大喊大叫，骂骂咧咧的，骂的都是黑人的脏话。老赫索格是个商人，他盯上了这些家具，看着这些邪恶野蛮的警察和野蛮泼辣的肥胖妇女离开，就把这些家具收到他的仓库里面，作为二手货出售。我们祖先的财富就是这样积累起来的。

来到阿斯弗特家门口，他锁上车，把给琼的礼物留在行李箱里面。他相信她会喜欢那副潜望镜的。哈珀大道的家里有很多东西，可以让她好好看看。要让孩子认识生活。也许认识得越清楚越好。

阿斯弗特在楼梯上迎接他。"我等你很久了。"

"出什么事了吗？"赫索格问。

"没有，没事，别担心。我明天中午去接琼。她在一个戏剧学校学习，上半天的课。"

"太好了，"赫索格说，"有问题吗？"

"你是说玛德琳？没有，什么问题也没有。她不想和你见面。这样，你就可以和女儿尽享天伦之乐了。"

"她是不想逼我带着法院命令来吧。从法律上来说，她是有点站不住脚的，毕竟家里住着那个骗子。好吧，让我看看你。"于是，他们走进公寓，里面比较亮堂。"你胡子长出来了，卢卡斯。"

阿斯弗特摸了摸下巴，他有点紧张、羞怯，目光躲着赫索格。他说："故意留的。"

"是因为突然不幸谢顶，所以想做点补偿吗？"赫索格问。

"为了克服抑郁，"阿斯弗特说，"我想，改变一下形象也许有点帮助……失陪一下。"

阿斯弗特的家里一直脏乱不堪，像研究生的宿舍。赫索格环顾四周。"卢卡斯，要是我再有什么意外之财，就给你买几个书架。这些旧板条箱该扔掉了。这些科学文献死沉死沉的。不过，你在沙发上给我铺了一条干净的床单。你真好。"

"你是老朋友了。"

"谢谢。"赫索格说。他发现自己说话有点困难，这让他很惊讶。不知从哪里冒出来了一股强烈的情感，堵住了他的喉咙。他的眼里充满了泪水。他认定这是博爱使然。没错，考虑到他的精神状况，正确认识周围的事物，能恢复他的自制力。自我纠错让他精神焕发。
"卢卡斯，你收到我的信了吗？"

"你的信？你给我寄过信吗？我倒是给你寄了一封信。"

"我没见过。什么内容？"

"关于一份工作。你还记得伊莱亚斯·图博曼吗？"

"娶了体育老师的那个社会学家吗？"

"别开玩笑了。他是斯通百科全书的总编辑，正准备花巨资修订百科全书。我负责生物学卷。他想让你负责历史卷。"

"我？"

"他说他又读了一遍你那本关于浪漫主义和基督教的书。二十世纪五十年代刚出版的时候，他没有觉得很好，现在看来，他当时是有眼无珠，不识货啊。他说，这真是一座丰碑。"

赫索格表情很严肃。他编了几种说辞，但都放弃了。他说："我不知道我是否还算是一个学者。我离开黛西的时候，就已经放弃学术了。"

"玛德琳反而很上进。"

"没错。他们把我瓜分了。瓦伦丁抢走了她和我的优雅生活，玛德琳要当教授。她是不是要答辩了？"

"马上。"

赫索格突然想起阿斯弗特那只死掉的猴子。他问："卢卡斯，你怎么样？你没有被宠物传染上肺结核吧？"

"没有。我定期查结核菌素。没有。"

"你简直是疯了，居然给罗科做嘴对嘴的人工呼吸。大家都觉得你疯了。"

"这种事情也有报道吗？"

"是啊。不然我怎么会知道？消息是怎么传出去的？"

"生理系有个浑蛋学生，他为了赚几美元，给《美国人》当间谍。"

"你不知道猴子得了肺结核吗？"

"我知道它病了，但不知道是那种病。我也没想到它的死会让我那么难过。"阿斯弗特表情沉重，让赫索格感到有点意外。他新留的胡子颜色各异，但他的眼睛乌黑，比他脱掉的头发还要黑。"我当时整个人都蒙了。我原以为养罗科是闹着玩的。我没有意识到它对我竟然这么重要。等它死后我才发现，世界上不管谁死了，也不至于对我影响那么大。我问过自己，如果我哥哥死了，我会不会那么哀伤，可能连一半都没有。我知道，我们都疯了。但是……"

"要是我笑出来，你不介意吧？"赫索格说，"我实在忍不住。"

"你想笑就笑吧。我还能怎么样？"

"一个人爱上自己养的猴子，也没什么大不了的，"赫索格说，"感情这东西讲不清楚，爱上什么，总有它的道理。你见过格斯巴赫。他是我的一个好朋友。结果我前妻玛德琳居然爱上了他。你有什么好害臊的？这是一出痛苦的情感喜剧。你有没有读过科利尔写的关于一个男人和黑猩猩结婚的故事？《猴妻》。故事很精彩。"

"我情绪非常低落，"阿斯弗特说，"不过现在好多了。但是，我有两个月左右什么也没干，幸亏我没有老婆和孩子，否则我还得装得若无其事。"

"都是因为那只猴子吗？"

"我没有再去实验室。我依靠镇定剂，终于把自己治好了，但这种情况不能再来一遍。我终究要面对现实。"

"你去找过埃德维格医生吗？"赫索格笑着问。

"埃德维格？不，没有。我去找了另一个精神科医生。他帮我调节情绪，但一个星期只去两小时，其余的时候我都要一个人克服，很难。所以，我从图书馆借了一些书。你读过那个匈牙利女作家蒂娜·佐科利关于应对危机的书吗？"

"没有。她怎么说？"

"她教了一些练习方法。"

摩西很感兴趣："什么方法？"

"一种主要的方法是假设自己要死了，练习如何面对死亡。"

"你是怎么练的？"

阿斯弗特努力保持平常的说话语气，像老朋友聊天，就事论事。显然，对他来说，这是一件非常糟心的事情。不过，他又藏不住，想回避很难。

"假设我自己已经死了。"阿斯弗特说。

"就是假设最坏的情况已经发生了，对吧？"赫索格转过头，仿佛是要侧耳倾听，想听得更清楚一些。他的双手握在一起，放在膝盖上，肩膀因为疲劳所以耷拉着，两只脚的脚尖朝里勾。在这间发霉的"宿舍"里面，有一只板条箱上面夹放一盏灯，外面夏日的街道上树叶沙沙作响，这给赫索格带来了些许平静。他心里想，事情没错，但又显得那么怪诞。他知道那是怎么回事。他很同情阿斯弗特。

"该来的都来了，就不用感到痛苦了，"阿斯弗特说，"装死，就得躺得直直的。躺在棺材里面是什么感觉呢？像躺在丝绸垫子上。"

"啊？你真想象得出来，一定很不容易。我明白了……"摩西叹了口气。

"这需要练习。要能有感觉，也要能没有感觉，要感觉到生存，也要感受到死亡的滋味。既在场，又不在场。在你生命中出现过的人，会一个接一个地来看你。爸爸，妈妈，有你爱的人，也有你恨的人。"

"然后呢？"赫索格侧耳倾听着，他的头没有这么歪过。

"然后，你就问自己，'你要跟他们说什么？你对他们有什么感觉？'这个时候，你只说你真实的想法。不是因为你死了而对他们说这些，这些话是对你自己说的。要面对现实，不是幻想。要说实话，不要说谎。这就完了。"

"面对死亡，有点海德格尔的味道。结果呢？"

"我躺在棺材里面，眼睛直直地看着上方，起初，我能集中注意力，只想着我死了，想着我和生者的关系，后来就不行了，不一会儿就好像看到了别的东西。"

"你是不是累了开小差？"

"不是。我每一次看到的东西都一样。"卢卡斯笑了，笑容之中有些不安，也有些痛苦。"我爸爸在西麦迪逊街开廉价旅馆的时候，我们相互认识了吗？"

"认识了，我们在同一所学校上学。"

"后来出现大萧条，我们自己也搬进旅馆里去住。我爸爸在顶层弄了一个阁楼，我们一家人住在里面。干草市场剧院就在旁边，你还记得吗？"

"那个表演脱衣舞的地方？哦，是的，卢卡斯。那时我常常旷课看脱衣舞。"

"嗯，首先，我刚开始看到的是旅馆着火了。我们被困在阁楼里。哥哥和我用毯子把弟弟妹妹们裹起来，大家站在窗户的旁边。后来，消防队员来了，我们终于得救了。我抱着妹妹。消防队员一个一个地把我们送下去。最后一个是我的蕾阿姨。她很沉，体重将近两百磅。消防队员抱她下楼的时候，她的衣服飞起来了。由于抱得吃力而且火情紧迫，那个消防员满脸通红。是爱尔兰人的脸。我站在下面，看着她的屁股渐渐靠近，她的屁股很大，她的脸也很大，脸色苍白，显然是惊魂未定。"

"这就是你装死的时候看到的吗？一个死里逃生的胖阿姨。"

"别笑！"阿斯弗特虽然这么说，但他自己却笑了起来，笑声冷冷的。"我不只看到了那个景象，我还看到了隔壁的脱衣女郎。候场的时候，她们无所事事。剧院里正在播放一部汤姆·米克斯主演的电影。她们在更衣室百无聊赖，就跑到街上来打棒球。她们喜欢打棒球。她们都是吃玉米的胖姑娘，身体确实需要锻炼。我坐在路边看着她们打球。"

"她们穿着脱衣舞的性感服装吗？"

"她们都涂脂抹粉，头发做了造型。在投球、击球、跑垒的时候，她们的乳房上下跳动。她们打的是一种软球，其实应该叫垒球。摩西，我向你发誓……"阿斯弗特两只手压在长满胡须的脸颊上，他的声音在颤抖。他那双泪汪汪的黑眼睛充满困惑，苦笑着。然后，他把椅子往后拉，避开光线。他可能快要哭了。我希望他不会哭，赫索格想。他很同情他。

"别难过，卢卡斯。你听我说，也许我可以告诉你一些事情。至少我可以告诉你我是怎么看的。一个人可能会说：'从现在开始，我要说实话。'但是，实话听到了，没等他把这句话说完，就跑掉躲起来了。人类有些滑稽，文明人会拿自己的思想开玩笑。这个蒂娜·佐科利一定也是在开玩笑。"

"我不这么认为。"

"那么还是那句老话：'记住，你终有一死。'还是摆在桌子上的和尚头骨，讲得比较时髦而已。那有什么用处呢？说到底都是那些德国存在主义者搞出来的，他们会跟你说恐惧对你有多少好处，可以让你不分心，可以给你自由，让你更真实。上帝不在了，但死神还在。这就是他们的说法。我们的世界是一个追求快乐的世界，而快乐有一个机械的模式。有人说，你只管拉开裤子的拉链，能幸福就行。其他的理论家则把内疚、恐惧、紧张当作惩戒。但是，人类生活比任何模式都更微妙得多，哪怕是那种巧妙的德国模式。我们需要学习恐惧和痛苦的理论吗？这个蒂娜·佐科利是个莫名其妙的女人。她叫你练习面对死亡，简直是自残，而你的反应充满智慧。只是你太刻意了，过度自我嘲讽，到了能制造痛苦的地步。越来越痛苦。猴子啊，屁股啊，打垒球的脱衣舞娘啊。"

"在等你的时候，我就希望我们能好好聊聊这件事情。"阿斯弗特说。

"不要太折磨自己，卢卡斯，别编造这种荒诞的情节来恶心你自己。我知道，你有同情心，心里确实很痛苦。你相信这个世界，而这个世界却告诉你要通过这种荒诞的方式寻找真理。他们还警告你，如果你有自尊心，尊重你自己的智慧，就不要接受别人的安慰。根据这个理论，真理就像是惩罚，你必须勇敢而坦然地接受。他们说真理会磨砺你的灵魂，因为人都会说谎，靠谎言生活。所以，如果说你的灵魂里面还有东西等待揭示，你不可能通过别人看到真相。难道一定要把自己'装'进棺材，通过装死来练习吗？思想一旦开始深化，首先想到的就是死亡。当代的哲学家都在鼓吹古时候对死亡的恐惧。新社会不敬畏生命，面对死亡不感到恐惧，这种新态度威胁着文明的本质。但是，这不是恐惧不恐惧的问题，和这种说辞没有任何关系……然而，所谓有思想的人，有人文主义情怀的人，除了寻找各种说辞，还能干什么呢？拿我来说吧。我一直在给各种各样的人写信，寄到四面八方去。总有说不完的话。我通过语言来追求现实。也许我是想把一切都变成语言，迫使玛德琳和格斯巴赫重拾'良心'。我也给你写过信。我肯定是想努力保持情感的张力，没有这种张力，人类就不能再称为人类。要是不用力牵动，这种张力早就消失了。我给全世界写信，就是为了防止张力消失。我希望全世界的人类都称得上人类，所以，我想象了一个完整的场景，把他们放在里面。我全心投入这些场景的建设。但它们毕竟是'建设'出来的状态。"

"是的，但是你在和人类打交道。我呢？我只有罗科。"

"不管觉得什么重要，我们都要坚持到底。我相信互爱是人之所以为人的理由。如果我欠上帝一条人命，我会把我的性命奉献给他。'人不是独自活着的，而是活在他兄弟的脸上……每个人都将看到永恒的天父，因此爱和欢乐比比皆是。'如果传播恐惧的布道者告诉你，别人只会让你偏离形而上的自由，那么，你必须远离他们。但真正的问题也是本质的问题在于，我们为其他人效力，而其他人也为我们效力。没有这种本质的关系，人就永远不会害怕死亡，恐惧是营造出来的。而如果人不明确为了什么而活、为了什么而死，死亡的意识只会折磨自己，将自己变成一个笑话。你通过罗科和蒂娜·佐科利，而我通过胡乱地写信……我感到头晕。那瓶顺风威士忌呢？我想喝一杯。"

"你应该去睡觉。你看起来像是要垮掉了。"

"我还行吧。"赫索格说。

"去睡觉吧。反正我也没空。我还有试卷没批改完。"

"好吧，我确实困了，"摩西说，"你的床挺好看的。"

"我会让你睡个懒觉。时间有的是，"阿斯弗特说，"晚安，摩西。"他们握了握手。

他终于抱住了女儿，她用小手捧着他的脸颊，吻了他。他早就渴望见到她，渴望闻到她身上的芬芳，看到她的脸蛋和乌黑的眼睛，抚摩着她的头发和皮肤，此时，他抱着她稚嫩的身体，激动不已，结结巴巴地说："琼，我的宝贝，我想你了。"他很高兴，又很痛苦。她带着她全部的天真和稚气，带着小女孩纯真或者多情的本能，吻着他的嘴唇，吻着她忧心忡忡、疲惫不堪、身上有病的爸爸。

阿斯弗特站在旁边，满脸微笑，但感觉有些不自在，光头上在冒汗，新留的胡子看样子也很热。他们站在杰克逊公园科学博物馆的台阶上，台阶是灰色的，很长一段。这时，老师和家长们陪着一车一车的孩子进来了，有黑人，也有白人。随着用青铜件装饰的玻璃门不停转动，小孩子们进进出出，个个匆匆忙忙，他们的身上都散发着奶香味和尿臊味，一颗颗脑袋颜色、形状各异，但在赫索格慈祥的眼睛里，他们都装着世界的未来，未来的善与恶。

"琼，心肝宝贝。爸爸想你了。"

"爸爸！"

"卢卡斯，你知道吗？"赫索格很突兀地问，他的脸上既幸福感满满，又有一点儿苦笑。"桑德尔·希梅尔斯坦跟我说，我女儿会忘记我的。他肯定是把我女儿当成希梅尔斯坦家的人，他们一家人都是低级动物，小白鼠、仓鼠等。"

"赫索格家的人都更加高级吗？"阿斯弗特反问。不过，他的语气很温和，很客气，而他的本意也是友善的。"我下午四点来接你，还是在这里。"他说。

"只有三个半小时？她太过分了！好吧，好吧，我不和你吵架。我不想起冲突。反正明天还有一天。"

他的心里波涛汹涌，潮起潮落，他默念了一段很长的独白（放弃这个女儿真让人心碎！她会变成另一个好色的女人？还是会像莎拉·赫索格那样的悲情美女，注定要生下对她自己的灵魂和灵魂之神一无所知的孩子？或者人类会找到一条新的道路，将他这个类型的人淘汰？果真如此的话，他会感到很欣慰。有一次在纽约，一堂课刚刚讲完，就有一位年轻的主管走上讲台对他说："教授，诡计是犹太人的专利！"看着眼前这个身材苗条、金发碧眼但怒气冲冲的年轻人，赫索格只是点了点头。他回答说："以前，犹太人的专利是放高利贷。"），然后，随着内心的一阵刺痛，他的独白戛然而止。那就是新现实主义，他想。"卢卡斯？谢谢你。四点钟，我会准时到这里。你不要整天冥思苦想。"

摩西带着女儿进了博物馆去看小鸡孵化。"马可有给你寄明信片吗，宝贝？"

"有。从营地寄来的。"

"你知道马可是谁吗？"

"我哥哥。"

这么说来，玛德琳并没有刻意让琼和赫索格家的人疏远，不管她有多么疯狂。

"煤矿你进去过吗？这个博物馆里的煤矿。"

"我害怕。"

"你想看小鸡吗？"

"我看过。"

"你不想再看看吗？"

"哦，想的。我喜欢小鸡。瓦尔叔叔上星期带我去看过。"

"我认识瓦尔叔叔吗？"

"哦，爸爸！你在装傻。"她搂着他的脖子，嘻嘻笑着。

"他是谁？"

"他是我的继父，爸爸。你肯定知道。"

"妈妈是这么告诉你的吗？"

"他是我的继父。"

"是他把你锁在车里的吗？"

"是的。"

"你在车里怎么样？"

"我哭了。但没哭多久。"

"你喜欢瓦尔叔叔吗？"

"哦，喜欢，他很有趣。他会做鬼脸。你会做鬼脸吗？"

"会一点，"他说，"但我不太好意思做鬼脸。"

"你讲的故事更好听。"

"我想是的，宝贝。"

"脸上有星星的男孩，那个故事特别好听。"

好吧，她还记得他编得最好的故事。赫索格点了点头，她让他惊叹不已，他为她感到骄傲，他的心里充满了感激之情。"脸上长满雀斑的男孩？"

"就像天上的星星。"

"每一颗雀斑就像一颗星星，天上的星星，他的脸上也都有。北斗七星、小北斗七星、猎户座、大熊座、双子座、参宿四、银河系等。他脸上每颗星星的位置都完全正确。"

"但有一颗星星没人认识。"

"他们带他去见了所有的天文学家。"

"我在电视上看到过天文学家。"

"那些天文学家都说：'哎呀，真巧！有点意思。这颗星星有点怪！'"

"然后呢？"

"最后，他去见了老人希拉姆·什皮塔尔尼克，这个老人年纪很大很大，个子很小很小，胡子很长，垂到了脚边。他住在一只帽盒里面。他说：'得叫我爷爷来看看。'"

"他爷爷住在胡桃壳里面。"

"没错，没错。他的朋友都是蜜蜂。蜜蜂忙忙碌碌，没有时间多愁善感。什皮塔尔尼克的爷爷从胡桃壳里爬了出来，他拿着一副望远镜，盯着鲁伯特的脸看。"

"那个男孩的名字叫作鲁伯特。"

"什皮塔尔尼克的爷爷让蜜蜂把他抬起来，抬到合适的位置，他看了看，说这是一颗真的星星，是一个新发现。他一直在等着这颗星星……你看，小鸡！"他抱着女儿靠在栏杆上，把她放在左手边，这样，她就不会碰到手枪，这把手枪用她曾祖父的卢布包着，还放在他胸前右边的口袋里面。

"小鸡是黄色的。"她说。

"这里面一直亮着灯，温度也很高。你有看到那只鸡蛋在晃动吗？小鸡正想出来。很快，小鸡的尖嘴就会啄破蛋壳。你看着。"

"爸爸，你不在我们家里刮胡子了，为什么呢？"

这让他感到心痛，但他必须咬牙挺住。心必须要硬起来。否则就像野蛮人描述钢琴一样："你打它，它就哭。"他不能哭出来。他小心翼翼地回答说："我把剃刀放在别的地方了。玛德琳怎么说？"

"她说你不想和我们住在一起了。"

他不想在孩子面前发火。"她是这么说的吗？嗯，我一直想和你们住在一起。但我做不到。"

"为什么？"

"因为我是个男人，男人要工作，要生存。"

"瓦尔叔叔也工作。他写诗，写完就念给妈妈听。"

赫索格阴沉的脸上露出了喜色。"好极了。"她不得不听他的废话！低劣的艺术和邪恶总是形影不离的。"听你这么说，我很高兴。"

"他念诗的时候，样子怪怪的。"

"他哭了吗？"

"是的，哭了。"

滥情和残忍其实是一回事，就像化石和石油。这则消息非常宝贵，简直无价。他太高兴了！

琼低下头，用手腕捂着眼睛。

"你怎么了，宝贝？"

"妈妈叫我不要提起瓦尔叔叔。"

"为什么？"

"她说你会非常非常生气。"

"但我没生气啊。我还哈哈大笑呢。好吧。我们不再说他的事了。我保证，一个字都不提。"

接着，作为一个经验丰富的爸爸，他一直小心翼翼的，唯恐说错一句话。直到他们回到福特猎鹰车边，他才说："我有礼物要给你，放在后备厢里！"

"哎呀，爸爸……是什么礼物？"

站在笨拙、灰溜溜的科学博物馆前面，她活泼可爱，她的乳牙，脸上稀疏的雀斑，充满期待的大眼睛，纤细的脖子，就像一股清流，让人耳目一新。他在想她会怎样继承这个充斥着伟大仪器、物理原理、应用科学的世界。她非常聪明。他为女儿感到十分骄傲，他似乎看到了居里夫人第二。她很喜欢潜望镜。他们在汽车的两边玩躲猫猫，一会儿躲在后备厢的后面，一会儿躲在公共厕所门廊的柱子后面。然后，他们穿过外环大道的桥，到湖边散步。他让她脱掉鞋子，走进湖水里面，等她从水里上来，他用衬衫的下摆擦干她的小脚，小心翼翼地刷掉脚指中间的沙子。他给她买了一盒饼干，她坐在草地上吃着。蒲公英已经盛开，都毛茸茸的。草皮很有弹性，既不像五月份那样潮湿，也不像八月份那样干燥、坚硬，到了八月份，草皮都快被太阳晒死了。电动割草机在斜坡上转着圈，在给草地"理发"，扬起一片片碎草。阳光从南面照射在水面上，湖水蓝莹莹的，好看极了。地平线好像在燃烧，天空很晴朗，只是在加里机场方向，钢铁厂的烟囱在喷着赤褐色和硫黄色的烟。到目前为止，鲁德维尔的草坪已经有两年没修剪过了，肯定变成了"草原"，本地的猎人肯定又带着他们的情人跑去那里，大概率会打碎窗户，还会在草地上生火。

"我想去水族馆，爸爸，"琼说，"妈妈说你应该带我去。"

"哦，是吗？那就去吧。"

福特猎鹰被阳光晒得滚烫。他打开车窗通风降温。他有好多钥匙，必须先整理一下，在口袋里放好。有他纽约房子的钥匙，拉蒙娜给他的钥匙，大学男教员休息室的钥匙，阿斯弗特公寓的钥匙，还有几把鲁德维尔那个家的钥匙。"你要坐在后座，宝贝。进去吧。你把衣服拉下来，皮革很烫。"西风比东风更干燥。赫索格感觉敏锐，察觉到了这种差别。在神志几乎失常和思想混乱的日子里，强烈的情感波动让他变得更加敏感，或者说他向周围的环境注入了一些自己的东西，仿佛他从自己的嘴里、血液里、肝脏里、肠子里、生殖器里取出了水分和颜色，画了周围的场景。于是，他通过这种怪异的方式重新认识了芝加哥，这个他三十多年来一直很熟悉的地方。用自己的器官作画是一种特殊的艺术，而通过这种艺术，他绘制了一副独特的芝加哥画面。黑人贫民窟厚厚的墙壁和弯曲的石板人行道都散发着难闻的气味。再往西是工业区，芝加哥河南段水流缓慢，像污水沟，闪闪发光，水面上仿佛覆盖着一层金色的外壳，牲口围栏已经荒废了，高大的红色屠宰场孤零零的，已经破旧不堪，旁边是单调乏味的平房和空空荡荡的公园，接着是庞大的购物中心，再接着是公墓，那里葬着赫索格的过去和现在，然后是森林保护区，保护区里面有跑马场、野餐营地、情人小路，那里曾经发生过恐怖的谋杀案，再过去是机场、采石场，最后是玉米地。地方各种各样，活动也各种各样，这就是现实。摩西必须看到现实。也许，他在某种程度上被排除在现实之外，因此他能看得更真切、更清晰，不至于昏昏欲睡。保持清醒的意识是他的工作，而延伸意识是他的本行，他的职责所在。他要保持警觉。如果他能"借到"时间带女儿去水族馆看鱼，他会想办法补上警觉的时间。这一天就像老赫索格下葬的那一天，他要有勇气面对那个现实。那时也是鲜花盛开的季节，有玫瑰花、木兰花等。在出殡的前一天晚上，摩西哭着哭着，不知不觉睡着了，空气中弥漫着邪恶的芳香，而他梦魇不断，这些梦都很痛苦、邪恶，但丰富多彩，只是被夜间遗精打断了。总之，他似乎看到人死后就能摆脱本能的奴役，重获自由。可怜的亚当子孙们啊，他们的思想和身体都会收到一些奇怪的信号，都必须加以应答。我大半辈子的生活，都在努力践行更加明确而合乎逻辑的思想。我甚至知道是哪些思想。

"爸爸，该转弯了。瓦尔叔叔都是在这里转弯的。"

"好的。"通过后视镜，他发现她很难过，她发现刚才说错话了。她又提到了格斯巴赫。"嘿，小猫咪，"他说，"不管你跟我说瓦尔叔叔什么事，我都不会告诉别人。我也不会问你他的事情。你不用放在心上。傻瓜。"

在凡尔登的时候，赫索格妈妈叫他不要跟人家提起他们家的酒厂，那时候，他就跟琼差不多大。那个酒厂他记得很清楚。那些管子都很漂亮。还有臭烘烘的土豆渣。如果他没有记错的话，老赫索格曾经把几袋变质的黑麦面包倒进了大桶。无论如何，保守秘密总是好事。

"人总是有些秘密的。"他说。

"我有很多秘密。"她站起来，挨在他的座位上，抚摩着他的脑袋。"瓦尔叔叔是个好人。"

"当然。"

"但我不喜欢他。他身上有臭味。"

"哈哈！真的吗？我们给他买瓶香水吧，让他香一点。"

他们登上水族馆台阶的时候，他一直抓着她的手。他觉得他作为爸爸，他的力量和判断是值得她信任的。水族馆的中庭被从天窗照射下来的阳光烘得很"暖和"，有个喷泉在喷水，植物繁茂，而空气中弥漫着柔和的热带鱼腥味，摩西不得不用力控制心神。

"你想先看什么？"

"大乌龟。"

他们穿过昏暗的长廊，长廊里闪着金色和绿色的光芒。

"这种游得很快的小鱼叫作胡目胡目—艾里—艾里，是夏威夷的鱼。这个扁平的大家伙是刺鳐，有牙齿，尾巴上有毒刺。这些是七鳃鳗，与八目鳗有亲缘关系，七鳃鳗会用嘴咬住别的鱼，吸它们的血，直到把它们耗死。那边是彩虹鱼。这条长廊里面没有乌龟，但你看看尽头那些大家伙。是鲨鱼吧？"

"我在布鲁克菲尔德动物园看到过海豚，"琼说，"它们戴着水手帽，会敲钟。还会直立起来跳舞，会打篮球。"

赫索格把她抱起来。带孩子去玩总是令人筋疲力尽，也许是因为孩子们都会非常激动。通常情况下，和马可玩一天之后，摩西都要拿冷毛巾敷眼睛，躺下来好好休息一会儿。他命中注定是个只能偶尔带孩子玩玩的爸爸，在孩子们的生活中，他就像一个若即若离的幽灵，一会儿出现在他们的跟前，一会儿就要消失得无影无踪。但是，他必须控制好对时聚时离的特殊感受。这是一种让人颤抖的伤感，他想着弗洛伊德会怎么定义这种情感：被压抑的创伤部分回归，最终可追溯到死亡本能？这种情感，也就是终生的死亡情结，不能传递给孩子。做学生的时候，赫索格就有了这种情结，这种情结一直藏在孕育城市的子宫里，不管是在天上，还是在人世间，不管是活着的还是死去的亲人，人们总是难以和他们分别。但是，对摩西·赫索格来说，他把女儿抱在怀里看着绿色水箱里的七鳃鳗和尖牙利齿、浑身光滑的鲨鱼的时候，他几乎难以抑制这种情感，这种情感实在是太强烈了。他首次对亚历山大·赫索格给老赫索格办葬礼的方式有了不同的看法。当时他们并没有在教堂里举办庄重的仪式。舒拉的那些朋友，包括银行家和公司的总裁，个个身材肥胖，因为打高尔夫球被晒得黑乎乎的，这些人形成了一堵雄伟壮观的肉墙，他们的肩膀、手掌和脸颊都胖嘟嘟的，但头发却十分稀疏。然后是送葬车队。市政府派出一支摩托车队护送，认可舒拉·赫索格对城市的重要性。警察开着警笛在前面开路，把路上的汽车和卡车挡在两边，这样，灵车就可以畅通无阻，不用管红绿灯。没人能这么快到达公墓。摩西对舒拉说："爸爸活着的时候，警察总是在他的身后追着，可如今……"听到我的这句话，海伦、威廉和轿车里的四个孩子都笑了。灵柩放下去的时候，摩西和其他人都哭了，这时舒拉对他说："别唠唠叨叨，弄得像个该死的移民一样。"我让他和他的高尔夫球友，也就是那些公司总裁尴尬了。也许我不是完全正确。他是个美国好公民，而我仍然带着欧洲的旧习气，我被旧世界污染了，心里还装着所谓的爱和孝道。那是古老而愚蠢的梦幻。

"乌龟在那儿呢！"琼大喊。乌龟正从池底浮起来，披着角质的胸甲，脑袋懒洋洋的，眼神永远那么冷淡，鳍状肢缓慢地摇着，脚掌拍着水池的玻璃壁，它胸前巨大的鳞片是粉黄色的，它背后的黑色甲壳上美丽的线条，和水波纹一样。它身后拖着一团寄生青苔，像绿色的茸毛。

为了对比，他们回到中间的那个池子去看密西西比河龟，那些乌龟的侧面有红色的条纹，有些正趴在原木上打盹儿，有些和鲇鱼一起在池底优哉游哉地游着，穿梭在蕨类植物之间，池底有许多游客扔的硬币。

孩子看够了，她爸爸也已经累了。"我们去买个三明治吧。该吃午餐了。"他说。

赫索格后来想，他们开车离开停车场的时候真是小心翼翼的。

他是个小心谨慎的司机，习惯眼观四方。但是，他把福特猎鹰开上主干道的时候，他也许应该料到，有个长弯道从北边过来，车子都开得很快。有一辆德国大众的小型卡车紧贴着跟在他的后面。他踩了一下刹车，向后车表明他要减速，准备让对方超过去。但是，刹车太新，太灵敏了。福特猎鹰突然停了下来，小卡车追了他的尾，推着他的车撞上了一根电线杆。琼尖叫着，紧紧抓住他的肩膀，而他被惯性向前推，撞到了方向盘上。孩子危险！他很着急。但他不用替这个孩子担心。听她的尖叫声，他知道她没有受伤，只是害怕而已。他趴在方向盘上，感觉身体虚弱，非常虚弱，他眼前一片漆黑，他感到十分恶心，身体麻木。他听到琼在尖叫，但无法转身去看看她的情况。他告诉自己他可能要晕了，然后果真晕了过去。

他们把他拖出来放在草地上。他听到火车机车的声音，很近，那里应该是伊利诺伊中央车站。过了一会儿，它似乎跑很远了，应该是在外环大道对面的杂草丛中。他想睁开眼睛，但起初他的视线基本受阻，只看到大块的斑点，这些斑点很快就变成一连串小斑点，像彩虹。他的裤子破了。他感到双腿有点凉。

"琼在哪里？我女儿在哪里？"他站了起来，看见她站在两个黑人警察中间，在看着他。警察拿着他的钱包，他们的手里抓着卢布，当然还有那把手枪。好吧！他又闭上了眼睛。他考虑着他自己当下的困境，又感到一阵恶心。"她没事吧？"

"她没事。"

"琼，你过来。"他俯下身子，她走进他的怀里。他抱着她，抚摩着她，亲吻着她惊慌未定的脸，这时他的肋骨感到一阵剧痛。"爸爸躺了一会儿，没什么。"但是，他躺在草地上，被她看到了。那里就在博物馆后面的新大楼旁边。警察在搜查他口袋的时候，他四肢伸直，绵软无力，简直已经是死人一个。他感觉自己的脸色苍白，脸上毫无表情，肌肉僵硬，这让他吓坏了。他感到发根刺疼，觉得头发肯定是一下子都变白了。警察给了他几分钟的时间，让他自己清醒过来。警车上的蓝色警灯不停地闪烁着，旋转着。小卡车的司机正瞪着他，气呼呼的。稍远一点的地方，有几只白头翁正在悠闲地散步、进食，和往常一样，有个光圈在它们黑色的脖子上来回转动。赫索格回头仿佛看到了菲尔德自然史博物馆。我是地下室里的木乃伊就好了！他想。

　　警察盯上他了。从他们严峻的眼神，他就看出来了。因为他抱着琼，所以他们耐心等着。他们可能还不会对他动粗。他已经拖延不少时间了，他一脸茫然，可能他自己也不觉得。警察很粗暴，他亲眼见过。但那是在过去。也许时代已经变了。警局来了一个新局长。去年在一次禁毒会议上，他就坐在奥兰多·威尔逊局长的身边。他们握过手。这当然不值得一提，而且，如果跟那两个黑人警察暗示说他认识局长，可能让他们更加反感。对他们来说，抓到了他，今天算是有所收获了，因为那些卢布和那把手枪，他不可能指望他们会轻易放他走。蓝绿色的猎鹰撞在电线杆上，车头撞瘪了。路上的车辆风驰电掣，每辆车都闪着灯光。

　　"你叫摩西？"两个黑人警察中那个年纪比较大的问他。终于来了，这是只有在失去了自由之后才能听到的口吻。

　　"对，我叫摩西。"

　　"这是你的孩子？"

　　"是的，我的女儿。"

　　"你最好拿手帕压在头上。你有一个伤口，摩西。"

　　"真的吗？"这就解释了他的发根为什么会刺痛。他找不到"手

348

帕"，也就是那块毛巾，于是他解开丝绸领带，折起来，把宽的一头压在头皮上。"没什么。"他说。孩子把头埋在他的肩膀里面。"坐下吧，坐在爸爸旁边，宝贝。坐在草地上。爸爸的头有点疼。"她很听话。她的温顺，她对他的关心，她的聪明和体贴，她的同情心，都让他非常感动。他热切地伸出宽厚的手放在她的背上，做出要保护好她的姿态。他身体略微朝前倾，把领带压在头皮上。

"摩西，你这把枪有证吗？"警察噘起宽厚的嘴唇，一边等着我的回答，一边用指甲向上捋着他的小胡子。另一名警察在和大众小卡车的司机谈话，那个司机非常生气。他长着一张驴脸，鼻子又尖又红，一直瞪着摩西。他说："你们得缴了那个人的驾照吧？"摩西想，因为那把手枪，他的处境已经很糟了，这家伙居然想火上浇油！赫索格奋力压住了内心的怒火。

"我问过你一次了，我再问你一次，摩西，你有持枪证吗？"

"没有，警官，我没有。"

"里面有两颗子弹。这是上膛的枪械，摩西。"

"警官，这是我爸爸的枪。他已经去世了，我正要把它带回马萨诸塞州。"他尽可能回答得简短一些，语气保持平和。他知道，他可能得一遍又一遍地重复讲他的故事。

"这些钞票是怎么回事？"

"没什么价值，警官。和俄国的钞票长得比较像而已。道具。也是留着当念想的。"

从他的表情看，这位警察有点同情心，但他也显得很疲惫，又有些怀疑。他垂着眼睑，那张厚实的嘴唇上挂着一丝微笑。喜园盘问他还和哪些女人交往的时候，她的嘴唇看起来也是这个样子的。好吧，警察每天都会碰到各种各样的怪事，所谓不在场证明、捏造情节、胡言乱语等。赫索格仔细做着盘算，尽管他心里怀着沉重的责任感和恐惧，但他认为这个警察要给他定性可能不那么容易。当然有适合贴到他身上的标签，但像这样的外勤警察想不到这样的标签。想到这里，他居然还有一丝骄傲，大多数人类都是很愚蠢的。"主啊，让天使赞美您的名字。人是愚昧的东西，人都是傻瓜。人类的历史，就是愚昧和罪恶的历史……"赫索格头痛不已，想不起更多的"诗句"。他把领带从头皮上拿下来，已经快粘住了，没理由再压着，不然等会儿再拿掉，又要扯破头皮。琼把头枕在他的腿上。他遮住她的眼睛，此时的阳光还是很刺眼的。

"我们得做一个事故记录。"穿着反光裤子的警察蹲在赫索格的旁边。他鼓鼓囊囊的大屁股上挂着一把手枪。金属枪柄是褐色的，刻着斜格子图案，还有弹带，样子都和老赫索格笨重的大左轮手枪大不相同。"我查不到这辆猎鹰的车主信息。"

这辆小车前后两头都撞烂了，引擎盖翘了起来，像张开着的蚌壳一样。引擎本身没有受损，没有液体流出。"车是租的。我在奥黑尔机场租的。证件在杂物箱里面。"赫索格说。

"这些情况都要确认一下。"警察打开一个文件夹，拿一根黄色铅笔在一张打印好的表格上写写画画。

"你从这个停车场出来……车速多少？"

"很慢。每小时五英里到八英里吧……我刚把车开出来。"

"你没看见那个家伙在你后面吗？"

"没有。我想可能是在弯道上，视线不好。我不太清楚。但是，我刚开进主车道，他就追了我的尾。"他向前弯下腰，想改变一下姿势，减轻身体一侧的疼痛。他本来已经下定决心不去理会它了。他轻轻抚摩着琼的脸颊。"幸亏她没有受伤。"他说。

"我是从后窗把她抱出来的。门卡住了。我检查过,她没事。"那个留着八字胡的黑人皱着眉头,似乎想表明他无须向赫索格这个携带上膛手枪的人做任何解释。如果说他有事,主要是因为这支装了两颗子弹的左轮手枪,交通事故倒在其次。

"如果她出了什么事,我会开枪把自己的脑袋打烂。"

那个蹲着的警察默不作声,好像不关心摩西可能干过什么事情。他不该说起他会怎么使用这把左轮手枪,即使是打他自己。但是,他仍然有些眩晕,他觉得这可能因为这几天来一直匆匆忙忙,而这次撞车让他感到惊吓,甚至有些绝望。他的脑袋还晕乎乎的。他决定必须停止这种愚蠢的行为,否则情况会变得更糟糕。他这次来芝加哥,是想保护自己的女儿,结果却差点害死她。他想来抵消格斯巴赫的影响,尽到自己作为男人和爸爸的责任,等等。可是,他竟然开车撞上了一根电线杆。然后,他的女儿眼睁睁地看着他撞得不省人事,头破血流,被人家从车里拖出去,左轮手枪和卢布从口袋里滑落出来。不行,脆弱或者疾病再也没有任何用处了,他一辈子都在用生病做借口,他不是软弱就是傲慢,不是傲慢就是软弱,这是他保持心理平衡的方法,即所谓的赫索格陀螺仪。他再也不能使用这种方法了。

身穿绿色套头衫的大众小型卡车司机正在讲述车祸的经过。摩西看到套头衫口袋的上方用黄线绣了几个字,他使劲想看清那是什么字。那个人是煤气公司的吗?看不出来。当然,卡车司机肯定是把全部罪责都推到了他的身上。故事编得很离谱,越讲越离谱。自我辩护是一种巨大的动力,赫索格想。有了这种动力,寻常人,甚至是那些小丑,都会转眼间变成难得一见的天才。这个家伙头皮上的皱纹跟他额头上的不一样,因此他以前的发际线一目了然。他头上的毛发已经历历可数了。

"他从我前面插进来，没有打转向灯，非常突然。为什么不给他做酒精测试？他肯定是酒后驾车。"

"好了，哈罗德，"那个年纪大一点的黑人警察说，"你的车速是多少？"

"天啊！这是什么意思？我距离超速远着呢！"

赫索格说："这种开公司车的司机就喜欢欺负私家车。"

"他从前面变道插进来，然后突然急刹车。"

"你撞他撞得够狠的。这表明你贴得很近。"

"没错。我觉得……"那个警察用铅笔的橡皮头指了两次、三次、五次，让他们看看路面的情况（赫索格似乎看到了"加大拉的猪群"，五彩缤纷，闪闪发光，正在奔向悬崖）。"我觉得确实是你在欺负他，哈罗德。他要变道，一下子还变不进去，所以他想减速让你超车过去。可能是刹车踩得太用力了，结果你撞上了他。从你的驾照上来看，你已经有过两次违章了。"

"没错，所以我格外小心。"

天啊！别让你的怒火烧坏你的头皮，哈罗德。他的头皮红得太厉害了，很不好看，就像狗的上颌。

"我觉得，如果你不是想欺负他，你就不会直接撞上去，撞得这么狠。你会转向，从右边闪过去。我要给你开罚单，哈罗德。"

然后，他对摩西说："我得带你回局里。你可能会被指控行为失检。"

"因为这把旧枪吗？"

"它上膛了……"

"没什么。我没有刑事记录，从来没有进去过。"

大家都等着他站起来。那个鼻子尖尖的大众卡车司机皱起姜黄色的眉毛，睁着一双血红的眼睛，怒冲冲地瞪着他。赫索格站了起来，然后抱起女儿。他把她抱起来的时候，她的发夹掉了。她的头发散开，很长，遮在脸颊的两旁。他弯不下腰去找那只玳瑁发夹。停在斜坡上的警车为他打开了车门。他终于体会到了被拘留的感觉。没有人被抢劫，也没有人死亡，但他仍然感觉到有一个致命的阴影压着他，十分沉重。"这是你活该啊，赫索格。"他自言自语道。自责是免不了。那支镀镍的左轮手枪，不管他昨天打算用它干什么，他今天都应该把它放在阿斯弗特沙发下面的航空旅行包里面。他早上穿上外套的时候，胸口就有沉重的压迫感，当时他就应该停止这个不切实际的行为。因为他不是堂吉诃德，对不对？所谓堂吉诃德式的人，都要模仿伟大的楷模。他模仿了哪些楷模？堂吉诃德是个基督徒，摩西·赫索格不是基督徒。这里是后堂吉诃德、后哥白尼时代的美国，一个畅游过太空的头脑，可能会发现一个十七世纪的人在狭隘的世界中完全没有想到的关系。这就是他生活在二十世纪的好处。只是（他们穿过草地，朝着旋转的蓝灯走去）在他有生之年的十分之九的时间里，他和古人没什么区别。他之所以带上了那把左轮手枪（他的愿望既强烈又很模糊），原因在于他是他爸爸的儿子。他几乎可以肯定，约拿·赫索格害怕警察、税务稽查员和流氓，他也不可能远离这些敌人。他放任恐惧，挑衅他们，巴不得他们把他给炸了（恐惧：他受得了吗？震惊：他活得下来吗？）。古时候赫索格家族的人热衷于唱圣歌，披着披肩，留着胡须，他们永远不会碰左轮手枪。异教徒才有暴力行为。但是，古人已经不在了，烟消云散了。约拿花一美元买了一把枪，今天早上摩西想："得了吧，带就带上吧。"然后，他扣上外套的扣子，下楼上了车。

"这辆猎鹰该怎么办？"他问警察。他停下了脚步。但他们推搡着他，对他说："你不用担心。我们来处理。"

他看见有一辆拖车来了，拖车上有吊钩。拖车驾驶室的上方也有蓝灯在旋转。"听着，"他说，"我必须先把这个孩子送回家。"

"她会平安回家的，不用担心。"

"按约定，我必须在四点之前把她还给她妈妈。"

"还有差不多两个小时。"

"去警局要一个多小时吧？如果让我先把她送回去，我会不胜感激。"

"走吧，摩西。"那个年长的警察推着他往前走，既冷酷无情，又好像很慈祥。

"她还没有吃午饭。"

"先考虑你自己吧，你的情况比她还糟糕。"

"那就走吧。"

他耸耸肩，把弄脏的领带揉成一团，扔在路边。伤口并不严重，已经止血了。他先把琼塞进警车里，等他在炽热的后座上坐好，就把她抱在膝上。赫索格，这就是你一直在寻找的现实吗？赫索格家的人就沦落到这么平庸的地步？你自己无法确定哪个现实是真实的吗？任何一个哲学家都会告诉你，这个判断要基于共同的证明，所有的理性判断都一样。只是这种方式是有悖常理的。这就是人类的做法。为了烤猪，人类会烧了自家的房子。人类就是这么烤猪的。

他对琼说："我们要去兜风了，宝贝。"她点点头，没有说话。她的脸上没有泪花，但阴云密布，这比流泪还糟糕得多。他很伤心，简直撕心裂肺。仿佛玛德琳和格斯巴赫还不够，他也兴冲冲地跑过来，说爱她，拥抱她，亲吻她，买潜望镜送给她，也将焦虑的情绪传染给她。让她看到他头破血流。他眼睛刺痛，他用拇指和食指遮住眼睛。

车门砰地关上了。引擎发出一声咆哮，车飞速前进，干燥炎热的空气开始吹进来，里面混杂着汽车尾气味。那就像鼓风机吹的风一样，让他更加恶心。警车离开湖边后，他睁开眼睛，看到了丑陋的第二十二街，整条街泛着黄色。那是他所熟悉和讨厌的夏天景象。这就是芝加哥！他闻到了从多纳勒工厂飘出来的化学物质和油墨臭味。

她看到过警察翻他的口袋。在她这个岁数的时候，他自己什么都能看得清清楚楚。不管是美好的，还是恐怖的。他身上永远脏兮兮的，不是血迹，就是臭烘烘的东西。不知道她是否会记得同样清楚。他记得杀鸡的情景，他记得鸡被人家从板条鸡舍里拖出来时嘎嘎嘎的尖叫声，他记得那些鸡屎、锯末、热烘烘的鸡臊味，他记得鸡的喉咙被割破，不停地流血，而鸡就在铁皮架子上拍着翅膀，不停地挣扎，爪子在铁皮上不停地抓着。没错，那是在罗伊街，隔壁是一家中国人开的洗衣店，门口贴着红纸，上面写着黑色的字，那时红纸即将脱落，正随风飘动。旁边有一条小巷，想到这条小巷，赫索格的心就怦怦直跳，感觉像发烧了似的，那是一个讨厌的夏夜，他被一个男人追上了，那个人从背后伸手捂住了他的嘴。那个人一边拉下他的裤子，一边跟他说了一些含糊的话。那个人的牙齿已经蛀烂了，脸上胡子拉碴。……后院的狗跳到栅栏上，汪汪汪地吠着，后来居然被自己的唾液给呛住了，而摩西被那个人的胳膊夹住了喉咙，根本叫不出来。他觉得那个人可能会弄死他。那个人可能会掐死他。他是怎么知道的？他猜的。于是，他干脆站着不动。然后，那人扣上军大衣的扣子，对他说："我给你五美分。但我得先把这张钞票换成零钱。"他拿出来一张一美元的钞票在他眼前晃一下，叫他在那里等着。摩西看着那个人消失在泥泞的小巷中。那个人穿着长外套，佝偻着身子，像弱不禁风的样子，脚也有点瘸，但走路很快。摩西记得，那个人的脚是瘸的，一瘸一拐，像走也像跑。狗不叫了，他站着等那个人，动也不敢动一下。最后，他穿上湿掉的裤子回家去。他在门廊上坐了一会儿，等到吃晚饭的时候再进去，好像什么也没有发生过。什么事也没有！他和威廉一起到水槽边洗手，然后来餐桌吃饭。他喝了汤。

后来，他住院的时候，来了一位善良的女基督徒，她穿着系扣鞋，帽子上的饰针就像一根电车的"辫子"。她声音柔和，表情严肃，叫他给她读《新约全书》，于是，他就打开来读了一句："让小孩子到我这里来。"然后，她翻到另一个地方："你们要给人，就必有给你们的。并且用十足的升斗，连摇带按，上尖下流的，倒在你们怀里。"

好吧，这是一条著名的劝谕，虽然是德国人说的，就是说忍受不了的就忘掉。意志力强的人善于忘却，能够把某一段历史屏蔽掉。非常好！说自己有意志力，那是自我吹捧，即便如此，这些审美哲学家，他们总是摆出一副姿态，但是权力能把任何姿态都一扫而空。尽管如此，你的确也不能继续把一个噩梦转变为另一个噩梦，这是真的，对于噩梦，尼采说得肯定没错。意志薄弱的人必须坚强起来。这个世界不就是一块贫瘠的焦炭而已吗？不，不是，世界有时就像是一种预防系统，否认每个人的认知。我爱我的孩子，但对他们而言，我就是这样的世界，我给他们带来了噩梦。这个孩子是我和敌人生的。我爱她。一看到她，闻到她头发的气味，我就浑身颤抖，我太爱她了。我怎么会爱敌人的孩子呢？这很不可思议，对不对？但是，一个男人不需要为自己谋幸福。不，他可以承受任何折磨，有回忆，有他自己熟悉的邪恶，有绝望。这是人类的不成文历史，是他看不见的消极成就，他是有能力做到的，只要这个成就是伟大的，只要他的存在，以及所有的存在，能够为这个伟大的成就做出贡献。只要他的欲望是有限度的，他就不需要意义。不言而喻，这就是意义所在。

但这一切都必须停止。他是说像坐在警车里这种事情。他居然带着爸爸的丑陋而无用的左轮手枪，这是愚孝。要懂得去恨，要有所作为。仇恨等于自尊。如果你想在人群中昂首挺胸……

这里是南州府街，过去，电影发行商常常在这里张贴耸人听闻的海报，例如"汤姆·米克斯坠入悬崖"，如今，这条街道空荡荡的，只有卖酒吧玻璃器皿的商店。但是，当代人信奉什么哲学呢？不是"上帝已经死了"，这个观点早就过时了。也许应该说"死亡就是上帝"。这一代人认为，任何忠诚、脆弱的东西都不会持久，也不会有任何真正的力量。这就是他们最本质的思想。他们认为，死亡等着这些东西，就像水泥地板等着灯泡掉下来。灯泡的玻璃外壳破裂，就失去了极小的真空。就是这个道理。这就是我们教的形而上学。"你以为历史就是博爱的历史吗？你这个傻瓜！看看那亿万死者。你要同情他们吗？不可能！太多了。我们把他们烧成灰烬，用推土机把他们掩埋掉。历史是铁石心肠的历史，而不是博爱的历史，只有软蛋才会这么说。我们对每个人的能力都做过试验，看看哪种能力是强大的、令人钦佩的，结果表明没有一种能力是强大的或者令人钦佩的。只有实用不实用。如果世界上有神，那么神一定是个杀人犯。唯一的真神就是死神。事实就是这样，懦弱的幻想毫无价值。"仿佛是有人在赫索格的脑子里慢慢说了这几句话，他听得挺真切的。他的手湿了，他放开了琼的胳膊。也许使他晕倒的不是撞车事故，而是因为他有不祥的预感，预感到他会听到这些话。他之所以恶心，只是因为恐惧、兴奋，承受不了这样的想法。

警车停了。他仿佛是坐着一艘船从水面上摇摇晃晃来到警局的，下车后，他在人行道上几乎站不稳，摇摇欲坠。法国人蒲鲁东说：

"上帝是邪恶的。"但是，我们在世界革命的废墟中寻找新的信仰，结果会找到什么呢？胜利是死亡的胜利，不是理性的胜利，也不是理性信仰的胜利。我们自己关于杀人的想象才是决定性的力量，在我们人类的想象中，我们首先是指控上帝谋杀。灾难的根源都在于人的怨气，我不想再有什么怨气了。毁灭比指责上帝更容易，简单得多，干净得多。不能再这样了！

他们把女儿抱出来交给他，并陪着他们到电梯口，电梯间很大，似乎足够装下一个中队。和他一起上去的有两个被捕的人，还有另外两个被拘留的人。这是第十一街和州府街的路口。他记得这个地方。这里绝对不是什么好地方。有武装人员进来，然后又出去。遵照命令，他跟着那个粗壮的黑人警察从走廊里走下去，那个警察有一双大手，屁股肥大。他后面还跟着几个人。他可能需要律师，他自然而然想到了桑德尔·希梅尔斯坦。想到桑德尔会说什么，他就笑了。桑德尔自己也善用警察的伎俩，精通心理学，就像在鲁比扬卡的案子中使用的，简直全世界都一样。首先他会采取强硬的手段，然后，等他得到了理想的结果，他就一下子放松下来，变成一个大好人，十分温柔体贴。他说的话都令人难忘。他曾经大喊大叫着说他不想管他了，把摩西交给讼棍，随便他们把摩西怎么样，把他锁起来，把他的嘴封住，把他的肛门塞住，在他的鼻口放一个呼吸计量器，给他的呼吸收费。是的，没错，那些话都很让他难忘，都是教"现实"的老师的口头禅。确实是名言。"于是，你会很高兴地想到自己的死亡。对你而言，棺材就像是一辆崭新的跑车。"接着，他又说，"我也会让我老婆变成一个有钱的寡妇，年纪不至于太大，还可以到处风流快活。"这句话是他经常说的。赫索格觉得很好笑。他满脸通红，虽然满脸污垢，衬衫上有血迹，但想到这里，他还是咧开嘴笑了。我不应该觉得桑德尔是个粗人。这是他自己的人生观，当然也是流行的人生观，代表着美国人的生活方式，只是他个人的版本比较野蛮而已。我的人生观是什么样的呢？我喜欢小猫咪，它的皮毛很温暖，如果我不伤害它，它是不会伤害我的，这是同一信条的另一面，幼稚的一面，但男人最终会被邪恶地唤醒，变成爱咆哮的现实主义者。学聪明点吧，笨蛋！陶贝阿姨的天真现实主义也不错："先夫卡普利茨基体贴周到。我什么事情都不用管。"但是，陶贝阿姨不只是可爱，她也很精明。我们做的那些事情和我们说的那些话，都似忘非忘……但是，他和琼被带进了一间很宽敞的房间，房间的门窗紧闭，等着他的是另一个黑人警官。他年纪很大，满脸皱纹。他的皱纹是凸出来的，不是凹陷进去的。他的肤色是深黄色的、黑金色的。他与逮捕赫索格的警察交流了一下，然后看了看那把手枪，把两颗子弹取出来，接着又小声向穿着反光裤子的警察问了几个问题，那个警察弯下腰，凑着他的耳朵，神秘兮兮地回答了他的问题。

"好吧，你！"他对摩西说。他戴上一副老花镜，这副眼镜很有年头，两块殖民时期的镜片装在薄薄的金框里。他拿起钢笔。

"姓名？"

"摩西·赫索格。"

"中间名首字母？"

"E。"

"住址？"

"不住在芝加哥。"

这位警长相当有耐心，他又问了一遍："住址？"

"马萨诸塞州的鲁德维尔。还有纽约市。好吧，好吧，马萨诸塞州的鲁德维尔。没有门牌号。"

"这是你的女儿吗？"

"是的，长官。我的女儿，琼。"

"她住在哪里？"

"在本市，和她妈妈在一起，在哈珀大道。"

"你离婚了？"

"是的，长官。我是来探望孩子的。"

"我明白了。你把她放下来吧。"

"不用，长官……警长。"他笑着说。

"你得做一会儿笔录，摩西。你没喝醉吧？你今天喝酒了吗？"

"我昨晚喝了一杯，睡觉之前。今天没喝。你是要我做酒精测试吗？"

"没必要。交通事故你没有责任。是因为这把枪。"

赫索格把女儿的裙子往下拉了拉。

"那是留着当纪念品的。那些钞票也一样。"

"那是什么玩意儿？"

"是俄国的钞票，'一战'时期的。"

"把你口袋里的东西都掏出来吧，摩西。把东西都拿出来，让我检查一下。"

他一声不吭，把钞票、笔记本、笔、破"手帕"、梳子、钥匙统统拿了出来。

"你的钥匙不少啊，摩西。"

"是的，长官，但每一把我都知道是开哪个门的。"

"没事。有钥匙不犯法，除非你是入室行窃的。"

"芝加哥的钥匙只有一把，就是上面有红色标记的这把。这是我朋友阿斯弗特公寓的钥匙。他本来约我四点钟在罗森沃尔德博物馆见面。我要把女儿带过去交给他。"

"现在还不到四点，你还不能去。"

"我得打电话跟他打个招呼，别让他干等着。"

"好吧，摩西。那么，你为什么不把孩子直接交给她妈妈？"

"你懂的……我们关系不好。一言难尽。"

"似乎你挺怕她的。"

听到这句话，赫索格很生气。这句话明显是在刺激他。但是，他现在不能发火。"不，长官，我不怕她。"

"那可能就是她怕你。"

"这是事先安排好的，一个朋友居间联络。从去年秋天开始，我就没有和这个女人见过面了。"

"好的，我们会打电话给你的朋友和孩子的妈妈。"

赫索格大喊："不行！不能打给她！"

"为什么？"那个警长露出诡异的微笑，一声不吭地坐了一会儿，好像该问的话已经问完了，他已经掌握了来龙去脉。"我们肯定要把她叫来，看看她有什么要说的。如果她要控告你，那么你的问题就不止是非法持有枪支。到时你的罪名就大了。"

"她不可能控告我什么，长官。你可以查查文件，不用让她大老远跑过来。我一直在抚养这个孩子，每一笔钱都是准时付的。就算你把赫索格太太叫来了，她也只会跟你这样说。"

"这把左轮手枪，你是跟谁买的？"

又来了，警察天生的傲慢。他被激怒了，但他努力克制着。

"不是我买的，这是我爸爸的枪。这些俄罗斯卢布也是。"

"你是突然想念爸爸了？你的感情有这么丰富？"

"没错。我是个多愁善感的浑蛋。随你怎么说。"

"你确实很多愁善感。"他拿起子弹轻轻敲着，一颗，两颗。"好吧，该打的电话我们都会打。吉姆，你记下姓名和号码。"

他跟带赫索格来的那个警察做了交代。那个警察一直在旁边站着，噘着嘴唇，用指甲在胖乎乎的脸上拨弄着胡子。

"你可以把我的通讯录拿去，红色的那本。通讯录一定要还给我。我朋友的名字叫阿斯弗特。"

"另一个也姓赫索格吧？"警长说，"住在哈珀大道，对不对？"

摩西点点头。他看着警察那粗重的手指翻动着他的通讯录，他的通讯录是在巴黎买的，包着皮革，字迹潦草，涂涂改改。"如果你们执意要通知我女儿的妈妈，我会很难过的，"他还在劝那个警长，"叫我的朋友阿斯弗特来不一样吗？"

"去吧，吉姆。"

那个黑人用红铅笔做了几个标记，然后就走了。摩西特别努力地保持冷静，没有反抗，没有特别的恳求，也没有丝毫的情感外露。他记得，曾几何时，他相信直接对视的魅力，哪怕是匆匆一看，他会排除立场的差异和意外，相信一个人会默默地向另一个人敞开心扉。这是本质对本质的认识。想到这里，他暗自一笑。都是美梦！要是他胆敢和警长对视，警长就会给他加罪名。玛德琳还是来了。她来就来吧。也许这正是他想要的，一个和她当面对抗的机会。他鼻梁笔直，脸色苍白，双眼盯着地板。怀里的琼变了一下姿势，他感到肋骨一阵疼痛。

"爸爸很对不起你，宝贝。"他说。

"下次我们去看海豚。可能是鲨鱼不吉利。"

"你想坐就坐下吧，"警长说，"你的腿脚看样子不大行，摩西。"

"我想打电话给我哥哥，让他派个律师来。除非我不需要律师。我是不是要交保证金？"

"要的，但我还说不准需要多少。还有很多人等着交保证金呢。"他挥了一下手，头也不回，也可能是只挥动手腕。摩西转过身，看见身后有各种各样的人，都靠墙站着。其中，他特别注意到了两个人，这两个人就在他的背后，他们衣着整洁，显然是在等着交保证金。他冷静地意识到，他们把他当成了威胁。他们看到过他的机票、钥匙、钢笔、卢布、钱包。他的车被撞坏了，此时还趴在外环大道上，否则可以抵一小部分保证金。但那是租来的车，也可以抵保证金吗？一个外州人，穿着肮脏的泡泡纱外套，没有系领带，这样的人交得起保证金吗？估计他连几百美元也交不起。他想，如果只要几百美元，我大概可以不用惊动威廉或者舒拉。有些人总能给人留下很好的印象。我始终没有那种能力。可能是个人情感的问题吧。他太感情用事了，所以让人觉得靠不住。如果有人叫我对自己做出实际的判断，结果不会有任何不同。

他回想起小时候的事情，有一次在沙地上打棒球，他只能打左外野，球到他这个位置的时候，他没有接住，因为他分心了，早就在担心大家会这么冲着他喊："嘿！摩西！你在干吗呢？黄油手！怎么漏了？你在看蝴蝶吗？摩西就是个大漏勺！大笨蛋！"他虽然默不作声，但也跟大家一样，在嘲笑自己。

他把女儿紧紧抱在胸前，感觉到她的心脏在快速跳动，虽然力度不大。

"好吧，摩西，我问你，你为什么要带着一把上膛的枪？是要打谁吗？"

"不是，当然不是。拜托，警长，我不希望让小孩子听到这样的话。"

"这都是你自己造成的，不是我。也许你只是想吓唬吓唬人。你在跟谁置气？"

"没有，警长，我只是想拿回去当镇纸。我忘了把子弹取出来，但那是因为我不太懂，所以我没想到。能让我打个电话吗？"

"等会儿吧。还有一些工作要做。你坐下，我先去处理一些别的事情。你好好坐着，等孩子的妈妈来。"

"我能去给她买一罐牛奶吗？"

"把钱给吉姆，二十五美分。他会去买。"

"吸管要吗？琼，你想用吸管喝吗？"她点点头，于是赫索格说，"方便的话，帮我拿一根吸管回来。"

"爸爸！"

"怎么了，琼？"

"你没有跟我讲那个最最的故事呢。"

他一下子想不起来是哪个故事。"啊？"他说，"你是说纽约的那个俱乐部，那里面的人是最最那个的。"

"对，就是这个故事。"

他坐在椅子上，两腿叉开，腾出一个地方让她坐。他使劲想把地方腾得大一些。"那个俱乐部的成员都是最最有特点的。像头发最最茂盛的秃顶男人，秃顶最最厉害的头发茂盛的男人。"

"最最胖的瘦女人。"

"还有最最瘦的胖女人。最最高大的侏儒和最最矮小的巨人。这些人都有。有最最弱的强者，也有最最强的弱者。有最最愚蠢的智者，也有最最聪明的笨蛋。甚至还有手脚残疾的杂技演员和长相丑陋的美女。"

"他们在俱乐部里干什么，爸爸？"

"周六晚上，他们会去参加晚宴和舞会。每次都会举行比赛。"

"找不同吗？"

"没错，宝贝。你要是能找出谁是头发最最茂盛的秃顶男人，谁是秃顶最最厉害的头发茂盛的男人，你就能得到奖品。"

幸亏她喜欢听她爸爸胡言乱语，他一定要逗她开心。她把头靠在他的肩膀上，微笑着，露出两排小牙齿，昏昏欲睡的样子。

房间里又热又逼仄。赫索格坐在一边，端详着和他一起乘电梯上来的那两个人。有两个便衣警察在做证，他很快就认出来，那两个便衣警察是刑警。他们还带来了一个女人。他刚才没有注意过她。是妓女吗？是的，显而易见，尽管她的着装和做派就像受人尊敬的中产阶级。赫索格好像忘了自己的麻烦，而是继续观察着，他发现自己的听觉很敏锐。一个便衣警察说："他们在这个女人的房间里闹，吵得很凶。"

"琼，我的宝贝，你喝牛奶吧，"赫索格说，"冷吗？好好喝，宝贝。"

"你是在走廊里听到的吗？"警长问，"在吵什么？"

"这个家伙大喊大叫，好像是关于一对耳环。"

"什么耳环？是她戴的这对吗？你是从哪儿弄来的？"

"买的，我向他买的。纯粹的买卖关系。"

"说是分期付款，但你没有付。"

"我一直在付啊。"

"他想反悔。我明白了。"警长说。

"事情是这样的，"那个便衣警察阴沉着脸解释说，"他带了这个人来找她玩，他们完事后，他想抽成十美元，因为她还欠他耳环的钱。她不给他钱。"

"警长！"另一个人用恳求的口吻说，"我什么也不知道！我是外地人。"

他是尼尼微人，眉毛弯曲，黑黝黝的。摩西饶有兴趣地看着，偶尔和女儿耳语几句，让她不至于太无聊。那个女人看上去非常眼熟，尽管她化着浓妆，画了绿宝石色的眼影，头发染过色，还鼻孔朝天。他非常想问她一两个问题。她在麦克金利高中上过学吗？在合唱团唱过歌吗？我也一样！你不记得赫索格了吗？那个在课堂上演讲，讲爱默生的赫索格。

"爸爸，牛奶吸不出来。"

"因为你把吸管咬扁了。把它弄好就行了。"

"我们得走了，警长，"那个卖首饰的说，"有人在等着我们。"

老婆！赫索格想。是他们的老婆在等着！

"你们俩是亲戚吗？"

那个卖首饰的说："他是我的姐夫，刚从路易维尔来。"

他们的老婆都在等着他们，其中有他们一人的姐姐。他赫索格也在等着，等得头昏眼花。那个女的真是合唱团的卡洛塔吗？是那个在瓦格纳《欢乐再来》里唱女低音独唱的女生吗？这并非不可能。看看她现在的样子。怎么有人愿意花钱上这样的女人？为什么？他很清楚是为什么。看看她腿上的青筋，再看看她那对挤成一团的乳房！就像是刚洗过但还没有熨烫的衣服。还有她那双像鲱鱼眼的眼睛，以及胖嘟嘟的嘴巴。他知道为什么。她总是有办法，肮脏的办法，这就是原因所在。淫荡的知识。

　　　　　 *　　 *　　 *

　　这时玛德琳来了。她一进来就问："我的孩子在哪里?!"然后，她看见琼坐在赫索格的大腿上，就飞快走过去。"到我这里来，宝贝!"她接过女儿手上的牛奶罐子，放在一边，然后把女儿抱在怀里。赫索格感觉耳朵里有血液在激烈跳动，震荡着耳膜，后脑勺也有强大的压迫感。玛德琳肯定看见了他，但她的眼神里丝毫没有亲切感，好像根本不认识他。她冷若冰霜，眉头紧锁，转过身去，背对着赫索格。"孩子没事吧?"她问。

　　警长示意那两个刑警让路。"她没事。哪怕她身上有破皮，我们都会带她去见迈克尔·里斯医生。"玛德琳仔仔细细检查了琼的胳膊和腿，双手颤抖着摸了摸她。警长向摩西招招手。他走过来，在桌子边坐下，和玛德琳面对面。

　　她穿着浅蓝色的亚麻套装，头发披在肩后面。她的举止动作十分干练，可以说是很霸气。房间里面本来闹哄哄的，但她的高跟鞋踩出来十分清脆的脚步声，大家都听得见。赫索格久久地凝视着她，她身材笔挺，有点拜占庭的风格，蓝眼睛，小嘴唇，双下巴，肥肉已经顶住了下巴。她脸色发红，显然很激动。他看得出她脸皮增厚了一些，再接下去就要变粗糙了。他希望如此。格斯巴赫是个粗人，必然会影响到她。这不是很正常吗?他还发现她的背部和屁股都比从前更宽厚了。他想原因可能在于不停地抓摸和摩擦。疼老婆的勾当，也许这样说不大贴切，应该说是"色情的勾当"。

　　"女士，他是这个小女孩的爸爸吗?"

　　玛德琳仍然不愿意看他一眼。"是的，"她说，"我和他离婚了。不久前的事。"

"他是住在马萨诸塞州吗？"

"我不知道他住在哪里。那不关我的事。"

她让赫索格惊叹不已。他非常佩服她的自控能力，简直完美。她非常果断，从不拖泥带水。从琼的手里接过牛奶的时候，她就很清楚应该把罐子放在哪里，尽管她在房间里只待了一小会儿。此时，对于桌子上的所有东西，她肯定已经了如指掌，当然包括他的卢布和手枪。她从未见过这把手枪，但是，看到那个圆形的磁扣，她就认得那是鲁德维尔房子的钥匙，因此知道那把手枪是他的。他非常了解她，包括她的派头——贵族的派头，她的鼻子僵硬，偶尔会抽动，她的眼神疯狂而又高傲。当警长询问她的时候，摩西有点茫然，却很紧张，无法抑制各种各样的联想，他在想她的身上是否还散发着女性分泌物的气味，那种气味很勾人，是一种很特别的混合气味，既酸臭，又香甜。她那双眼睛像蓝色的火焰，被她瞥一眼，就会被她勾走了魂，她那张邪恶的小嘴随时准备着骂人，但不会再对他产生什么作用。然而，仅仅看她一眼，他就感到头疼。他脑壳里的脉搏又快又有规律，就像发动机的气门挺杆裹着黑乎乎的油膜在往复运动。对于眼前这个女人，他看得一清二楚，她穿着低胸的连衣裙，露出白嫩光滑的胸脯，她的大腿也很光滑，颜色却和印第安人一样，是棕色的。她的脸光溜溜的，尤其是前额，不合他的口味，对他而言，多一些茸毛会更好。她的严厉全都体现在额头。法国人说额头就是"顶在前面的炸弹"。在这个额头里面，她到底在想什么不得而知。摩西，看到了吧？我们彼此不认识。即使是那个格斯巴赫，你随便叫他什么都可以，江湖骗子，精神病患者，他的目光似乎很热情，但都是假的，他的脸上布满皱纹。他在想什么也是看不透的。我自己呢，也差不多。但是，坏人既然对一个人采取了残酷无情的行动，就表明他们认定已经完全看透了他的心思。他们羞辱我赫索格，就表明他们对我了如指掌。他们非常了解我！我同意斯宾诺莎的观点，希望他不介意我引用他的话，他说要求任何人做到谁都做不到的事情，在不可能行使权力的地方行使权力，那就是专制。因此，对不起，先生和女士，我拒绝接受你们对我的定义。哎，这个玛德琳是一个奇怪的人，她那么骄傲，却不爱干净，那么漂亮，却常常生气，脸都变形了，她是一个天然钻石和人造玻璃的混合体。格斯巴赫吸我的血。他就是一只寄生虫。是寄生虫，也是垃圾。而她呢，就像廉价的糖果，味道像又甜又酸的化学品，让人想到毒药。但是，我不会做出绝对的判断。如果有毒药，那也是他们吃的，和我无关。我承认，我确实想过要害他们。但是，第一个流血的却是我，所以我现在不干了。别扯上我，除非牵涉到琼。至于其他的，我会尽快消失。大家再见吧！

"那么，他去骚扰你了吗？"想得出神的赫索格听到警长这样问。

他对玛德琳说："不要胡说，免得惹出不必要的麻烦。"

她不理睬他，说："是的，他骚扰我了。"

"他有威胁你吗？"

赫索格很紧张地等着她的回答。她可能会索要抚养费，会向我要房租。她很精明，是个非常狡猾、非常精明的女人。但她心里也充满仇恨，处在疯狂的边缘。

"没有，他没有直接威胁我。从去年十月开始，我就没再见过他。"

"那么，他通过谁威胁你呢？"警长追问她。

玛德琳肯定会趁机打压他。她知道她和格斯巴赫的关系不大正当，要打监护权官司会吃亏，所以，她会抓住他的把柄，这是他愚蠢的行为给予她的机会。她说："他的心理医生说有必要警告我一下。"

"有必要？有什么必要？"赫索格说。

她仍然不理睬他，而是只跟警长说话。"他说他很担心。也许你想找那个医生问话，他叫作埃德维格医生。他觉得有必要给我忠告……"

"埃德维格是一个笨蛋，一个浑球。"赫索格说。

玛德琳的脸色很红，甚至喉咙也发红，像粉红色的芙蓉石，眼睛里呈现出诡异的色彩。他知道对她来说这意味着什么：幸福！啊，是的，他心里默默地说，他这个黄油手又在左外野弄丢了一个球。球向左飞。对手得分了，全垒打。她巧妙地抓住了我的失误。

"你认得这把枪吗？"警长把手枪握在发黄的手掌里面，然后用灵巧的手指把它翻过来，像翻一条鱼一样，一条鲈鱼。

她目光落到手枪上的时候，脸上变得更红了，跟她做爱的时候，他都没见她脸上那么红过。"枪是他的吧？"她问，"子弹也是？"她眼里流露出坚定而清晰的喜悦，他很熟悉。她嘴唇紧闭。

"他带在身上。你知道吗？"

"不知道，但我不感到惊讶。"

这时，摩西正看着琼。她脸上又乌云密布了，她似乎皱着眉头。

"你来这里控告过摩西吗？"

"没有，"玛德琳说，"我没有干过这种事。"她深深吸了一口气。她好像准备要大干一场。

"警长，"赫索格说，"我刚才就跟你说，没人控告过我。你问问她，我是否漏寄过一次抚养费。"

玛德琳说："不过，我把他的照片交给了海德公园警署。"

他觉得她太过分了。"玛德琳！"他用警告的口吻说。

"你闭嘴，摩西，"警长说，"女士，你为什么要交照片给警署？"

"我害怕他来我们家。让他们有个戒备，如果他在我们家周围出没，就来抓他。"

赫索格摇了摇头，有一部分是对自己失望。他今天犯了一个年轻时候的错误。到了这个年纪，他不应该再犯这样的错误。但是，以前欠的债，他是要还的。他什么时候才能与时俱进、把握自己！他问自己。那一天什么时候才会到来？

"他在那里出没过吗？"

"没人见过他，但我知道他肯定来过。他心胸狭隘，特别爱计较。他脾气很坏。"

"不过，你没来控告过他呀？"

"没有。但我希望得到保护，怕发生暴力，不管是什么样的暴力。"

她的音量急剧上升，而当她说话的时候，赫索格发现警长看她的眼光变了，好像他终于见识到了她的傲慢。他拿起那副镜片像药片的双焦距眼镜。"不会出现任何暴力的，女士。"

没错，摩西想，他渐渐就想明白了。"我从来没有打算用那把枪干什么，只是想拿回去当镇纸。"他说。

这时，玛德琳第一次和赫索格说话。她用僵硬的手指指着那两颗子弹，盯着他的眼睛说："这里面有一颗子弹是要给我的，对吧？"

"你是这么想的？我不知道你怎么会有这样的想法？那么，另一颗子弹是要给谁的？"说这些话的时候，他很冷静，语气很平和。他要设法引出隐藏着的玛德琳，他所认识的那个玛德琳。她盯着他，脸上开始褪色，不像刚才那么红，鼻子也开始软化，微微动了起来。

她似乎意识到了，她必须控制好表情，不能用那种恶狠狠的眼光盯着他。她的脸色渐渐变得苍白，眼睛渐渐缩小，但还是冷冰冰的。他觉得他看得懂她的表情，她目前的这种表情，表明她有一种强烈的愿望，巴不得他赶快死掉。这远不止是一般的仇恨。她希望他彻底消失，他想。他不知道警长是否看得懂。"好吧，在你的想象中，你认为另一颗子弹是要给谁的？"

她不再和他说话，只是继续盯着他。

"行了，就这样吧，女士。你可以带着孩子走了。"

"再见，琼！"摩西说，"回家去吧。爸爸很快会再来看你的。来吧，亲一下我的脸。"他感受到了孩子的嘴唇。

琼趴在妈妈的肩膀上，头伸过来亲了他一口。"上帝保佑你。"玛德琳大步走开，他又说，"我会回来的。"

"你的笔录差不多做好了，摩西。"

"我要交保证金吗？多少？"

"三百。是美元，不是这种东西。"

"我希望你能让我打个电话。"

警长一声不吭，用手势指示他可以去用十美分硬币拨电话，摩西注意到他的面相很有警察的威严。他一定有印第安人的血统，也许是切罗基人，或者是奥萨奇人，祖上可能也有一两个爱尔兰人。他的脸色是金黄色的，皱纹很深，都是垂直的，鼻子笔直，嘴唇有点凸出，显得很严肃，头上有零星的灰色小鬈发，也展现了他的威严。他粗糙的手指指向电话间。

赫索格拖着疲惫的身躯，走去拨通了哥哥的电话，他实在累坏了，但一点儿也不消沉。总之，他认为他还是干得很不错的。是的，他还是老样子，爱闯祸，但威廉必定会把他保释出来。不管怎么说，他一点也不感到沉重，反而感到相当轻松。也许是他太累了，反而不会闷闷不乐。可能就是这个道理，因为疲劳代谢出来的那种物质（他喜欢这种生理学的解释，他看过弗洛伊德一篇题为"哀悼和忧郁"的文章）会让他暂时感到轻松，甚至快乐。

"你好。"

"威廉·赫索格在吗？"

双方都听出了对方的声音。

"摩西！"威廉说。

听到威廉的声音，赫索格顿时感到十分激动。那熟悉的声音和腔调，那熟悉的名字，让他百感交集。他爱威廉和海伦，他也爱舒拉，虽然百万家财让他变得疏远了许多。他刚在那个密闭的金属隔间里面待了没多久，脖子上就冒出了汗珠。

"你去哪儿了，摩西？昨天晚上老太太打电话给我了。然后我一整晚都睡不着。你在哪里？"

"埃尔亚，"赫索格喊了哥哥的小名，"别担心。我没犯什么大事，但我目前在第十一街和州府街的路口。"

"在警察局？"

"就一起交通事故。小事一桩，没人受伤。但他们要我交三百美元保证金，我身上刚好没带钱。"

"我的天啊，摩西。从去年夏天开始，就没人见过你了。我们担心死了。我马上就来。"

他在拘留室里等着，拘留室里还有两个人。有一个喝醉了，穿着脏兮兮的内衣睡着了。另一个是个黑人男孩，还没到刮胡子的年龄。他穿着浅黄褐色的名贵西装，脚上穿着棕色的鳄鱼皮鞋。赫索格跟他打了招呼，但那个男孩没有搭理他。他阴沉着脸，显得很难过，目光刚碰上赫索格就转开了。摩西也为他感到难过。他靠在铁栏杆上等着。他本不该待在铁栏杆的这一边……他脸颊贴在栏杆上。拘留室里面有抽水马桶，铁床上没有床垫，天花板上有许多苍蝇。赫索格觉得这不该是他受罪的地方。他只是临时的过客。外面的街上，美国的社会，那才该是他受罪的地方。他平静地在床上坐下。当然，他想，他会马上离开芝加哥，等到他确定能给琼带来好处，真的好处，他才会回来。他不会再像一只无头苍蝇，搞这种偷偷摸摸的事情，还落得这样难堪的下场。他不会再撞车，不会再晕过去，不会再哭哭啼啼，不会再被警察质问。别的拘留室里和走廊上都很嘈杂，看来是有不少和他一样惹了麻烦的人，除了气味难闻，他还看到了一张张可怜兮兮的面孔，都不比里面这个穿着尿湿了的内裤、睡得昏昏沉沉的人更好过，这个人有眼睛、有鼻孔、有耳朵，所以他能听到声音、能闻到味道、能看到风景。他有才智、有感情，让他静静思考吧。

赫索格忍着肋部的疼痛，尽可能舒服地坐着，与此同时，他甚至记下了一些想说的话。这些话不太连贯，甚至不大符合逻辑，但都是他此时的所思所想。摩西·赫索格就是这样写作的，他既高兴又迫切地在膝盖上写着：粗制滥造的治安机器。借用那个人的话说，就是古老的工业产品。如果说一种常见的原罪是社会秩序的起源，这是弗洛伊德、罗海姆等人的主张，即一群原始兄弟袭击并谋杀了他们的爸爸，然后吃掉了他的尸体，他们通过谋杀获得了自由，并因为血腥的罪行团结在一起，那么，监狱就有理由这么黑暗、这么古老。嗯，没错，兄弟、士兵、强奸犯有狂野的力量。但这些都不过是隐喻而已。我不能真的把自己的过失归咎于那种原始的无意识。那种原始的血腥罪行。

一个人心中的梦想，无论我们有多么不相信甚至憎恨梦想，它仍可以使生命以充满意义的形式完成自身，即达到所谓的圆满。不管怎么都行，即使难以理解。死前圆满。不是不合理，而是难以理解。希望这些愚笨的警察，所谓的保护者，能放过我们，让我们有最后一次机会去认识正义、真相。

　　亲爱的埃德维格，他很快就想到了埃德维格医生。你跟我解释说，精神病症可以根据模糊情境下的不容忍程度来分等级，这很正确，我付给你的钱算是花得值。刚才，我在玛德琳的眼神里看到了一个确凿的结论：她只看到了"懦夫，不存在的人！"她的精神错乱是非常明确的。请允许我谦虚地说，现在我更善于应对模糊情境。不过，我想我可以这么说，我有幸避免了困扰知识分子的一个最主要的模糊性，就是文明人憎恨让他们得以生活的文明。他们所爱的，是一个他们利用自己的天赋虚构的人类情境，他们相信那是唯一真实的，也是唯一的人类现实。真奇怪！但是，在任何社会中，得到最好待遇、最受宠爱和最聪明的人，往往是最忘恩负义的人。然而，忘恩负义就是他们的社会功能。如今，你可能要面对一种模糊情境！……亲爱的拉蒙娜，我亏欠你很多。我非常清楚。我可能不会马上回纽约，但我会尽量和你保持联系。亲爱的上帝！赐给我仁慈吧！我的上帝！您是生死的主宰……

＊　　＊　　＊

　　他们离开警察局的时候，他哥哥说："你看起来好像不是很难过啊。"

　　"我不难过，威廉。"

　　傍晚还有点热，在马路的上方，飞机在夜空中划出了一条条长长的轨迹，就在第十二街北面，廉价酒吧的灯光已经亮起来，五彩缤纷，那里似乎就是街道的尽头。

"感觉怎么样？"

"感觉挺好的，"赫索格说，"我气色怎么样？"

他哥哥小心翼翼地说："你该好好休息一下了。我们去找一下我的医生，让他给你看看吧。"

"我觉得没必要。我就这个小伤口，很快就止血了。"

"但你一直按着腰。不要犯糊涂，摩西。"

威廉是个不张扬的人，他精明、文静，身材结实，个头比弟弟矮，但头发更浓密、更乌黑。他们家个个充满激情，像老赫索格和西坡拉姑妈很容易动感情，但威廉却养成了沉默寡言、善于观察的性格。

"家里怎么样，威廉？孩子们都好吧？"

"挺好的。你最近在干什么，摩西？"

"不要只看外表。我没有什么好担心的。其实我的状态很好，真的。我们在旺达威加湖迷过路，你还记得吗？我们蹚过泥泞，脚都被芦苇丛割破了。你还记得吗？那时候确实很危险。相比之下，现在不算什么。"

"你拿枪干什么？"

"你知道我不会射击，还不如爸爸。你拿了他的表链，对吧？我记得他在抽屉里放了一些卢布，我想拿去当个念想，然后顺手也拿了那把左轮手枪。我确实不应该拿。至少我应该把子弹取出来。一时糊涂吧，别再提了。"

"好吧，"威廉说，"我不是想责怪你，没有意义。"

"我知道你在想什么，"赫索格说，"你在替我担心。"他有点

376

激动，不得不压低声音，这样才控制得住。"我也爱你，威廉。"

"是的，我知道。"

"但是，我干的事情不是很明智。从你的角度来看……好吧，从任何合理的角度来看，都是不明智的。我把玛德琳带到你的办公室，让你在我和她结婚之前看看她。我知道你不赞成。我自己也不怎么喜欢她。她同样不喜欢我。"

"那么，你为什么要和她结婚？"

"天晓得为什么！上帝就喜欢随便把两根绳子系在一起，拉郎配。他肯定也关心我的福祉，觉得这对我有好处。只能说是系错了绳子，把一根红色的绳子和一根绿色或蓝色的绳子系在一起了。我也想知道是怎么回事。后来，我花了所有的积蓄，到鲁德维尔买了那栋房子。我就是疯了。"

"也许不是，"威廉说，"那毕竟是房产。你想过卖掉吗？"威廉对房地产很有心得。

"卖给谁？怎么卖？"

"找一个代理人挂出去。我会找个时间去看看。"

"那就太好了，"赫索格说，"我觉得任何一个头脑正常的买家都不会碰它。"

"我先给拉姆斯伯格医生打个电话吧，摩西，叫他给你检查一下。然后去我家里，和我们一起吃晚饭。我们全家都会很高兴的。"

"你什么时候能去鲁德维尔？"

"我下星期要去波士顿。然后，我和穆丽尔要去鳕鱼角。"

"你路过鲁德维尔的时候去一趟吧，离公路收费口不远。你要是去了，我会十分感激的。那栋房子必须卖掉。"

"去和我们一起吃晚饭吧，我们边吃边谈。"

"威廉……不行，我不能去。你看看我这个样子。身上脏兮兮的，会让大家扫兴的。我就像一只可怜的迷途羔羊。"他笑了。"改天，等我感觉更加正常一些吧。我看起来就像是一个刚偷渡来的移民。我们沿着巴尔的摩与俄亥俄铁路从加拿大来到密歇根中央车站的时候，就是这副模样。当时，我们个个灰头土脸的。"

威廉不像弟弟那样热衷于怀旧。他是个工程师、技术专家，也是承包商和建筑商，是一个冷静、理智的人，看到摩西这个样子，他感到心痛。他布满皱纹的脸上通红，显得焦躁不安。他从剪裁考究的西装内兜里掏出一块手帕，压在前额和脸颊上，赫索格睁大眼睛，看着他擦汗。

"对不起，埃尔亚。"摩西说，他比刚才平静了一些。

"嗯……"

"等我理顺了再说吧。我知道你担心我。但情况就是这个情况。很抱歉，让你担心了。不过我没事，真的。"

"是吗？"威廉看着他，有点伤感。

"是的。我现在的样子确实很难看，灰头土脸，因为干了蠢事，刚刚被保释出来。非常好笑吧。下周，到了东部，一切都会大不相同。如果你愿意，我就去波士顿找你。到时我肯定面目一新。现在，在你面前，我就像一个浑蛋，一个淘气的孩子。这样不好。"

"我没有强迫你。如果你觉得不好意思，你不必跟我回家。虽然我们都是你的家人……我的车在那里，在街对面。"他指了指那辆深蓝色的凯迪拉克。"去让医生看一下吧，我要确保你没有受伤。然后，你想怎么样就怎么样。"

"好吧，你说得对。没问题，我自己很清楚。"

然而，在得知自己有一根肋骨骨折的时候，他并不是特别惊讶。

"没有刺到肺，"医生说，"静养六周左右吧。头上要缝两三针。这样就行了。不要负重、举重、推拉、砍劈，或者做其他的剧烈运动。威廉告诉我说你是个乡绅。你在伯克夏尔有个农场，是吗？还是一个庄园？"

那个医生头发斑白，梳着背头，眼睛小巧而敏锐，他饶有兴趣地看着他。

"就是一栋破房子，距离犹太会堂有好几英里。"赫索格说。

"嗨，你弟弟真会开玩笑。"拉姆斯伯格医生说。威廉微微一笑。他双臂交叉站着，一只脚实一只脚虚，和老赫索格有点像，像个优雅的老人，但这不能算是怪癖。赫索格想，他没有时间搞这种事情，他有一家大公司要管呢。他不会有这种"雅兴"。他事情够多的。他是个好人，非常好的人。但是，我感觉到人和人之间一种神奇的职能分工，我是这方面的专家……我擅长的领域是精神的自我意识，或者情感分析，或者思想研究，或者胡说八道。也许除了维持某种原始的情感之外，没有什么真正的用处或者意义。他擅长的领域是搅拌水泥浆，在城里盖高楼。他必须有政治意识，有商业意识，要懂得算计，包括计算税收。这种事情爸爸都干不好，却总是梦想着自己天生就是干这行的。威廉话不多，但他很有责任感，生活有规律，他有钱，有地位，有影响力，为此，他乐于掩盖个人或者说情绪化的一面。看到我在这个世界的荒野里"喷火"，他肯定很可怜我，可怜我这个脾气。在旧的宗教制度下，摩西就是一个头脑简单、穷困潦倒的人，他没有城府，需要保护，像一个病人，是精神世界的现代残余，按古老的轨迹，我是个需要保护的人。他会很乐意提供保护，毕竟他是个"洞察世界"的人。相比之下，像我这样的人，却因为骄傲的主体性，和人类的集体和历史性进步绝缘。社会底层的情绪化男孩和姑娘也是如此，他们更追求审美，追求情感。常常在重压下挣扎着维持自己的存在。就是马克思所谓的"物质压力"。他们把"个人生活"变成了一场马戏表演，一场类似于古罗马武士的格斗。或者是更温和的娱乐形式。拿自己的"羞耻"或者短暂的愚钝自嘲，证明自己为什么值得你的心疼。小诊室里的现代白色灯光在不停地旋转。医生在他的胸部缠上了有药味的绷带，赫索格感觉自己也在旋转。好吧，这种虚头巴脑的事情，该扔掉了……

"我觉得我弟弟需要休息一段时间。医生，你说呢？"威廉问。

"他看样子很难做到。"

"我会在鲁德维尔待一个星期。"摩西说。

"我的意思是绝对卧床休息。"

"是的。我了解我自己的状态。还不至于太坏。"

"不过，"赫索格的哥哥说，"你还是很让我担心。"

一只可爱的畜生，也是一个敏感的人，一个被惯坏的人，但也还挺可爱的。谁能用到他呢？他很渴望人家用得上他。有哪里需要他吗？给他指一条明道吧，让他能为真理、秩序、和平做出牺牲。这个赫索格啊，真是一个神秘的人物！他缠着绷带，动作很不方便，哥哥威廉帮他穿上了皱巴巴的衬衫。

　　第二天下午，他坐飞机到奥尔巴尼，再坐公共汽车到匹兹菲尔德，然后叫出租车到了鲁德维尔。前一天晚上，阿斯弗特给了他几片安眠药吐诺尔。他睡得很沉，感觉非常好，虽然他的胸上紧紧缠着绷带。

　　房子在村外两英里的山上。夏天的伯克夏尔非常美丽，波光粼粼，溪流湍急，树林茂密，一片翠绿，空气清新。赫索格的那块地似乎成了鸟儿的天堂。鹡鸰在门廊顶的旋涡形装饰上做了窝。那棵大榆树还没有完全死掉，上面还住着黄鹂鸟。赫索格让司机停在长满青苔的车道上，车道的两边是用鹅卵石砌的。他不知道这栋房子是否还能进去。但是，道路没有被倒下的树挡住，虽然许多碎石被融化的雪水和暴风雨冲走，但出租车还能够通过，没什么障碍。然而，摩西并不介意爬一小段坡。他的腰部缠着绷带，但腿脚很敏捷。他在鲁德维尔买了一些食品杂货。地窖里应该还有一些罐头，如果没有被猎人或者小偷吃掉的话。两年前，他用西红柿、菜豆、覆盆子做了罐头，在去芝加哥之前，他还藏了一些葡萄酒和威士忌。电当然是关了的，不过原来手摇的抽水泵也许还能用。再不行的话，还可以用蓄水池里的水。他可以在壁炉里烧饭，家里有钩子和三脚架。房子的四周都是杂草、藤蔓、树木和花朵。他的心在颤抖。赫索格真是愚蠢！这是一座纪念碑，证明他是一个真诚而可爱的白痴，证明他的性格中有未得到识别的邪恶，也代表着他在盎格鲁-撒克逊白人新教控制的美国扎根的努力。（那个爱说教的老人在总统就职典礼上读了他的诗句：这片土地是我们的，然后，我们就属于这片土地。）他想，我也攀登过社会的阶梯，自命不凡，不把盎格鲁-撒克逊白人放在眼里，正是因为政府把这片大陆的大部分都让给了铁路，到了1880年前后，这些人才停止熬煮肥皂，开始去欧洲游历，然后开始对爱尔兰人、西班牙人、犹太人说三道四。我的斗争是多么艰苦啊！我是个左撇子，但很凶猛。不过，不管怎么说，我还是落到今天这般田地。我就在这里！这里今天多美啊！走进杂草丛生的院子，他就停下来，迎着深红色的阳光闭上眼睛，闻着梓树花、泥土、金银花、野洋葱和草药的气味。要么是鹿，要么是约会的情人在那棵榆树附近的草地上躺过，因为那块地方被压平了。他在房子周围转了一圈，看看是否损坏严重。窗户没有破损。所有从里面钩住的百叶窗都安然无恙。不过，他贴过几张纸，说这栋房子受到警方的保护，但这几张纸被人家撕掉了。花园里长满了荆棘、玫瑰、浆果，它们都相互缠绕在一起，缠成了一大团。没得救了，连遗憾都没有意义了。他再也没有精力来干这种活，敲敲打打、刷刷油漆、修修补补、修剪树枝、喷洒农药之类的活儿，他都无能为力了。他到这里来，纯粹是想来看一眼，知道是什么状况就行了。正如他所料，房子里面都发霉了。他走进厨房，打开几扇窗户和百叶窗。他拿了一把刷子，把里面的树叶、松针、蜘蛛网、蚕茧、昆虫尸体都刷掉。现在比较紧迫的是要生火。他带了火柴。年纪大有一个好处，就是这种事情他会记得比较牢，有先见之明。当然，如果忘了带什么，他有一辆自行车，也可以骑车到村子里去买。他当时很聪明，把自行车倒过来放，这样轮胎就不会坏掉，不用着急换。轮胎的气不多，但骑到埃索加油站还是可以的。他搬了几根松木，弄了火种，先点起来一小堆火，看看通风效果怎么样。可能有鸟儿或者松鼠在烟道里做窝。但后来，他想起自己曾经爬上屋顶，给烟囱套上了铁丝网，这是他疯狂高效工作的成果之一。他放了更多的木头进去。木头刚拿起来，老树皮就掉了下来，里面的昆虫一下子就都暴露了，蜻蜓、蚂蚁、长腿蜘蛛纷纷逃窜。他给了它们逃跑的机会。随后，干燥的黑色树枝开始熊熊燃烧，冒起来黄色的火焰。他扔了更多的木头上去，用铁柴架把它们固定住，然后接着去视察他的房子。

　　他的罐头没有人碰过。有玛德琳买的一些花里胡哨的东西（她买的东西总是最好的），有皮尔斯土鳖汤、印度布丁、松露、橄榄罐头，还有摩西自己在军队剩余物资大甩卖时买的食品，相比之下，这些东西样子都比较丑，有菜豆、罐装面包等。他怀着一种梦幻般的好奇心清点着自己的财产，他曾经计划独自过自给自足的生活，他买了洗衣机、烘干机、热水装置等，他爸爸辛辛苦苦、精打细算，终于攒下一些花花绿绿的美元，死后被几个子女瓜分，而他把自己分到手的钱都花在了这里。好吧，好吧，赫索格想，他不应该让我去上学，去研究那些已经死掉的帝王。"我是奥兹曼迪斯，万王之王：仰望我的功绩，枭雄们，绝望吧！"但是，自给自足、独自一人、平静而舒适的生活，这是多么诱人啊，听起来也没有任何问题，是理所应当的，憧憬着这样的生活，赫索格会情不自禁笑出来。直到后来他才发现看不见的天堂上有多少邪恶。失业的意识，他在食品贮藏室里写道：我成长在一个普遍失业的时代，从来没想过会找到工作。终于，工作来了，但不知何故，我的意识仍然处于失业状态。不管怎么说，他在火炉旁边接着写，人类智慧是宇宙里面伟大的力量之一，不能闲置不用。可以这样认定：许多人类安排（例如中产阶级的家庭生活）都很无聊，有其历史目标，就是解放新一代人的智力，让他们进入科学领域。但是，一辈子的孤独很可怕，那只是利维坦作为食物的"浮游生物"……必须重新考虑。灵魂需要激荡。与此同时，美德让人类厌烦。孔子的著作需要再读一读。世界人口这么多，每个人都要做好变成中国人的准备。

赫索格当下的孤独似乎不足挂齿，因为很快乐，对此他自己非常清楚。他透过盥洗室的缝隙向外面张望，从前，他常常拿着他那本用十美分买的《德莱登和蒲伯》躲在盥洗室里，那本书里的名言让他兴趣盎然，例如"我是殿下在裘园的狗"和"有智慧就有愚蠢，彼此相隔仅有薄纸一层"。在和前几年一样的地方，有一株曾经让他感到安慰的玫瑰，它一如既往地婀娜多姿，一如既往地红（和他想象中的生殖器一样红）。有些好的事物确实会重现。透过砖石和木板交接的缝隙，他久久凝视着它。在这个用砖石和木板建起来的小房间里面，还生活着喜欢潮湿的蚱蜢（巨型直翅目）。他划了一根火柴，就看见了它们在水管的中间。

他在参观自己的家，这感觉挺奇怪的。在他自己的房间里，他发现他的学术事业的遗迹散落在书桌和书架上。窗户褪色严重，看起来好像沾染过碘酒，外面的金银花几乎把纱窗扯了下来。在沙发上，他找到了有情侣来光顾过的确凿证据。可能是因为激情燃烧，在黑暗中一下子找不到卧室。但是，在玛德琳买的这种用马毛古董上做爱，他们肯定会弄弯脊柱的。出于某种原因，赫索格特别高兴，村里的年轻人居然看上了他的房间，不嫌弃与那一捆捆研究笔记为伴。他在沙发扶手上发现了姑娘的头发，然后，他想象着她们的身体、面孔和香味。多亏了拉蒙娜，他才不至于心生嫉妒。不过，对年轻人有一点点嫉妒心，那也是很正常的事情。地板上有一张大卡片，上面写着：**为孔多塞说句公道话……**他没有心思再读下去，于是他把卡片捡起来，翻过来放到桌子上。反正，就目前而言，要为孔多塞辩护，得让别人来干，他是做不到了。餐厅里放着岳母坦妮想要的盘子，那是深红色镶边的骨瓷，非常漂亮，非常贵重。他用不着这种盘子。盖着一层薄纱的书没有人动过。他掀起薄纱，看了一眼，但不是特别在意。参观小浴室的时候，他看到了玛德琳在斯隆洗浴用品店里买的豪华挂件、扇贝形状的银色肥皂碟和闪闪发光的毛巾架，架子太重了，即使用了套挂螺丝固定，感觉在刮灰泥的墙上也撑不住，现在已经垂下来了，随时会掉。为了照顾格斯巴赫，他还特地在淋浴房里安装了扶手，格斯巴赫在巴林顿郊外的家里没有淋浴房。"我们既然要弄淋浴房，就弄得让瓦伦丁也能用。"玛德琳当时是这么说的。嗯，好吧，摩西耸耸肩。接着，他闻到马桶里有一股奇怪的气味，他打开木头盖子，发现了鸟儿的脑壳和其他遗骸，鸟儿肯定是在水排干后在那里面做窝的，后来盖子掉下来，那里就变成了它们的坟墓。他沉重地看着，他为这场意外感到心痛。他由此推断，阁楼上一定有窗户破了，房子里还有别的鸟儿来做了窝。的确，他在卧室里发现了猫头鹰，此时几只猫头鹰正站在红色的壁龛上，它们在壁龛上拉了很多屎。他没有去抓它们，等它们自行离开后，他就去寻找它们的窝。在床正上方的大吊灯里，他果然发现了小猫头鹰，就在这张床上，他和玛德琳曾经历过那么多的痛苦和仇恨。（也有些欢乐。）床垫上有很多从鸟窝里掉下来的垃圾、禾秆、毛纱、茸毛、肉块（老鼠头）和鸟屎。赫索格不想惊动这些扁平脸的小家伙，他把婚床上的床垫拖到琼的房间里。他打开了几扇窗户，灿烂的阳光和新鲜的乡村空气立刻进了房间。他的满足感油然而生……满足感？他真没想到。他这么开心，是在跟谁开玩笑呢？也许这是他第一次感受到了摆脱玛德琳、重新获得自由的喜悦！他由衷感到高兴！他被奴役的日子终于结束了，他终于摆脱了可怕沉重的束缚。她不在身边，只会让他感到更幸福、更轻松。在警察局的时候，她看到他出了事是多么开心啊，而对他来说，在鲁德维尔，剔除了她的肉体存在，更是开心得很，她就像一根刺插在他的肩膀上或者腹股沟，使的胳膊和脖子变得麻木，变成了没用的累赘，如今终于拔掉了！亲爱的圣人兼低能儿埃德维格。也许，疼痛的缓解对人类幸福相当重要。在最原始和比较愚蠢的阶段，一个阀门关闭后可能会再次打开……赫索格棕色的眼睛经常覆盖着一层忧郁的薄膜，或者是保护层，那是他辛勤工作的大脑的副产品，如今，他的眼睛里又开始放光了。

在琼的房间里，他好不容易才在地板上把床垫翻过来。他还得把她的一些旧玩具和儿童家具挪开，其中包括一只蓝眼睛大老虎，一只坐便椅，一套红色的风雪衣，这套风雪衣几乎全新。他还看到了奶奶的比基尼、短裤和吊带衫，还有不少奇奇怪怪的东西，有一块毛巾，菲比在上面缝了他的首字母，送给他当生日礼物，可能是暗示他的耳朵不干净。他笑眯眯地把它踢到一边。一只甲虫从他的脚下溜走了。赫索格躺在床垫上，就在敞开的窗户下面，让阳光照在脸上。他的头顶上有几棵大树，前院的云杉，高低起伏，非常漂亮，针叶和树胶被晒热了，散发着清香。

就在这儿，他感到了内心的平静和充实，于是开始认真考虑写给另外几个人的信，直到阳光从房间里消失。

亲爱的拉蒙娜：只是"亲爱的"？摩西，放开一点吧。我的宝贝拉蒙娜。你是个非常优秀的女人。他停顿了一下，想想是否应该跟她说他在鲁德维尔。她开着车，三个小时之内就能从纽约来到这里，她很可能会来。上帝赐给了她一双粗短却完美的大腿，一对结实、颜色诱人的乳房，一嘴整齐、有力的牙齿，还有吉卜赛人似的眉毛和鬈发。这是个会"吃人"的女人。然而，他决定先把这封信寄到芝加哥，再叫卢卡斯转寄给她，发信地址就变成了芝加哥。他现在最渴望的是安宁，他不想再折腾了。我希望我的不辞而别没有让你生气。我知道，你不是那种失约以后需要用一个月的时间来安抚的传统女人。我想念我的女儿和儿子，我得去看看。我儿子在卡茨基尔附近的阿尤马营地。这个夏天注定很忙。有几个情况有点意思。我还不能做太多的断言，但至少我可以承认，我对自己的判断或者感觉，一直都是很有信心的。真理之光从来都不遥远，任何人都能够进入其中，不会因为微不足道或腐败而被拒之门外。我不明白我为什么不能够这么说。但是，必须接受无能的现实，被放逐到个人生活中，困惑、混乱……赫索格，你为什么不在隔壁的猫头鹰身上试试，那些全身光秃秃、鼓着蓝眼睛的小猫头鹰。因为最后一个问题，也是第一个问题，关于死亡的问题，为我们提供了两个有趣的选择，一个是用我们自己的意志来瓦解我们自己，证明我们的"自由"，另一个是承认我们欠这种清醒的存在一个充实的生活，对于虚无不予理睬。（毕竟，我们对虚无没有确切的认识。）

我应该跟拉蒙娜说这些吗？有些女人认为说得太诚恳就是在求爱。她会想要个孩子。碰到一个这样和她说话的男人，她就会想和他生孩子。工作。工作。真实、有意义的工作……他停顿了一下。但是，拉蒙娜乐于工作，她心甘情愿。她有她自己的想法。她热爱工作。面对洒满阳光的床垫，他笑了，笑得很灿烂，又含情脉脉。

亲爱的马可。我回到老家来看看，顺便放松一下。虽然闲置的时间有点长了，但情况还算不错。你愿意的话，就来这里和我一起住一段时间，只有我们俩，条件是差了点儿，但你也经历过营地的那种生活。双亲节我去看你，到时候我们再细聊。我好期待呀！昨天，我在芝加哥见到了你的妹妹，她一如既往地活泼可爱。她说她收到了你的明信片。

你还记得吗？我们说到过斯科特船长航海去南极的探险故事，可怜的斯科特，居然被阿蒙森捷足先登，让他先到了极点。你似乎很感兴趣。这件事情总是让我大惑不解。斯科特有一个队员的脚被严重冻伤，他跟不上队伍，为了不连累队友，给他们留下生存的机会，他出走了，最终不知道死在哪里。有一次偶然的机会，他们发现了一堆冰冻的血，那是他们的一匹马被宰杀后流下的血，他们如获至宝，把那堆血解冻之后喝得一干二净。阿蒙森之所以取得成功，是因为他用狗，而不用马。弱者总是要被宰杀，成为强者的口中食。这是决定探险成败的关键。我经常在琢磨一件事。那些狗虽然饿极了，但它们嗅一嗅，发现是同类的肉，就会掉头走开。要把皮都剥了，它们才肯吃。

也许，圣诞节的时候我们俩可以去一趟加拿大，去感受一下真正寒冷的天气。你知道，我也算是加拿大人。我们可以去劳伦山系的圣爱葛沙山看看。我十六日一早就去，你等着我。

亲爱的卢卡斯：辛苦你帮我转寄那几封信。希望你的抑郁症已经好了。我觉得，你装死的时候看到你的蕾阿姨被消防员救走了，看到脱衣舞娘在打棒球，这是心理韧性的表现。你肯定会康复的。至于我……至于你，赫索格想，你不会告诉他你现在的感受，你说你现在很开心，是不会让他的心情好转的。如果你真的觉得很开心，自己知道就行，不要说出来。他会觉得你是个疯子，胡说八道而已。

就算我真的疯了，那也没什么大不了的。

梅尔斯坦教授。首先祝贺你的杰作出版了。有些内容被你抢先了一步，所以我非常难过，我恨你恨了一整天，因为你让我的很多研究工作都白干了（关于华莱士和达尔文的部分）。然而，我很清楚这项工作需要投入多少精力，需要多大的耐心才能坚持到底，其中需要不断地挖掘、学习、综合、分析。我非常佩服。等你准备修订这本书，或者准备撰写另一本的时候，我非常乐意和你就其中一些问题进行探讨。我确实有计划出版一本书，这本书里面有一些内容我是永远不会再用了，那些材料你可以随便用。在我前面的一本书里面（你参考了这本书），我用一章专门阐述基督教浪漫主义中的"天堂与地狱"。可能不合你的口味，但你不应该完全忽略。你应该看看那个胖乎乎的野蛮人爱格伯特·夏皮罗的专著《从路德到列宁：革命心理学史》。他那张胖乎乎的脸和吉本很像。这本书很有价值。其中有一章叫作"千禧年主义和偏执狂"，我对这个部分印象十分深刻。现代权力体系和这种精神病有些相似之处，这一点不应忽视。一个叫巴诺维奇的人也就此写过一本书，说得让人毛骨悚然。相当疯狂，很不人道，充满了对偏执狂的恶毒假设，比如说乌合之众基本都是吃同类的，站着的人对坐着的人构成威胁，微笑的牙齿是解决饥饿的武器，暴君渴望看到（可能会想吃？）四周的尸体，等等。说实话，尸体的产生的确是（希特勒、斯大林等）现代独裁者及其追随者最重大的成就。赫索格做过试验，想看看梅尔斯坦的身上有没有斯大林强权主义的痕迹。不过，夏皮罗这个人有点古怪，我只把他当作一个极端的例子。极端的情况，世界末日的启示，我们都喜闻乐见，例如因为火灾、溺水、窒息而死于非命的事件等。温和、守德、稳健的中产阶级越壮大，我们就越需要极端的刺激。温和，或适度的真实，或准确，似乎已经没有任何吸引力。你看看我们现在的胃口！（"一条狗即将溺水而死，你却给它一杯水，叫它喝下去。"过去，我爸爸常常这么说，他非常愤慨。）总之，如果你读过我书里关于末日启示和浪漫主义的那一章，你就可能会正视你极其推崇的那个俄罗斯人，对他有更清醒的认识。是伊兹沃尔斯基，对吧？这个人把单体的灵魂看作被诅咒的群体，雾化、粉碎，是地狱里的尘土，他警告说，魔鬼路西法必将控制人类，人类必然集体缺乏精神品格和真正的人格。我不否认其中有一定的道理，但对于这种思想，我非常担心，因为其中那一点儿启示性的真理可能会让我们窒息，和古老的基督教堂乃至犹太会堂一样。我觉得里面有些借用和引用不是很得体，就像"打一下就跑"，还把其他作家的严肃信念当作隐喻来用，这让我感到很不舒服。"苦难的解释"这一章我很喜欢，"关于无聊的理论"这一章我也很喜欢。这两个方面的研究都很有意思，做得很棒。但是，我觉得你关于克尔恺郭尔的阐述不是很严肃。我想冒昧说，克尔恺郭尔的本意是说真理已经失去了对我们的作用，可怕的痛苦和邪恶必将再次教我们认识真理，地狱里面永恒的惩罚必将重新抬头，直到人类再次一本正经起来。我不敢苟同。说实话，自身安全舒适的人在危机、异化、末日和绝望时刻所表达的所谓信念让我恶心，不过这个可以先不管。我们心里不能藏着一些乱七八糟的想法，说这是一个注定要失败的时刻、我们在等待着末日到来，等等，这些都是时尚杂志的垃圾。没有这种令人毛骨悚然的游戏，生活已经够沉重的了。人和人互相恐吓，这是一种不道德的行为。关键在于，对苦难的鼓吹和赞美，把我们带向了错误的方向，我们这些仍然忠于文明的人决不能往那里走。你必须能够驾驭痛苦，能够忏悔，能够觉悟，必须有这样的机会和时间。对信仰虔诚的人来说，之所以热爱苦难，是因为这样就有了一个经历邪恶并将其转化为善的机会。他们相信，精神的轮回可以也必将在有生之年完成，在生命的最后时刻，如果他经历了痛苦，仁慈的上帝会让他看到真理，这样，他去世的时候就会改变形象，跟耶稣一样。但这是一个特殊的情况。更常见的情况是，痛苦会使人崩溃，根本不存在会不会觉悟的问题。你知道人类是怎么被痛苦摧毁的，他们活着的时候因为失去人性而遭受折磨，最终死亡的下场也是极其凄惨不堪，然而，你居然写了"现代形式的俄耳甫斯主义"和"不怕痛苦的人"，感觉像参加鸡尾酒会似的，充满了欢乐。确实有些人想象力丰富，习惯于做深沉的梦，喜欢虚构奇妙的故事，有时会在幸福感中故意加入苦难作为刺激，因为他们都在做梦，需要掐自己才能保持清醒。我很了解我自己的痛苦，如果我可以这么说的话，我的痛苦是生活的一部分，是一种解药，让我保持清醒，消除幻觉，所以，我不会引以为荣。我愿意敞开心扉，不再沉溺于苦难。我不需要阐述苦难的宗教学说。我们太喜欢末日学说了，我们太喜欢所谓危机伦理和花哨的极端主义了，那种语言确实很激动人心，很有煽动力。对不起，不要了。我已经经历了太多的苦难。人类历史已经到了这个阶段，你可以找一些人问问："这到底是什么玩意儿？"我不想再要苦难了，我不要！我只是一个人，一个普通的人。我甚至愿意把自己都交给你，任由你处置。你喜欢隐喻。如果没有这些隐喻，你这本大作真的非常好。我相信你能为我找到一个极好的隐喻。但可别忘了说，我永远不会向任何人贩卖苦难，也不会呼吁重设炼狱，借此让我们变得正经起来。我甚至认为，人类对疼痛的感知可能已经变得过于挑剔。但这是另一个需要长时间解决的问题。

　　很好，梅尔斯坦。算了，别再作恶了。赫索格也许觉得这种谩骂有点奇怪，有点过分。他从床垫上站起来（阳光正在后退），又走下了楼。他吃了几片面包，烤了一些菜豆，做了一个菜豆三明治，然后拿着吊床和两把草坪椅子出去了。

就这样，他开始了最后一周的书信写作。他漫步在二十英亩的山坡上，构思着他将要写的信，但这些信他都没有寄出去。他不想骑车去邮局，路上碰到村里人，他们肯定会问起赫索格太太和琼的事情。他很清楚，赫索格家的丑闻早就被传遍了，已经成了鲁德维尔村居民的主要话题，大家发挥想象，另外编造了一些稀奇古怪的事情来。他打电话的时候从来都不会压低声音，他太激动了，接近于狂躁。玛德琳更是不食人间烟火，丝毫不在乎那些乡巴佬是不是在偷听。无论如何，她都是要把他赶走的。她并不觉得丢脸。

玛德琳，你真是一个了不起的人！天晓得！你真了不起！在餐馆吃完饭后，她居然会用刀刃当镜子涂口红。他想起这件事还挺开心的。还有你，格斯巴赫，去找玛德琳吧，我很欢迎。你要享受她的陪伴，从她身上找到快乐。不过，你不能通过她来找我。我知道，你在她的肉体里寻找我的踪迹。但我已经不在那儿了。

先生们，我路过巴拿马城的时候，那里的老鼠那么大、那么多，着实让我吃惊。我看到一只老鼠在游泳池边晒着太阳，还有一只老鼠在餐馆的墙上看着我吃水果沙拉。一根电线耷拉下来，穿过一棵香蕉树，我看到一群老鼠在电线上来回奔跑，在忙着搬运粮食。它们来回跑了二十几次，但没有发生一次碰撞。我建议在诱饵里掺一些能避孕的化学物质。毒药根本不起作用（根据马尔萨斯的理论推论，会有一些老鼠被毒药毒死，但随后数量的增长只会更加强劲）。但是，经过几年的避孕，鼠患问题也许就能彻底解决。

尼采先生，亲爱的先生，我能提一个问题吗？你说到了酒神精神的作用，有了酒神精神，人们就能从容面对可怕、有问题的景象，享受毁灭的奢侈，见证腐朽、丑陋、邪恶。酒神精神之所以有这样的作用，是因为它和大自然一样，具有自我修复的力量，能从毁灭中恢复过来。我必须告诉你，你的表述当中有一部分带有非常明显的日耳曼色彩。像"毁灭的奢侈"这种措辞，绝对有瓦格纳的风范，但我知道你鄙视瓦格纳式的愚蠢和浮夸，你觉得那是病态的。迄今为止，我们已经见到了足够多的毁灭，足以充分证明酒神精神的力量，那么，从毁灭中恢复过来的英雄们在哪里呢？现在，我就和大自然在一起，在伯克夏尔，没有外人，这是我领会大自然力量的绝好契机。我躺在吊床上，下巴抵在胸前，双拳紧握，脑子里充斥着各种念头，有焦虑，没错，也有快乐，我知道你很看重快乐，真心的快乐，而不是伊壁鸠鲁主义者表面上的乐观，也不是心碎的人们装出来的轻松。我也知道，你认为深刻的痛苦会让人变得崇高，即缓缓燃烧的痛苦，就像烧刚砍伐的湿木头，对此我表示赞同。但是，要接受这种高级的教育，生存是必要的。你必须熬过痛苦！得了吧，赫索格，别再跟伟人争吵了，别再挑衅他们了。不，真的，尼采先生，我非常崇拜你。十分同情。你是想让我们都能够与虚空共存。不要自欺欺人地认为自己是善良的，自己会信任别人，有普通人善于通融的情怀，而是要以钢铁般的决心，果敢地质疑从未被质疑过的东西，质疑邪恶，看透邪恶，克服邪恶，不接受任何屈辱的舒适。这是最绝对、最犀利的问题。不用理会人类，人类就是普通、现实、偷偷摸摸、恶臭、愚钝的乌合之众，不仅是从事劳动的乌合之众，更糟糕的是，他们是"受过教育的"乌合之众，他们有自己的书、音乐会和演讲，有自己的自由主义，有自己浪漫、戏剧性的"爱"和"激情"，都该死，都会死的。好的。但是，你们的极端主义者必须生存下来。没有生存，就没有命运之爱。你的背德者也吃肉。他们也坐公共汽车。不过，他们是最可能晕车的乘客。人类主要靠扭曲的思想生活着。扭曲。你的思想并不比你谴责的基督教教义更好。任何一个哲学家想和人类保持联系，都应该提前扭曲自己的系统，看看几十年后是什么样子的。此时夕阳西下，四周绿草如茵，我在此向你问候，并祝你幸福，无论你在哪里。你的摩西·赫索格在摩耶的面纱下致意。

摩根弗鲁博士，你好。摩根弗鲁博士已经死了一段时间了。我是摩西·赫索格。这是在重新认识自己。我们在威斯康星州麦迪逊市打过台球。跟他多说一些吧。后来，有个叫作威廉·霍普的人来把我们打得一败涂地。他真是个台球大师，那三个球简直都听他的，仿佛他只跟它们耳语一句，然后球杆轻轻触碰一下它们，它们就会先分开，然后再次碰头。老摩根弗鲁是个光头，但脸型精致，很幽默，鹰钩鼻子，有异域的魅力，喜欢鼓掌，会大声叫喊："好球。"摩根弗鲁会弹钢琴，弹着弹着自己就哭了。海伦弹舒曼的曲子弹得更好，但她没有感情投入。她总是皱着眉头，一脸严肃，似乎想说音乐是危险的野兽，但她可以驯服它。然而，穿着皮大衣的摩根弗鲁则一边按着键，一边呻吟着。接着，他会边弹边唱，最后哭了出来，他情感太丰富，绷不住了。他是一个非常好的老人，不过他会骗人，任何人都不是完美的，怎么可能求全责备呢？摩根弗鲁博士，根据最近从东非奥杜瓦伊峡谷传来的消息，人们有理由假设，人类的祖先不是温和的树栖猿，而是从肉食陆居猿进化而来的，陆居猿成群结队出去狩猎，用棍子和股骨敲碎猎物的头骨。摩根弗鲁，对乐观主义者来说，对认为人性宽厚因此对人类充满希望的人来说，这并不是什么好消息。你经常提到索利·朱克曼爵士在伦敦动物园研究猿猴，但他的研究已经过时了。至于性冲动，生活在天然栖息地的猿猴并不如圈养的强，性欲不是它们最大的行为动力。因此，囚禁、无聊的生活定会滋生性欲，而领土占有欲比性欲更强大。愿你的世界充满光明，摩根弗鲁。我会经常写信给你。

尽管他在户外待了好几个小时，他觉得他的脸色还是很苍白。这也许是因为早晨浴室门上的镜子反射着绿色的草木，色调冷淡了一些。不对，他的脸色确实不太好。他想，他太激动了，肯定消耗了很多力气。而且，他腰上的绷带一直有药味，表明他的身体有问题。过了第二天，也可能是第三天，他就不再睡在二楼。他不想把猫头鹰赶出家门，不希望看到一窝猫头鹰幼仔死在挂着三股铜链的吊灯里面。马桶里面的那些鸟儿头骨和遗骸，已经让他很不舒服了。他搬到了楼下，随手拿了一些有用的东西下来，一件旧风衣和一顶雨帽，还有一双在明尼苏达的圣保罗买的靴子，这双靴子非常好，柔软、漂亮，还能防蛇。他早就忘了他有这双靴子。在储藏室里，他还找到了其他一些很有意思的东西，有"快乐时光"的照片、几箱子衣服、玛德琳的信件、一捆捆作废的支票、印制精美的婚礼启示，还有一本菲比·格斯巴赫的烹饪指南。那些照片都是他的，别人的照片玛德琳都拿走了。她的做派，实在很有意思。丢在那里的衣服里面有她的孕妇装，都是花大价钱买的。支票的金额都很大，其中许多是用来支取现金的。她有没有偷偷存钱？这种事情她干得出来。

看到那些婚礼启事，他就笑了。上面写着：庞里特先生和太太兹将女儿嫁给摩西·赫索格博士。

在一个壁橱里面，他看到一块硬邦邦的布，那块布是他刷油漆的时候罩在家具上的，然后在这块罩布下面翻到了十几本俄国作家的书。有舍斯托夫和罗赞诺夫的书，他相当喜欢罗赞诺夫，幸运的是，他是用英语写作的。他看了几页《心灵独语》。然后，他看了看他刷油漆时用的家伙什儿，几把用过的刷子，稀释剂已经挥发掉了，油漆桶上结了一层硬硬的壳。还有几罐瓷漆，赫索格想，干脆把那架小钢琴漆一下吧，翻新之后可以寄到芝加哥送给琼。这孩子很有音乐天赋。至于玛德琳，不用管她，这个婊子，货送到了，她肯定要收，要付运费。她总不至于寄回来吧。他觉得绿色的瓷漆正好，于是他马上动手，找到了还能用的刷子，在客厅里干起来。你好，罗赞诺夫。他专心致志地给钢琴的顶盖刷漆，刷成淡淡的绿色，很漂亮，像夏天的苹果。你讲述了一个让人惊叹的真理，从来没有听哪个先知说过，这个真理就是私生活高于一切。比宗教更有普遍性。真理高于太阳。灵魂就是激情。"我是熊熊燃烧的火焰。"头脑塞满了思想，那也是一种快乐。一个好人听到别人在谈论他自己的事情，他会耐心听着。如果有人听到这种话就觉得无聊，没有耐心，那么这种人是不值得信任的。上帝给我镀了金，浑身闪着金光。我很高兴。这个人很有感染力，虽然有时非常粗俗，脑子里充满了暴力偏见。瓷漆的覆盖效果很好，但可能需要再刷一层，油漆可能不够了。他放下刷子，让钢琴盖子慢慢晾干，而他则在考虑怎么把这件乐器寄出去。他不会叫跑州际公路的长途货车，大型货车也可能爬不上山。他想到了村子里的塔特尔，他的皮卡就行了。运费大约要一百美元，但为了孩子，他愿意付出一切，而且钱也不是特别大的问题。威廉给了不少，够他这个夏天花的。历史意识增强会产生一个奇怪结果，人们会认为解释是生存的必要条件。大家都要对各自的状况进行解释。解释不通的生活不值得过下去，而解释得清楚的生活又是无法忍受的。"要么合成，要么灭亡！"这是新的定律吗？但是，只要你发现人们的头脑里面有那些奇奇怪怪的观念、幻觉、念头，你又开始相信上帝了。要克服这些白痴的念头……总之，知识分子一直是分离主义者。一个分离主义者怎么做得了合成的工作呢？我是比较幸运的，因为我没有那么多钱，无法远离我们共同的生活。我挺高兴的。我想尽量和其他人混在一起，不要延续老样子，毁掉我剩下的岁月。赫索格感到一种深沉的渴望，希望这样的生活赶快开始。

他得去蓄水池取水。水井的抽水泵生锈了，他除了锈，试着摇了摇，但把自己搞得很累，也打不上多少水来。蓄水池是满的。他用一根棍子撬起铁盖子，放下去一只桶。桶掉进水里的声音很好听。不管到哪里，你都找不到比这里更软的水，但这里的水也必须煮沸了才能喝。虽然打上来的水看起来很干净、很清澈，但总会有一两只花栗鼠，或者老鼠，死在蓄水池的底部。

他去树下坐着。他的树。他很开心，他在自己的美国庄园里休息，享受着价值两万美元的乡间清净和隐居生活。他不觉得自己是这里的主人。至于两万美元，那地方的价值肯定只有三四千美元。没有人会要坐落在伯克夏尔边远地区的这些老房子，这里不是时尚地带，没有音乐节，没有现代舞，也不能骑马打猎，什么高级的活动都没有。山坡上也不能滑雪。外面的人不会到这里来。他只有两个温文尔雅但脑子已经不大清楚的老邻居，朱克斯和卡利克斯，他们整天不是在门廊上荡秋千，就是在看电视，就像十九世纪的人躲到偏远而风景优美的乡下静静地等死。好吧，这个地方是他自己的，是他的家园，这些桦树、梓树、七叶树都是他的。向往清净，这是他腐朽的梦想。他想给孩子们留下的遗产，送给马克马萨诸塞州一个偏僻的角落，送给琼一架小钢琴，在上面涂一层可爱的绿色，代表着他深沉的父爱。和平常一样，这件事情他也可能会搞砸。但至少他不会死在这里，他曾经担心自己会死在这里。往年的夏天，在修草坪的时候，他有时会靠在割草机上，一边乘凉，一边想着：要是我突然心脏病发作死了会怎么样？他们会把我埋在哪里？也许我应该事先选好一个葬身之地。

云杉下面怎么样？那个地方离房子太近了。现在想起来，玛德琳肯定会把他烧掉的。这些解释都是无法忍受的，但该解释的还是要解释。在十七世纪，对绝对真理的热切追求停止了，人类想要改变世界。有思想的人们干了一些实际的事情。精神也转变成了现实。摆脱了对绝对真理的追求，生活就变得愉快起来。只有一小部分狂热的知识分子，或者说专家学者，还在追逐所谓绝对的真理。但是，我们的革命，包括核恐怖，又把形而上学的问题推到我们面前。所有的实际活动都达到了顶点：文明、历史、意义、自然等，一切都可以抛弃。一切都可以抛弃！如今，我们又要重温克尔恺郭尔先生的问题……

致沃尔德马尔·佐佐医生：先生，大约是在1942年，作为海军的精神病医生，你在弗吉尼亚的诺福克给我做过检查，你说我非常不成熟，实属罕见。我自己心知肚明，但是专业的确诊给我造成了极大的痛苦。我很痛苦，我并不是不成熟。我有丰富的历史知识。那时，我觉得问题很大，也非常认真面对。后来，我是因为有哮喘病才出院的，而不是我任性。我爱上了大西洋。啊，那一望无际的大海，海底山脉纵横！但是，海上的雾气让我失了声，对一个通信官员来说，这是非常致命的，意味着职业生涯的终结。然而，我光着身子，脸色苍白，坐在你的小诊室里，一边听着水手们在操场上训练，一边听着你描绘我的性格，因为南方天气炎热，我不停绞着双手，这个动作肯定是很不恰当的。所以，我把双手乖乖地放在大腿上。

起初是出于仇恨，但后来我确实产生了兴趣，就通过杂志留意你的职业发展。你最近发表了一篇文章，《无意识中生存的动荡》，我觉得这篇文章很有意思，真是相当经典的杰作。我希望你不介意我用这种口吻和你说话。此时此刻，我的思维正处于异常狂放的状态。"在人迹罕至的蹊径上。"沃尔特·惠特曼如是说。"……避开了那种自我炫耀的生活……"哦，那是一场瘟疫，"自我炫耀的生活"，是一场真正的瘟疫！总有一天，亚当每个可笑的儿子都会希望在别人面前炫耀自己，将所有的怪癖暴露无遗，包括他们自我欣赏并引以为荣的丑陋，露齿大笑，顶着尖锐的鼻子，疯狂而扭曲的思想，极其自恋但自以为是的慈悲情怀，对大家伙儿说："我在此断言。我就是你们的榜样。"可怜的糊涂蛋！……总之，要像惠特曼说的那样，要避开那种自我炫耀的生活，"只有芬芳的唇齿在对我谈话"……不过，还有一件事情很有意思。去年春天，我在第五十四街的原始艺术博物馆看到了你，我一眼就认出来那个人就是你。当时我的脚好酸啊！我只好叫拉蒙娜坐一会儿。我对和我一起去参观的那位女士说："那不是沃尔德马尔·佐佐医生吗？"她碰巧也认识你，跟我介绍了你的一些情况：你很富有，收藏非洲古董，你的女儿是民谣歌手，等等，等等。我很强烈地意识到，我依然非常讨厌你。我原以为我已经原谅你了。很有意思吧？你穿着白色高领衬衫和晚礼服，留着和爱德华七世一样的胡子，嘴唇湿润，头发往后梳，盖住秃掉的"地中海"，一个草包肚子那么大，屁股也那么大（你的代谢功能已经退化），看到你这个样子，我很高兴地意识到，我是多么讨厌你。过去二十二年了，我还是那么讨厌你！

他的思维出现了一次很奇怪的跳跃。他在那本肮脏的笔记本上翻到干净的一页，在爬满了毛毛虫的野樱桃树的斑驳树影下，开始记录一些灵感。他想要写一首诗。他想为琼写一首类似于《伊利亚特》的昆虫叙事诗。她还读不懂，但玛德琳也许会让卢卡斯·阿斯弗特带孩子去杰克逊公园，把这首诗一段一段读给她听。我可以把这首诗寄给卢卡斯，他的自然知识非常丰富。这对他自己也有好处。摩西被这个无聊的冲动折腾得脸色苍白，他站着，棕色的眼睛死死地盯着地面，垂着肩膀，拿着笔记本的双手放到身后，苦思冥想着这首诗该怎么写。他可以将蚂蚁写成特洛伊人，把水黾写成希腊人。卢卡斯会在泻湖边抓到虫子给她看，那里还有很多傻乎乎的女像柱。水黾长着细细的茸毛，沾了水珠，晶莹发亮。海伦是一只漂亮的大黄蜂。特洛伊末代王普里阿摩斯是一只知了，它从树根吸食营养汁液，用铲子形的肚子在洞里抹泥。阿喀琉斯是一只鹿角虫，长着锋利的尖刺。阿喀琉斯力大无穷，但注定生命很短暂，虽然他是个半神。他含着眼泪坐在海岸上，注视着深色的海水，呼喊着妈妈，叫妈妈忒提斯帮他：

> 阿喀琉斯在不停呼喊，
>
> 忒提斯在淤泥中听到了他的声音，
>
> 她的老爸爸就坐在她的身边，
>
> 在那壮丽的废墟中，不为所动。

但是，写诗的念头很快就被放弃了。这不是个好主意，真的不是。首先，他的精神状态还不够稳定，他不能够保持头脑清醒，不能保持专注。他的心理状态太奇怪了，既有很强的洞察力，像有千里眼，但脾气又很大，他像是很有灵感、诗意，也像是在胡言乱语，得了感觉过敏症，他能听到内心有清晰但又不确定的音乐，看东西的时候，最清晰的物体都有一圈紫色的边缘。他的思想就像一个蓄水池，蓄水池的铁盖子盖得紧紧的，水很柔软、很干净，但要喝的话并不绝对安全。算了，他还是集中精力把钢琴漆好吧。赶快走，把想象用在绿色的刷子上吧！快走！可是第一层瓷漆还没有干，他只能在树林里溜达着，从风衣口袋里拿一片面包出来吃。他知道哥哥随时都会来。威廉看到他的样子，会很替他担心。这是肯定的。赫索格想，我最好还是小心一点，有些人就是这样被送进精神病院的，有些人甚至是故意装的。我也想过要进去。我衷心希望埃梅里希医生认定我病了。但是，我现在不想进去了，我有责任，我必须保持理智清醒。那只是一时冲动而已。我要对孩子们负责。他悄悄走进树林，满眼都是树叶，有的在树上，有的落在地上，有的是绿色的，有的是褐色的。两边有许多腐朽的树桩，树桩上覆盖着苔藓，菌菇成簇。他发现了一条猎人走的小路，那也是鹿常走的方向。他在这里感觉很好，内心更加平静。这主要是因为四周静悄悄的，而且天气很好，他感觉自己很容易被周围所影响。他在笔记本上写道：上帝是虚空的，他对繁杂的世事充耳不闻，也对遥远的未来视而不见。二十亿光年之外。超新星。

　　　　每日的光辉，都在脚下，
　　　　在上帝的虚空之中。

　　他给上帝写了几句话。

　　我一直很努力保持头脑清醒，一直做得不大好。我渴望实现你不可知的意志，我想听你的话，而你却不留下任何记号。意义十分重大。尤其是我被除掉的话。

　　他再次回到现实。过一会儿威廉到了，他必须小心应对，要用最具体的语言跟他聊最具体的事情，比如这个房产问题，他要装得像一个平常人。他警告自己说，如果你的面相还是充满智慧，那么你就会惹上麻烦，而且会很快。那种表情没有谁受得了，自己的哥哥也不行。所以，管好你的那张脸！有些表情会让人受不了，尤其是智慧流露的表情，会直接把你送到精神病院里去。那是自己活该！

　　他在槐树的旁边躺下。槐树开着花，花朵不大，但很香。他以前都没有闻到过这个香味，有点遗憾。他双手举在头顶，双腿叉开，他突然意识到，不到一个星期以前，他躺在纽约肮脏的小沙发上，也是这个姿势。刚刚过去一个星期，五天，对吧？难以置信！他的感觉完全不同！他感到自信，甚至在兴奋中有快乐，很稳定。苦难不久就会再来。目前的安宁和幸福都是暂时的，只不过是生命和虚空之间一层莫名其妙的内衬，随时可以更换。你给予我的生命一直很奇怪，他想对妈妈说，也许我必将继承的死亡会更加奇怪。我有时会盼望死亡快点到来。但是，我还站在永恒的这一边，和以往一样，这也无妨，因为我还有一些事情要做。希望能够平静一些。我原先的一些目标似乎已经溜走了。但我有别的目标。在这个世界上，生活不会那么简单，不是一幅画可以描绘得了的。我身上有各种可怕的力量，有钦佩或赞美的力量，还有爱的力量，爱的力量具有很大的破坏性，让我几乎变成了白痴，因为我驾驭不了这些力量。你和大家一样都觉得，我自己也怀疑过，我可能是个不可救药的傻瓜，但也许不至于那么糟糕。同时要摆脱一些长期以来折磨我的痛苦。这张脸不要再那么活跃了，像有多动症似的。舒展一些，阳光一些。我想向你，以及其他人，致以我最衷心的祝福。在这个地方，我只能这样，虽然大家领会不到。我只能祈祷。祝大家……安宁！

*　　*　　*

在接下来的两天时间里，也可能是三天吧，赫索格什么也没干，而是一直在写信，也把他经常想到的歌曲、赞美诗、言论用文字记录下来，诸如此类的东西，碍于形式等原因，他一直闷在心里面，没有表达出来。偶尔，他又在给小钢琴刷漆，或者到厨房里吃面包和菜豆，或者睡在吊床上，他总是有点惊讶地发现，他自己总是有事情要做的。一天早上，他看了一眼日历，想猜猜那天是几号，他默默地数着，更确切地说，他是在算自己经过了几个白天几个黑夜。其实，他的胡子比大脑更管用。他摸了一下胡子，感觉像是四天没刮了，他觉得应当趁威廉还没有到，赶紧把胡子刮干净。

他生起了一堆火，热了一盆水，拿棕色的洗衣肥皂在脸颊上涂了涂。

赫索格把胡子刮得很干净，一下子让人觉得脸色苍白极了。他的脸也瘦了。他刚放下剃刀，就听到山坡下有汽车发动机的声音。他跑出去，到花园的门口迎接哥哥。

威廉就一个人开着一辆凯迪拉克来。这辆庞然大物慢慢爬上山坡，路上凸起的岩石刮着底盘，路上杂草和藤条都长得很高，车子把它们碾压得东倒西歪。威廉是个老司机。他个头比较矮，但胆子不小，至于凯迪拉克漂亮的意大利李子色漆面，他不是那种会为几处刮痕而烦恼的人。汽车停在榆树下的平地上，发动机怠速转着，排气管冒着两股白色的水汽。威廉下了车，他那张脸在阳光的照耀下闪闪发光。他看着房子，摩西赶紧走过去。威廉看到之后感觉怎么样？摩西心里一直在琢磨。他一定吓坏了。不然还能怎么样？

"威廉！你好呀！"他抱住了哥哥。

"你好，摩西。你感觉还好吧？"威廉的情绪控制得很好。面对弟弟，他的真实情感是隐瞒不住的。

"我刚刮了胡子。刚刮完胡子，脸色总是有点白，但我感觉很好。真的很好。"

"你瘦了。自从离开芝加哥，你瘦了估计有十磅，太多了。"威廉说，"你的肋骨怎么样？"

"没问题。"

"头上呢？"

"还行。我一直在休息。穆丽尔呢？我以为她也会来。"

"她先坐飞机走了。我去波士顿和她碰头。"

威廉已经很善于控制情绪了。作为赫索格家的一员，他有很多东西要藏在心里。摩西记得，威廉也曾经是一个情感外露，甚至是热情奔放、极具爆发力的人，他经常大发雷霆，把东西摔在地上，等等。他摔过什么？一把刷子吧！没错！是那把古董俄国大鞋刷。威廉把它重重地摔在地板上，背板都掉了，露出里面的缝线，那是上过蜡的缝线，很有年头了，甚至可能是牛筋线。不过，那是很久以前的事了。有三十五年了吧。威廉·赫索格的怒气都去哪儿了？我亲爱的哥哥，他已经变得十分沉着，有点幽默，他可能是修炼得儒雅了，也（可能）是被驯服了，变得温顺了。原来他会冲别人发火，如今变成了自己承受，随着时间推移，曾经的光明已经被黑暗所替代。这些都无关紧要。一看到威廉，摩西对他的爱就油然而生。威廉好像很疲劳，他脸上的皱纹很明显，他开车在路上跑了很长时间，现在需要吃点东西，休息一下。他之所以跑了这么长的路，是因为他关心摩西。他不带穆丽尔来是对的，他考虑得真周到。

"威廉，路上车开得顺利吧？你饿了吗？我开一罐金枪鱼吧？"

"我不饿。倒是你更像没吃过饭。我在路上有吃东西。"

"好吧，那就坐下来，休息一会儿。"他领着他走向草坪椅子。"这个地方打理一下，还是很漂亮的。"

"那么，这就是你的房子？不坐了，我不想坐，谢谢。我更想走走看看。"

"是的，这就是那栋著名的房子，所谓幸福快乐的房子。"摩西说。他接着又说："说实话，我在这里一直觉得快乐。我不至于那么忘恩负义。"

"建筑质量看起来挺好的。"

"从建筑商的角度来看，是非常好的。现在要造这样的房子，投入肯定要很大。地基非常牢固，几乎撑得住帝国大厦。你看看那几根栗色横梁，都是用手工切割的。老式的榫卯。完全不用金属。"

"取暖肯定很难。"

"没那么难。有电取暖壁板。"

"我希望我是来给你卖电力的。肯定能发财……但这是个好地方，很漂亮，这我承认。这些树很不错。这块地有多大？"

"四十英亩。周围都是废弃的农场。两英里内没有别的人家。"

"哦……这样好吗？"

"非常清静，我是说。"

"要缴多少税？"

"一百八十六美元吧，差不多这个数。不超过一百九十美元。"

"有贷款吗？"

"不多。本金加上利息，一年要还二百五十美元。"

"很好。"威廉很满意。"摩西，你告诉我，你在这地方花了多少钱？"

"我没有算过总数。大约两万美元吧。有一半以上花在改造上面。"

威廉点点头。他双臂抱胸，仰着头，侧着脸，凝视着这栋房子。他遗传了妈妈的这种习惯动作，母子俩的差别在于他的表情很平静，很坚定，显得精明干练，一点也不像在做梦。然而，摩西看得出威廉在想什么，毫不费力。

他用意第绪语自言自语：虚无之地的边缘。处在地狱的顶盖上。

"房子本身看起来很不错。可能很值得投资。不过位置有点偏僻。在地图上找不到鲁德维尔。"

"对，在埃索便利店卖的地图上找不到，"摩西承认，"不过，马萨诸塞州人都知道这个地方。"

兄弟俩都微微笑了笑，但彼此没有对视。

"我们去里面看看吧。"威廉说。

摩西带他进去。他们先进了厨房。"需要通通风。"

"有点霉味，但看起来很不错。墙上的状况还很好。"

"你需要养一只猫来管管田鼠。它们都到里面来过冬了。我挺喜欢田鼠的，但它们什么都咬。书都被它们咬破了。它们似乎喜欢胶水。还有蜡，石蜡，蜡烛，诸如此类。"

威廉对他非常客气，他不像舒拉对他那样严厉，舒拉对他总是上纲上线的。威廉比较温文尔雅，海伦也一样。换作舒拉，他就会说："你真是个浑蛋，居然把这么多钱扔进这个破房子里面。"没错，那就是舒拉说话的腔调。不过，摩西还是爱他的，这几个哥哥姐姐摩西都爱。

"供水呢？"威廉问。

"山上的泉水。还有两口老井。有一口被煤油污染了。有人漏了整整一罐煤油，渗进去了。不过没关系，供水绝对没问题。化粪池也建得很好。住二十人也不成问题。不需要橘子树。"

"什么意思？"

"路易斯十四在凡尔赛宫种了橘子树，因为宫里排泄物臭气熏天。"

"有学问真好。"威廉说。

"你是说我在卖弄吧。"赫索格说。他说话非常谨慎，他要给威廉留下一个好印象，让威廉觉得他很正常。很明显，威廉正在仔细观察着他。威廉已经成了赫索格家族里最小心谨慎、最善于观察的人。摩西觉得自己顶得住，不会露出马脚。他刚刚刮过胡子，脸色苍白，显得憔悴，这倒是对他有些不利。房子里面的状况也不大好，马桶里的骷髅，吊灯上的猫头鹰，刚刷了一遍油漆的钢琴，剩下的饭菜，满满妻离子散的氛围。他去芝加哥那一趟纯粹是心血来潮，也很糟糕。非常糟糕。而且，他目前的状态明显有点异常，眼睛睁得那么大，表明他非常兴奋，也许从他的瞳孔里就可以看到他的心跳非常快。为什么我是个容易激动的人……但我就是这么容易激动。我就是这样的人，本性难移。我就是这样的人，以后也不会变。为什么要费力去改变呢？我的平衡是动态的平衡，源于不稳定状态，不是条理，也不是勇气，和别人不一样。很难，但情况就是这个情况。在这种情况下，我也能体会一些事情。也许，我唯一能做的，就是有什么乐器奏什么曲子，随遇而安。

　　"你在刷这架钢琴啊。"

　　"刷完就寄给琼，"赫索格说，"送给她做礼物。给她一个惊喜。"

　　"什么？"威廉笑了。"你打算从这里寄吗？运费就要两百美元。那边收到之后必须修理、调音。这架钢琴有那么好吗？"

　　"玛德琳花二十五美元在拍卖会上买的。"

　　"听我说，摩西，在芝加哥，随便去一个仓库拍卖会，就能买到一架很好的旧钢琴。像这样的旧乐器，到处都有。"

　　"是吗？我喜欢这个颜色。"这个苹果绿，或者说是鹦鹉绿，是鲁德维尔特有的颜色。摩西眼睛盯着他自己的杰作，显然是越看越喜欢。他已接近爆发冲动的临界点，此时，他可能会突然暴露某个怪癖。这种事情绝对不能发生。无论如何，他都不能说出一句可能被解释为不理智的话。情况已经够糟糕的了。他把视线从钢琴上移到花园里清凉的树荫下，他想借此冷静一下。他听从了哥哥的意见。"好吧。下次去，我就给她买一架钢琴。"

"你这栋房子是极好的避暑别墅，"威廉说，"有点偏僻，但很漂亮。如果你能清理干净的话就更好了。"

"我会把它弄得很可爱。不过，我们也可以把它变成赫索格家的避暑胜地。我们一大家子，每个人出一点小钱就行了。把树砍掉，建一个游泳池。"

"哦，当然可以。海伦讨厌旅行，你知道的。舒拉喜欢清净，这里没有赛马，没有纸牌游戏，没有其他大亨，也没有女人，正适合他。"

"巴林顿集市那边有赛马。不，我想这样可能不是最好的。我们可以把它改造成一个疗养院。或者拆了，搬到另一个地方重建。"

"不值得。我见过大房子拆迁，在清理贫民窟或者修建高速公路的时候，拆得一塌糊涂。这栋房子不值得拆除。不能租出去吗？"

赫索格只是咧嘴一笑，用幽默的眼光盯着威廉。

"好吧，摩西，剩下的一个建议就是把它卖掉。花掉的钱肯定打水漂了。"

"我可以去工作挣钱。赚到一大笔钱，就可以保住这栋房子了。"

"是的，"威廉说，"你有可能。"他和弟弟说话的语气很温和。

"我现在这个局面挺别扭的，威廉，你说对吧？"摩西说，"对我来说。对我们来说，我是说我们赫索格家的人。我折腾了这么久，落得眼前这个局面。在这个破地方，虽然外面风景优美……我知道你在替我担心。"

威廉很不舒服，但控制得很好，他那张脸是世界上最亲切、最受喜爱的面孔之一。威廉看着赫索格，他的眼神所表达的内容很明确，不容误解。

"我当然在替你担心。海伦也一样。"

"好吧，你们不要替我担心。我的情况有点奇怪，但不算太坏。如果我能找到门把手，我会向你敞开我的心扉，威廉。不必为我难过。说真的，威廉，我快要哭了！怎么会这样？我不会让你们担心的。我们之间只应有爱。或者类似于爱的东西。大概就是爱。对于爱，我是无法抗拒的。我不希望你们有什么误会。"

"摩西，我为什么要误会你呢？"威廉低声说，"我的内心深处也有爱，我也爱着你。我是承包商，做建筑生意的，但这不代表我不能理解你的心思。我不是来让你伤心的，你自己清楚。好吧，摩西，你坐下。小心脚下。"

摩西在旧沙发上坐下，他一坐下，灰尘就从沙发上飞起来。

"希望你不要那么激动。你得吃东西，好好睡觉。还得去找医生看看。在医院住几天。别那么紧张，没什么大不了的。"

"威廉，我只是非常兴奋，没有生病。我不想被人家看作脑子有病的人。你来了，我非常高兴。"他默默地坐着，硬挺着，强压着想哭的冲动，那种冲动是那么的强烈，甚至会让人窒息。他的声音很低，模模糊糊。

"别着急。"威廉说。

"我……"赫索格这回说话的声音又亮了。"我想说明一点。我找你帮忙，并不是因为我有病，也不是我自己走投无路了。我倒乐意去医院住几天，放松一下。如果你和海伦觉得我应该去，我不会反对。医院的床单干干净净，有浴缸，可以吃到热的饭菜。可以好好睡觉。多好的事情啊！不过我只能住几天。我十六日要去营地探望马可。那天是双亲节，他在等着我。"

"应该的，"威廉说，"你肯定要去。"

"就在不久前，在纽约，我产生了一种幻觉，好像自己被人家送到精神病院里去了。"

"你是个明白人，"他哥哥说，"你需要好好休息一下，还要有人看着。这叫作'监护性休息'。我自己也想好好休息一下。我们都需要时不时地休息一下。现在，"他看了看手表，"我就让我的医生给当地医院打电话。在匹兹菲尔德。"

威廉刚说完，摩西就在沙发上坐不住了，他身体向前倾。他想不到该说什么。他只是摇摇头。看到他摇头，威廉的脸色也变了。他似乎觉得他太着急了，这么快就说到"医院"这两个字，太唐突了，他应该更谨慎一些，要先旁敲侧击。

"不去。"摩西一边说，一边摇着头。"我不去，肯定不去。"

现在轮到威廉沉默了，他很懊恼，好像犯了一个战术性错误。摩西完全想象得到，威廉把他保释出来后跟海伦说了什么，他们有多么焦虑，商量了有多久。（"我们该怎么办？可怜的摩西！他可能是被逼疯了。我们至少得找个医生，征求一下专业人士的意见。"）海伦最热衷于找专业人士。"专业人士的意见"经常挂在她的嘴上，摩西觉得很好玩。所以，他们肯定联系了威廉的医生，问他是否能在伯克夏尔地区做一些妥善的安排。"我以为我们已经达成共识了。"威廉说。

"不，威廉。我不要去医院。我知道，作为哥哥姐姐，你和海伦都很尽心尽力。你们想骗我去医院，还编造'监护性休息'这样的说法。对我这样的人来，这个说法还是很有诱惑力的，我差点就想去了。"

"干吗不去呢？要是我觉得你的情况有所改善，我可能就不会有这种想法。"威廉说，"但是你现在的状况……"

"我知道，"摩西说，"可是，我的精神状态刚刚好了一些，你们就想把我交给精神病医生。你和海伦找的就是精神病医生吧？"

威尔又沉默了，他在想该怎么回答。然后，他叹了口气说："这有什么坏处吗？"

"我结了这几次婚，生了这两个孩子，然后住在这个地方，有比爸爸贩私酒更荒唐吗？我们从来都不觉得他疯了。"摩西笑了起来。"……威廉，你还记得吗？他伪造了各种商标，白马牌、尊尼获加牌、翰格牌等，我们在餐桌上贴，糨糊锅放在桌子上，他会拿着那些商标问我们：'好吧，孩子们，我们贴什么牌子呢？'然后，我们就喊'白马牌''醍池牌'。煤炉烧得很旺。还没有烧尽的煤炭像通红的牙齿，烧尽了就掉下来。他有许多深绿色的瓶子，都很漂亮。现在那种形状的玻璃瓶已经不生产了。我最喜欢白马牌。"

威尔也轻轻地笑了起来。

"去医院也没问题，"赫索格说，"但那样肯定是错的。我不想再纠结于这个问题了，我想，我会找到办法的，我自己能解决。我很清楚我应该避免什么。可是，突然间，我居然要和那个东西一起躺在床上，还要和它做爱。感觉就像叫我和玛德琳一起睡觉一样。她似乎满足了一种特殊的需求。"

"是什么需求，摩西？"威廉和他一起坐在沙发上，坐在他的旁边。

"一种非常特殊的需求。我也不知道到底是什么需求。她把意识形态带入了我的生活。与大灾难有关。毕竟，当今是一个意识形态的时代。也许她是不想让她喜欢的人变成一个爸爸。"

听到摩西的这个说法，威廉笑了笑。"那么，这里你打算怎么办？"

"我就再住一段时间吧。这里离马可的营地不远。对，就这样。要是黛西不反对，我下个月会带他来这里。你开车把我和我的自行车送去鲁德维尔，我去叫人把电灯和电话修好。塔特尔会来割草的。也许塔特尔太太会帮我打扫卫生。这就是眼下要干的事情。"他站了起来。"我会把水接上，去买一些粮食。走吧，威廉，送我去塔特尔家。"

"塔特尔是谁？"

"他什么都管，什么都干。他是鲁德维尔的精神领袖。高个子，样子很腼腆，但那更证明了他的精明。他是掌管这片森林的精灵。他可以在一小时内让这里的灯都亮起来。他什么都懂。他要价非常高，但总是表现得非常非常不好意思。"

* * *

威廉开车到鲁德维尔的时候，塔特尔正站在他的老式加油机旁边，那台加油机细细高高的。塔特尔也是瘦瘦的，满脸皱纹，结实的手臂上汗毛白花花的，好像是漂染过的。他戴着一顶棉布油漆帽，假牙中间（戴假牙是为了帮助他戒烟，他曾经跟赫索格解释过）插着一根塑料牙签。"我知道你在那里，赫索格先生，"他说，"欢迎回来。"

"你是怎么知道的？"

"我看到你家的烟囱在冒烟，这是其一。"

"是吗？其二呢？"

"有一位女士不停打电话来找你。"

"是谁？"威廉问。

"从巴林顿打过来的。她留了号码。"

"只有电话号码？"赫索格问，"没有报名字吗？"

"哈蒙娜小姐，也可能是阿尔蒙娜吧。"

"拉蒙娜，"赫索格说，"她在巴林顿吗？"

"你约了别人吗？"威廉坐在车上，转身过来问他。

"只有你，没别人。"

威廉继续追问："她是谁？"

摩西躲着大家的目光，不情不愿地说："一个女人，一个女人而已。"然后，他不再沉默，他何必那么紧张呢？他补充了一些细节，"一个女人，开花店的，纽约的朋友。"

"你要给她回电话吗？"

"要，当然要。"他看到塔特尔太太站在黑乎乎的商店里，她脸色很白，很显眼，她一直在侧耳倾听。"我想，"他对塔特尔说，"……我想在那个房子里住一阵子，需要把电路修好。也许塔特尔太太可以去帮我打扫一下。"

"哦，我觉得可以。"

塔特尔太太穿着网球鞋，连衣裙的下边露出了睡衣。她的指甲看起来涂过，但更像是抽烟久了发黄。在赫索格离开的这段日子里，她胖了很多，他注意到，她原先漂亮的脸蛋有点扭曲了，平时懒得打理的黑发更加蓬松了，灰色的眼睛里有一种奇怪的表情，显得很冷淡，好像她身上的脂肪对她起到了鸦片的作用。他知道她偷听了他和玛德琳的通话，毕竟是同线电话。也许那些可耻、可怕的事情她都听到了，她还听到了拉蒙娜的咆哮和哭泣。如今他竟然要请她去家里帮忙干活、扫地、铺床。她伸手拿了一根过滤嘴香烟，像一个男人一样，很潇洒地点上香烟，灰色的眼睛平静地盯着烟雾。她说："好吧，我也觉得可以。今天我刚好不上班。高速公路上新开了一家汽车旅馆，我平时在那里上班，当服务员。"

"摩西！"拉蒙娜在电话那头说，"终于找到你了。你回到了自己的家，真好。巴林顿那边的人都说，在鲁德维尔，你想干什么都会去找塔特尔，打电话给他最管用。"

"你好啊，拉蒙娜。我从芝加哥给你发了电报，你没收到吗？"

"收到了，摩西。你真贴心。但我没想到你会去那么久，我一直想去你乡下的房子看看。反正我在巴林顿有几个老朋友，就开车过来了。"

"真的吗？"赫索格说，"今天是星期几？"

拉蒙娜笑了。"你真有意思。难怪女人会被你迷得神魂颠倒。今天是星期六。我住在麦拉和爱德华多·米塞利夫妇的家里。"

"哦，那个小提琴手。我认识他，在超市碰到会点头打招呼。"

"他是很有魅力。你知道他在学习制作小提琴吗？我早上都在他的店里。我想我得去赫索格庄园看看。"

"我和哥哥在一起，威廉。"

"哦，太好了。"拉蒙娜说。她的声音很洪亮。"他和你住在一起吗？"

"不，他只是路过。"

"我很想见见他。米塞利夫妇要给我办一个小型派对。在晚饭后，你们来吗？"

威廉站在电话亭旁边，听着我们通话。他的一双黑眼睛透着焦虑，这是一个明显的信号，是叫摩西不要再犯错误。我保证不了，摩西想。我只能告诉他，目前我还不打算把自己交到拉蒙娜或任何女人的手上。威廉的目光流露着手足之情，那棕色的光芒所传递的信息，比任何文字都更明确。

"不用了，谢谢，"赫索格说，"我不参加派对。我没那个心情。不过，拉蒙娜……"

"我去找你好吗？"拉蒙娜说，"这样打电话多傻啊。我们相隔只有八分钟的路程。"

"好吧，"赫索格说，"我突然想起来，我正好要去巴林顿买些东西，我家的电话得重新开通。"

"哦，你是打算在鲁德维尔住一段时间吗？"

"是的。马可也会来。稍等一下，拉蒙娜。"赫索格捂着话筒，对威廉说："你能送我去巴林顿吗？"威廉当然答应了。

几分钟后，赫索格就看到了拉蒙娜，她正等着，笑容满面。她穿着短裤和凉鞋，站在一辆黑色奔驰车的旁边。她穿着一件墨西哥风格的纽扣衬衫。她头发闪闪发光，脸色通红。她对见面的渴望考验着她的自制力。"拉蒙娜，"摩西说，"这是威廉。"

"你好，赫索格先生。很高兴见到摩西的哥哥。"

威廉虽然对她有点警惕，但还是非常客气。在外人面前，他总是彬彬有礼。他对拉蒙娜那么客气，让赫索格感激不已。威廉的眼中充满同情。他笑了，但只是微微一笑。

显然，他发现了拉蒙娜的魅力。"他肯定以为他要见到一条狗。"赫索格想。

"摩西，"拉蒙娜说，"你是不是刮胡子的时候割破了皮？很明显。整个下巴都破了。"

"啊？"他摸了摸下巴，似乎挺在意的。

"你和你弟弟长得很像，赫索格先生。头型很好看，都有一双淡褐色眼睛，眼神都那么温柔。你不在这里住一段时间吗？"

"我要去波士顿。"

"我倒是想离开纽约。伯克夏尔不正是个好地方吗？这么漂亮，绿油油的！"

"爱情强盗"。过去，小报常常用这样煽情的标题。在二十世纪二十年代。拉蒙娜的样子确实有点像当时那些性感、轻佻的女人。但是，她身上也有一种很让人感动的气质。她在挣扎，她在抗争。她需要非凡的勇气，才会像现在这样从容不迫。在这个世界上，要做一个独立自主、掌控自己命运的女人，可真是不容易！她的勇气还不是很稳定，有时会波动。此时，她的脸颊就在抖动，为了掩饰，她假装在钱包里找东西。她肩上的香水味扑鼻而来。和往常一样，他听到了内心深处发出一阵低沉的、难以名状的声音，像一个花痴看到美女。那是本能的反应。骚动。

"这么说，你不去参加派对了？"拉蒙娜问，"我什么时候去你家看看？"

"不急，我还没有整理好，正要请人帮忙呢。"赫索格说。

"那么，我们……我们一起去吃晚饭怎么样？"她说，"你也一起去，赫索格先生。我烧的阿诺虾相当好吃，摩西你说对吧？"

"何止是相当好吃。我从来没有吃过那么好吃的东西。可是，威廉还要赶路，而你是在度假，拉蒙娜。我们不能叫你动手下厨。要不你去我那儿，和我一起吃吧？"

"哦，好啊！"拉蒙娜兴高采烈地说，"你要招待我？"

"当然。我弄两份剑鱼牛排。"

威廉看着他，脸上似笑非笑。

"妙极了。我带一瓶酒来。"拉蒙娜说。

"什么也别带。六点钟来。我们七点钟吃饭，你吃完回去参加派对，时间还绰绰有余。"

拉蒙娜对威廉说："那么就再见了，赫索格先生。希望我们会再见面。"她说话的腔调像是在唱歌（这是她故意制造的效果吗？摩西不能确定）。然后，她转身准备要走，在钻进奔驰车之前，她把手搭在摩西的肩膀上。"今天的晚餐，我很期待。"

她是想让威廉意识到他们俩很亲热，摩西也觉得没有理由加以否认。他把脸贴到她的脸上。

她开车离开后，摩西说："我们在这里分手吧。我可以打车回去。我不想耽搁你的时间。"

"不，不，我送你回鲁德维尔。"

"我得进去买剑鱼片，还要买点柠檬、黄油、咖啡。"

车开到了鲁德维尔前面的最后一个斜坡，威廉说："摩西，我这样一走，你会落到一个好人的手里吗？"

"你是说你能不能放心走？我想你可以放心。拉蒙娜挺好的。"

"好？你指什么？她很漂亮。但玛德琳也很漂亮。"

"我不会落到任何人的手里。"

威廉觉得有点好笑，他的表情还比较温和，但有一点点伤感，显得他很疼爱这个弟弟。他说："阿门！那么，意识形态呢？她有什么主张吗？"

"到这里就行了，在塔特尔的店门口停下吧。他们会开皮卡把我带回去，还有自行车等。是的，我想她有些主张，性方面的。她在这个方面相当狂热。但我不介意。"

"我得下车看看，我都搞不清方向了。"威廉说。

他们慢慢从塔特尔身边走过，这时塔特尔对摩西说："我想，过几分钟我就能让你家通电。"

"谢谢……威廉，这是侧柏，你摘几颗嚼嚼。味道不错。"

"摩西，不要匆忙做什么决定。你折腾不起了。"

"我叫她来吃晚饭，仅此而已。然后她会回去米塞利夫妇的家里参加派对，我不去。明天是星期天。她在纽约有生意，必须回去。我不会带着她私奔。她也不会带着我私奔。这是你亲眼看到的。"

"你还是很有魅力的，"威廉说，"好了，再见吧，摩西。也许，下次我和穆丽尔到西边来，我们会顺路来看看。"

"到时你们会发现我还单身。"

"如果你自己都不在乎，我也不在乎。你再娶五个妻子也行。但是，按你以往雷厉风行的风格……你有随时做出重大选择的天赋。"

"威廉，你可以放心走。我跟你说……我保证。这样的事不会再发生了。不可能。再见吧，谢谢你。至于房子……"

"我会好好考虑的。你需要钱吗？"

"不需要。"

"真的吗？你说的是实话？记住，你是在和你哥哥说话。"

"我知道我是在和谁说话。"他抓住威廉的肩膀，吻了一下他的脸颊。"再见，威廉。出镇子之后，在第一个路口向右转。你会看到收费公路的标志。"

威廉走后，摩西坐在侧柏旁边等着塔特尔太太，优哉游哉地看着这个村庄，这是他第一次这么放松。在整个地球上，海洋似乎就是

418

大自然的范式。连绵的山脉看上去也和海洋一样，像波浪一样此起彼伏，而且还是蓝色的。甚至眼前这片杂乱无章的草坪也很像。在汹涌的波涛中间，这些红砖房之所以屹立不倒，房子里面的沉闷气氛功不可没。透过纱窗，我都能嗅到陈腐的气息。灵魂的气息就是四面墙壁的支柱。否则，山峦的起伏早就把房颠塌了。

"你的老房子真漂亮，赫索格先生。"他们开着那辆旧车上山，途中塔特尔太太说。"改造肯定花了很多钱。你不怎么来住，真是可惜。"

"我们先把厨房打扫干净，我想做一顿饭。扫帚和水桶之类的东西，我去给你找。"

他正在漆黑的储藏室里摸索着，灯就亮了。塔特尔是个神人，他想。我大约两点钟才跟他说。现在才四点半，顶多五点。

塔特尔太太嘴里叼着一支香烟，用一条手帕把头发扎了起来。在连衣裙下摆的下面，她桃红色的尼龙睡衣赫然显现，几乎拖到了地板上。在用石头砌的地下室里，赫索格找到了抽水泵的开关。他打开抽水泵，马上就听到水在往上流，冲进空水箱里。他插上了电炉的插头。他打开冰箱的开关，得再过一会儿才能冷下来。然后，他想到可以把葡萄酒放到山泉水里凉一下。再接着，他拿起镰刀想出去清理一下花园里的杂草，给拉蒙娜留个好印象。但是，他刚刚割了几下，肋骨就感觉到疼。他觉得他还没有痊愈，干不了这种活。他躺在草坪椅子上，四肢张开，面朝南。一旦太阳西下，天渐渐凉下来，画眉就开始啼叫了，而当画眉唱着甜美而有力的曲子震慑侵入者的时候，乌鸦就开始成群结队准备迎接黑夜，太阳下山的时候，它们会一拨又一拨地从树上下来，飞行三四英里，前往水边的窝。

他感觉邀请拉蒙娜来吃晚饭有点不妥，他心里在不停打鼓。算了，她来了就吃饭呗。她会帮他洗碗，然后他会目送她开车离开。

我不会再做出什么特别有个性的事情。不用我特意出手帮忙，情况会非常好。

此时，山的一边已经没有了阳光，天空变得更蓝，另一边的天空还是白花花的，地上绿油油。鸟儿叽叽喳喳，非常嘈杂。

难道我能装作我有很多选择吗？看看我自己，我的前胸、我的大腿、我的脚、我的脑袋。这个奇怪的组合，我知道它总有一天会死。而内心的东西，幸福感……"你感动了我！"因此我别无选择。有种东西会引发激情，一种神圣的感觉，就像橘子是橙色的，草是绿色的，鸟儿会发情。大概是说有的心灵充满了爱，有的心灵则缺少爱。这能说明什么呢？有人说，心灵的产物就是知识。卢梭说："我洞悉自己，我也了解他人。"但是，此时他的心思不在法语上面。我肯定不能这么说。我的表情太茫然，我的智力太有限，我的直觉太狭隘。但是，这种激情，难道说明不了什么吗？是白痴般的快乐会让这种动物（世间最奇特的动物）产生激情而发出惊叫吗？他认为这种反应就是永恒的标志和证明？他胸中有这种反应吗？我对此不做任何争辩。"你感动了我。""但是，你到底想要什么，赫索格？""问题就在于此，不止一样东西。我很满意，只要我还活着，我就愿意遵循生命的指示。"

然后，他想，在吃晚餐的时候他会点上几根蜡烛，因为拉蒙娜很喜欢点着蜡烛吃晚餐。保险丝盒里可能有一两根蜡烛。不过，他应该先去拿放在山泉里的葡萄酒。标签已经泡掉了，但玻璃瓶摸起来已经很凉了。摸着清澈冰凉的泉水，他感觉非常舒服。

从树林回来的路上，他想摘一些花回去放在餐桌上。他又想起抽屉里是否有开瓶器。被玛德琳拿去芝加哥了吗？也许拉蒙娜的奔驰车里有开瓶器。这个想法有点离谱。实在没办法，钉子也可以凑合。也可以像老电影里演的那样，把瓶颈敲破。他一边想着，一边从藤本玫瑰上摘花朵放在帽子里，那根玫瑰的藤会攀爬缠绕排水管，不过藤上的刺都很嫩，扎不疼。蓄水池旁边长着黄色的萱草。他也拔了一把，但马上就蔫了。回到花园里，他在黑暗中寻找牡丹，也许会剩一些。可是，他突然意识到这可能是个错误，于是就停下来不找了，听着塔特尔太太的扫地声，节奏感挺强的。为什么摘花呢？他是希望人家觉得他很体贴，很可爱。那么，人家会怎么解读呢？他微微笑了笑。不过，他懂得自己的心思，这样就行了，这些花是不会被利用的，不会的，这些花不会让人家觉得他不是好人。所以，他没有把它们扔掉。他那张黑乎乎的脸转向房子。他绕到前门走进去，一路上，他心里想着一个问题：除了拒绝去医院，他还能拿出什么证据来证明他的精神状态是正常的。也许他不会再写信了。是的，他真的不会再写信了。他心里很清楚。这几个月来纠缠着他的魔咒消失了，不管好坏，反正事情都过去了。他把装着玫瑰花和萱草的帽子放在那架刚刚刷过一遍漆的钢琴上面，然后走进书房，两瓶葡萄酒都用一只手抱着，像两根健身棒。他不理睬那些笔记和文稿，直接走向里卡米尔躺椅沙发，然后躺下。他伸了个懒腰，深深吸了一口气，然后安静地躺着，看着被攀爬的藤蔓拉松了的纱窗，听着塔特尔太太持续不断、节奏感很强的扫地声音。他很想叫她在地板上洒点水。否则灰尘会到处飞。再过几分钟，他会朝楼下喊："洒点水，塔特尔太太。水槽里有水。"但现在还不是时候。此时此刻，他跟谁都不想讲话。不想。一个字也不想讲。

索尔·贝娄诺贝尔文学奖获奖演说[1]

（1976年12月12日）

　　四十多年前，我是一个极为自相矛盾的本科生。我的习惯做法是注册一门课程，然后花大部分时间阅读另一学习门类的书籍。于是，应该花时间钻研"货币和银行"专业的我，却专注于阅读约瑟夫·康拉德的小说。我从来没有理由为此后悔。康拉德吸引我也许是因为他像个美国人——他曾是个背井离乡航行于异国海域的波兰人，说法语，但用英语写作，作品展现出非凡的美感和魅力。这对我，一个芝加哥移民区长大的移民的孩子来说，一个熟知马赛航线、当上英国海船船长的斯拉夫人，一个用东方风味的英语写作的人的吸引力当然是再自然不过的事了。但康拉德的真实生活并未在小说中表现出太多怪异之处。他的主题直截了当——忠诚、统帅、航海惯例、等级，以及遭遇台风袭击时水手们遵从的脆弱的守则。他信仰这些看似脆弱的规则的力量，也相信艺术的力量。他在《白水仙号上的黑家伙》序言

1　© The Nobel Foundation 1926，*虞建华译*。

中，对自己的艺术观作了简明扼要的陈述。他说，艺术是为赋予可见宇宙之最高正义所作的努力：试图在这个宇宙的物质和生活现实中，找到基本的、恒久的、本质的东西。康拉德说，作家们触及本质的方法与思想家和科学家们不同，后者通过系统的考查认知世界。而艺术家，首先只有他自己；他自我生成于孤独的领地，发现了"吁请的语言"。康拉德讲到他吁请的对象："向着我们生命中先天赋予而非后天获得的成分，向着内在的愉悦和惊异的感觉能力……我们的同情心和痛苦感，向着潜在的与天下万灵为伍的情感——也向着微妙但不可战胜的对共同责任的信仰，这样的信仰将无以计数的孤独心灵聚合起来……让全人类联结成一体——死去的与活着的，活着的与未出生的。"

这一则热情洋溢的声明写于80年前，我们在接受之前可能需要对其略加修饰。我那一代读者熟知一长列华丽或高调的辞藻，那些被海明威等作家抛弃的诸如"不可战胜的信仰"或"全人类"之类。海明威替那些受到伍德罗·威尔逊和其他政客们巧言令色的宏大词汇激励而参加第一次世界大战的士兵们说话。他的语言必须与杂陈战壕的年轻结冰尸体形成呼应。海明威的青年读者相信，20世纪的恐怖以其致命的辐射已经伤害并杀死了人文主义的信仰。因此我告诉自己说，必须抵制康拉德式的修辞。但我从不认为他有任何过错。他直接向我诉说。感受个体总显得弱小——除了自己的弱小他无所感觉。但是如果他接受自己的弱小地位和分离状态，沉入自己的内心，强化这种孤独，他就能发现自己与其他所有孤独生灵的合一。

我觉得现在没有必要对康拉德的话提出质疑。但对有些作家而言，康拉德式的小说——所有那一类小说——都一去不复返了。寿终正寝。比如说，法国文学中有领军人物阿兰·罗布-格里耶，也是法语"choseisme"即"物本主义"的代言人。他写道,当代的伟大作品,如萨特的《恶心》,加缪的《局外人》或卡夫卡的《城堡》,其中都没有"人物";你在这些书中看到的不是个人,而是个体。他说:"人物小说完全属于过去的时代。它描述了一个阶段:标志了个人的峰值。"这并不一定是一种进步,罗布–格里耶承认这一点。但这是真实现状。个人已被消灭。"当前阶段更是一种行政数字。对我们而言,这个世界天数已尽,代由某些家族的某些个人的起起落落而定义。"他进而说,在巴尔扎克的中产阶级时代,有个名字,有个"人物"十分重要;"人物"是生存竞争和成功的工具。在那个时期,"如果任何探索中个性既代表手段也代表目的,那么在这样的世界中有一张脸是必不可少的。"但他总结道,我们的世界更加谦卑。它不认可全能的个人。但它同时又更加雄心勃勃,"因为它看得更远。排他性的'人类'崇拜让位于一种更广阔的意识,人类中心论逐渐被淡化。"不管怎样,他安慰我们说,新的进程和新发现的预示,已经出现在我们的面前。

在今天这样的场合我无意发起论战。我们都明白对"人物"的厌倦意味着什么。将人类型化已遭到质疑,令人厌烦。D. H. 劳伦斯在本世纪初就指出,我们,我们人类,被清教主义损坏了本能,在根本上互相排斥而不是互相关怀。"同情心已经破损,"他说。他进一步指出,"各自鼻孔里闻到的是对方的臭味。"另外在欧洲,几世纪以来经典的力量如此之强大,以至于每个国家都有各自"可辨认的个性",来自莫里哀、拉辛、狄更斯或巴尔扎克。这是一个令人惊叹的现象。也许这与精妙的法国谚语有所关联:"个性凸显,事情难办。"这就让人产生联想,一个非独创的种族往往寻找便捷的资源,为其所用,就好像在旧城的废墟上建起新城。而且,心理分析概念的"人物"也同样，是一个丑陋死板的程式——是我们必须屈尊下从，而不是乐于拥抱的东西。威权主义意识形态也攻击中产阶级个人主义，有时将"人物"等同于财产。罗布-格里耶的论点中有同样的意味。对个性的排斥，污名标签，虚假的存在都有政治后果。

但在此我对艺术家的首要事项问题饶有兴趣。他应始于历史分析，持有观点或纳入系统，这样做有否必要，是否明智？普鲁斯特在《重现的时光》[1]中说道，青年知识分子读者中呈现越来越偏好道德和社会的严肃分析性作品的倾向。他说他们更喜欢贝戈特（《追忆似水年华》中的小说家）类的作家，在他们看来这样的作家更加深沉。"但是，"普鲁斯特说，"一旦艺术作品被理性检视，那么一切都不再稳固和确定，可以拿来证明任何想要证明的东西。"

罗布-格里耶的观点并不新颖。它告诉我们必须把中产阶级的人类中心主义从我们身上清除出去，做我们的先进文化所要求的时髦事情。人物？"五十年的疾病，严肃的论文作者已经多次签过死亡通知书，"罗布-格里耶说，"但是没有任何力量能把它从19世纪筑起的基座上推倒。现在它成了木乃伊，仍然安放在同样虚假奢华的宝座上，为传统文学批评尊崇的价值观所簇拥。"

罗布-格里耶那篇文章的标题是《几个陈旧观念的思考》。我本人已对所有种类的陈旧观念和木乃伊感到厌烦，但阅读杰作我永远乐此不疲。那么对他们书中的"人物"该怎么看待呢？是不是有必要中止对"人物"的探究？书本中如此生动的东西现在难道就一命呜呼了？是不是因为人类走进了死胡同？难道个性真的与历史和文化环境息息相关？我们能否接受被如此"权威地"描述的环境？依我之见，

1　原文为*Time Regained*，《追忆似水年华》的最后一卷。

这无关乎人类的基本利益，但问题存在于这些观念和描述中。僵死教条、闭锁不全的描述令人反感。要寻找问题的根源，我们必须首先检视自己的头脑。

"人物"的死亡通知由"最严肃的论文作者们签署"这一事实，只意味着另一群木乃伊——最受尊崇的知识界领袖们——设定了条规。让我感到好笑的是，这些严肃的论文作者被允许为文学作品签发死亡通知。艺术应该追随文化？一定是什么地方出了错。

如果创作规划需要，小说家就没有理由放弃"人物"。但从理论上划定以个人为最高核准的时代的终结，便是无稽之谈。我们不能把学界人士看作自己的老板。由他们操控艺术对他们亦无好处。难道他们阅读小说时，除了在其中发现对自己观点的认同外，其他一无所获？难道我们在此玩的是这样的游戏？

伊丽莎白·鲍恩曾说，人物不是作家创造的。他们是先在的，需要被发现。如果我们没能发现他们，如果我们无法对他们再现，问题在于我们。然而必须承认，发现"人物"绝非易事。人类的状况也许从未如此难以定义。那些告诉我们说我们仍然处在宇宙历史早期的人一定是正确的。我们被大量倾倒在一起，似乎经历着新意识层面的痛苦。在美国，成百万、上千万的人在近四十年中接受了"高等教育"——但很多情况忧喜难定。在六十年代多事之秋，我们第一次感受到前沿的教诲、概念、悟性以及无处不在的心理、教育和政治观念。

我们每年都能看到几十本著作和数十篇文章，其作者告诉美国人他们生活在一个怎样的国家，并对现状作出明智的，或幼稚的，或过激的，或骇人听闻的，或丧失理智的判断。所有这些书文都反映我们陷于其中的危机，同时告诉我们如何应对。这些分析家正是由他们试

426

图开出药方医治的混乱所生成的。我是作为一名作家对他们的一切进行思考的：他们极端的道德敏锐性，他们追求完美的欲望，他们对社会缺陷疾恶如仇的态度，他们动人且滑稽的漫无边际的要求，他们的焦虑，他们的暴躁，他们的敏感，他们的慈悲，他们的善德，他们骚动，以及他们试验毒品、触摸理疗和炸弹时的那种鲁莽。前耶稣会神父玛拉基·马丁在他那本关于教会的书中，将现代美国人与米开朗琪罗的雕塑《囚徒》做了比较。他从一大块石料中看到了"一场为完美登场而进行的尚未结束的争斗"。美国"囚徒"在争斗中被"来自自封的先哲、教士、判官以及自身痛苦制造者的阐释、告诫、警示和自我描述所包围。"马丁说。

且允许我略花些时间更仔细地对这样的痛苦作一番探查。在个人生活中是失序或近似恐慌状态；在家庭——对丈夫、妻子、父母、孩子而言——是混乱；在公民行为，在个人忠诚，在性实践中（我不想背诵整条清单，我们已经听厌了）——是进一步的混乱。个人的失序伴随着公众的疯狂。我们在报纸上读到曾在科幻小说中逗人发笑的东西——《纽约时报》的文章谈美国和俄罗斯卫星太空战发射的死亡射线。在11月的《遭遇》杂志中，我的同事米尔顿·弗里德曼，一位清醒负责任的经济学家，宣称英国的公共支出很快将走上像智利这样穷国的道路。他为自己的预测感到吃惊。什么——始于《自由大宪章》崇高传统和民主权利的源泉将枯竭于独裁？"任何成长于这一传统的人作出英国正面临失去民主危险的预言都几乎是难以想象的，然而这又是事实！"

我们被这样的事实打趴在地，挣扎着生存。如果我同弗里德曼教授进行辩论，我可能会建议他把机构的抵制、英国和智利的文化差异以及民族个性和传统的差异诸多因素考虑在内，但是我的目的不是卷入一场我无法胜出的争论，而是将你们的注意力引向我们不得不与之共存的可怕预言、混乱无序的现实的根源和毁灭的想象。

你可能以为偶然在杂志某一期上见睹一篇此类文章不足为奇，但在《遭遇》的另一页上，休·西顿-沃森教授讨论了乔治·凯南对美国堕落及对世界的负面意义的近期调研。在描述美国的失败时，凯南谈到犯罪、城市衰败、毒品和色情泛滥、轻浮、教育标准下滑等，并得出结论，我们的巨大能量没起任何作用。我们无法领导世界，我们被罪孽所蛀蚀，很可能没有能力保卫自己。西顿-沃森教授写道，"如果最上层的十万男女，即决策者和帮助决策者形成思想的智囊人物，甘愿就范的话，那么这个社会就无药可救。"

资本主义超级大国就说这些。那么它的意识形态的对手情况如何？我翻动《遭遇》的书页到剑桥大学讲师乔治·沃森先生的一篇短文，关于左翼人士中的种族主义。他告诉我们，社会民主联盟创始人海因德曼把南非的战争称为犹太人战争；韦布斯时常发表种族主义的观点（在他之前还有拉斯金、卡莱尔和托马斯·亨利·赫胥黎）；他还提到恩格斯曾谴责东欧的小民族斯拉夫人，称他们为反革命种族垃圾；沃森先生在结论中引用了西德"红军纵队"的欧莱克·梅因霍夫1972年一次法庭听证会上的公开申明，表示认同"革命的灭杀"。在她看来，希特勒时代的德国反犹主义，基本上是反对资本主义。文章引述她的话说："奥斯维辛意味着600万犹太人被杀并被扔进了欧洲的垃圾堆，正是因为他们是犹太敛财奴。"

我提及这些左派中的种族主义者，为的是说明没有光明的子孙或黑暗的子孙那种简单的二分法。善与恶不是沿着政治划分匀称地分配的。但我已陈述了我的观点，我们面临着所有的焦虑。一切都每况愈下，这是我们的日常担忧。在私人生活中我们心神不定，在公共问题上我们备受折磨。

至于艺术与文学——它们情况如何？四周一片狂暴喧嚣，但我们并未完全被冲昏头脑。我们仍然能够思考，能够区分，能够感受。更纯洁、更微妙、更崇高的活动没有屈从于愤怒和胡言。暂且没有。书仍然有人写，有人读。为快速流变的现代读者的头脑提供阅读可能更加困难，但仍然有可能冲破噪音抵达宁静之地。在那片宁静之地，我们也许会发现他正在虔诚地等候着我们。当复杂性增加，寻求本质的欲望也随之增加。始于第一次世界大战的无休无止的危机塑造了一种人，他经历了可怕、怪异的事情，明显减少了偏见，抛弃了令人失望的观念，增长了与各种类型的疯狂共处的能力，抱有追逐持久的人类之善的强烈愿望——比如真理，或自由，或智慧。我并不认为自己夸夸其谈，这方面有许多例证。分崩离析？好吧，是的，有不少分崩离析的现象，但是我们也在经历着一种非同一般的精炼过程。这个过程已经持续了很长时间。阅读普鲁斯特的《重现的时光》，我发现他明显意识到这一点。他描写伟大战争时期法国社会的小说，验证了他艺术的力量。他坚持认为，没有艺术直面个人和集体的恐怖，我们就无法了解我们自己和其他任何人。唯有艺术能冲破荣耀、激情、理智和习惯在四面竖起的貌似世界现实的高墙。还有另一个现实，更加真实但我们视而不见的现实。这个另外的现实不断向我们发送暗示，没有艺术我们就无法接收。普鲁斯特将这些暗示称为我们"真实印象"。若无艺术，这个真实印象，即我们延绵不绝的直觉感受，将隐秘难见，结果是，我们只剩"现实目的之类的词汇，却误以为它是生活"。托尔斯泰对此的阐述几乎如出一辙。他的《伊凡·伊里奇之死》也描述了同类的遮蔽生与死的"现实目的"。在最后的苦难中，伊凡·伊里奇通过撕开遮蔽，看穿"现实目的"而变成了一个真正的人，一个"人物"。

普鲁斯特仍能够在艺术与毁灭之间找到平衡，坚持认为艺术是生活所必需，是一个独立的伟大现实，是一种神奇的力量。但很长一段时间里，艺术不像过去那样与主要生活领域紧密相连。史学家埃德加·温德在《艺术与混乱》一书中告诉我们，很久以前黑格尔就已观察到艺术不再处于人类的中心考量之内。这些中心考量现为科学所占据——一种"无情的理性追问精神"。艺术让位到了边缘，在那里开辟了"一个博大、壮美、多彩的天地"。在科学时代，人们仍然绘画作诗，但是黑格尔说，不管上帝看到现代艺术作品有多精彩，也不管我们"在圣父和圣母玛利亚的形象中"发现何种尊严和完美，这些全无用处：我们不再屈膝于天神，我们久已不再虔诚地跪服在上帝面前。创造力、大胆的探索和新的发明取代了"直接关联"的艺术。根据黑格尔的观点，纯艺术最伟大的成就是摆脱了先前的责任性，不再是"严肃"的东西，而是"以形式的从容"让灵魂从"陷入现实牢笼的痛苦"中得到升华。我不知道今天还有谁还能发出这样的声音，宣称艺术可以让"陷入现实牢笼痛苦"的灵魂得到升华。我也难以确定，此刻纯科学的理性探究精神占据着人的中心考量。这个中心（也许是暂时的）似乎被我所描述的危机占领着。

19世纪的欧洲作家中有许多不甘放弃文学与主要人类活动之间的关联。这种想法会让托尔斯泰和陀思妥耶夫斯基感到震惊。但在西方，伟大的艺术与广大民众渐行渐远，形成了对普通读者和中产阶级的明显蔑视。他们中的精英看清了欧洲产生的是何种文明：炫丽但动荡而脆弱，面临被大灾难吞噬。这是历史学家埃里克·奥尔巴克告诉我们的。他说，这些作家中有些创作了"奇怪但朦胧中让人感到害怕的作品，或以悖论的和极端的观点让公众震惊。或是出于对公众的不屑，或出于他们自己小圈子的灵感，或存在致使其无法简单而真实地书写的某些不幸缺陷，他们中的许多人不在乎所写的作品是否便于读者的理解。"

在20世纪，他们的作品仍然产生着主要影响，因为尽管展示了激进和创新，我们的同代人其实仍然十分保守。他们跟随着19世纪的引领，维持着昔日的标准，以一种与上世纪大同小异的方法阐释历史和社会。如果他们感觉到文学可能再一次卷入"中心考量"之中，如果他们认识到存在着一种从边缘返回的渴望——回归简单真实的强烈愿望已经呈现，他们今天会怎么做？

当然我们无法仅仅因为想要回归中心而能够回归，但是人们需要作家，这点对我们具有重要性，而且危机的力量如此之大，呼唤着我们重返中心。开药方必将无济于事。没有人能告诉作家该做什么。想象力必须找到自己的路径。但我们可以热切地期望，他们——我们——可以从边缘返回中心。我们作家无法充分地代表人类。美国人如何看待他们自己，心理学家、社会学家、历史学家、新闻记者，还有作家又如何描述他们？在一种契约精神的光照之下，他们看到的是再熟悉不过的自身行为。这种在罗布-格里耶和我看来如此乏味的契约精神光照之下的形象，产生于当代世界观：我们把消费者、公务员、足球迷、情侣、看电视人写进书中。契约精神光照之下他们的生存徒具形骸。还有另一种人生，来自持续的自我意识，拒绝那种光照塑型的虚假生活——即为我们定制的活着的死亡。它是虚假的，我们心知肚明，我们从未放弃对它进行支离破碎的秘密抵制，因为那种抵制产生于持续的直觉感受。也许人类无法承受太多现实，但也无法容忍太多的非现实，太多对真实的滥用。

我们没把自己想象得太好；我们没有足够思考我们是什么。我们的集体成就已经如此大步地"超越"了我们，以至于我们指向那些成就为自己开脱。我们普通人乘坐喷气式飞机四小时内可以横跨大西洋，这就充分代表了我们所能申言的价值。然后我们又听说，现在是西方花园的关门时刻，我们的资本主义文明行将就木。几年前西里尔·康诺利写道，我们将要经历"完全的蜕变，不单单被定义为资本主义系统的崩溃，而是一种马克思或西格蒙德·弗洛伊德未能预见的关于现实本质的大潮变"。这意味着我们内缩还不够，必须准备继续缩小。我不敢确定这应该被称为理智的分析，还是知识分子作的分析。灾难就是灾难。把它们称作成功，就如某些政客所为，实在愚不可及。但我提请大家注意这样的事实：知识分子群体中有很大一批抱有越来越受人尊重的态度——关于社会、人性、阶级、政治和性的观念，关于思想和物质宇宙以及生命演化的认识。甚至在最优秀的作家群体中，很少有人花精力去重新审视这些态度或正统观念。这样的态度在乔伊斯或D. H. 劳伦斯笔下要比一般作家的书中更为强烈地闪现。它们比比皆是，但很少有人提出严肃的回应。自二十年代以来，有多少小说家回看过D. H. 劳伦斯，或者对性活力、对工业文明、对本能产生的影响提出过不同的观点？在接近一个世纪的时间里，文学固守着老一套的理念、神话和策略。可以看看罗布-格里耶所说的"近五十年最严肃的论文作者"。是的，确实如此。论文接论文，著作接著作，对最严肃的思想作出确认——波德莱尔的，尼采的，马克思的，心理分析的，等等——产出于这些最严肃的论文作者。罗布-格里耶关于"人物"的见解，也可以用于这些观念，维持大众社会的日常，包括非人性化及其他。对此我们已神倦心疲。他们对我们的呈现画虎类犬，对我们的塑造并不比古生物博物馆重建的爬行动物或其他巨兽更像我们。我们远远柔软得多，更加多才多艺，更加能说会道。我们更加丰富，我们都这么感觉。

那么，是什么占据着当代生活的中心呢？在此刻，不是艺术也不是科学，而是人类在混乱和迷蒙中的决定：是忍受还是沉沦。整个物种——每一个人——都必须行动起来。在这样的时刻，我们都必须轻装上阵，卸下重负，包括教育的累赘和所有机构化的陈词滥调，作出自己的判断，干自己要干的事。康拉德所言极是，要唤醒我们心灵中天赐的成分。我们必须在许多系统的残骸底下进行搜索。系统的失败可以带出有益的、必要的变化，使心灵能够从程式化中，从一个过分限定并误导的意识中得以释放。我越来越经常将得体的观念弃之一边。长期以来我认可——或者说我以为我认可——这些观念，试图借以辨别哪些是我生活的原则，哪些是别人的。对于黑格尔所说的艺术不受"严肃性"限制，在边缘闪光，以形式的从容让灵魂在陷入现实牢笼的痛苦中升华之类，在这场生存斗争中现已不合时宜。然而，这不是说卷入生存斗争的人们只有初步的人性而没有文化，完全不懂艺术。我们的堕落和我们的残暴显示，我们的思想和文化是多么的丰富。我们知道多少。我们感觉到多少。让我们惊厥的斗争迫使我们简化、反思，消除那些阻扰作家——以及读者——达到既简又真的不幸弱点。

作家们受到了很大的尊重。知识界对他们报以极大的耐心，继续阅读他们的作品，忍受着一个接一个的失望，等待着从艺术中听到神学、哲学、社会理论以及纯科学中听不到的声音。从中心的斗争中，传出一个巨大、痛苦的渴望，希望能获得更广博、更柔韧、更丰富、更连贯、更明晰的描述：我们是什么，我们是谁，我们为何而生存。在中心，人类为了自由与集体权力进行斗争，个人为灵魂的归属与非人性作斗争。如果作家不能再一次进入中心，那不是因为中心已被占领。绝对不是。如果他们希望进入的话，随时可以自由踏入。

我们所处环境的本质——其复杂性、混乱和痛苦，是以掠影闪现的形式让我们瞥见的，是以普鲁斯特和托尔斯泰所感觉的"真实印象"传递的。这种本质时而显现，时而又将自己隐藏起来。它退离时，我们又一次陷入疑惑。但我们似乎从未与发出短暂信息的深邃之处断绝联系。我们真正的强悍感，似乎来自宇宙本身的我们的力量，同样时隐时现。对此我们避而不谈，因为我们无从证明，因为我们的语言难胜其任，还因为很少有人甘冒发表此论的风险。他们不得不说"有一种精神"，而那是禁忌。因此，几乎所有人都保持沉默，尽管几乎所有人心里都有这样的意识。

文学的价值在于这些断断续续出现的"真实印象"。小说在物质、行为、现象组成的世界和另一个世界之间来回穿梭，后者产生"真实印象"，感动我们并让我们相信，尽管面对着恶，我们依然紧紧攀附的善却并非幻觉。

年复一年创作小说的人，无一不意识到善的存在。小说难比史诗，亦仰望诗剧的丰碑。但那是我们的最佳选择。它是当代的一舍棚屋，一个遮风挡雨的精神庇护所。一部小说在少量真实印象和构成我们称之为生活主体部分的众多虚假印象之间谋求平衡。它告诉我们，每一个人都有各种不同的存在；单一的存在本身也部分是幻觉；而多重的存在表述着某些东西，偏重于某些东西，又将某些东西付诸实现，提供企及意义、和谐甚至正义的希望。康拉德说得有理，艺术试图在这个宇宙的物质和生活现实中，找到基本的、恒久的、本质的东西。